하늘도 재개발이 되나요

예언자일보
지음

하늘도 재개발이 되나요

바른북스

저작물 종류

장편소설(장르: 판타지/철학)

주요 등장인물 소개

맛둥 본명은 도본웅. 5년 차 지방세무직 공무원으로서 사회를 배우고 느껴가는 남성. 어느 결혼식을 기점으로 자신에게 일방적으로 전달되는 메시지들을 만나게 된다.

도루디아 장래희망에 결혼이라고 썼던, 이제 때가 되었건만 아직 엄마, 언니와 한집에서 오순도순 살아가는 여성. 교회 청년부 회장을 맡다가 특정 영역을 공산화시키려는 계략에 맞서게 된다.

스티븐 한국인으로서 아주 어릴 때 해외로 입양되어 자라다가 청년 이후 모국으로 다시 와서 사는 중년의 남성. 특정 업계의 주주이자 사회 곳곳의 스폰서로서 매우 부유하고 자기 관리에 열심이며 호색하다. 인간과 세계에 대한 자기 나름의 확고한 관점을 가지고 있다.

목 차

8 · 어떤 혼주(婚主)

38 · 일부 설정은 숨겨지거나 조직에서 관리합니다

68 · 사랑 고발극

90 · 너희 집안은 공부 집안이 아니잖아

120 · 성(性), 그 실력의 세계

162 · 선대로부터의 속임수

198 · 그 여자네 성

244 · 겉째 신분, 속째 신분

274 · 운명, 그리고 혁, 명(命)

296 · 닫음을 여는 자

본 소설은 픽션으로서 등장하는 인물·단체 등은 허구이며 이에 따라 발생한 사건도 실제가 아님을 알려드립니다(단, 작중 실제의 인물, 기관, 사건, 제작품 등이 언급됩니다). 배경은 현실을 기초로 하지만 주제와 재미를 위해 각색이 있을 수 있습니다.

어떤 혼주
(婚主)

「대수기하학 거장 그로텐디크 별세」

2014-11-15

(파리 AP·AFP=연합뉴스) 독일 태생의 수학자 알렉산더 그로텐디크가 14일(현지시간) 프랑스 남서부 생 지홍의 한 병원에서 숨졌다. 향년 86세.

그로텐디크는 위성통신 분야에서 활용되는 대수기하학에 대한 혁명적인 연구 성과로 1966년 수학자에게는 최대 영예인 필즈상 수상자로 선정됐다. 하지만 정치적인 이유로 당시 세계수학자대회가 열린 러시아 입국을 거부했다고 르 몽드는 전했다.

그로텐디크는 1928년 러시아계 유대인 아버지와 독일인 어머니 사이에서 태어나 어머니의 성을 따랐다. 사회주의자였던 양친은 프랑스로 이주해 스페인 내전에 참전했다. 독일에 남아 있던 그로텐디크도 1939년 2차 세계대전이 발발하기 전 프랑스로 가 어머니와 함께 유대인 수용소 생활을 했고 그의 아버지는 아우슈비츠에서 숨졌다. 몽펠리에 대학교에서 본격적으로 수학 공부를 시작해 2차 대전 이후 이곳에서 교편을 잡기도 했다. (중략) 이후 수십 년 동안 은둔생활을 해온 것으로 전해졌다.」

"성은, 너 재범이 아버지 없으면 밥 못 먹어. 밥 못 먹는다니까."
정현 선생님이 으르듯이 꼬마에게 말했다. 성은이란 애는 그게 뭐 별일이겠냐는 표정으로 선생님을 쳐다보았다.

여기는 결혼식이었다. 오늘은 유력 정치인의 2세와 참한 규수가 결혼하는 날이었다. 신부는 본웅의 초등학교 동창이었다. 초등학교 이후 단 한 번도 본 적이 없었지만 졸업하고 긴 세월이 지난 오늘 다시 보게 될 거였다. 또 그 시절 친구들도 보게 될 것인데—그러나 그전에 그의 눈앞에 있는 사람은 초등학교 5학년 당시 담임 선생님이었던 정현 선생님이 틀림없었다. 명단에 계신 건 확인했지만 진짜 오셨구나.

무슨 일인가 봤더니 성은이가 재범이 아버지가 방앗간을 한다고 놀린 거였다. 걔들 말고도 애들 여럿이 놀고 있었다. 오늘 하객 명단에 애들도 있었나? 나무라는 정현 선생님의 말투도 그때와 비슷했다. 아마 지금은 교직을 떠나셨겠지만, 그 시절 선생님들 중에서도 교육에 대한 열정으로는 당대를 호령한 정현 선생님이었다.

그녀의 반 학생들은 일기를 매일 꼬박 써서 제출해야 했고 글씨를 또박또박 예쁘게 쓰는 연습을 해야 했다. 또 책을 보고 독후감을 제출해야 했는데, 한번은 본웅이 《피노키오》를 보고 적어낸 적이 있었다. 그때 선생님이 독후감들을 쭉 품평하다가 "누가 이번에 《피노키오》를 냈던데, 독해력이나 글쓰기도 중요하지만 읽는 책도 수준이 높아져야 한다"는 식으로 얘기하더니 누가 적었더라? 하며 겹겹이 쌓인 독후감들을 뒤적였던 적이 있었다. 유치하다는 게 어른들보다 애들 사이에 더 창피한 특성상 놀림감이 될까 봐 본웅은 식은땀이 났었다. 어째 그러다가 선생님도 모른 척하신 건지 들키지 않고 넘어갔던 건 지금 돌이켜 봐도 감사한 일이었다.

거기다 당시 그의 학교는 교육청에서 지정한 발명 특성화 학교 같은 것으로 선정되어 있었다. 어른이 되면 머리가 굳지만 너희만 할 때는 머리가 말랑말랑해서 기발한 생각들이 나온다며 1인당 몇 개 이상씩 아이디어를 내라고 교사들이 재촉하곤 했다. 애들도 골치 아파하다가 스스로 생각해도 말이 안 되는 것들을 지어내 할당량을 채우곤 했다. 아동착취라고 들고 일어날 수 있겠지만 어른세계라 할 지언정 인신매매시장은 있을지 몰라도 창의력매매시장 같은 건 없을 테니 애들도 이해하고 넘어가 주는 거였다.

누구나 어릴 때는 봐도 모르는 걸 어른이 되어야 그게 뭔지 아는 것들이 있는데 선생님 미모가 그랬다. 허나 오늘 보니 세월을 조금 맞았다. 감가상각은 만물의 이치라 생각하지 못한 건 아니지만 어떤 산업체의 파업보다도 재범이 아버지가 태업을 하는 게 더 치명적일 수 있다는 건 경각하지 못했다.

엄한 그녀였지만 5학년을 끝내고 진급하기 전 마지막 날에는 애들을 한 명씩 안아주며 덕담을 해줬다. 그에게는 "본웅이도 재능은 없지만 열심히 하면 될 줄로 믿습니다"는 게 클로징 멘트였다. 그녀의 예언(?)이 틀리지 않아 오늘의 도본웅은 부끄럽지 않은 사회인이 되어 그녀 앞에 섰음에도, 그녀는 그를 전혀 알아보지 못하는 눈치였다. 당연할 수밖에 없는 게 그녀에게 그는 자신을 거쳐 간 수많은 제자 중 하나였을 뿐이었다. 뛰어났거나 유달리 별났지 않고서는 기억에 남는 학생이 될 수 없었다. 명단에는 이름과 연락처만 있었는데다 본웅에게는 선생님이 중년에서 노년이 된 거라 알아볼 만하지만, 소년의 모습에서 이제는 「청년기본법」에 따르면 법적으로 청년도 지난 나이가 된 그를 그녀가 알아볼 수 있을 리 없었다. 이럴 때 굳이 가서 인사하지 않는 건 그의 MBTI 때문이라기보다 많이들 그러지 않을까? 어쨌건 세상에 언제까지고 나를 알아봐 주며 나의 영원한 '선생'이 되어줄 수 있는 이는 없었다.

본웅이 초대받을 수 없는 이 호화 결혼식에 초대받은 이유는 '혼파라치'의 예고장 때문이었다. 혼파라치—지금까지 전례를 찾을 수 없었던, 올해 초부터 동시다발적으로 발생한 특이한 신종 범죄였다. 때와 정도는 달라도 대부분 사건의 공통점은 결혼식 날 신랑 신부가 과거 다른 연인들과 했던 연애에 관한 자료들이 식장을 방문한 하객들의 휴대폰으로 전송된다는 거였다.

 전송된 자료를 보면 과거 연인이 누구였고 어떻게 만나게 되었는지에 대한 경위를 시작으로 했다. 본문으로 가면 구체적인 일시 장소와 함께 그들이 했던 데이트들의 내용과 함께 그때 품었던 감정은 어땠는지가 기술되어 있었다. 심지어 그들이 벌인 성적인 언행이나 성관계에 대한 내용들까지 적혀 있었다. 또 '상대에 대한 마음이 들쭉날쭉', '믿고 규정하기엔 참 흐리멍덩한 사이'라거나 '연인이라고 할 수 없는 질 낮은 관계'라는 식으로 관계에 대한 해석이나 총평을 적은 글들이 오기도 했다.

처음 이 쇼킹한 사건이 터졌을 때는 개인 간에 원한이 있어 복수하고자 한 사건으로 생각했지만 공통적인 사건이 계속 터지자 당국은 비상이 걸렸다. 종래에도 몰래 애인의 뒷조사나 과거 탐방을 할 수 있게 해주는 업체들이 있었고 근래에는 한국에도 사설탐정이 합법화되기도 했다지만 그건 모두 누군가의 의뢰로 행해지는 것들이었다. 이건 어떤 피해자가 있어 감정이 개입된 것도, 이해관계가 얽혀 있는 것도 없었다. 공인(公人)들이야 공개 연애도 하고 특종을 위해 열애 현장을 잡아내려는 파파라치들도 있었고 성추문이 고소나 폭로로 드러나 버리기도 했지만, 대체 누가 왜 아무런 연고 없는 불특정한 사인(私人)들을 타깃으로 결혼식들을 헤집고 다니는지 알 수가 없었다.

불과 얼마 전 코로나 사태에 의해 결혼식을 미루거나 식장의 인원을 제한하거나 예식 사진에 신랑 신부를 제외한 하객들 죄다 마스크를 쓰고 찍는 사진이 연출되었기도 했지만 지금은 아예 정도가 다른 문제였다. 일련의 사태로 식장이 쑥대밭이 되자 결혼 자체에 대한 공포 심리가 확산되었다.

당국에서는 정체를 알 수 없는 이 용의자와 범죄를 공적으로 칭할 때 예식훼손범(죄)이라고 했지만 세간에서는 범인이나 사건 모두 통틀어 '혼파라치'라는 이름으로 불려졌다. 정부에서는 전담 수사기관을 꾸렸으나 수사는 난항을 겪었고 현재까지 당국에서 파악한 건 국외 발신이라는 것과 현재 알려져 있지 않은 특이한 통신 설비 등을 사용한 것으로 추정된다는 정도였다.

수사로 전송된 자료의 사람들이 과거 연인들이라는 건 사실로 밝혀졌으나 국가에서도 구체적인 내용의 진위까지는 일일이 확증하지 못했다. 자료들이 진실이라고 믿는 이들도 있었지만 대다수의 사람들은 자기들이 확보한 소량의 사실에 다량의 허위 사실들을 묶어 파는 것이라 생각했다. 상식적으로 특정한 사람들만 노리는 것도 쉽지 않은데 과거부터 불특정한 다수의 일거수일투족을 지켜보면서 그들의 모든 행적을 기록한다는 게 불가능했기 때문이었다. 그렇다 해도 과거 연인 관계였던 사람이 누군지를 안다는 것과 식장 방문객들의 연락처까지 다 알아내는 걸 봐서는 사람들의 사적인 정보를 귀신같이 알아낼 수 있는 작자들인 건 확실해 보였다. 그 의도나 동기를 두고도 각계와 전문가들의 다양한 의견이 나왔다.

대상에도 의문이 있었는데 예비 신혼부부가 아닌 혼식 이후의 부부들은 건드리지 않는다는 거였다. 기성부부들은 가족의 유지를 위해 민생안정차원(?)에서 봐주는 것 같다는 얘기도 나왔다. 헌데 결혼해서 잘 살다가 지나간 연인이 식을 올리면 자신이 옛 연인으로 공개되어 버렸기 때문에 기성(既成)이라고 다 안전한 게 아닌 반면 예비부부라 해도 식 없이 혼인 신고서 도장만 찍는다거나 식장을 따로 빌리지 않고 집에서 가족들끼리만 조용히 치른다든가 하는 결혼들은 무사했다. 결혼대행업계 비즈니스를 망치는 것만이 목적이라면 모를까, 자신들이 가진 자료를 어느 때나 주변인들에게 전송하면 역시나 피해를 끼치기 충분한데 결혼식만을 표적으로 한다는 점도 국민들을 의아하게 했다.

검거가 요원해지자 재발 방지를 위해서는 결혼식 자체를 하지 않는 수밖에 없게 되면서 결혼 업계는 울상이 될 수밖에 없었고 가뜩이나 비혼, 저출산 시대인데 국가 입장에서는 식을 파투 내고 예정된 결혼식도 유보시키는 데다 간접적으로 청년들의 연애에도 영향을 미치는 혼파라치가 여간 밉상이 아닐 수 없었다.
　이런 범죄가 생기면 그럴 수 있듯 해하려거나 이익을 취하려는 모방 범죄들도 생기기 시작했다. 혼파라치는 이미지나 영상은 보내지 않았으나 모방 범죄는 딥페이크 음란물을 만들어 사적인 감정이 있는 결혼 관계자에게 모욕을 주려 하거나 그들을 협박하여 금품을 뜯어내는 수법을 쓰기도 했다. 처음엔 원조 혼파라치의 소행인지 아닌지 쉽게 분간할 수 없게 뒤죽박죽이 되었으나 다행스럽게도 잇단 사기 조직들은 자료의 허위성, 통신의 역추적 방지 등에 좀 허술한 게 많았던지 모방으로 판명되거나 검거되기 시작했다. 거기다 결혼식도 식장에 통신기기 반입 없이 치르는 것으로 우회가 가능하다는 게 밝혀져 최근에는 그렇게 진행되고 있었다. 반년 정도가 흐르자 혼파라치 사태도 점차 소강상태로 접어들게 되었다.
　그런데 상반기가 마쳐갈 때쯤 대한민국의 공영 방송국에 출처 모를 의문의 테이프가 배달되어 왔다. 시대가 어느 시대인데 테이프로 온 복고 감성도 그랬지만 전국에 보도해 달라는, 부탁이라기에는 가볍지 않은 힘이 실린 그 테이프는 변조된 데다 흡사 여러 사람이 동시에 말하는 목소리로 낭랑하게 말했다.

『대한민국 국민 여러분에게

박제가 되어버린 결혼을 아십니까? 여러분들은 유쾌합니다. 이럴 땐 연애까지가 유쾌하죠. 오늘은 현재 세간에서 오해하는 부분이 있고 저희도 의아한 부분이 있어 말씀드리려 합니다.

지난 몇 달간 저희가 신랑 신부들의 지나간 애정 행적과 성생활을 공개해 왔지만 왜 그렇게들 당황해하시는지 모르겠습니다. 어차피 지금 사회는 연애를 하면 잠자리도 하는 걸 건빵에 별사탕 따라오듯 세트메뉴로 받아들이는 게 일반의 성의식입니다. 또 했다고 해서 이 사람과 결혼해야 한다는 의식은 발효된 지 너무 오래되어 매니아층만 찾게 되었고 서로 사랑한다면 자유롭게 할 수 있는 것으로 생각하는데 왜 저희가 전송한 자료를 과오나 오점처럼 여길까요?

미성년자가 성관계를 하면 넘지 말아야 할 금단을 범한 것으로 정죄당하지만 성인이 되면 혹여 피임 실패로 임신이 되었을 때나 책임감이 거론되지, 결혼하지 않고 성관계하는 걸 너 잘못했다고 책망하며 키* 쓰게 하고 소금을 받아오라 합니까? 결혼 전 성관계의 순기능을 교과서에 실어도 좋을 정도이며 도리어 결혼을 하면 책임과 이력이 부여되니 결혼은 성관계에 아무런 실권이 없으며 외려 방해만 되기도 합니다.

---

* 과거에 이불에 오줌을 싸면 곡식과 쭉정이를 선별하는 키라는 걸 뒤집어쓰게 하고는 이웃집에 소금을 받아오라고 시켰던 관습이 있었음.

어떤 혼주(婚主)

연애와 성생활에 대해 현세대가 깔고 있는 진보된 성의식에 비추어 보면 저희가 공개한 과거가 허물이 될 게 없어야 되는데 왜들 앞뒤가 안 맞는 마음들을 내는지 모르겠군요.

저희는 당사자들이 청소년기에 성관계한 사실 같은 건 공개하지 않았습니다. 그건 여러분들이 잘못으로 정죄하니까요. 저희는 연인 관계가 아닌 상태에서 한 성관계들도 공개하지 않았습니다. 그것들도 대체로 문란한 행실로서 여러분들이 잘못으로 여기기도 하지 않습니까? 저희는 연인 관계라 해도, 상대의 동의가 없거나 그 이면에 강압, 폭력, 사기 등이 있다면 심의하여 공개하지 않았습니다. 피해자에게 더 큰 수치와 상처가 될 수 있으며 정산할 시간과 방식이 따로 있기 때문입니다. 하지만 정상적이라고 인정되는 것들, 즉 성관계가 합법인 성인이 되어 성적 자기 결정권을 가지고 서로 사랑하기로 한 남녀들이 애정을 나눴던 아름다운 순간을 저희가 추억해 주려는 걸 가지고 왜 다들 호들갑인지 모르겠습니다. 그건 모두가 용인하는 거지 않습니까.』

혼파라치의 의중이 드러나는 이 테이프는 삽시간에 한국을 들썩이게 했고 사람들은 훨씬 그럴듯한 추측을 하기 시작했다. 그러니까 누가 봐도 정조 관념이 희미해진 현 세태를 비꼬는 건 자명해 보였던 것이다.

아직도 세계에는 '명예살인'이라 불리는 것까지도 할 정도로 정조나 순결을 중시하는 문화권들이 있으니 그런 곳인 어디 나라나 집단에서 대한민국을 벌하는 게 아닌가는 추측들이 오갔다. 그렇다 해도 정치나 경제적인 득실이 걸린 것도 아닌데 이럴 이유가 없어 보였다. 일각에서는 정조를 구실로 대면서 실은 한국이 결혼을 못 하게 해 저출산을 심화시켜 씨를 아예 말려버리려는 세력인 게 아니냐는 관측이 나왔다. 이렇게 되자 북한이 가장 의심대상이 되었으나 그렇다면 가진 기술과 개인정보로 남한의 가정을 죄다 파괴시키면 되지 왜 결혼식 통신기기를 통해서만 활동하는지가 이해되지 않았다.

하도 전대미문의 사건이라, 이를테면 불의를 싫어하는 신의 경고라는 것부터 시작해 어디 일반이 모르는 혼전순결협회가 있어 성적 질서를 바로잡으려 한다거나 절개를 칼같이 여긴 유교 사회의 혼령들이 호통을 치는 거 아니냐는 말까지 나오며 인터넷은 드립*을 치려는 이들로 붐볐다. 그러나 간혹 신랑 신부 당사자들의 혼전 관계나, 재혼일 경우 전 배우자와의 관계도 있었기 때문에 보통 생각되는 정조와 혼파라치가 딱 들어맞지는 않았다.

물론 이런 건 다 실없이 농으로 치는 말들이었고 상식적으론 일부러 자신들이 현세대를 꾸중하고 성적인 기강을 바로잡는 정의의 사자인 것처럼 하면서 주작한 사생활을 전송해 결혼식을 망치는, 상당히 많은 사람들에 대한 개인정보를 보유한 단체라는 게 가장 현실성 있는 추측이었다. 이유라면 국가와 사회를 농락하는 세 재밌어서만으로 충분했다.

그들이 보낸 자료가 신랑 신부의 실제 과거라고 생각하는 이들

---

*   애드립의 줄임말. 통상 농담을 드립이라고도 말함.

도 대체로 혼파라치에게 곱지 않은 시선을 보냈다. 연애사를 그렇게 들춰내면 앞으로 연애하지 말란 말이나 똑같은 거다, 성범죄자라든가 데이트 폭력을 일삼는 놈들을 응징할 것이지, 차라리 일반인 대상이라면 성매매와 같은 전력을 까발리면 모를까 건전하게 사귀고 관계 맺은 사람들의 과거를 책잡는 게 악당에 불과하다는 거였다.

그런데 재밌게도, 혼파라치의 자료가 진짜라고 믿는 이들의 일부는 이 난리 속에 아무런 조치도 하지 않았건만 어떠한 불미스러움도 오지 않는 결혼식은 신랑, 신부가 정결하다는 그랑프리를 받은 거나 다름없다고 여겼다. 도무지 국가공인이 될 수 없는 영역이었던, '순결'에 대한 증명을 해버리는 주체를 그들로 믿은 것이다. 그러나 그것도 그 사람의 성적인 전력 전체를 증거할 수 없는 데다 과거 다른 연애 경험 자체가 없어서일 거라는 게 다수 의견이었다.

그래서인지 하반기에 들어서자 혼파라치의 대국민 메시지에 대한 사회적 논의 과정에서 잠깐 거론되었던 드립이 진지하게 조명되기 시작했다. 연애 단계도 서류를 남기는 건 물론 누구나 볼 수 있도록 공시하자는 안이 제도적 아이디어로 떠오른 것이다. 처음엔 다들 유머라고 생각했지만 성생활만이 아니라 연애 관련 범죄를 예방하는 것에도 도움이 될 거라는 주장들이 나왔다. 그 사람이 사랑을 어떻게 해왔는지를 아는 것이 안전한 연애·결혼에 꼭 필요하다는 거였다.

그리하여 과거 연애에 대한 이력을 알 수 있는 '연애등기부'를 만들자는 게 급물살을 타기 시작했고 찬반이 극명히 나뉘게 되었다. 프라이버시를 그렇게 드러내게 한다는 게 말이 되느냐는 게 반대 여론이었지만, 찬성론자들이 꼬집어 낸 건 결혼은 공적인 무게가 부과되지만 미혼으로서의 연애사는 비공식으로 가려지니 눈치 볼 것이 없어 결혼보다 편리한 연애 단계에 머무르게 되는 것이라며 이건 결국 결혼율을 떨어트리는 데 일조하고 있다는 거였다. 연애에도 방만한 경영을 막고 책임이 부여되려면 기록이 남아야 하며 어떤 사람과 애정하려는 당사자라면 상대의 애정 이력에 대한 알권리가 있다는 거였다.

그까지 간 것도 파격이었는데 한술 더 뜬 정치인이 바로 오늘 본웅이 불려 온 결혼식의 혼주였다. 그가 주장한 건 연애를 등록화해서 공개한다 해도 혼전 성교를 막을 순 없다는 거였다. 중요한 건 성교 자체를 잡는 거라며 연애부터 동거, 사실혼에 이르기까지 성교를 못 하게 원천 차단 하고 결혼을 하고서야 관계를 할 수 있게 감시와 통제를 해야 결혼이 아니면 섹스를 못 하니 결혼율이 오를 거라는 주장이었다. 한때 컴퓨터 게임도 통제하고 코로나 때는 5인 이상 집합 금지도 경험해 본 한국인데 섹스라고 '셧다운제'를 시행하지 못할 게 뭐냐는 거였다.

그리하여 혼전 성관계를 처벌하는 법을 만들고 연애등기부를 제도화하면서 등기된 모든 연인들을 모니터링할 정부 부처도 함께 만들자는 구체적인 시행 방식들까지 내놓았다.

많은 이들이 비판하거나 조소를 지었으나 의외로 또 많은 사람들, 특히 보수적인 노인 세대의 지지를 받자 이 정치인은 신이 났는지 출산율까지 손을 뻗쳐 출산율을 높이려면 사회적 책임을 감당하고 있는 유자녀 부부와의 형평성을 위해 독신들에게는 싱글세를 부과하고 무자녀 부부에게는 이행강제금 등 공과금을 부담하게 해야 한다고 했다. 딩크족에 대한 탄압에 그칠 것이 아니라 1자녀만 낳은 부부들도 두 명에서 한 명을 남긴 건 인구 본전유지에도 기여하지 못한 바니 제재를 가해야 한다는 주장을 펼쳐댔다.

언젠가는 결혼과 출산에도 어드밴티지가 아니라 페널티를 주려 할 건 다들 암묵적으로 생각하고 있었으나 입 밖에 내어 추진하려는 사람이 나오자 사회는 들끓었고 일부 기성세대들은 이마저도 두둔하면서 세대 갈등을 심화시켰다. 독신들은 이러다가 진짜 결혼까지 국가에서 강제로 맺게 하여 어느 날 집에 입영통지서보다 무서운 '결혼통지서'가 와 있는 거 아니냐며 비아냥거리기도 했다.

성관계나 결혼에 대한 고강도의 대책을 표방해서 빈축을 산 것보다 오늘의 혼주에게 더 비난이 쇄도하게 한 게 있었다. 혼전 성관계를 탄압하자면서 정작 자기 아들네는 며느리 될 각시가 벌써 임신하였고 앞으로도 부지런히 자녀 생산을 하여 애국자 집안이 될 거라는 발언이 내로남불[*]인 것도 있었지만 삼포세대[**]의 포기가 어쩔 수 없어서가 아니라 불성실해서 회피하는 거라는 의견을 내왔으면서 자기 아들은 청탁으로 큰 회사에 취업시키고 사치스러운 신혼집을 사주는가 하면 자기 저택의 집사까지 붙여주었다는 게 보도되면서였다. 자식 세대가 배가 불렀다거나 철이 들지 않은 것으로 몰아가

---

[*] 내가 하면 로맨스, 남이 하면 불륜의 줄임말.
[**] 연애, 결혼, 출산을 포기한 세대를 일컫는 조어.

면서 본인 자식은 출발선이 다른 금수저*라는 게 많은 이들이 분노한 이유였다.

오늘 본웅에게 신세계였던 건 이 초호화 결혼식장이었다. 배트카가 있는 비밀 주차장 같은 게 아니라 해도 세상에 일반에게 공개되지 않는 노블레스들만의 전유물 같은 것들이 있다는 얘기는 들었지만 예식장도 그런 게 있는지는 처음 알았다. 마천루 안에 있는 결혼식장은 내부 층고도 높아 위용을 뽐내려는 듯 입구에서부터 폭포수가 쏟아지게 장식했다. 광장처럼 넓은 로비 때깔은 궁전에 버금갔다.

오늘 결혼식도 원래대로라면 장소도 일시도 다 비공개였다. 혼주 스스로 자신에 대한 국민감정을 알고 있어 아들 결혼식에 훼방이 생기지 않도록 비밀에 부친 결혼식이었다. 식장이 원치 않게 인산인해를 이루고 있는 이유는 혼파라치 덕에 예정에 없던 하객들이 왕창 증가해서였다. 거기다 일반에게까지 다 발각되어 버려 보안을 위해 건물 1층에서 엄격하게 신원을 확인하고 하객이면 들여보내 줬다.

여태 혼파라치든 유사 혼파라치든 미리 예고를 한 적이 한 번도 없었는데(당연하지만 예고를 하면 방비하거나 식을 취소할 수 있으니까) 이번에는 혼주 정치인의 휴대폰으로 자신들이 혼파라치라며 직접 연락이 왔다고 한다. 내용은 이랬다.

---

* 부유한 부모 밑에서 풍성한 재력을 누릴 수 있는 자녀를 뜻하는 조어.

『식장이 비밀스럽다고 한들 어떤 결혼도 우리의 눈을 피해 갈 수 없으며, 통신기기가 없다 해도 모든 사람의 정신이 우리에겐 통신기기나 같습니다.

지금까지 우리는 일단의 사건을 벌임에 있어 예식 시간만을 경유하고 그 외의 상황이나 시간은 매개로 하지 않았습니다. 그러나 곧 있을 귀댁의 아드님의 결혼식은 조금 다릅니다. 종래 우리는 결혼 전의 관계만을 얘기해 왔지만 이번에는 결혼 후의 생활을 공개할 예정입니다. 아드님과 며느리의 갖가지 사적인 생활이 국민들에게 중계되어 버리는 상황이 발생한다는 겁니다.

이렇게 미리 패를 보여드리는 건 그냥 도망칠 수 있게 해주려는 게 아닙니다. 오히려 식을 취소하게 되면 결혼을 하든 말든 위와 같은 일이 그대로 이뤄질 것입니다. 이렇게 예고장을 띄우는 이유는 한 조건대로 하면 화룡도에서 관우가 조조를 놓아줬듯이 귀댁의 성생활을 그냥 놓아주겠다는 것입니다.

우리가 거는 조건은 아래의 명단에 있는 사람들을 아드님의 결혼식에 모두 초대하는 것입니다. 대부분 신랑과 신부의 학창 시절 관계자들입니다. 명단의 사람들을 강제로 참석시킬 필요도 없으며 우리로부터 이런 예고를 받았다는 걸 정직하게 밝히고 초대한다는 안내만 보내면 됩니다. 이렇게 하면 아무 탈 없을 것을 약속합니다.』

놀란 혼주는 즉시 당국에 신고하였고 수사팀은 발 빠르게 추적했는데, 검거 불가능한 원조 혼파라치에게서 온 연락으로 강하게 추정된다는 거였다. 모방으로 생각한 혼주와 그의 집안은 크게 당황

했다. 당국과 그가 속한 정치권은 머리를 싸매고 고민했지만 일단은 인명 구조가 최우선인 만큼 조건에 따르기로 했다. 국가로서도 '테러와의 협상은 있다'가 되었으니 자존심 상하는 일이었다.

명단의 많은 사람들 중 본웅과 당시 담임 선생님과 반 아이들 몇몇이 포함되어 있었던 것이다. 어떤 의도로 여기서 동창회를 하게 하는 걸까? 명단에 적힌 연락처대로 모두에게 연락이 갔다. 통신기기는 어떻게 하라는 얘기가 없어 만약의 사태를 대비해 식장에 입장 전 기기들은 모두 제출받기로 했다. 연락받은 사람들에게 함구령이 떨어진 것도 아니라 당연히 소문은 퍼져 언론을 탔다.

여론은 거센 비난을 했다. 부부관계까지 건드린다는 것은 정당한 성생활까지 까발린다는 것이며 이제 섹스에 있어 대한민국 전역에 안전지대가 없다는 거 아닌가? 종래의 원칙을 어긴 처사에 민심은 극에 달했다. 사실 범죄자가 반칙을 저지르는 게 반칙인 것도 이상하지만, 먹구름이 짙어도 비를 쏟아야지 왜 먹물을 쏟느냐는 거였다. 그래도 그들에게 저격을 당해 이렇게 불편하고 긴장되는 결혼식이 조성된 것을 보면 평소 이 양반 언행이 혼파라치도 거슬리게 한 것 같다며 소수의 사람들은 꼬시다, 혼파라치를 응원하겠다는 반응도 보였다.

"맛둥, 그거 넣는다고 청약통장 깨고 온 건 아니지?"

축의금 봉투를 찾아 돈을 밀어 넣고 있는 와중에 누군가 그의 팔을 덥석 잡으며 말했다. 얼굴만 봐서는 좀 헷갈렸지만 친구였던 조니가 틀림없었다. 반가움보다 반가운 척이 더 맞았지만 본웅도 그에게 인사했다.

"와 맛둥 오랜만이네!" 옆을 보니 역시 친구였던 수은이도 있었다. 당대에만 봤던 친구들을 다시 만나니 좀 들떴다. 그나저나 맛둥? 애들이 그때 내 별명을 아직도 기억하는구나. 로비가 사람들로 붐비고 있어 명단에 있었던 다른 동창들 몇은 온 건지 만 건지 긴가민가 했다.

본웅이 30살을 넘겨서도 수험공부를 이어가던 시절, 하루는 비 오는 날 창밖을 보며 지금 나이쯤이면 옛날 친구들은 다들 사회로 진출해 나아가고 있을 텐데, 저 혼자 될지 안 될지도 모르는 시험을 붙잡고 있다는 생각에 참 외롭다는 생각이 든 적이 있었다. '생각해 보면 어릴 때 동무들 하나둘 죄다 잃어버리고'가 절로 읊어졌었는데 다시 만날 일 없을 거라 여긴 친구들을 이렇게 해후하게 된 것이다.

외모도 어린이에서 이제는 아저씨들이 된 그들이었다. 어릴 때 꼈던 안경들도 다 벗었다. 그가 초등학생일 때 라식/라섹 수술이 첫 도입 되었던 거 같은데 그때는 부작용이니 해서 두고 봐야 한다 했지만 지금이야 거의 공식처럼 현대인의 삶에 정착했다. 제일 궁금한 건 다들 어떤 삶들을 살고 있는가였다. 그들 모두 현재 37살이 되었을 테고 12살이었던 당시로부터는 무려 25년 만이 되었다.

셋은 각자 사는 이야기들을 했다. 조니는 현재 방탈출 카페를 운영한다고 했다. 조니는 어릴 때 아버지가 해외 주재원이라 10년 정도 캐나다에 있다가 다시 한국으로 귀환하며 전학 왔던 동창이었다. 그는 그때 이미 영재로 학교에 소문이 났었다. 명문대도 조기 졸업 했다는 그가 전공과 상관없는 자영업자로 살고 있다니 뜻밖이었다.

조니는 몇 군데 큰 곳에서 일해봤지만 지금이 제일 좋다며 와이프가 다음 달 출산인데 2세가 자기를 닮으면 셜록 홈스로 키워볼 생각이라고 우쭐대듯이 말했다. 수은은 "그건 우리도 마찬가진데? 솔직히 우리도 판검사, 의사 안 하고 NASA에 취업하지 않는 이유가 뭐야? 그런 쪽들은 머리 싸매야 할 일 많으니까"라고 농담을 했다.

수은은 토목 공학과를 나와 해양 플랜트 관련 사업을 하는 회사에 들어갔다고 했다. 그런데 첫 직장이 겉은 멀쩡한데 직접 몸담아 보니 악덕 기업이었다는 것이다. 월급이 실제로 한 해에만 세 번 밀린 적도 있었고, 오너 일가만 호의호식하는 것을 목도했으며 회사 공터에 키우는 개로부터 휘파람까지 맞은 그는 사표를 던졌다. 현재는 더 좋은 곳으로 이직에 성공했고 결혼도 했다고 했다.

그리고 드디어 자신의 차례가 되자, 본웅은 당당하게 세무공무원이라 자신의 직업을 밝혔다. 둘의 반응은 "오~ 그래도 화이트칼라 되었네" 정도라고 할 수 있어 조금 시큰둥했다. 농담이라지만 자리만 지키는 책상물림 아니냐는 듣기 싫은 선입견도 나왔다. 본웅은 "얼마 전에 재산세 고지서 나가서 바쁘다. 세금은 납기라는 게 있어 1년 농사를 그거로 짓거든. 율리우스력이나 그레고리력이 아니라 재산세력이 된다고 할까"라고 대꾸했다.

화제는 신부대기실에는 누구도 갈 수 없어 아직 보지 못한 오늘의 신부에게로 옮겨갔다. 걔가 어릴 때 꽤 말괄량이 스타일 아니었나? 결혼은 늦게 하네. 신랑을 어떻게 해서 만나게 되었을까? 어쨌든 세도가에 시집가니까 잘됐지―잘됐긴, 시아버지가 공공의 적인데 무슨. 건물 밑에서 시위하는 거 봤지? 그녀의 시부가 될 혼주에 대해서는 수은과 조니의 의견이 대립했다.

"결혼식도 사치네 사치야. 이 양반 보수 지지층도 꽤 떨어져 나간 거 같던데."

"어디 탈세한 것도 아니고 제 돈 가지고 하는 건데 뭘 그래? 작년에 청문회 할 때도 털린 것 하나 없이 깨끗했다. 오늘 혼주 부자는 병역도 둘 다 해병대 만기 제대야. 저기 전우회에서 온 화환도 있잖아."

"혼파라치를 지지한 양반이 그자들한테 협박당하는 건 진짜 코미디네. 독신세 같은 건 혼파라치도 동의 못 할 오버액션이었을 테고. 자기들을 정치로 끌고 와 인기몰이용으로 쓰는 걸 혼내려는 거 같기도 하고."

"야 결혼 안 하면 페널티 주자는 건 외국엔 이미 있고 고대에 플라톤도 얘기했을 만큼 유서 깊은 거야."

플라톤까지는 하객 명단에 없었지만 정계 인사라서 그런지 하객들도 TV에서만 봤던 사회지도층들로 우글거렸다. 널찍한 로비에는 축하 화환과 축하 조형물에다 외국인들로 구성된 악단이 축하 퍼레이드도 하고 있었다. 과연 〖해병은 태어나는 것이 아니라 만들어지는 것이다〗는 문구가 적힌 화환도 있었고 어떤 어촌계에서 조형물로 헌납한 〖Call us Ishmael〗이라는 문구가 새겨진 커다란 고래상도 있었다. 그 옆으로는 부스 몇 개가 설치되어 있어 애들이 우르르 모여 놀고 있었다. 바로 옆 부스에는 만화 캐릭터 피규어가 담긴 뽑기 기계를 돌리고 있었다. 상자가 투명해서 안에 어떤 캐릭터들이 담겨 있는지는 다 보였지만 랜덤으로 나오니 원치 않는 피규어를 받아 실망하는 애도 있었고 막 상자를 이리저리 훑어보며 원하는 캐릭터를 뽑으려면 어떻게 상자를 조정해야 할까 수를 쓰려는 애도 보였다. 본웅은 전에 게임에서 확률형 아이템들의 확률표시 의무가 시행되었다는 기사를 봤던 기억이 났다. 확률을 공개하느냐 마냐보다 확률인 것 자체가 건강하지 못한 게 아닐까.

그런데 그 옆에 휘장을 쳐 내부를 조금 어둡게 한 부스에는 재범이와 성은이를 포함해 여러 아이들이 모여 시선을 못 떼게 만드는 흥미로운 게 있었다. 부스 안에 망토로 머리와 얼굴을 가린 누군가가 무슨 라이터 같은 기계를 눌렀더니 주변에 설치해 놓은 조명등들의 빛들이 그대로 공중을 가로질러 차례차례 그 라이터로 쏙 들어가는 게 아닌가?

"저게 뭐지?"

"저거 해리포터에 나오는 마법도구 흉내 낸 거야. 애들 재밌으라고 이벤트성으로 준비한 것 같은데."

"막 주변에 빛을 훔치듯이 가져갔다 다시 원위치시켰다 하는데."

"딱 봐도 세트장 깔고 특수 효과 준 거잖아. 우리 어릴 때도 만화 나오면 완구들 유행했는데, 저렇게 판타지 느낌 내주는 장치들 인기 많지."

빛이 오가며 그 주위는 환해졌다 희미해졌다 해서 자못 신출귀몰한 분위기가 나왔다. 망토를 뒤집어쓴 것도 마법사 같은 무드를 더하기 위함 같았다. 부스 관리자는 곧 애들을 줄 세워 그 기계를 체험하게 해주었다. 테이블에 앉아 턱을 괸 손과 망토 밑으로 살짝 드러난 하관을 보아하니 여자였다. 애들은 비눗방울 놀이처럼 마냥 재밌어했다. 처음엔 줄을 섰지만 새치기도 나오고 한 명이 너무 오래

붙잡는다 싶어 뒤에 애가 재촉하자 너랑 무슨 상관이야 아직 네 차례가 아니잖아라며 아웅다웅하고 있었다. 장난감이라 해도 신기해서 본웅도 애들 사이에 끼어 한번 시험해 보고 싶었다. 그때 그만이 유부남이 아닌지라 궁금해서 그랬는지 실례되는 질문이 들어왔다.

"맞둥 넌 여자친구는 있어?"

"야 그런 건 물어보는 게 아니지.「개인정보법」에도 정치적 신념과 성생활은 고도의 민감 정보로 처리한다. 오늘 우리를 모이게 한 분들은 그걸 모르는 것 같지만."

셋은 같이 웃었다. 한편으로 초등학생 때로부터 시간이 지나 정말 우리가 '자랐다'는 생각이 들었다. 그때는 저축이란 돼지 저금통이나 아는데 이제는 청약통장이라는 단어도 나오고 진보, 보수라는 게 뭔지 알 턱도 없고 연애도 쑥스럽고 들키면 놀림감이 되기도 하는 시기라 이런 종류의 대화를 하려 해도 못 했는데. 과거의 자신이 낯설거나 유치해지는, 인간이 '성장'이라는 걸 한다는 게 어찌 보면 참 신기했다.

그런데 다 큰 지금도 애인을 여자친구, 남자친구라고 부르는 게 뭔가 부조화스러운 건 본웅 혼자만 느끼는 걸까? 애인이라 불렸던 옛말이 더 어른스럽고 진지한 느낌인데 여친, 남친이라 하니까 그냥 친구 느낌이었다(그래서 그저 친구로 지내는 이성은 '남자사람친구', '여자사람친구'를 줄인 '남사친', '여사친'이라는 말로 구별하기도 했다). 하기야 영어로도 boyfriend, girlfriend라고 하니 이상할 게 없겠지만, 다 자랐는데 이 것만은 채 자라지 못한 느낌이 없지 않았다.

"명현이 수능 준비한다. 약대 가려고."

또 그 시절 에피소드와 친구들 근황을 아는 대로 주고받다가 본웅이 아직 연락하는 명현 얘기가 나왔다. 명현은 10여 년간 편입만 가능했던 약학 대학이 2022년부터 대학수학능력시험으로 입학할 수 있게 다시 제도가 바뀌자 다니던 직장을 그만두고 수능 공부를 시작했다. 오늘 결혼식 명단에도 포함되어 연락도 시도되었을 테지만 그는 휴대폰도 정지시키며 공부에만 골몰하고 있었다.

"어디 고시한다고 절에 들어간 것도 아닌데 뭐 하러 잠수야." 조니가 혀를 찼다.

순간 본웅은 자신이 공무원 시험을 치고 난 뒤에 했었던 '합격예측'이 기억났다. 당시 유명한 강사들이 소속된 업계 1위의 공무원 시험 인터넷 강의 플랫폼이 있었고 시험이 끝나면 학생들이 가채점한 자기 성적을 플랫폼에 올려 합격을 가늠해 볼 수 있게 한 모의 등수 확인 같은 거였다. 시험을 그럭저럭 친 수험생들은 궁금해서 자기 성적을 넣기 때문에 선거하고 출구조사가 거의 들어맞듯이 합격예측도 대체로 들어맞았었다. 그때 수험생 판에서만 도는 은어 비슷하게 '은둔고수'라는 게 있었다. 점수가 원체 높아 궁금할 게 없으니 거기 참여하지 않아 표본으로 잡히지 않는, 그래서 턱걸이 합격 라인에 걸친 이들에게는 변수로 작용한다는 고수들이 있다는 소문이었다. 그러나 막상 합격 등수 발표될 때 보면 거의 사이트 합격예측과 일치했다. 그러니 합격생들 모임에서 한 번쯤 짚고 넘어가는 게 혹시나 하며 마음을 졸이게 하던 은둔고수는 개뿔 있지도 않았다고들 하며 해프닝처럼 웃어넘기는 것이었다. 본웅은 명현이 무림에서 수

련한다 해도 절정의 고수가 되어 귀환할 수 있을까 싶었다.

이제 결혼식이 시작된다며 식장 안이 개봉되었다. 기다리던 하객들이 계단을 오르며 입장하자 많은 직원들이 하객 무리마다 따라 붙었고 본웅과 친구들에게도 그들이 앉을 수 있는 자리를 안내했다. 하객들도 종류에 따라 자리의 높낮이가 있는 낌새였다. 그래도 테이블마다 샹들리에가 걸렸고 깔린 융단은 참 몽실몽실했다. 옷걸이도 있어 외투를 벗어 걸쳐놓고는 안을 찬찬히 둘러보니 참 이색적인 식장이었다. 바깥이 다 통유리로 되어 있는데 하도 마천루라 구름이 가까워 흡사 하늘 위의 결혼식장 같았다. 신부가 입장하는 통로며 나중에 팡파레가 터지며 신랑 신부가 함께 행진하는 길인 '버진로드'는 보통 모델들 워킹하는 runway처럼 길이 나 있지만 이 식장에는 그 길로 보이는 곳에 구름 같은 연기들이 몽실몽실 피어나 바닥이 보이지 않았다.

시작된 결혼식은 찬란했다. 신부 입장 전부터 무대에서 엔터테이너들의 축하공연이 있었고 다 알 만한 아나운서가 사회를 보았다. 그리고—마침내 등장한 신부는 너무나 예뻤다. 어릴 때 얼굴이 남아 있는 그녀는 경국지색까진 모르겠지만 미스코리아에 출전해도 될 미모였다.

사실 본웅이 이 결혼식이 흥미롭기도 했지만 한편으로 내키지 않았던 건 어렸을 때 그녀를 남몰래 좋아해서였다. 그때는 짝사랑이

흔하디흔할 때라 '은밀한 애정'은 다마고치*처럼 많이들 하나쯤 가지고 다니며 속으로 만지작거렸다. 그래도 결혼식에 참석한 것은 신부의 현재 모습이 궁금해서기도 하고 어릴 때는 세상 큰일이었던 것들이 어른이 되어 뒤돌아보면 별거 아니었기도 하는 원리에 따라 그때 그 애에게 반하고 설렜던 감정이 지금의 자신에게는 유치하게 느껴질 것 같아서였다. 정확히는 그게 별것 아니게 느껴지는 걸 현장에서 느끼고 싶어서였다. 그러나 막상 신부의 아름다운 얼굴을 보자, 지금도 호감이 동하는 자신의 마음이 느껴졌다. 과거 감정을 청산한답시고 왔으나 그녀의 실력이 호락호락하지 않았다.

이 식에서 예사롭지 않은 볼거리라면 눈에 보이지 않는 와이어를 쓴 건지는 몰라도 신부가 걷는 게 아니라 덩실덩실 떠서는 버진 로드를 통과해 입장했다는 거였다. 단상과 식장 입구는 높이차가 있어 신부와 그 아버지는 팔짱을 낀 채 공중 부양을 하다시피 올라가고 있었다. 주위에서 한마디씩 했다.

"컨셉이 천상에서 결혼하는 거 같은데?"

"그래봤자 연출인데."

결혼식이 연출인 것? 그런 건 많았다. 사람이 부족해 식장에 하객 대역을 쓴다는 건 연출을 위함이었다. 식이 아니라 결혼 자체가 연출도 있었다. 영화나 드라마 배역상 부부로 나오는 건 당연하고 한때 방영한 〈우리 결혼했어요〉라는 예능 프로그램은 결혼을 흉내

---

* 90년대 일본에서 제작된 휴대할 수 있는 계란 모양의 기계에서 가상의 애완동물을 키우는 전자 게임. 당시 한국의 초등학생들에게도 인기를 끌었다.

내는 역할극이었다. 상업화되지 않았다 할 뿐이지 쇼윈도 부부들도 이하동문이었다. 집안이나 나라 사정상 강제로 맺어진 구시대의 혼인들도 당사자들한테는 각본이나 다름없는 결혼이었다. 어린 애들이 소꿉놀이하며 엄마 아빠 역할 하는 건 가짜라도 귀여우니 봐줘야 할 것 같았다.

연출이 아니라 상대를 속이기 위해 위장한 것들도 있다는 생각이 들었다. 우렁각시를 데려왔는데 야밤에 칼 가는 소리에 살짝 봤더니 꼬리 9개가 나 있었다는 건 그냥 전래동화지만 결혼하고 나서야 학력이나 직업 등 상대의 스펙이 허위였다는 걸 알게 되는 사례가 종종 있었다. 배우자를 쥐어짤 대로 짜내고는 사망 보험금을 타려고 죽음에 이르게 한 사건은 마음이 극악한 속임이었다. 뉴스에 보도된, 성폭행을 부부관계로 정당화시키기 위해 강제로 여자들을 조직원들과 혼인하게 하는 범죄 집단들도 '무늬만 결혼'을 이용하는 사례들이었다. 또 결혼을 가짜로 만드는 요인은 어떤 게 있을까—

신랑 신부가 도착한 단상도 바닥이 보이지 않고 마치 구름 위에 올라간 모양새였다. 자연광에다 다른 조명까지 합세하여 그들은 매우 빛났다. 식장에 조명발은 어디든 있는 거지만 선글라스 없이는 못 볼 예식처럼 휘황찬란했다.

느닷없이 본웅에게 그런 생각이 스쳤다. 혼파라치는 결혼식이 무사할 거라 약속했지만, 혹시나 약속을 어기는 게 아닐까? 그 협박장부터가 종래의 원칙을 어긴 것이지 않았던가? 생각에도 없던 동창들까지 식장으로 불러내게 하여 망신살을 더 크게 뻗치게 하려는 계략 아닐까? 어쩌면 혼파라치에 의해 초청된 하객들도 TV에서만 보던 공인들을 볼 기회인 것도 그렇지만 영화처럼 반전이 있을 것 같아 그걸 보러 온 것일지도 몰랐다. 본웅은 걱정이 되면서도 이변이 생겨 이 결혼이 이루어지지 못하는 장면들이 연상되었다. 저 단상에 찬란한 빛들도 해리포터 장난감으로 쏙 흡수해 버리고 은닉된 정사(情事)들을 포박해 오는 게 아닐까. 흉한 상상이었지만 그걸 내어쫓지 못했고 그의 마음은 걱정 반 기대 반이 되어 있었다.

옆을 보니 정현 선생님이 식장 안에 들어와서도 장난치는 애 한 명을 말리고 있었다. 옛날의 기세였으면 애들이 꼼짝도 못 했을 텐데 통제가 쉽지 않았다. 천방지축인 녀석을 잡으려 그녀가 하는 말이 본웅에게도 들렸다.

"너 계속 그러면 네가 좋아하는 여자애 이름을 애들한테 다 말할 거야."

순간 그 애는 뚝 그치더니 새하얗게 질린 얼굴이 되었다. 성(性)이란 사람이 어릴 때부터 누구에게도 쉽게 보이고 싶지 않고 들키면 어떤 것보다도 수줍어지는, 참으로 본능 중의 본능이자 비밀 중의 비밀이긴 했다. 본웅이 어릴 때도 '진실게임'이라 해서 자신이 누구를 좋아하는지 말하는 놀이가 있었다. 그게 그 나이 때도 그만큼 궁금하고 설레고 여느 감정과 다른 특별한 감정이라는 말이기도 했다.

그때 갑자기, 본웅에게 이런 생각도 퍼뜩 들었다. 어쩌면, 혼파라치가 명단의 사람들을 부른 건—바로 하객 중에 누군가를 치려는 게 아닐까? 생각해 보니 표적이 우리니 이렇게 부른 게 아니겠는가? 이제 혼후 관계까지 잡겠다는 통에—어쩌면 마음까지 표적으로 하는 거 아닐까? 본웅이 그 시절 좋아했고 지금도 그녀에 대한 마음이 꼼지락거린다는 걸 모두에게 말해버리는 거 아닐까? 기왕 내 여자도 아니니 불행한 결혼으로 엎질러져도 상관없다는, 그가 품고만 악하고 옹졸한 심보까지 모두에게 전송해 버리는 건 아닐까.

그러나 결혼식은 아무 일 없이 순조롭게 끝났다. 식장은 끝날 때까지 예뻤고 결혼식에서 빠질 수 없는 마지막 행진에는 보통 꽃가루, 반짝이 가루 같은 걸 뿌리는 것과 달리 비행과 동시에 천사의 날갯짓을 연출한 깃털들이 날리며 그들의 앞날을 축복했다. 사회자는 사진촬영과 피로연은 당초 초청한 사람들만 참여할 수 있다며 혼파라치가 불러온 하객들에게는 양해를 구했다. 대신 밑에 마련된 호화 만찬을 권하였고 사람들은 식장에서 퇴장하기 시작했다. 본웅들처럼 동창들끼리 오랜만에 만난 이들은 삼삼오오 모여 줄지어 내려갔다. 본웅도 자리에서 일어나 벗었던 외투를 입었다. 그런데 이상하게 아까 입고 오기 전과 달리 외투 안주머니가 약간 두툼하게 느껴졌다. 손을 넣자 잡히는 게 있어 꺼내보니 웬걸 청첩장이었다. 이곳 청첩장은 실물이 아니라 문자로 받았고 따로 외투에 넣어두었던 다른 청첩장도 없는데 뭔지 싶었다. 본웅 아니 맛둥은 가자는 친구들의 재촉 속에 있다 확인해 보기로 하고 발걸음을 옮겼다. 그들은 밥까지 먹고 갈 사람이 없어 식당을 앞에 두고 "그래 다음에 밥이나 한번 먹자"는 인사치레를 하며 그렇게 헤어졌다.

신부와 친구들의 궁금했던 현재 모습을 본 건 좋았지만 마음은 어수선했다. 어쨌건 또 계속해서 인생은 흘러갈 것이다. 건물 1층 로비는 많은 이들로 북적거리는 통에 정신이 없었다. 휴대폰을 돌려받고는 인파를 비집고 건물 밖으로 나와서야 한숨 돌릴 것 같았다. 몸을 추스른 맛둥은 오늘의 식을 머릿속에서 되감기하다가 아까 안주머니에서 나온 청첩장을 꺼내 열어보았다.

『본웅 씨에게

이 혼인식에 미리 예고장을 보낸 건 우리가 맞습니다.
왜냐하면 이 비밀스러운 청첩장을 당신에게 건네고 싶었거든요.

현재 인간 세계에서 사람들이 하고 있는 결혼,
이 결혼은 진짜 결혼이 아닙니다.

가게 간판은 그대로인데 맛도 양도 변해버렸거나
같은 이름을 한 후속작인데 전작에 비해 형편없어서
확인해 보면 사장이나 작가가 바뀌었다는 걸 알게 될 때가 있지만

결혼이 그 제목 일부만 하고 있는 채 그것들을 할 수 있는 원래 주인은 사라졌다는 걸 깨닫는 이가 없습니다.

이렇게 결혼이 형해가 된 이유는, 현재 남녀 사이의 성과 그에 따른 성관계가 조작된 가짜이기 때문입니다.

애인이 불구가 되면 슬퍼하고 다시 본래 모습을 되찾고 싶은 게 사람이지만, 애정이 그 형상을 잃었다는 걸 알아채 슬퍼하고 되찾으려는 사람이 없습니다.

곧 다시 봐요.』

일부 설정은 숨겨지거나
조직에서 관리합니다

귀에 이어폰을 꽂고 만화 〈이누야샤〉 OST 〈시대를 초월한 마음〉을 들으며 맛둥은 신호를 기다렸다. 여기 보행등은 빨간불에도 남은 시간을 표기해 주었다. 횡단보도 옆에 우두커니 서 있는 기계에는 〖주의―이 제어기를 함부로 열거나 기계를 만지면 「도로교통법」 제149조에 의거 처벌받습니다〗라는 경고문구가 적혀 있었다. 신호에 맞춰 직장인들은 자신의 일터로 일사불란하게 걸음을 옮겼다. 그들 틈에 끼었다는 건, 맛둥도 어느덧 어엿한 사회구성원이 되었다는 뜻이렷다.
 3일 휴가에 주말까지 겹쳐 5일을 쉬고 집을 나서니 출근길이 좀 더 찐득거리는 기분이었다. 구청 맞은편 거대한 건물 한 면에 크게 〖축 W 와이드 용도변경 승인 완료〗라는 현수막이 걸려 있다. 숙박업이 아닌 주거용으로 쓰는 생활형 숙박시설에 이행강제금이 부과된다 하여 말이 많았다. 주거용으로 계속 쓰려면 건물 종류가 바뀌어야 하고 「건축법」상 조건이 있으니 그게 또 쉽지 않았다. 그걸 통과해 호텔이 오피스텔로 바뀌는 데 성공했다고 축하 현수막을 건 것이다.

사무실에 들어서자 이미 출근하신 주무님이 3일 휴가 잘 갔다 왔냐고 인사를 건네 왔다. 3분 요리보다 인스턴트였다고 답하고는 메모와 표들이 붙어 있는 책상 앞에 앉았다. '필로티, 3/4 무벽'이라는 메모 옆에 있는 컴퓨터 전원 버튼을 누르고 캐비닛을 열었다. 각 담당자에게 컴퓨터 본체는 하나지만 모니터는 2대였다. 한 모니터에는 지방세정보시스템을 열어두고 다른 곳에는 새올행정시스템을 열어 그간 쌓인 온나라* 공문을 확인했다. '골프장 원형보전지에 대한 토지분 분리과세 여부 질의 회신', '과점주주 조사 결과 보고', '개발제한구역 내 행위허가 착공 신고 수리 알림'하며 공문들을 확인하는데 전화벨이 울렸다.

"네 여기 저희 어머니 앞으로 재산세가 나왔는데요, 보니까 저희 아버지 회원권 있으시던 콘도인데 이게 재산세가 나오나요?"

재산세 대장을 열어보니 납세자가 사망하고 상속 등기가 되지 않아 배우자를 주된 상속자로 지정한 게 보였다. 이 콘도의 한 객실에만 해도 수십 명의 사람들이 소유권을 나눠 가지고 있는 것 같았다. 부동산 등기부도 확인해 보며 대답했다.

"네. 회원권 자체는 재산세가 부과되지 않는데 회원권이 부동산 소유권을 지분 형태로 여럿이서 가지는 경우도 있어요. 여기 호실

---

*   행정기관의 문서결재, 지식관리, 메일과 영상회의 등을 위해 운영하는 공무원용 업무시스템.

등기부 보시면 여러 명이서 소유하고 있고 아버지 지분도 있습니다. 네 한번 확인해 보세요."

세금은 크게 그 과세권에 따라 국세와 지방세가 있었다. 중앙정부가 과세의 권한을 가지고 부과 징수 하는 세금은 국세, 지방자치단체가 그렇게 하는 세금은 지방세였다(관세도 국세지만 국세청이 아닌 관세청에서 과세권을 가졌고 내국세와는 또 달랐다). 과세권을 쥔 쪽도 달랐지만 국세와 지방세는 그 세금의 종류들이 가지는 특성도 좀 나뉘는 편이었다. 국세는 소득세, 법인세, 부가가치세로 대표되는 '소득'을 대상으로 삼는 게 많았고 지방세는 취득세, 재산세로 대표되는 '재산'에 대한 세금이 주 종목을 이루었다. 물론 국세도 양도세나 종합부동산세 등 재산에 대한 세금이 있었고 지방세도 지방소득세, 주민세(종업원분)와 같은 세금이 있으니 딱 양분되는 건 아니었지만 전반적인 기류는 그렇게 나뉘어졌다.

관세와 내국세는 납세자들의 세무를 대리하는 관세사와 세무사라는 전문자격이 있었고 지방세는 별개로 마련된 전문직이 없었다. 그래서 관세직이나 국가세무직은 관세사, 세무사 시험을 일부 면제받고 현직 업무와 업계의 일이 겹치기에 퇴직 전후로 합격해서 삶을 확장하는 사람들도 있었다. 그러나 지방세무직은 주로 국세를 대리하는 세무사와 겹치는 업무가 별로 없기에 현직에 있을 때의 경력이 전문성으로 연결되기 어려워 세무사가 되는 이는 극히 드물었다.

실무에 있어서도 국세는 소득을 다루다 보니 지방세 업무에 비해 '기업의 언어'라는 회계에 대한 지식을 더 요했고 세법의 경우에도 국세는 「소득세법」, 「법인세법」, 「부가가치세법」 하며 하나의 세목에 하나의 세법이 따로따로 배정되는 게 많았지만 지방세는 모든 세목이 「지방세법」 하나에 들어 있어 국세와 지방세의 체급 격차를 짐작게 했다.

지방세에도 취득세, 등록면허세, 재산세, 주민세, 자동차세, 지역자원시설세 이외에도 몇 가지 더해서 종류는 여러 가지가 있었다. 지방세의 대장 격인 취득세를 예로 들자면 맞둥이 살면서 내기는커녕 들어본 적도 없었던 이유는 보통 어떤 재산을 득할 때 내야 하는 세금이어서였다. 어디 마트에서 과일 하나 샀다고 거기에 대한 취득세를 내는 게 아니니까. 세금에는 '과세대상'이라는 게 있었다. 「지방세법」에선 부동산, 자동차, 비행기처럼 값나가고 등기·등록 제도가 있는 물건들은 취득세를 내게 정해놓았다. 그러니 일상생활에서 자잘한 생활 물품을 샀다고 취득세를 낼 일은 없었다. 그런 거에 공통적으로 다 붙는 건 부가가치세고, 지방세의 과세대상으로 추려놓은 것들은 대체로 '재산적인' 값어치가 꽤 있는 것이기에 빈자들은 내고 싶어도 못 내는 세금이라고도 할 수 있었다.

가끔 피서철이 다가오곤 하면 콘도, 콘도 거리는 걸 듣긴 했지만 가본 적이 없었다. 그런 콘도미니엄이나 골프장이나 요트 같은 것들에 '회원권'이 있다는 것도 여기 들어와서 취득세 과세대상으로 올라와 있는 것을 보고서야 처음 알게 된 사실이었다. 그냥 인터넷 사이트 회원가입이야 흔해 빠진 거지만 이런 회원권들을 「지방세법」에서 과세대상으로 지정했다면 그만큼 값이 있다는 얘기이지 싶었다.

이렇듯 실물이 있지 않아도 회원권이나 광업권, 어업권 같은 '권리'도 취득세에서는 과세대상으로 정했다. 반면 재산세는 권리도 재산으로 봐서 재산세를 과세하진 않았다. 둘 다 재산적인 가치에 매기는 세금이었지만 세금 매길 재산으로 볼지 말지는 세목별로 관점이 다른 것이었다. 또 전화가 걸려 왔다.

"수고 많으십니다. (중략) 그러니까 이 집은 은행집인 거죠. 은행 돈으로 사니까 처음부터 담보로 잡혔고 좀 있으면 넘어갈 판인데 무슨 내 재산입니까. 그 집이 명의만 내 꺼지 누구 돈으로 샀는가를 봐야지. 초등학생 애 명의로 집을 하나 샀다 쳐. 애 재산으로 샀겠습니까? 그럼 그게 부모 꺼지 애 껍니까?"

등기부를 보니 '임의경매개시결정'이 등기되어 있었다. 집주인이 빚을 못 갚자 은행이 채권 확보를 위해 집을 경매로 넘기겠다는 얘기다. 현재의 납세 의무에는 관계가 없었다. 물권 중에선 소유권이 납세의무자가 되었고 저당권, 전세권, 지상권 같은 물권들은 일단 당사자들 간의 권리관계였다.

"네 그렇지만 재산세는 사실상 소유자가 따로 있는 게 아니면 우선 공부상의 소유주한테 갑니다. 그 집에 자금 조달을 어떻게 해서 샀는지를 보는 건 아니에요. 그 집을 사용하든 안 하든 임대를 주든 집에 물이 새든 하는 건 재산세 과세에는 영향이 없어요."

보통 실무를 맡는 일선 공무원인 이른바 '주무관'이 되면 담당 업무에 대한 이론적인 채비가 기본이었다. 그것도 대개 쉬운 것부터 어려운 것까지 자리마다 업무 난이도가 다 달랐다.

이런 고유의 업무와 별개로 일선에서 대민 업무를 하면서 가장 민감하고 위험한 사안을 꼽으라면 개인정보였다. 「개인정보 보호법」에서 말하는 개인정보는 살아 있는 개인에 관한 정보로서 그것을 입수했을 때 개인을 인지할 수 있는 정보는 물론이고 해당 정보만으로는 특정 개인을 알아볼 수 없더라도 다른 정보와 쉽게 결합하여 알아볼 수 있는 정보까지도 개인정보로 정의하고 있었다. 그리하여 혹 누군가의 개인정보를 누설하지 않게 조심해야 하는 게 아주 중요했다.

해서 보통 전화로 말할 수 있는 과세 정보는 어느 정도 제한되었다. 전화로는 본인인지 아닌지를 모르기 때문이었다. 인터넷에서는 인증서 등으로 본인 확인 절차를 거치지만(그것도 확실히 그 사람이라는 증명은 아니었다) 전화야 걸기만 하면 되고 주민 번호를 댄다 해도 그 사람인지 아닌지는 증명할 수 없었다. 「지방세기본법 시행령」에서는 "세무공무원은 주민등록증 등 신분증명서에 의하여 정보를 요구하는 자가 납세자 본인 또는 납세자로부터 세무업무를 위임받은 자임을 확인하여야 한다"고 하여 본인 확인 방법에 대한 법적지침을 줬다. 납세자의 가족이라도 당사자가 아니면 개인정보를 알려줄 수 없었기에 본인이 직접 오거나 위임장을 받아와야 했다. 여하간 개인정보가 될 수 있는 것들을 놓치지 않도록 유의해야 했다.

또 공문을 훑어보았다. '위택스 사칭 재산세 고지서 해킹 메일 주의 안내'가 눈에 들어왔다. 재산세 전자송달을 빙자하여 해킹 메일이 불특정다수에게 유포되고 있으니 반드시 도메인을 확인하라는 내용이었다. 혼파라치 사칭범죄처럼 범죄자도 범죄자를 사칭하는 마당에 보이스피싱이나 파밍이 금융기관이나 관공서를 사칭하는 건 당연히 있을 법한 범죄였다. 또 전화벨이 울렸다. 이번에는 다짜고짜 하는 말이

"아니 공시지가는 내렸는데 왜 재산세는 올랐어요? 이게 말이 돼요?"

납기 때 결코 피할 수 없는 전화 중 하나였다. 담당자도 까딱하면 횡설수설처럼 되어버리게 하는 건이라 차분히, 최대한 쉽게 설명하기 시작했다.

"네 재산세는 상한제라는 게 있어요. 올해 세액이 전년도 세액에서 일정 비율 이상 오르지 못하게 하는 겁니다. 만약에 작년보다 올해 공시가격이 2배 올랐다 쳐요. 그럼 세금도 2배로 뛰는 게 맞잖아요? 근데 그러면 부담이 급격히 커지니까 예를 들어 1.1배만 오르게 하라고 상한을 정한 거예요. 세금을 훨씬 싸게 내게 되는 거죠. 그런데 이 상태에서 내년에는 주택가격이 조금 내렸다 칩시다. 작년도 대비 1.5배 정도로 되었다 할 때 세금도 같이 내리는 게 아니라 올해 세액이 2배로 오르지 않고 1.1배만 올랐으니까 아직도 그 내려간 주택가격인 1.5배보다도 낮기 때문에 거기에 맞추려면 세액은 더 올라야 해요. 공시가에 맞춰질 때까지 세금은 조금씩 오를 수밖에 없어요. 네 그러니까 보통 우리가 생각하기엔 공시가격대로만 세금이 움직이는 게 맞잖아요? 그런데 실제로는 그렇기도 하지만 그렇지 않기도 한 거라서요."

상한제 자체는 누전 차단기와 비슷하다는 것을 곁들이면 더 귀에 쏙 들어오려나. 현재 이런 전화들은 모두 지난달에 나간 재산세

고지서 때문이었다. 재산세는 7월, 9월 두 차례에 걸쳐 고지서를 보내는 세금이라 그달에는 전화러시였고 8월은 숨을 고르며 9월을 준비하는 시간이었지만 독촉장이 나가서 또 납세자들의 전화가 끊이지 않았다. 맛둥은 작년 7월 재산세팀으로 발령받아 1년을 지내봤기에 올해는 재수강하는 기분이긴 했다.

맛둥도 올해로 일한 지 5년 차가 되었다. 이 정도 연차를 전후로 다른 기관으로 가는 직원들도 있고는 했다. 전입 시험을 합격하거나 면접을 통과해 시청이나 행정안전부 같은 상급 기관으로 옮길 수 있었다. 입사 초기에 맛둥은 상급 기관으로 가면 승진을 빨리할 수 있다는 걸 듣고 관심이 갔었다. 그런데 직원들 다 같이 빨리 다는 거라 육군 본부에는 중령이 바닥 청소한다는 것처럼 조직 내에서의 위상은 다를 게 없는, 주식으로 치면 무상 증자와 같은 승진이라는 것도 듣게 되어 관심이 돌아와 버렸다.

구청 부서들의 속을 보면 과장 한 명 밑으로 여러 개의 팀이 있어 업무를 나누어서 처리했다. 각 팀마다 팀장이 있었고 그 바로 밑으로 '주무'*라고 불리는 최고 실무자들이 포진해 있었다. 팀장도 책임자로서 소환되어 답변을 하거나 상황에 따라 경기장으로 들어와 노련한 역량을 선보였으나 평시에는 감독·코치진으로서 벤치에 있다면 필드에서 뛰며 팀을 진두지휘하는 주장 선수는 주무였다. 팀의

---

* 지자체나 관공서에 따라 '차석', '차장', '주임' 등 이들을 칭하는 용어는 다름.

실무를 총괄하는 우두머리인지라 어렵고 복잡한 건들은 담당자나 팀장에 더해 주무들이 검토하고 카운슬러가 되어주며 일이 처리되는 게 많았다. 관공서에서는 으레 담당자가 기안하고 팀장과 과장의 결재가 찍힌 공문서가 생산되어 서류에는 이들이 드러나지 않지만 이들이 없다면 공직 사회는 차포 떼고 두는 장기판이 되었다.

이런 과장, 팀장의 자리는 급수에 따라 될 터이니 과장은 5급, 팀장은 6급, 그리고 이하 팀원들은 그 아래가 되는 것이 떠오름 직했다. 그런데 공직 사회가 가지는 특징 중에 하나로, 팀장이 되지 못한 6급들이 많았다. 관련 뉴스 기사에서는 '무보직 6급'이라 일컬어지는, 급수는 팀장에 걸맞은데 자리는 여전히 실무인 직원들이었다. 전에 공무원 노조에서 무보직 6급 문제를 두고 신라나 고려 시대 향, 소, 부곡민과 같은 신량역천(身良役賤)이나 조선 시대의 계고직비(階高職卑)와 같은 형국이라며 인사 적체에 목소리를 높이기도 했었다. 공직 사회의 인사는, 인사고과가 없진 않았고 인사권자가 손을 댈 때도 있었으나 기본적으로 연차의 많고 적음에 따라 순서대로 승진하는 정속 주행이 많았다.

흔히 직장 생활 최고의 영광은 승진이라고들 했다. 급여든 대우든 권한이든 밑의 사람에서 위의 사람으로 간다는 건 이전과 다른 내가 되는 거니까. 좌석 배치부터 달라지곤 했다. 방문민원을 가장 먼저 대하는 민원 창구는 으레 막내 직원들에게 분장되고 직급이 높을수록 안쪽 자리로 들어가다 보니 임용장보다 인사이드에서 느껴지는 정취가 더 승진을 실감케 해주기도 했다. 보통 건물은 얼마나 접도가 잘되어 있냐가 중요한 요소라 역세권이 비싼 땅이 되는데,

관공서의 좌석은 접도가 안 되면 안 될수록 더 값비싼 좌석이 되는 역설이 있었다.

자리 배치야 그냥 데코(?)지만 長에 오르면 맞게 되는 공적인 지위라면 결재의 한 축을 맡게 된다는 거였다. 더불어 직장 생활을 전과 확연히 다르게 하는 가장 큰 신변의 변화는 어느 정도 실무를 놓게 된다는 거였다. 대외적으로 부서나 팀의 대표자이자 책임자가 되는 무게가 부담되었으나 그에 따른 의미와 실리도 분명하다 보니 과연 승진은 많은 이들이 희망할 만한 것이었다.

맞둥이 소속된 재산세팀의 주무도 승진은 아직 깜깜했다. 그가 재산세로 갓 발령받았을 때 이것저것 곰살궂게 잘 가르쳐 주신 고마운 주무님이었다. 숱한 전장을 겪어오신 백전노장의 주무님은 지금도 어려운 순간이 닥칠 때마다 맞둥에게 피뢰침이나 다름없었다. 보통의 담당자들과 달리 팀 전체를 꾸려나가야 하는 주무들이 떠안는 업무적 중압감은 컸다. 맘 같아서는 주무님 그동안 고생 많으셨죠 하며 팀장님 옆에 앉히고 싶었지만 맞둥 본인이 환경설정 할 수 있는 영역이 아니니 어쩔 도리가 없었다.

이런 환경에서의 진짜 승진은 급수가 오르기보다는 자리가 영전(榮轉)하는 것이라 할 수 있었다. 급수가 오르지 않아도 자리가 나서 '長'으로 승격하면 실속을 잡는 것이었다. 물론 실무자 단계에서도 빨리 승진해야 나중에 더 빨리 長에 오를 가능성이 많기에 모든 승진이 다 자라나는 과정이었지만 중간 관리자에 도달해야 비로소 실효를 수확하는 거라 할 수 있었다. 여하간 무상 증자에 비유한 승진도 그렇고, 한마디로 말해 '승진'이라는 것도 겉과 속, 무늬와 알짜가 다르다는 게 요지였다.

이런 공식적인 지위와 별개로 얼마나 인정받고 서로 당겨가려는 직원이 되느냐, 즉 조직에서의 평판이나 대우를 결정짓는 건 '실력'이었다. 그럼 각 사람의 실력은 무엇으로 판단할까? 사회에서 일반적으로 그 사람의 실력에 대한 증명서로 쓰이는, 이를테면 학벌 같은 건 하위직 공무원 사회에서는 그렇게 중요하지 않았다. 얼마간 차이는 있어도 9급 입직, 5·6급 퇴직이 대부분인 하위직에선 학력이 인사고과를 좌우할 층수가 못 되었다. 안의 구성원들도 지방직 공무원 학력은 다수가 지방대 졸업이었고 무엇보다 일로 인정을 받으면 그게 학력보다 실한 증명으로 쓰였다.

이렇게 실력은 곧 일을 얼마나 잘하냐, 즉 업무 능력이었다. 사교성이나 '줄'이라 불리는 로비나 인맥도 한 귀퉁이를 차지할 수 있지만 먼저는 일이 기본이었다. 그러니 짬*과 직급에 걸맞은 직원이 되려면 다양한 업무 경험을 쌓고 공부를 해야 했다. 여기서 또 '계급'의 겉면과 속면이 나누어지기도 했다. 다만 일이라는 게 독학도 하지만 동료직원이 가르쳐 주거나 인수인계 받아야 하는 영역이 상당한데 이 부분에서 어려움이 많이 생겼다.

공직 사회를 떠나 세상의 어느 업계, 업체든 간에 많은 신입직원들이 입직하고서 공부할 때와는 너무나 다르다고 느끼는 첫 번째 장

---

*   복무한 기간을 뜻하는 군대 은어지만 사회에서도 어떤 업계에서의 연차를 말할 때 쓰곤 하는 용어.

벽은 준비생일 때는 하나부터 열까지 강사나 교재가 다 잘 알려줬지만 직장은 기본적으로 누가 앉혀놓고 일일이 가르쳐 주는 게 아니라는 것이었다. 가르침을 받아도 신입으로서 어려운 건 눈높이 교육이 안 될 때가 많다는 거였다. 사수*가 어떤 개념이나 원리에 대해 안다는 걸 전제하고 말하지만 그걸 모르는 입장에선 흡사 영어사전이 아니라 영영사전을 보는 느낌이었다. 매뉴얼은 있기도 없기도 했지만 일을 하다 보면 암묵지라거나 해당 자리만의 특징과 속사정 같은 디테일이 생기기 마련이었고 그런 건 동료직원들의 도움 없이는 헤쳐 나가기 어려웠다.

더군다나 맏둥은 세법을 보지도 않고 세무공무원이 되었다(여기에는 또 사연이 있긴 했다). 당연히 알아야 할 쉬운 것도 그에겐 들리지 않았고 업무 프로세스의 전체 그림은 모르고서 그때그때 얻은 퍼즐조각만으로 유추해 보는, 군맹무상(群盲撫象)이 되어버리는 것이었다.

신입이든 경력이든 직장에서는 일단 일을 할 수 있어야 살아남을 수 있었다. 맏둥의 경우 인사이동으로 처음 어느 자리에 앉으면 보지만 보지 못하고 듣지만 들리지 않는, 업무적으로 헬렌 켈러가 되었고 그럴 땐 설리번 선생님이 간절했다.

어느덧 점심시간이 되었다. 구청 건물에 식당이 있어 시장 물가보다 싼 가격에 먹을 수 있음이 감사한 일이었다. 일반인은 출입할

---

* 해당 업무를 앞서 맡아서 해온 선임. 역시 원래는 군대용어지만 사회에서도 쓰임.

수 없고 직원들만 받아주니 이것도 회원권이라면 회원권인가. 직원들과 대화하며 식당 줄을 기다리다 배식구로 오자 오늘 주메뉴는 고등어 버터구이였다. '1인당 2개까지'라는 팻말이 붙어 있고 그 옆으로 오징어젓 무말랭이, 감자볶음, 김치, 소고깃국 등으로 이어졌다.

자리에 앉았는데 함께 앉은 직원 중 누군가 식판을 부러리며 버터가 아니라 마가린으로 요리한 것 같다고 했다. 그러자 버터인지 마가린인지 보기만 해서 알 수 있냐는 농담들이 오고 갔다. 누군가는 무말랭이 사이를 젓가락으로 들춰보며 식단표와 달리 왜 오징어는 안 보이냐 했다. 다른 직원들도 고개를 갸우뚱하며 무말랭이를 감찰하는데 누군가 말했다.

"알고 보면 처음 메뉴는 다 나갔고 여기는 그 대신인 것들 아니야?"

역시 농담을 한 사람은 작년에 들어온 45세 되는 신입직원이었다. 대기업에서 나와 그 대신 여기로 온 사람이었는데 시험을 단 8개월 만에 합격했다는 사람이었다. 그는 공무원은 나이제한이 없고 결격사유 걸릴 거만 없으면 누구나 들어올 수 있다는 게 성은이 망극이라 했다. 일도 잘하고 친화력도 좋아서 많은 인기를 얻고 있는 직원이었다. 일전에 맛둥과 대화할 때는 나의 사장이 국가라는 게 얼마나 좋은 건지 모르실 거라며 공무원은 BCG매트릭스*로 치면 '캐시카우'에 속하는 계열이라는 표현도 써서 유식해 보이기도 했다. 다만 맛둥이 4년 만에 합격해 들어왔다고 하자 무슨 이런 시험을 4년이

---

*   미국의 보스턴 컨설팅 그룹(BCG)이 개발한 전략평가 기법.

나 붙잡고 있었냐고 어이없다는 반응을 보여 기분이 상하긴 했다.

맞둥 역시 32살에 합격해 33살이 되어서야 첫 출근을 했으니 좀 늦은 사회생활을 시작했지만 만학도 사례였고 늦은 나이에 신입으로 들어오는 직원들은 한 번쯤 회사 생활을 하고 들어온 경우가 많았다. 지금은 고학생이 잘 없지만 옛날의 합격 수기들을 읽어보면 공부량을 많이 필요로 하는 시험 준비를 할 형편이 안 되어 임시로 말단 공무원으로 들어왔다가 눌러붙게 된 이들도 있었으며 큰 취업이나 사업을 준비하다 안 돼서 하향 지원 해 들어온 이들도 있었고 계속된 도전 끝에 운 좋게 붙어 자기 능력보다 더 잘된 케이스들도 있었다. 같은 조직 사회에 소속되어 있다 해도 다 면면이 사연이 있고 출신이 엇갈리고는 했다.

조촐한 점심을 먹고 직원들은 삼삼오오 짝지어 돌아다니지만 맞둥은 홀로 주위를 배회했다. 얼마 전 결혼식에서 받은 이상한 청첩장에 마음이 뒤숭숭했다. 결혼이 속 빈 강정이 되었다며 성이 조작되어서 그렇다는 게 대체 어떤 건지 아리송했다. 무슨 성병에 걸렸거나 성호르몬 이상 증세를 겪는 부부들을 얘기하는 건가? 특정한 걸 가지고 결혼 전체를 싸잡아 말하려는 것부터 불신이 갔다. 청첩장으로 위장한 스미싱 사기가 뉴스에 나오던데 이것도 그런 종류이지 싶었다. 그때 누군가 식 도중에 자신의 외투에 슬쩍 넣은 게 틀림없었다. 다른 동창들에게도 건네진 건지 궁금했지만 뭐가 되었든— 전화로 주민 번호를 대더라도 그 사람 본인이라 믿으면 안 되는 업무를 하는 맞둥에게 이런 정체불명의 발신인은 가끔 개인정보를 노리고 발신자번호 불명으로 관공서에 전화 거는 일당들과 다를 게 없었다. 아마도 혼파라치가 저격했다는 결혼식을 빌려 혼파라치인 척하며 수작을 부리려는 부류이지 싶었다. 무시하는 게 답이었다.

점심시간이 끝나 다시 오후가 시작되었다. 민원인이 들어와 서성거리더니 취득세 간판이 달린 팀으로 갔다.

"여기 자동차 매매업자 대리신고 확인 안내문? 이거 받고 왔습니다."

"네 저기 자동차세팀에 가시면 돼요."

과세관청에서 직접 세금을 계산해 매겨 보내는 재산세 업무에 비해 신고세목인 취득세는 방문민원들이 잦았다. 그런데 차에 대한 취득세는 취득세팀이 아니라 자동차세팀에 담당자 한 명을 위치시킨 게 조직 배치였다(이유는 취득세와 자동차세에 대한 감면을 특례로 한데 묶어놓은 법조문이 있어서였다). 민원인이 받은 건 중고차를 구매한 납세자들을 대리하여 매매상이 차량등록사업소에 제출한 신고가격이 적힌 안내문이었다. 담당직원이 응대하는 소리가 들려왔다.

"네 여기 원본 매매계약서에는 1,500만 원인데 실제로 그렇게 거래를 하신 거죠? 여기에는 1,250만 원으로 적혀 있잖아요? 실제보다 과소 신고를 한 것이거든요."

차량은 부동산처럼 실거래가 신고제도도 없고 양도세를 내는 것도 아니기에 다운계약서를 쓰는 경우가 있었다. 실제 거래금액보다 적은 금액으로 거래했다고 신고하여 과세표준을 낮춰 세금을 줄이는 것이었다. 「자동차관리법」상 자동차매매업자, 흔히 중고차 딜러로 통하는 업종에서 차를 사고팔고 하면 등록도 대행해 주곤 하는

데, 성실한 중고차 업자들은 그러지 않았지만 뉴스에 보도되듯 허위매물도 있으니 세금 과소 신고도 나오곤 했다. 그럼 남녀 사이의 성도 조작하여 값을 다운시켜 버리는 업자들도 없으란 법이 없으려나? 하는 생각이 들자 맞둥은 피식 웃음이 났다.

당연하지만 부동산이나 차량처럼 '물건'을 다루는 세금에 있어선 그 가격이 세액을 결정하는 주요한 요소였다. 취득세 같은 경우 그것의 실제 거래액을 기준으로 했다. 물론 상속이나 증여, 법인 분할·합병 등은 시가표준액(또는 인정액)을 쓰기도 하지만 일반 매매나 신축은 그 가액이 되는 여러 직간접적인 비용을 포착하여 실가격 적발을 하는 게 지방세정의 한 과제였다. 이런 취득세와 달리 재산세는 공시가격* 등 시가표준액만을 썼다. 그런데 이게 시가에 한참 못 미치다 보니 정부에서는 부동산 실거래 가격과 공시가의 차이를 줄여나가는 '공시가격 현실화'라는 걸 정책으로 삼기도 했었다.

과소평가를 잡든 표준을 시세에 맞추든 좌우지간 모두 다 거래나 액수를 실(實)에 최대한 근접시키기 위한 문제의식과 노력들이라고 할 수 있었다.

팀마다 내년도 낼 시책을 생각해 보라는 쪽지가 왔다. 가끔 이렇게 아이디어에 대한 요청도 들어왔다. 납세자에게 좋거나 업무 능률

---

* 매년 국가와 지자체, 공공기관이 부동산에 대하여 조세 산정, 공공수용에 대한 보상, 사회보험 기초자료 등으로 활용하기 위해 조사하고 산정하여 공시하는 가격.

을 올리는, 실행 가능하고 효과적인 방편이 있다면 제출하라는 것이다. 아이디어란 참으로 어려웠다. 그러나 그 아이디어를 내는 게 어려운 만큼 그 보상이 밋밋할 때가 많다는 것도 어려운 점이었다. 맏둥이 느낀 또 하나의 공직 사회의 특징이라면 동기를 유발할 만한 인사적인 상급이 약하다는 거였다.

매년 구청에서는 성과를 낸 직원들을 모아 투표를 거쳐 적극행정 공무원으로 시상하는 경진대회가 있었다. 세무직은 세입 증대에 기여한 실적이 있다면 포상금을 받기도 했지만 그건 돈이었기에 이런 타이틀들은 성과에 대해 그런 포상들이 줄 수 없는 처우가 될 수 있었다. 그런데 이런 상도 상금과 특별 휴가가 부여되는 정도를 넘지 못할 때가 많았다. 외부에서 주최한 대회에서 상을 받아도 승진이나 승급 등 직접적인 인사로 연결되지 못하고 인사 가점 정도로 그칠 때가 많았다. 사실 공무원의 인사는 업무 능력, 실적, 수상과 같은 것보다는 자신이 소속된 조직의 인사적 여건, 즉 군대에서 속되게 풀린 군번이냐 아니냐와 같은, 들어온 순서와 자릿수와 인원수가 가장 큰 몫을 차지한다고 할 수도 있었다.

공무원은 몸통으로서의 급여가 법으로 공시되는 유리지갑이었고 또 일괄로 매겨버리니 열심히 한다고 더 주거나 능력대로 차등받고 할 게 없었다. 일 잘하는 유능한 직원이라 해도 연봉 협상 해서 몸값 높일 순 없었고 한 해에 한 번씩 받는 성과금도 있으나 그 등급은 성과보다 연공서열대로 매겨질 때가 많았다. 그런 면도 이윤을 위해 일을 벌이는 사조직과 달리 사업부서가 아니고는 정해지고 주어지는 일을 처리하는 게 많은 공직의 특성에 따른 것이라고도 할 수 있었다. 여하튼 이런 점들도 캐시카우의 속성을 떠올리게 했고 사람에 따라 유리하게도 불리하게도 느껴질 배경이었다.

상한제는 재산세에만 있는 게 아니었다. 올라가는 게 한계가 있으며 무슨 일을 하든, 어떤 수확량을 냈든 똑같이 정량 배식이라면 남은 건 짐작될 만했다. 그러니 공무원을 '자본주의 사회 안에서의 공산주의'라고 비유하는 것도 나올 수 있는 것이었다. 또 그렇기에 공직 사회 안에서도 능력, 성과가 중심이 되는 조직 문화에 대한 말들은 계속 나오고 있었다.

또 서무가 쪽지를 직원들한테 날렸다. 사무용품 카탈로그를 보고 필요한 게 있으면 신청하라는 것에 덧붙여 '적극행정 교육'을 필두로 '장애 인식 개선교육', '불법 소프트웨어 점검 교육', '미래의 한반도 교육' 등 교육 관련 공문이 왔으니 읽어보고 수강 부탁드린다는 내용이었다. 적극행정이라… 사실 맛둥은 그게 될 만한 업적도, 아이디어도 없는 주제에 인센티브가 약하다고 유감스러워하는 스스로가 웃기긴 했다. 그리고 물질적인 것으로만 생각하는 자신이 속물이라는 생각도 들었다. 비록 보상은 아쉽다 해도 공을 세우고 주위로부터 인정받는 게 실리라 할 수 있고 조세 정의를 실현하고 국가에 이바지한다는 보람은 공무원 면접장에서 배달 늦어 음식점에 전화하면 이제 막 출발했다는 대답처럼 정석으로 쓰였지만 정말 나(私)의 승리보다 우리(公)의 승리를 값지게 여기는 대인배들에겐 진심이었다.

공무원은 의무적으로 사이버 교육을 수강해야 하는 게 있었다.

맞둥의 컴퓨터는 무슨 문제인지 몇 달 전부터 스피커가 고장 나서 고쳐지지가 않았다. 수리 기사가 와서 포맷도 해보고 드라이브도 새로 깔았지만 되지 않아서 손 놓고 있었다. 총무과에서는 Windows 업데이트를 해보라고 했다. 컴퓨터에 '설정'으로 들어가서 윈도우즈 업데이트 화면으로 들어가니 빨간색 글자로

*일부 설정은 숨겨지거나 조직에서 관리합니다.

라는 문구가 뜨고 그 밑에 "*조직에서 자동업데이트를 껐습니다"라는 문구도 쓰여 있었다. 뭔진 모르겠지만 업데이트를 막는 무엇인 거 같아 구글링을 하며 방법을 찾아보니 비슷한 선진사례가 몇 가지가 나왔다. 사무용 컴퓨터가 아니라 집에서 쓰는 PC인데도 이런 경우가 있다고도 하니 구청 통신실이나 전산실에서 뭘 통제해 놓아서가 아닐 수도 있겠다는 생각이 들었다. 원인은 대략 몇 가지로 나뉘었고 해결책은 그룹정책 편집기에 들어가 윈도우즈 자동업데이트 구성을 건드리거나 레지스트리를 관리자 권한으로 실행해 윈도우즈 업데이트를 삭제하는 것이었다. 둘 다 시도해 봤지만 컴퓨터는 철옹성이었다. 그냥 오프라인이나 다른 방식으로 교육들을 듣는 게 낫겠다 싶었다.

하루가 마무리되고 퇴근을 알리는 노래가 방송으로 들렸다. 그의 집은, 아니 그가 세 들어 사는 집은 걸어서 출퇴근할 수 있는 거리의 다가구주택이었다. 직주근접은 좋았다. 그 일대는 도시재생사업으로 주택을 상점으로 리모델링하는 식으로 꾸미며 일대가 상권으로 탈바꿈된 곳이었다. 난개발에 편승하여 신축건물을 뚝딱 지어내

고 있는 품바구의 다른 지역과 차별되게 고풍스러운 건물에 아기자기한 감성을 내는 골목상권들이었다.

    그는 원래 태어난 이래 아주 어릴 때를 빼고는 쭉 아파트에서 살았었다. 80년대 후반, 대한민국의 경제개발이 된 시점에 평범한 중산층 가정에서 태어난 맛둥이었다. 제1기 신도시 발표를 시작으로 정부 주도의 택지사업으로 잘 닦인 도시의 공동주택들이 생겼고 덕분에 너저분할 것 없이 깔끔하게 구획된 아파트 단지를 누리며 무난하게 자란 그에게는 단독주택가의 풍경이 낯설었다.

    주택 골목가엔 의자 몇 개를 놓아두고 항상 할머니 몇 분이 앉아 계셨다. 단체 채팅방 같은 걸 쓰지 못하니 오프라인에서 만나 적적함을 달래곤 하셨다. 1층 대문을 열기도 전 달칵거릴 때부터 어째 소리를 들었는지 개 짖는 소리가 요란했다. 계단을 오르기도 전에 2층 집의 닥스훈트 한 마리가 창문으로 맛둥을 보며 으르렁 짖어댔다. 고장난 지 한참인 계단 난간의 전등들을 지나 3층으로 오르면 집주인이 가꾸는 마당과 맛둥이 세 든 조그만 옥탑방이 나왔다.

    오늘은 올라오고 나니 집주인이 옥상 화단에 물을 주고 있었다. 여름엔 낮이 하도 뜨거우니 저녁에 옥상에 와서 자신이 심은 식물을 관리하는 것이었다. 맛둥이 처음 만났을 때는 정수리가 비어가던 주인이었지만 지금은 그럭저럭 머리 위를 덮을 정도의 숱을 가지게 되었다. 식물만이 아니라 머리도 심을 수 있어서였다. 그전에만 해도 맛둥에게 귀띔하기로 탈모약 관련해 성분이 남성 호르몬과 연관이 있어 성기능 장애가 올 수도 있다며 대머리를 택할 것이냐 발기부전을 택할 것이냐가 아니냐며 삶의 애환을 토로했었지만 이제는 울며

고자 먹기를 고민하지 않아도 될 법했다.

　해가 지면서 어두워지자 주인도 떠났다. 맛둥이 여기로 오게 된 건 어머니의 병과 관계가 있었다. 그의 어머니는 그의 학창 시절부터 원인 모를 병을 앓았다. 양의학과 한의학과 민간요법까지 안 해 본 것이 없었지만 원인도 알 수 없었고 도통 낫지 않아 집안의 숙환이 되었다. 의학으로 치료가 되지 않자 어머니는 건강 기능 식품에 의존하기 시작했다. 그것들을 계속 구입하고 쟁여놓았으나 병은 낫지 않았다. 아버지 외벌이에 형과 맛둥은 아직 경제활동을 못 하는 시점의 평범한 4인 가정인 맛둥의 집에는 과부하였고 재산은 그라데이션처럼 점차 바래졌다. 주위에서 말려도 어머니는 살기 위해서는 그것을 먹어야 한다는 거였다. 애초에 건강 기능 식품이라는 게 약이 아니라 말 그대로 식품인데도 효능이 의학적인 느낌으로 들릴 수도 있는, 약은 아니지만 유사약 느낌이 없지 않아서 벌어지는 일이라고도 할 수 있었다.

　그렇게 집의 가세는 계속 기울어 맛둥네는 그가 30대에 접어들었을 때 자가 아파트를 팔고 도시 외곽의 셋방으로 옮기게 되었다. 그 뒤 그가 공무원에 합격하여 발령지가 품바구청으로 뜨자 출퇴근하기가 너무 멀어 혼자 자취할 방을 찾다가 전세비용이 그나마 싼 이곳에 묵게 된 것이다.

　대학 시절 교양수업 때 교수가 2007년發 금융위기를 언급하며 그 시작이 모기지 때문이었다는 걸 얘기했을 때는 그게 영단어가 아니라 일본어인 줄 알았고 뉴스에 자주 뜨는 부동산 관련된 정책이나 실태에도 관심이 없었었다. 사회생활을 해가면서야 다른 것보다 일차적인 큰 장벽이 집값이라는 걸 실감할 수 있었다. 당장 오늘도 은행집이라 주장하는 전화가 있었던 것처럼, 재산세 업무를 맡으며 수많은 부동산 등기부를 열람해 을부에 은행 앞으로 잡힌 근저당권, 즉 '주담대'*들을 직접 목도하면서 남의 돈으로 집을 사거나 빌리는 게 아직 많은 이들의 인생이라는 걸 볼 수 있었다. 더 이상 농경 사회도 아니고 대한민국 헌법은 경자유전의 원칙을 천명하지만 소작농은 시대를 초월한 농법 같았다.

세상에 고의로든 과실이든 어떤 잘못과 피해가 있어도 그걸 저지른 누군가를 특정할 수 있는 게 있고 없는 게 있을 터였다. 집값을 이렇게 만든 건 누가 한 일일까? 범인이 있는 게 아니라 그냥 애덤 스미스가 말한 대로 '보이지 않는 손'님께서 한 건가?

철학자 하이데거가 인간을 '세계 내 존재'라 규정했던가. 이것이 그가 속한 세계였다. 대부분의 사람은 자신이 속한 식구, 직장, 사회, 국가 등이 있었고 이 모든 '조직'들이 사람의 삶을 책정하고 규정했다. 그러니까 수은이 이직한 건 어찌 보면 정치적 행위였다. 생각해 보니 탈모약과 성기능이 반비례한다는 것도, 아무 관계 없어 보이는 머리털 힘과 성(性)이 관련이 생기는 이유도 인체 조직이 거기 그렇게 작용한다는 거니 그것 역시 조직(?)이 관리하는 거였다. 그렇게 치니 어디든 정치판이 아닌 데가 없었다.

그래도 맞둥은 사는 것과 관련해서 감사할 것이 훨씬 많다고 생

---

*　　주택담보대출의 줄임말.

각했다. 경제성장 前 밥 굶고 살았던 시절들에 비하면 의식주 중에 住만 좀 어려운 현재 정도야. 아파트 단지엔 없는 전봇대 전선에 앉은 새들이 지저귀는 소리도 들리고 달걀 파는 트럭이 골목골목을 휘젓고 다니며 확성기로 판촉하는, 유네스코 세계유산이 되지 못하고 사라질 이 아담하고 평화로운 주택 풍경도 꽤 정다웠다.

또 부자는 고사하고 당장 동료직원들만 봐도 느껴지는 상대적 박탈감도 맛둥을 절망시키진 않았다. 어딘가에서 읽었던 "돈 있다고 한 그릇 먹을 거 열 그릇 먹을 것도 아니고, 돈 있다고 하루 24시간이 240시간 되는 게 아닌, 돈으로 건강이나 지혜는 살 수 없고…" 하며 돈의 한계를 지적하는, 이제는 좀 상투적인 글귀 같은 걸 자기 위안으로 삼는 건 아니었고 "짚방석 내지마라 낙엽엔들 못 앉으랴" 했던 시조처럼 안빈낙도하는 마음도 아니었다. 돈이 많지 않아도 꼭 필요한 재화와 서비스들은 다 할 수 있는 물가와 시장 덕분이기도 했지만 생각할 때마다 좋은 건 단연코 컴퓨터와 인터넷 등이 극빈층 아니라면 누구나 접근하고 쓸 수 있을 정도로 정보통신 도구의 획득, 사용에 대한 비용이나 자격의 문턱이 낮았다는 것이었다.

분명 상류층만이 누리는, 많은 부가 있어야 얻을 수 있는 물건과 편의들이 있다 해도 맛둥에게 아직까지는 컴퓨터의 발명처럼 인류사에 극적인 영향을 주는 경이로운 일이 없었다. 오히려 그의 생각엔 컴퓨터나 스마트폰 같은 거야말로 1대당 1억 원이 넘어도 전혀 비싸지 않을 정도의 성능을 냈다. 아니 사치품 같은 걸 넘어 돈으로는 아예 살 수도 없이 특정인, 특정 집단만 비밀리에 사용하는 '그들만의 리그'가 되기에도 너끈할 도구였다. 이 신기한 걸 personal computer로서 일반에게 누구나 충분히 접근 가능한 가격으로 만들어 내어 보급한 것은 '널리 인간을 이롭게 하라'*는 이념을 어떤 정치나 경제보다 크게 이뤄준 것이라 생각했다. 천재들이 그걸 자신들만의 전유물로 하지 않고, 또는 값을 매우 비싸게 매겨 있는 자들만의 기득권으로 하지도 않았다는 게 고맙고 대단했다.

어머니한테서 전화가 왔다. 이번 주에는 인근의 '맘마미 교회'에 꼭 같이 가보자는 거였다. 유튜브에서 병 낳은 간증을 찾아 듣더니 그 교회가 영험하다는 거였다. 전부터 교회를 다니시던 어머니였으나 편찮게 된 이후로 치유를 위해 교회도 전전하고 계셨다. 맞둥도 어릴 때는 엄마를 따라 교회에 나갔었고 한때는 진리가 궁금해 동서양의 경전들을 탐구하려고도 했었다. 해봤자 합격자 많이 배출했다는 학원 광고, 아니 1등 당첨자 나온 데라고 호객하는 복권가게들과 비슷한 게 아닐까. '그곳'이 능력이 있는 게 아닐 테고 있다 해도 그것만으로는 되는 건 아닐 텐데 하는 생각이 들었다. 정말로 모친의 조직을 고칠 수 있는 조직이 있다면 오죽 좋을까.

"네. 파일 확인하고 관련 내용 검토하고 연락드리겠습니다."

맞둥은 전화를 끊고는 공직자통합메일을 열었다. 토지분 분리과세 관련한 전화였고 메일을 보냈다는 법인은 흔히 '리츠(REITs)'라 불리는 부동산투자회사였다. 몇 년 전에 사모형 부동산투자회사나 집

---

*   홍익인간(弘益人間). 고조선의 건국이념.

합투자기구에 대해서는 분리과세를 더 이상 해주지 않는 것으로 세법이 개정되었다. 일단 상장법인인지를 확인해 봐야 할 것 같았다. '토지분 재산세 분리과세 적용 신청서'라는 제목을 클릭해 보니 신청서와 함께 다트*에 올라가는 투자설명서가 첨부파일로 있었다. 그런데 설명서는 당해 리츠가 아닌 이 리츠의 주식을 100% 가진 대기업 계열 리츠에 관한 자료였다. 대략 보니 상장 페이퍼컴퍼니 리츠의 자회사가 당해 리츠인 셈이었는데 이런 식의 간접적인 연결도 될까? 확인해 보려 업무편람을 펼치며 메일을 끄려는데 '승진 및 전보 인사(특별)'라는 제목으로 들어온 다른 메일이 있었다. 정기인사는 지난달로 마감했는데 따로 수시인사가 났나? 하며 클릭했다.

『본웅 씨에게

얼마 전 우리는 현재 남자와 여자의 성과 그 관계는 가짜라는 얘기를 했는데요. 그렇다면 성관계가 진짜인지 가짜인지는 무엇을 통해서 알 수 있을까요?

이 세상 모든 것에는 참과 거짓, 진위(眞僞)가 있습니다. 또는 우열(優劣), 잘나고 못나고도 있습니다. 맛있는 떡볶이집이 있고 맛없

---

* 전자공시시스템. 「자본시장법」(약칭)에 의해 상장법인은 사업보고서 등을 정기적으로 제출하고 금융위원회와 거래소는 인터넷 홈페이지 등을 이용해 이를 공시하여야 한다.

는 떡볶이집이 있다면 여고생들은 맛있는 데로 가겠지만 맛없는 집 떡볶이는 가짜야라고 하지는 않을 겁니다. 맛은 없어도 떡볶이가 아닌 건 아니니까요. 여대생이 큰맘 먹고 할부로 지른 백이 짝퉁이었다는 걸 알았다면 아이참 못난 것 하기보다는 이거 가짜네라고 할 겁니다. 그러나 야생 꿀을 한번 퍼 먹고서는 "제가 알던 꿀은 진짜 꿀이 아니었는가 봐요"라고 할 수 있듯이 진위와 우열이 꼭 별개의 영역은 아닙니다. 어쨌건 떡볶이나 백을 그 참 거짓이나 우열을 판단할 수 있는 것은 어떤 판별할 수 있는 방법이 있기 때문입니다.

돌다리처럼 두들겨서 즉각 알 수 있다면 얼마나 좋을까요? 〈메밀꽃 필 무렵〉에서 허생원은 동이가 자기 아들이라는 걸 왼손잡이라는 것에서 직감해 냈지요. 창작물의 많은 탐정들은 주어진 단서만 가지고도 사건 전개를 추리해 내기도 합니다. 어떤 걸 사용하지 않고도 밝혀낼 수 있는 것들도 있습니다만 그럴 수 없는 것을 그래도 알아내기 위해 사람은 도구나 수단을 만들거나 적용해 오며 앎에 대한 필요와 욕구를 충족해 왔습니다.

수박 고를 때 노크해서 나는 소리로 익은 정도를 알겠다는 건 수박에 실례지만 정말 소리로 사람 몸 안을 들여다보려고 만든 게 청진기는 맞습니다. 이차방정식의 근의 개수는 b^2-4ac라는 판별식이 있고 피타고라스의 정리는 100가지도 넘는 증명방법을 발견해 내었습니다. 리트머스 종이 색깔 변화를 보면 산성 염기성을 판별해 낼 수 있고 왕관이 순금이냐를 물에 담그면 알 수 있다는 것을 생각해 냈어요. 알고 있는 투자를 더 폭넓게 알 수 있도록 포트폴리오 이론

*을 만들었고 꿀이 꽃에서 왔는지 설탕에서 왔는지 맛으로 못 가리겠다면 탄소 동위 원소의 비율로 알 수 있듯 어떤 대상이 있으면 자연·사회과학적인 원리, 모형, 기법 등을 적용해 그것을 다시 평가하거나 그 본질을 밝혀내기도 합니다. "철학이란 검은 방에서 검은 고양이를 찾는 것과 같다"는 말에 비추어 보면 적외선카메라의 발명은 철학적 사건이라 할 만합니다.

생물이나 사람이 판별도구가 되기도 합니다. 수라상이 안심 먹거리인지를 확인하려 기미상궁이 먼저 먹어봤다고 하죠. 〈소림축구〉에서 만두 맛을 통해 밀가루 반죽에 그녀의 눈물이 섞였다는 것을 알아챈 미각은 영화니까 그렇다 치지만 마약 탐지견은 인간의 후각으로 맡을 수 없는 옅은 냄새도 감각할 수 있는 개코를 이용하는 거죠. 세상에 다양한 종류의 범죄 사건이 있고 그걸 잡기 위해 검찰과 경찰을 만든 게 국가지만, 특화된 분야는 해당 업계 지식이나 그 바닥 생리를 모르고는 수사가 되지 않자 '특별사법경찰'을 만들어 냈습니다. 또 사이버수사대라는 게 있다는 건 범죄가 있을 수 있는 지형이 비단 보이는 물리적 공간만이 아니라는 걸 말해주기도 합니다.

떡볶이는 혀, 백은 정품인증서 같은 게 되겠군요. 물론 그것도 감각이 착란을 일으키거나 정품인증서마저 위조된 것일 수도 있으니 그걸 판별할 도구나 원리들도 제대로 작동하는지, 허점은 없는지도

---

*   어떻게 자산을 조합하는 것이 최적의 분산 투자가 되는지를 설명하는 이론. 수학과 통계학을 활용한 계량적 분석으로 기대수익률과 위험이 최적화된 포트폴리오를 구함.

검토대상이 됩니다.

사람의 정신과 같은 무체물도 그 진위나 가치를 알 수 있을까요? 신이 인간을 지을 때 다른 동물과 달리 표정을 준 건 마음 상태를 나타나게 하는 표식으로 준 것인 것도 같은데 연기자들은 눈물 연기도 해내고 카드 게임에는 포커페이스도 있으니 얼굴이 꼭 진실은 아닙니다. 〈인셉션〉의 '추출'*은 비현실적이지만 최면이라든가 과거에 잔인한 국문, 현대의 거짓말 탐지기는 다 한 길 사람 속을 보려 한 방법들입니다. 흔히 돈이 걸리면 사람 본색이 나온다는 것처럼 어떤 사건이나 상황이 평소엔 드러나지 않는 내면을 삐죽 삐져나오게 하는 방법이 될 수도 있겠죠. 성도 현대에는 기술로 많은 걸 알 수 있습니다. 임신을 한 것은 임신테스트기로, 건강한 성기인지는 성병검사를 해볼 수 있고 성별이 궁금하면 염색체 검사 같은 것이 있을 테죠.

이렇게 세상에 너무나 많은 것, 유형이든 무형이든 무언가가 있다면 어떤 도구, 원리, 사건을 통하여 그것의 '진면목', '정체'를 알려고 하는데—

자연 그 자체로서 현존하고 있는 남녀 사이의 성관계가 과연 진짜인지 가짜인지는 도대체 무얼 가지고 알 수 있는 걸까요?

한번 생각해 보세요. 지금은 우리가 가르쳐 드릴 수 없으니까요. 다음에 다시 만나요.』

---

* 영화 〈인셉션〉에서 꿈을 통하여 그 사람 내면의 생각을 알아내는 일.

사랑 고발극

맘마미 교회는 얼마 전에 난리가 났다. 청년부 회장인 루디아는 탐라 오빠에게 보낼 문자를 조심스럽게 적었다. 일이 무사히 일단락되길 바라면서 말이다.

사건이 터진 건 지난주 청년부 예배에서였다. 예배가 끝나기 전 광고 시간을 잠깐 빌려 청년부 전체에게 말하고 싶은 게 있다며 오빠가 강대상의 마이크 앞에 섰었다. 청년부 인원이 많아 서로가 다 아는 영세한 규모가 아니었고 내성적인 오빠의 성격상 평소 별로 주목받지는 못해서 '어 쟤는 누구지?' 하는 분위기는 있긴 했다. 루디아는 한때 같은 목장*에 있어봐서 오빠에 대해 좀 알았다. 수더분한 성격의 오빠는 묵묵하게 교회를 섬기고 세상의 가난한 자들에게 온

---

* 교회 내에서의 소모임.

정을 베풀려 하는, 마음씨 따뜻한 사람이었다.

"우리는 서로 사랑하라고 가르침을 받았습니다. 그런데 자매님들은 왜 저를 사랑해 주시지 않는 건가요?"

분명 여자들을 향한 원망이 담긴 멘트였지만 목소리를 높이지 않고 차분했다. 탐라 오빠가 꼬집은 것은 성경의 가르침은 하나님과 이웃을 사랑해야 한다는 것인데 자신을 좋아해 주는 여자가 없다는 거였다. 그리고 자신이 용기를 내어 고백해도 여자들이 그 고백을 받아주지 않는다고 했다. 자신이 속상한 건 둘째 치고 사랑을 최고의 가치로 여기고 삶의 목표로 잡고 사는 이 교회라는 조직에서 그렇게 사랑을 외면한다는 건 반성해야 할 잘못이라는 거였다.

처음에 오빠가 불만을 말하자 예배당은 적막한 분위기가 되었다. 그가 단상에서 마지막으로 한 말은 청년부에서는 공식적으로 이 부분에 대한 답을 자신한테 내어놓으라는 것이었다. 그날 혼돈이 덮친 교회를 수습해야 하는 건 청년부 회장인 루디아 자신의 몫이라 생각했다. 이럴 때를 대비한 비상대책위원회는 없었지만 일단 청년부 임원들을 급하게 소집해 이 사태를 어떻게 해결할 건지를 의논했다. 먼저 입이 모아지기로는 성경에서 사랑하자는 건 '인간으로서' 서로 존중하고 따뜻하게 대하자는 거지 사귀고 연애하는 문제는 이것과는 전혀 다르다, 물이 다 같은 물인 것 같아도 센물, 단물로 성분이 다른 것처럼 사랑이라는 말로 같이 쓰여서 그렇지 2개의 감정은 그 발생·성격·정도 등이 아예 다르다, 실망이 컸겠지만 언젠가 좋은 짝을 만날 수 있을 거라 위로하기로 했다.

다음 날 루디아는 오빠에게 전화를 걸었다. 특유의 억양으로 평소와 다름없게 "어 전화했네?" 하면서 받는 게 어제 일이 실화였던 가 싶을 정도로 평온해 보였다. 준비한 답으로 달래려 하자 그렇게 얼렁뚱땅 넘어가려 하지 말고 논리와 근거를 갖춘 서류로 얘기하라 는 것이었다. 성경에서 말하는 사랑이 이성애까지 포괄하는 개념이 라는 생각은 안 해봤냐며 전화를 끊어버려 루디아는 진심으로 화가 났다.

청년부 임원들에게 이런 상황이다를 설명하니 다들 황당해하면 서도 그렇다면 감정적으로 어르고 달랠 게 아니라 그의 요구가 사리 에 틀렸다는 걸 설명해 주자고 의견이 모아졌다. 이미 사건은 청년 부를 넘어 중장년들의 귀에도 들어간 상황이었기에 그 연령층의 정 서에도 맞는 대응을 해야 했다. 루디아는 자기가 답변을 작성해 볼 테니 함께 확인 후 공식 입장처럼 내기로 했다. 그녀가 지금 쓰는 게 바로 그 답변이었다.

「오빠가 얘기한 대로 기독교의 최고 덕목이 사랑인 건 맞아요. 성경에 서는 그게 명령인 것도 맞고요. 그렇지만 오빠가 〈당신은 사랑받기 위해 태어난 사람〉이라는 CCM에 배신당한 느낌이라거나 잔뜩 믿고 있던 주식이 몰락하는 것 같았다고 하신 건 오빠 저 혼자 사랑 전체에 대해 주주라고 착 각하신 거지 저희를 탓할 게 아니에요.

오빠가 말한 대로 남녀 간의 연애 감정을 이성애라고 말할게요. 성경에 서의 사랑이 이성애와 같다면 하나님이 우리를 사랑하신다는 게 우리끼리 서로 질투가 일어나고 받아들일 수 없어야 해요. 이성애는 내 애인이 다른 사람도 사랑하면 참을 수 없잖아요. 그러니까 오빠는 지금 며느리를 아들

뺏어간 여우로 질시하는 시어머니처럼 굴고 있어요.

　사랑이라고 다 같은 사랑이 아니라 엄연히 종류가 있어요. 아내가 주위 사람들에게 상냥하게 대하거나 아이들에게 애정 담긴 인사를 한다고 그것에 대해 남편이 시샘을 내지는 않을 거예요. 난다면 그건 바른 게 아니죠. 그건 아내가 남편에게 주는 감정과는 다른 종류의 마음이니까요. 남편이 여직원이랑 단둘이 매일같이 카풀을 했다는 걸 알게 된 것과 아들이 여자친구랑 데이트하고 왔다는 게 같은 감정이 들 수는 없겠죠. 각각의 사람과 내가 맺는 관계의 종류가 다르기 때문이에요. 빛이 한 줄기지만 프리즘에 쏘면 여러 빛깔로 흩어지듯 애정들도 한데 뭉쳐 사랑이라 불리지만 마음을 통과시켜 보면 저마다 다른 색깔이 있다는 것과 같은 거예요.

　이성애는 이성애만의 색깔이 있어요. 성경의 사랑은 일대다도 얼마든지 되는 거지만 이성애는 오직 그 사람만을 향한 거예요. 오빠식 성경이라면 모든 남자 여자가 함께 서로를 여성으로서 남성으로서 다대다로 사귀는 게 맞는데 그건 오빠가 생각해도 아니잖아요? 하나님께서 남녀질서를 엉망으로 만들 작전을 짜신 게 아닌 이상 성경의 사랑이 이성애는 포괄할 수 없어요. 이게 저뿐 아니라 청년부의 입장이에요.」

　이렇게 정연하게 써 보냈고 며칠 동안 오빠는 아무 답장이 없었다. 하도 유례가 없던 일이라 많은 교인들이 사건의 추이를 지켜보고 있던 차였는데 이렇게 해프닝으로 매듭지어지는 분위기였다.

　"루디 왔네." 외출했다 집으로 돌아오니 엄마와 언니가 현관 앞에서부터 반겨주었다. 세 모녀는 식탁에 앉아 몇 마디 말을 나누다가 엄마가 대뜸 그 일은 어떻게 되었냐고 물어와 오빠가 말 없는 걸 봐서 수긍한 거 같다고 얘기해 줬다.

"걔는 센물에서도 비누가 풀리게 해달라고 한 거지. 엄마나 나처럼 겪어보면 이 구역도 마냥 단물이 아니라는 걸 알게 될 건데." 언니가 장난스럽게 말했다.

"그 총각도 얼마나 외로웠으면 그랬겠어? 저번에 언뜻 보니 사람은 좋아 보이던데." 엄마가 좀 안타깝다는 듯이 말했다.

"하긴 사회 고발은 국민 신문고든 권익위든 언론이든 시민단체든 할 데들이 있는데 사랑 고발은 어디 할 데가 있어야 말이지. 그나마 교회가 전문점이니."

농담을 하며 혜주 언니는 냄비에 물을 붓고는 수납장에서 라면을 꺼냈다. 전에는 엄마나 루디아한테 먹을 거냐고 물어봤지만 이제는 묻지도 않고 3봉을 넣는다. 아니 안 먹어 해도 막상 라면 냄새가 풍기면 한 젓가락만 하면서 달려들어 어머 맛있다 하면서 수다를 떨며 또 라면 봉지를 뜯는 게 여자들이었기 때문이다. 그런 변덕도 예상하고 방어운전 해야 하는 게 세상사라 생각하면 탐라 오빠 일도 넓은 아량으로 헤아려 주는 게 맞을지도 몰랐다.

이야기꽃 도중에 시집 이야기를 엄마가 찔러보았다. 언니 나이도 30대 중반이었다. 엄마가 둘째인 루디아를 낳았던 나이로 초산은커녕 몇 년째 연애도 깜깜무소식인 언니가 이러다 재혼할 수 있는 혼기를 놓칠까 봐 그랬다. 결혼한 이력이 딸에게 마이너스가 된다는 것을 염두에 두다 보니 부쩍 초조해하는 엄마였다.

정작 당사자인 언니는 대수롭지 않게 여기는데 엄마는 그렇지 않았다. 통금이나 스커트 길이 단속도 하던 엄마 때만 해도 여자들의 이혼과 재혼에 대한 정서가 빽빽했다 한다. 그들 자매가 대학 생활을 할 때도 남자 조심해야 한다고 신신당부하며 동거 같은 걸 했다간 집으로 끌려올 줄 알아라는 말도 한 엄마였다. 그래서 엄마는 올해 상반기 혼파라치의 대국민 메시지를 뼈 있는 잔소리라고 박수를 넘어 기립박수를 쳤었다. 악당들이 교활하게 정의를 표방하는 건 싫었지만 루디아도 그들이 현 세태를 비꼬는 건 꽤 재미있다고 생각했다. 이 몸이 사겨 사겨 일백 번 고쳐 사귀어도 무색무취로 잔존할 수 있는 연애를 넘어 동거도 미리 같이 살아보며 생활이 잘 맞는지 확인하고 결혼할지 말지 정하면 되니까 긍정적으로 보기도 했다. 결혼부터 했다가 살아보니 맞지 않아 헤어지면 이혼 딱지가 생기니, 우회할 수 있는 이력을 괜히 남긴다는 거였다. 결혼 없이 남녀의 어울림이 얼마든지 가능하니 결혼을 관계를 위한 전심 절차라고 여기는 건 저만 진지한 바보가 되기도 했다.

언니는 자신이 살고자 하는 대로 삶을 실행에 옮기는 기질과 능력이 있는 사람이었다. 한국에서 다섯 손가락 안에 꼽는 대학교를 나와 취업 전선에서 낙오 한번 없이 A급 공기업에 들어가서는 재미없다며 제 발로 나온 언니였다. 대학까지 올라운드 문과였던 그녀가 프로그래밍을 배워 개발자를 해보겠다 했을 때는 걱정이었는데 지금은 회사에 취업해서 게임 프로그램을 만들고 있었다.

그렇게 좋아하는 라면을 하루걸러 하루 먹어도 얼굴에 붓기 하나 생기지 않고 늘씬한 체형도 부러웠다. 루디아는 기골이 장대했던 아빠를 닮아 늠름한 체형이었다. 돌아가신 지 1년 정도가 되었지만 아빼는 그녀의 마음속에 살아 계시기 앞서 몸에 서려 있다 할까. 어깨가 넓어 가끔 거울을 볼 때면 자기가 봐도 안기고 싶도록 듬직했다.

"도혜주, 남자면 남자지 대체 얼마나 진해야 남자라는 거니."

"엄마 나는 누누이 얘기하지만 행정결혼은 안 해. 계속 그러면 나 따로 살 거야."

언니는 얼마 전에 들어온 선도 보기 좋게 차버렸다. 거절하는 이유는 나온 남자들이 매력이 없다는 거였다. 자식이 능력 있어 혼자 살 수 있음을 알아도, 그래도 인생의 좋은 반려를 만났으면 좋겠고, 또 결혼을 시켜야 내 할 일을 다한 거라는 부모의 본능과 자식 개인의 욕심 사이에 줄다리기가 계속되었다. 거기다 언니는 이럴 때면 '행정결혼'이라는 자기가 만든 용어를 썼다.

행정결혼이란 쉽게 말하자면 남녀 사이의 교제보다 다른 여러 요인들로써 하고 마는 결혼들이었다. 가족을 만들고 2세를 낳아 사회구성원 재생산으로서 기능한다는 교과서적인 결혼의 의미를 고분고분 따라가거나 또는 배우자를 통해 실리를 취하는 게 주가 되어 남녀 특유의 연애 감성이 별반 쓰일 일 없는, 흡사 무미건조한 스테레오 타입이 많은 행정 업무의 결혼버전이라고 정의하면 좋았다.

이런 행정결혼에 해당하는 경우들은 여러 가지가 있었는데 그냥 인생 시계상 결혼할 때가 되었고 다들 하니까, 안 하면 자기만 소외되고 못나게 여기는 시선이 싫어서 하는 결혼이 1번이었다. 두 번째로는 연애의 낭만은 소거된 채 '사모님' 소리 듣게 해줄 남자라거나 특별한 이득을 취할 수 있어 하는 결혼이었다. 언니 말로는 1번보다는 2번이 나았다. 차라리 정략결혼이나 '전략'결혼 같은 건 결혼을 목적이 아니라 수단으로 쓰긴 해도 스스로 의지는 가진 결혼인데 첫 번째 행정결혼은 그냥 가족이나 사회에 등 떠밀려 하는 거니까. 세 번째로는 오래 사귀거나 볼 걸 다 봐서 이성적인 감정이 더는 안 느껴지는데 의리로 결혼하는 거였다. 그건 감정으로 하는 결혼이었음에도 연애 감성이 아니라 정으로 하는, '行情' 결혼이라는 말이 딱 되어서 그녀는 행정결혼의 한 갈래로 정의했다. 3번 또한 1, 2번보다는 낫다고 할 수 있지만 결혼의 원래 이념을 충족해 줄 순 없다는 거였다.

혜주 언니 생각에 이런 행정결혼들은 가끔 자기들도 좀 석연치 않고 불만족스럽다는 걸 느끼면서도 주위와 세상에서 "결혼은 현실이다"들 하니 그게 합리로 보이고 "다 그렇게 사는 거란다"로 여론을 믿고 그렇게 산다는 거였다. 이 모든— 결혼에 삶을 맞춘 게 아닌 삶에 결혼을 맞춘 결혼들을 언니는 매뉴얼과 루틴에 따라 세상의 외형들을 처리하는 행정 업무들과 다를 게 없다고 생각했다.

엄마는 엄마대로 그게 연애와 결혼의 차이라는 설명이었다. 애인은 네 말대로 감정이고 기분이고 얼마나 마음을 충족할 수 있는가로 만나고 그게 다 소모되면 헤어지고 할 수 있어도 배우자는 性보다 生을 함께하는 동업자라는 거였다. 착실하고 자상한 남편이나 생활력 강한 현모양처를 배우자로 고를 줄 아는 게 혜안인데 네가 10대 20대도 아니고 매력만 보는 게 철이 들지 않은 거라며 언니를 공박했다. 이제 어른답게 깊은 맛, 진국을 맛볼 줄 알아야 하는데 아직도 달짝지근 초딩 입맛에 머무는 걸 비판하는 감이 없지 않았다. 애인이야 감정을 공유하는 데 그치지만 배우자는 감정은 당연하고 생활을 같이하며 모든 것을 공유하고 함께 2세를 낳아 기르는, 훨씬 깊고 진지한 관계가 아니지 않느냐는 거였다.

언니 역시 '생활'로서 결혼의 성격을 작게 여기지는 않았다. 그러나 그건 부차적인 것이었다. '취집'*하려는 여자에게는 그게 더 우선일 수 있지만 경제력이란 독신으로도 얼마든지 되는 주제였다. 그러지 못한 여자들에게는 몇 년 못 가는 성적 매력보다 다른 실한 것들이 소비자 후생이 더 큰 영역일 수 있다는 것도 인정했다. 그러나 역시 남녀 간의 결합을 위해 결혼이라는 게 있는 것이며 이는 이성이 주는 설렘, 매력을 통한 감성적 만족이 그거를 그거 되게 하는 정의(定義)라는 거였다. 콩나물 없다고 아귀찜이 아닌 건 아니고 여성 잡지가 비치되지 않았다고 미용실이 못 되는 건 아니지만, 性이 없는 결혼을 놀이동산 들어가는 아이 손에 솜사탕이 들려 있지 않는 것처럼 보는 그녀였다.

어쨌건 그 이유이나 생활보다 '고유의 목적'이라는 관점으로 결혼을 보는, 이런 결혼관(結婚觀)은 꽤 견고해서 엄마가 함락시키기에는 역부족이었다. 생각해 보면 이런 관점은, 어디 공구든 업체 부를 것도 아니고 변호사 사무실 갈 것도 아니고 누구한테 부탁해서 손을 봐야 할지 몰랐다. 어디 논객들 담당인 것도 같은데 이런 유서 깊고 많은 사람들이 거쳐 간 주제에 대한 학계 정설이 있긴 한가 의문이었다.

이럴 때면 루디아는 둘 다 일리가 있다고만 맞장구쳐 주었다. 속

---

*　취업과 시집의 합성어. 취업 대신 남자와 결혼하여 경제력을 대체하는 걸 빗댄 말.

으론 둘 다 틀린 점도 있다고 봤지만. 일전에 한번은 중매인이 언니에게 남자 쪽에서 여자 직업이 뭔지 알고 싶다는 의향을 비쳐왔다고 했는데 "내 직업 보고 만날지 정할 사람은 만나고 싶지 않다"며 선자리에 나가지도 않은 언니가 모순적으로 느껴지긴 했었다. 그럼에도 루디아는 언니가 거부권을 행사하게 만드는 그 진정성이 이질적으로 느껴지진 않았다. 결혼에 진심인 건 루디아도 똑같았기 때문이었다.

보통 초등학생들은 새로 반을 배정받으면 자기소개를 했다. 장래희망을 말할 때면 그 나이 때에 당장 알 만한 직업들을 댔다. 그래서 어떤 남자애가 '펀드매니저'라 한 건 다들 그게 뭔지 모르지만 뭔가 있어 보여서 멋있어했다. 그런데 루디아는 장래희망을 결혼이라고 하여 역시 장래희망을 용궁에 가는 거라 한 여자애와 도매로 묶여 4차원 소녀라는 별명으로 불렸던 시절이 있었다(돌이켜 보면 그때 애들이 뭘 모를 때라 그렇지 결혼 자체를 꿈으로 하는 신데렐라 스토리가 드라마 단골 소재로 쓰이듯 어른세계에서는 결혼을 통한 신분상승이 기회주의적일지는 몰라도 실없거나 엉뚱한 건 전혀 아니었다). 중학생 시절, 루디아에게 같이 인근 유원지에 놀러 가자고 했던 남학생이 있었었다. 인생의 첫 데이트 신청이었지만 그녀는 별 고민 없이 거절했다. 이유는 내 삶에서 기념비적인 남자와의 첫 데이트는 좀 더 근사하고 로맨틱한 감성이 충만한 무엇인가가 되어야 한다는 마음 때문이었다. 성인이 되어 연애를 해보게 되었지만, 그녀의 처음 기대에 부응하는 뭐가를 만날 수는 없었다. 그 연애 감정이라는 게 반드시 어떠해야 한다, 어떤 게 느껴져야 한다고 말로 딱 설명하기는 어려웠지만, 언니에게도 아마 '그 어떤 것' 때문에 결혼이 협상해서 양보할 수 없는 것 아닐까. 심지어 언니는 들어오는 것만 찬 게 아니라 하고도 자기가 생각했던 게 아니니까 파기 환송까지 할 만큼 그 '어떤 것'에 대한 진지함이 크다고 할 수 있었다.

설거지를 끝내고 방으로 들어온 루디아는 팔과 어깨에 안마기를 댔다. 3년 전에 났던 교통사고 후유증 때문에 몸을 쓰고 나면 재활을 해야 했다. 추돌사고였고 100% 상대방 차의 과실이어서 법적, 금전적 책임에 있어 루디아가 떠안을 게 없었지만 인간의 육체가 그런 원인을 참작해 "너 잘못 없으니 통각 정지해 줄게" 하는 게 아니었고 그게 부당하다고 몸 어디 기관에다 소송할 수도 없게 만들어져 있었다. 다니던 직장도 그만둬야 했고 이후 경제활동을 할 수 없었다. 현재도 좀처럼 몸은 완치되지 않고 어떨 땐 괜찮았다가도 또 온 삭신이 쑤시곤 했다. 그때 문자 알림음이 울렸다.

「회장님. 우리 딸이 청년부원들이 다들 너무 잘해주신다 하네요. 게다가 전에 다녔던 데는 건물에 엘리베이터가 따로 없어서 참 불편했는데 그것도 너무 편하고 좋다네요. 앞으로도 잘 부탁드려요.」

아, 얼마 전에 새 가족으로 교회에 출석을 시작한 여자애의 어머니였다. 여자애는 휠체어를 타는 지체장애인이었기 때문에 이동에 제약이 많았다. 그 모친이 루디아에게 그럴 때 좀 챙겨봐 달라고 부탁한 것이다. 그녀는 성격이 밝아서 잘 적응해 가고 있던 참이었다.

오히려 교통사고로 만성적인 골병이 들자 루디아 본인이야말로 겉으로 티 안 나는 장애인이 된 느낌이었다. 따님이 구김살 없고 원만해서 저희도 좋다고 걱정 마시라고 답장을 하자마자 다시 문자 알림음이 울렸다.

「문자 잘 받았다. 사랑의 종류로 초점을 잡았던데 일단은 나도 모성애가 있고 형제애가 있고 최애캐 덕질할 때 나오는 애정이 있고 이것들이 다 다르다는 건 알아. 루피랑 나미*는 이성애가 아니라 동료애라는 것쯤은 아니까. 그 종류에 따라 엄연히 구별되는 것도 당연하지.

그런데 재작년 목장모임 할 때 우리가 네 생일파티를 해줬던 거 기억나? 교통사고에서 나오려 한창 재활 중인 너를 위해 하나씩 맡아 준비했었지. 그때 내가 돼지고기로 만든 케이크를 들고 와 다들 당황해하긴 했지만 풍선도 달고 맛난 것도 먹고 즐거웠잖아. 그런데 그날 인상적이었던 건 대화 중에 네가《사랑의 기술》을 얘기한 거였어. 그 책의 저자가 사랑은 받는 게 아니라 주는 거다, 대상이 아니라 능력이다, 설렘이 아니라 의지고 약속이다는 말들을 하는 거라며 우리에게 소개했던 거 기억해? 더 성숙한 우리에 이르자고 했던 너의 들뜬 얼굴을 나는 아직도 기억해. 우리가 준 어떤 물질보다 너 스스로 발견한 정신적 양식이 더 값비싼 생일선물로 보였어. 지금 내가 지적하는 건 아직도 10대, 20대의 철없고 미숙한 사랑만 핥아대며 지고지순한 사랑에 관심이 없는 태도들이야. 내가 한 번 더 모두에게 말

---

*   만화〈원피스〉의 주인공들 이름.

할 테니 기다려 봐.」

교통은 도로에만 있는 게 아닌 걸까? 가슴팍으로 뭔가 막 달려와 부닥친 느낌이었다. 사고방식이 있는 만큼 '감정방식'도 있긴 하겠지만, 오빠가 틀린 걸까 우리가 틀린 걸까—둘 다 틀렸다면 과실비율을 내는 건 어떻게 해야 할지.

이제 9월, 다시 재산세 정기분 납기였다. 7월엔 나가지 않고 9월에 나가는 건 토지분 재산세였다. 토지는 복잡한 게 많아 까다로운 전화들이 많은 편이었다. 과세 분류에 있어 종합, 별도, 분리 세 가지 중 하나로 과세되는 토지분 재산세는 어떨 때는 재산세 자체보다 그 분류에 의해 결정되는 종합부동산세가 본 게임이 되는 경우들이 있었다. 분류를 결정하는 건 지자체지만 국세청에서 종합부동산세를 매길 때 그 분류를 그대로 당겨가는 것이었다. 재산세 차원에서는 세액이 크게 차이 나지 않는데 종부세로 계가 이동하자 스케일이 다른 세금을 맞고 구청으로 오는 납세자가 생기기도 했다.

품바구에만 여러 개의 동이 있었고 다른 동이 조사나 자료 정비를 하는 양이 토마토라면 맛둥이 담당하는 '하쿠나'동은 방울토마토 수준이었다. 왜냐하면 하쿠나동은 옛날에 다 지어놓은 신도시여서 토지 구획 정리가 다 끝났고 개발할 땅도 거의 없었기 때문이다. 비

수도권 그린벨트를 푼다는 뉴스에 다른 동들은 긴장이 흘러도 하쿠나동은 빽빽이 들어선 아파트들로 가득 차 있어 GB해제 된들 크게 돗자리 펼쳐볼 여백이 없었다. 기존 아파트 단지들은 꽤 노후되었지만 그것도 재건축이 아니라 리모델링으로 주민여론이 돌고 있었다. 「건축법」에선 리모델링을 '건축'으로 정의하지 않고 건물을 보수하거나 일부 증축하는 수준이었기에 다 헐고 새로 짓는 정비 사업처럼 상전벽해가 될 일은 없었다. 다 키운 자식 같은 행정동이었기에 더 이상 크게 손이 갈 세 없는 거였다.

올해 9월 납기에 다른 동 담당자들에게는 사권(私權) 제한 관련 전화들이 많이 걸려 왔다. 그린벨트라 불리는 개발제한구역이 아니라 해도 법에 의해 땅에 여러 가지 규제가 걸려 토지 소유주가 하고 싶은 대로 쓸 수가 없는 경우가 많았다. 그래서 「지방세특례제한법」에서는 '사권 제한 토지 등에 대한 감면'이라는 제목으로 도시의 기반시설, 공공시설로 쓰기 위해 지형도면이 고시된 땅의 소유주들에게 재산세의 일부를 덜어주는 특례를 만들었다. 얼마 전에 전화가 왔었던 리즈나 펀드사가 공모냐 사모냐와 같은 건 증권을 모집하고 운용하는 데 있어 공개를 하느냐 그들만의 리그가 되느냐의 문제지만 여기서의 公과 私는 개인의 재산권과 공공의 사정이 충돌하는 거였다. 요새 온 전화는 이런 거였다.

"아니 구청장님이 약속하셨잖아요. 그런데 수용도 없고 보상도 없고, 재산세는 재산세대로 걷고. 포퓰리즘이었던 거예요? 우리 표만 얻어 가신 겁니까?"

품바구에는 큰 면적의 '페스츄리' 산이 있었는데 이 산은 국가보다 사인들이 가진 비율이 더 많았다. 어차피 그린벨트로 묶인 임야라 갖고 있어도 마땅히 쓸 수가 없는 땅이었는데 구청장이 후보 시절 산 전체의 사인 소유 토지들을 국유지로 매입하겠다는 공약을 걸자 산주인들은 쌍수를 들고 환영했었다. 당선된 청장이 사유지 매입을 위한 예산 확보를 추진했지만 구 의회에서 막게 되면서 공공수용은 보류되어 버렸고 믿고 있던 산 소유주들은 그렇다면 재산세라도 감해져야 맞지 않느냐는 거였다.

재산세를 감면하려면 근거할 수 있는 법이 있어야 하는데, 토지이용규제는 당하고 있었지만 도시계획시설로 고시된 곳은 아니어서 경감해 줄 규정이 없었고 비과세의 경우「자연공원법」에 따른 공원자연보존지구가 되어야 하는데 토지이음*으로 보면 여기는 공원자연환경지구**였다. 화살이 과녁의 중앙 가까이 갔어도 정중앙 10점에 꽂히지 못하면 요건을 충족한 게 아니라는 것이 법이었다.

흔히 "공무원이야 국민이 내는 세금으로 밥 먹고 산다"는 건 고속도로 휴게소에 호두과자와 트로트 뽕짝이 빠질 수 없는 것처럼 흔한 레퍼토리라고 수험생 시절부터 들었다. 사실 맛둥은 재산세를 처음 맡았을 때 "내 재산에 대한 돈을 내라하다니, 이건 공산주의 국가 아닌가요"는 말을 예상 질문으로 꼽고 있었고 그럴 경우 "아니요. 도리어 공산주의라면 돈 내실 일이 없을 거예요. 자본주의에서는 선

---

*   국토교통부장관이 토지이용규제정보에 포함될 토지이용 규제사항을 작성 및 제공하기 위하여 운영·관리하는 정보시스템.

**   공원자연보존지구의 완충공간으로 보전할 필요가 있는 지역.

생님이 가진 재산에 세금을 징수하지만 공산주의에서는 선생님의 재산을 징수합니다. 닭을 수거해 가니 달걀을 내실 일도 없겠죠"라는 답변을 생각해 놓고 있었는데 막상 그런 원론적인 질문은 이런 일선이 아니라 위에서 다툴 일이긴 했다.

사무실에서는 납세자들과의 산발적인 비대면 대화들이 계속되고 있었다. 그래도 근래 가장 희한한 민원은 여기가 아니라 얼마 전 참석했던 맘마미 교회에서 벌어졌다. 모친의 청으로 그 교회에 같이 나가본 그날 청년부 예배가 따로 있어 참석해 봤더니 생각도 못 한 요청을 듣게 되었다. 하나님은 사랑하라 하셨는데 왜 날 사랑해 주지 않느냐는, 동북공정처럼 다른 구역을 이쪽 구역으로 편입시키려는 질문이었다. 아니면 설마 사랑도 공산주의로 하자고 말하고 싶은 건가? 20세기에 코민테른이 세계를 공산화하려고 치열하게 움직였지만 애정을 공산화시키려는 움직임은 인류 역사상 처음 있는 일이 아닌가 싶었다.

맞둥에게 것보다 더 이상한 일은 의문의 메시지가 또 왔다는 거였다. 세상 온갖 걸 밝히는 증거나 증명할 수 있는 방법들을 여러 가지 도열하더니 정작 가르쳐 줄 수 없다니, 이런 식으로 바람 잡으며 미끼를 물 때까지 유인하는 것일 수도 있었다. 또 전화벨이 울렸다.

"저 7월에 재산세 냈는데 고지서가 또 왔어요."

이 전화는 9월 재산세에선 단골이었다. 주택분 재산세는 1년 치 세금을 반으로 나누어 같은 금액으로 두 번 과세한다는 걸 모르고 이미 냈는데 중복해서 과세하는 거라 착각하는 사람들이 있었다. 1년에 두 번 내셔야 한다고 하면 한 번에 하면 될 걸 왜 구태여 두 번으로 나눠서 하느냐고 묻기도 했다. 주택가격은 토지와 건물이 합산된 형태라 그렇지만 좀 더 총명한 답은 없을까 생각했다. 컴퓨터 1대에 모니터 2대를 쓰고 있는 사무실이야 납세자에겐 보이지 않겠지만 얼굴 하나에 눈은 2개를 하고 있는 신체를 보면 우리네 조직도 그런 편성을 취하고 있으니.

오늘은 맏둥 순번으로 자동차세 체납차량 번호판 영치 활동이 있었다. 또한 맏둥과 가깝게 지낸 세무과 사회복무요원이 소집 해제를 앞에 둔 마지막 영치였다. 구청의 각 부서에는 보통 '공익'이라 하는 사회복무요원이 배치되었고 이들은 여러 잡다한 심부름을 도맡을 때가 많았다.

빅데이터를 이용해 체납 차량을 추적하는 지자체도 있다고 들었지만 품바구의 경우 번호판 영치는 표적 영치가 아닌 돌아다니면서 감지기기가 인식하는 대로 잡는 무작위 영치였다. 대포차들을 쉽게 잡을 수 없는 것도 차 위치를 즉각 조회할 수 없기 때문이었다. 그래서 맏둥은 차량의 위치 추적이 가능하고 원격으로도 번호를 영치해 버릴 수 있게 번호판을 전자화시키자는 '전자번호판' 아이디어를 올리기도 했었지만 소리 소문 없이 묻혔다. 아이디어의 세계는 참 어려운 것이로다. 번호판 영치는 실물을 작업하는 만큼 징수엔 압류보다도 즉효일 때가 많았다.

추적이 아니라 랜덤이다 보니 영치 실적은 번호판 나사 돌리는 기술 같은 게 아니라 체납자들 차량이 얼마나 눈에 띄는가였다. 오늘은 3시간을 냅다 돌아다녔지만 1개밖에 떼지 못한 운수 안 좋은 날이었다. 전화로 사무실에 상황을 설명하고 이대로 철수해도 되겠냐고 했더니 팀장님이 "오늘 출장비랑 차 기름값 반납해"라고 조크를 주었다. 맛둥은 "팀장님, 공부는 열심히 하는데 성적이 안 나오는 자녀를 보면 어떤 생각이 드십니까?"로 받으며 복귀하기로 했다.

사회복무요원들은 복무기간이 한시적이었기에 요원은 계속 바뀌었다. 맛둥은 이상하게 공익들은 뭔가 좀 안쓰러워 살뜰히 챙겨주고 싶었다. 대개 신체검사에서 약한 면이 있어 현역이 못 된 것도 그렇고 부서에서 홀로 공무원이 아닌 신분인 데다 직원들이 이것저것 던져주는 허드렛일을 하는 게 좀 사회적 약자(?) 같은 느낌이었다. 그래도 그들이 설레며 꺼내는 제대 후 삶의 아이디어는 소리 소문 없이 묻히지 않을 것 같아 맛둥은 찬찬히 미소가 지어졌다.

루디아는 오빠의 답장을 청년부에 말하였고 얼마 안 있어 교내 중진들에게도 상황이 알려졌다. 그들도 이게 그냥 해프닝으로 끝날 게 아니라고 사안을 인지했다. 이제는 청년부를 넘어 교회 전체에게 꾸지람을 줄 각본을 준비하고 있을 터였다. 교인들은《사랑의 기술》이 뭐냐면서 찾아보려는 사람도 생겼고 교역자와 장로들은 교회사에 혹여 이런 질문이나 유사한 것이 없었던지 사료를 뒤적거리며 시국은 비상사태로 돌입했다.

처음에는 종류가 다른 사랑을 엉성하게 섞으려고 하다가 이제

안 되니까 너희가 하는 이성애가 속물적이라거나 미완성된 반제품이라고 공격 방향을 바꾼 거였다. 《사랑의 기술》은 루디아도 그 시기에 잠깐 본 교양서적일 뿐, 이제는 기억도 잘 나지 않는데 이렇게 쓰일 줄은 생각도 못 했었다. 다시 내용을 숙지하고 맞서야 했다.

그런데 뜻밖에도 탐라 오빠는 이 사실을 어느 언론사에 제보했다. 오빠가 말한 '모두'는 교회 사람들이 아니라 세상이었던 것이다. 인터뷰를 한 영상은 일파만파로 퍼졌다. 꼭 교회만이 아니라 세상에 경종을 울리고 싶다며 앵커와 마주 보며 대화하고 있었다.

"처음에 하나님이 이웃을 사랑하라고 한 교리를 들어 나를 사랑해 달라고 했더니 사랑의 종류가 다르다고 답신 받으셨다고요?"

"그렇습니다. 저도 당연히 사랑을 호도하려는 의도는 아니었거든요. 제가 하려는 말은 예수님이 보잘것없는 이웃들도 사랑을 준 사실이 뜻하는 게 뭔지 곱씹어 보고 세상에서 약자로서 외면받고 무시당하는 사람들에게도 사랑을 줘야 한다는 것입니다."

"그럼 해당 교회도 사람 보는 눈이 세상 사람들과 다를 바 없었다는 거군요."

"그렇죠. 누구나 다 상대의 실력과 매력에 이끌려 사람을 좋아하는 건 지극히 당연하다고 할 수 있어요. 어찌 보면 회사에서 사람 채용하는 것과 똑같은 이치라고 할 수 있습니다. 그런데 교회라는 공동체는 어디 전도하거나 새 신자를 받아들일 때 회사처럼 당신 잘하는 게 뭐예요 당신 얼마나 쓸 만해요 하며 사람을 가리지는 않거든요. 그만큼 누구에게나 공평해서 위로가 되고 눈을 낮춘 사랑을 주는 게 세상과 차별되는 교회의 성격인데 이성을 보는 눈은 낮추지 않는 건 그 역할을 배신하는 거라 생각합니다."

"그런데 그건 뭐랄까… 남자 여자 간의 사랑까지 묶기엔 질감이 다르지 않나요?"

"연애에 있어서는 그렇다고들 생각하기 쉬운데요. 그래서 제가 말씀드리는 게 에리히 프롬의《사랑의 기술》입니다.《사랑의 기술》은 남녀 간의 사랑에 있어서도 얼마나 그 사람이 사랑받을 만한가로서 사랑하고 받는, 일반의 애정 원리랄까, 그런 조건적인 사랑이 아니라 사랑하겠다는 의지적인 사랑이 보다 참되다는 거라서요. 그러니까 사람은 어찌 보면 사랑을 하는 게 아니라 하여지는 거다, 되어지는 거다라는 겁니다. 어떤 대상이 사랑받을 만한 요건이 되면, 물론 그 요건은 사람마다 조금씩 다릅니다만, 내 안의 본능적인 애욕이 발동이 되고 인간은 자기 안에서 올라오는 그런 애욕에 드라이브되어지는 거지 스스로 사랑을 할지 말지 정하는 게 아니라는 겁니다. 결국 크게 봐서는 욕구에 휘둘리는 것과 같거든요. 운전석이 아니라 조수석에 앉아 이끌려 가는 게 애정의 현재 위치인데 프롬은 애욕이 쥔 운전대를 빼앗아 핸들도 돌려보고 액셀도 밟아보고 사이드 미러도 보면서 운전 실력을 숙달해 사랑의 주체자가 되어라는 거죠. 그게 프롬이 사랑을 감정이 아니라 기술이라고 말한 이유이기도 하고요."

"그렇다면 사랑이란 매력에 의한 현상인 게 일반인데 사랑을 원인으로 사랑을 해라는 뜻으로 해석해도 될까요?"

"정확히 보셨습니다. 우리가 오래 사귄 연인들의 철칙처럼 된

'익숙함에 속아서 소중함을 잃지 말자'는 말도 감정이 식고 퇴장하는 게 워낙 무던하고 자연스러운 일이니 나온 말이죠. 내가 그 사람을 싫증 내고 권태로워한다기보다 내 안의 육적인 본능이 그 사람이 식상하다고 느끼는 거니까요. 그럼에도 저 말이 있다는 건 그런 내 속의 마음을 이겨내고 상대를 사랑하겠다는 다짐이 필요하다는 거죠. 욕심으로서의 사랑이 아니라 의지와 선의로서의 사랑 말입니다. 교회에서는 남자, 여자라는 말보다 형제, 자매라는 말을 씁니다. 그 말은 남자, 여자로 보기에 앞서 한 명의 인격체로서 대하겠다는 의미겠죠. 인격이 주체가 되지 못하는 현재 인간 세계의 애정은 진짜 애정이 아니라는 겁니다. 일종의 조작되어진 사랑을 모두가 하고 있다고 할까요."

"우선 탐라 씨의 그 날카로운 문제의식이라든가 이렇게 나선 용기라든가 이런 것에 대해 현재 실시간으로도 많은 응원이 달리고 있다고 합니다. 향후 계획은 어떻게 되는가요?"

"우선 제가 소속한 교회에서 공식적으로 입장을 내주었으면 좋겠고 저와 연애를 할 여성분이 나오는 게 맞습니다."

"네 말씀 잘 들었습니다. 인터뷰는 여기까지로 하겠습니다."

"네 고맙습니다."

너희 집안은
공부 집안이 아니잖아

「잃어버렸습니다. 무얼 어디다 잃었는지 몰라 두 손이 주머니를 더듬어 길에 나아갑니다.

〈길〉, 윤동주, 1941년」

인간은 인간이기 이전에 동물이다. 움직일 動이 들어가니 과연 꼼지락거리고 껑충대기도 하고 역동적으로 움직여야 하겠다. 그렇다 해도 이건 좀 많이 움직인다─는 느낌이었다. 맛둥과 그의 형과 그의 사촌형과 그들의 오촌아재까지 성인 남자 네 명이 경차 1대 안에 실린 채 꼬박 2시간 넘게 고속도로를 달리고 있었다. 추석 전에 문중 땅을 보러 가자고 해서 넷이 시간을 맞춘 게 오늘이었다.

맛둥의 부모 항렬은 산업화시대 때 이촌향도 했다는 그 세대답게 도시로 옮겨왔지만 70년대까지도 XX시 XX면 집성촌에 다 같이 모여 살았더란다. 도시에서 자란 그에겐 시골이 영 어색했지만 어려서 종종 아버지 따라 촌에 내려간 기억은 떨떠름하게나마 있었다. 맛둥도 어른이 되어 촌으로 내려가는 건 이번이 처음인 것 같았다. 나이로서 성년을 말하는 게 아니라 어설프지만 조금은 세상에 눈이 뜨인 '어른'으로서 말이다.

"나는 여자가 좋은 거고. 결혼하면 그때는 바람피우는 것이 되어버리는데 무엇하러 해요 아재."

차 안에서 축구이야기 → 군대이야기 → 여자이야기를 거쳐 결혼이야기가 나오자 조수석에 앉은 맛둥의 사촌형인 도동락은 자신이 결혼할 수 없는 이유를 설파하고 있었다. 동락이 형의 말인즉 미혼일 때 여자야 맘껏 만나고 헤어지고 할 수 있지만 결혼을 해버리고 나면 아내 외의 여자를 포기해야 한다는 거였다. 후에도 여자들을 만나고 다니면 뭐 법적으로야 간통죄도 폐지된 마당에 그렇다 해도 인륜 도덕에는 걸리게 되어버리니 자기도 죄짓고 살고 싶지는 않다는 것이었다.

"뭐 하러 결혼해서 마누라 눈물 나게 하고 내도 불편한 인생을 살까 봐요."

"인마, 어릴 때나 재밌다고 그러지. 집이 될 수 없는 데를 집처럼 들락거린다고 그게 네 집이 되냐? 자기 걸 가지려면 가정을 만들고 정착을 해야지."

"그게 사람 기질에 따라 다른 거죠. 돈키호테도 편력 기사로 살기 위해 집을 나서잖아요. 저도 제 안의 여성 편력을 살리려면 집을 나서야겠죠."

"나이 들면 여자도 질린다."

"아재, 돈키호테도 영감탱이였어요. 그리고 돈키호테 뜻이 뭔지 알아요? 정력왕이랍니다."

뒷좌석에 있던 연명이 형이 소리 내어 웃었다. 맞둥의 친형인 도연명은 도동락과 갑장에다 죽이 잘 맞아서 외려 형제인 맞둥보다 둘 사이가 더 친했다. 연명이 형은 공부는 못했지만 힘도 세고 뚝심이 있어서 뭘 해도 해 먹겠지 하며 맞둥에 비해서는 주위에서 걱정하지 않은 타입이기도 했다. 어른들 예상대로 자기 앞길은 어련히 헤쳐나갔으나 다소 불안정한 고용으로 직장을 옮길 때가 많았다. 도동락과 이유는 다르지만 도연명 역시 결혼을 하지 않았고 할 필요도 전혀 없다는 결혼관을 가지고 있었다. 동락이 형이 여자가 좋아 결혼을 안 하는 거라면 연명이 형의 경우 연애만 해도 남녀 사이의 물질적·감정적인 모든 걸 다 충족할 수 있고 아재가 말하는 정착이라는 것도 굳이 결혼하지 않아도 할 수 있다는 거였다.

이런 마인드인 형과 사촌형을 집안 어른들이 용인해 주긴 쉽지 않았다. "너희들 그렇게 사는 거 아니다"라고 야단칠 만도 한데 프레드와 조지* 같이 자유분방하려는 그들을 직접 결박하기가 쉽지 않았다. 당숙부가 되는 아재는 조카들이 어렸을 때부터 거리감 없이 지내온 어른이었고 가까운 만큼 아랫세대와의 소통 창구로서 적임자이긴 했다. 아재도 아마 어른들이 언제 한번 도연명이랑 도동락이를 잘 구슬리거나 따끔하게 혼을 내라 하여 저러지 싶었으나 영 밋밋했다.

---

*   해리포터 시리즈의 위즐리家의 개구쟁이 쌍둥이 형제. 주로 둘이 콤비가 되어 활동한다.

이제야 눈에 익은 시골길로 들어섰다. 아궁이에 불 때는 부엌도 있었고 대청도 있었지만 한옥이라고 보기엔 좀 양옥과 짬뽕된 느낌의 가옥과 옆에 텅 빈 외양간이 보였다. 어린 시절엔 시골 할머니가 사셨고 소도 키웠지만 지금은 텅 비어버린 폐가가 되었다. 도시화와 농촌의 몰락을 글로만 읽다가 이렇듯 방치된 시골집이 당장 자신의 집안에도 있는 걸 보니 알게 모르게 모두가 떠안은 숙제 같았다.

집 주위에서 얼찡거리던 그들은 발걸음을 옮겨 조금만 가면 나오는 야트막한 동산에 있는 묘지에 도착했다. 옛날에 각 산으로 흩어져 있던 조상들 무덤을 한곳으로 이장하자는 아이디어를 누군가가 냈다. 그래서 임야 필지 일부를 떼어내 묘지로 지목 변경하고 종중 땅으로 등기한 곳이 여기였다. 전에는 벌초를 하러 친척들이 모였지만 근래에는 대행사에 맡기기로 했건만 오늘 그들이 여기에 들른 건 가족묘를 모르는 자식 세대도 알아야 하지 않겠냐는 말에 따라 아재가 그들을 부른 것이다. 그래도 지목이니 필지니 분필이니 이런 개념을 재산세 하기 전에는 알지도 못했는데 아재가 하는 말이 '들리는 게' 세상물정에 눈이 좀 뜨인 듯 괜히 어깨가 으쓱해지는 기분이었다.

처음 보는 가문 묘지는 무덤이라고 할 봉긋한 봉분은 없었고 약간 비스듬한 지면에 몇 개의 비석이 수평으로 놓여 있었다. 가까이서 보니 학교 정규 시간표에 분명 1개 과목으로 지분이 있었지만 시험 볼 때나 벼락치기하고 바로 까먹었었던 한자로 쓰여 있었다. 하지만 맞둥은 수험생활 때 국어 시험에 고작 1~2문제 나올까 말까인

한자 문제까지 맞추려 교재도 뗀 이력이 있었기에 읽을 수 있었다. 한자인데 의문의 고대 문자를 해독한 것 같은 기분이었다.

묘지의 가장 위에 있는 비석에 쓰인 한자를 읽어보니 제일 윗줄에 본관과 분파가 적혀 있고 이름은 적혀 있지 않았다. 밑을 보니 '哲宗 辛酉生 高宗 丁巳卒'이라고 적혀 있었다. 무려 조선왕조 철종 때에 출생해서 고종 때 사망했다는 조상의 묘인 것 같았다. 19XX년대가 아니라 왕의 묘호로 시간을 기록한 게 고농축 옛날 같았다. 또 밑을 보니 '配 孺人 思春期氏'라고 적혀 있었다. 配는 배우자를 뜻하는 거고 孺人은 잘 모르겠지만 뒤에는 사춘기씨*인 것 같았다. 해석하고 있는 맏둥에게 아재가 말했다.

"옛날에 시집온 여자들은 저렇게 썼대. 그러니까 너희 고조부의 처가 사춘기씨 사람이었다는 거지. 들으니까 그 기씨 집안이 이북에 살았는데도 그 할매는 여기까지 시집왔는데 되게 짜리몽땅했대. 원래 닭자도씨** 가문이 키가 컸다던데 키 작은 할매가 들어와서는 그 이후로 후대가 다 작아졌다고. 집안 어른들이 그때 종자를 배 다고 하셨지."

"키 얘기 하니 그거 생각나네요. 전에 두만이 형 있잖아요. 계백 얘기 듣고 웃었는데." 동락이 형이 히죽대며 말했다.

두만이 형이란 맏둥에게 육촌형이었다. 착실했던 도두만은 대학 졸업 후 쭉 일만 하면서 노총각이 되어가고 있었던 참이었다. 속 썩

---

*   본작을 위해 임의로 지어낸 가상의 성씨.
**   역시 본작을 위해 임의로 지어낸 가상의 성씨.

이지 않고 학업이며 취업이며 부모가 선장이 되어 키를 잡아주는 대로 항해하던 형에게 큰 단점은 남자치고 너무 작은 키였다. 현세대 닭자도씨 집안은 평균 키 정도가 되어가고 있어 기씨 할매도 다 희석되었다고 여겼거늘 어딘가에 숨어 있던 그녀가 뛰쳐나오며 그를 정통 계승자로 낙점해 버린 건지 그만이 리턴즈가 되어버렸다. 그러던 중 쉽지 않던 선이 성사되어 두만이 형도 결혼을 하게 되었는데 그때쯤 사춘기 할머니에 의해 유전자가 조작(?)되었다는 집안 내력도 듣게 되었다 한다.

그래서인지 두만이 형은 결혼한 지 오래된 현재도 자식을 낳지 않았다. 역시 집안의 사절단처럼 된 아재가 의향을 물어봤었는데 형의 대답은 유전은 과학이고 역사라 한정승인* 같은 것이 없으니 자신들의 사정상 후대를 위해서도 낳지 않는 게 맞다는 거였다. 그의 말로는 계백장군이 자기 일가를 몰살하고 간 이유가 결국 백제는 망할 거고 그러면 남은 식솔들은 욕을 당하며 살 게 뻔했기 때문이었다고 한다. 그래서 자신도 자식이 못나게 나와 고생할 거를 생각하면 미리 안 낳는 게 계백장군의 생각을 금융화한, 즉 시간을 당겨서 처리해 놓는 것과 같았다고 했다는 것이다. 자기 나름대로 전망을 보고 관철한 뜻이었지만 이런 사유는 낯설어서 다른 이들의 공감을 받진 못했다. 그러나 맏둥이 보기엔 가난을 대물림해 주기 싫어 자식 낳기를 꺼린다는 젊은이들과 다를 것도 없었다.

---

* 피상속인의 채무는 상속으로 취득할 재산의 한도에서만 변제할 것을 조건으로 상속받는 것.

아재나 형들은 모르겠지만 키뿐 아니라 맛둥은 두만이 형이랑 예전에 둘이서 눈 크기나 귀 모양을 가지고 했던 대화도 기억났다. 자기 가족들은 물론 집안사람들 대부분 눈이 큼직큼직한데 자기만 작고 귀도 다 잘생겼는데 자기만 당나귀 귀라며 나는 어디서 주워 온 거냐며 웃었던 기억이 났다. 이건 반대로 상속권자로서 물려받아야 할 재산들은 잘 받았는데 정작 좋은 유전자는 제대로 상속받지 못한 격이었다. 맛둥 역시 특전사 출신의 아버지를 두었음에도 강골로서의 유전자는 형만 받고 그는 바늘뼈에 두부살로 살아왔으니 그의 심정을 십분 헤아릴 수 있었다. 그러나 어쩔 건가, 일부 설정은 생체 조직에서 관리하였고 '관계자도 출입금지'였기에 부모나 집안에 죄를 물을 수 없었다. 게놈 프로젝트 같은 게 잘되면 그때는 다를지도 모르겠지만.

부모가 자식을 자신의 원대로 세팅해서 세상에 내는 건 아니지만 부모의 욕심은 자식이 어느 정도 원대로 되는 거였다. 내가 미천해도 자식이 뛰어나면 설레고 가슴이 벅차다, 못난 자식을 둔 회장보다 잘난 자식을 둔 그 회장의 운전수가 더 흐뭇해한다는 것처럼 자식에게 부모가 법정 대리인이라면 부모에게 자식은 꿈의 대리인으로서 기능한다고도 할 수 있었다.

귀가할 때도 그들은 연신 결혼과 가정을 주제로 대화를 했다. 아재는 취업 전에는 취업이 그래 과제더니 그 이후엔 결혼, 출산이 계속 넘어야 할 숙제로 있다며 인생에 정답이 어디 있겠냐는 것에서 형들과 어느 정도 화해를 했다. 취업이 잠시 언급되자 맛둥은 바깥 풍경을 보며 자신이 '그놈의 취업'을 하기까지의 과정을 회상해 보았다.

맏둥이 대학을 졸업한 건 27살이었던 해였다. 그가 졸업한 대학은 지방의 한 부실대학이었다(부실대학이라 할 수밖에 없는 건 그 후 공적 평가에 의해 강제 폐교 되었기 때문이었다). 수능을 평소 쳐오던 모의고사보다 조금 더 망치기는 했지만 다들 그의 지적 수준을 알았기에 누구도 그가 그렇게 된 걸 탓하는 사람은 없었다. 그저 그가 그를 한 거였다.

거기다 문과를 지원, 인문대학에 입학했다. 그러나 것보다 먼저 그의 첫 스타트가 꼬였던 건 그 중요하다는 1학년 OT에 안 가면서였다. 인싸*들은 OT 없이도 곧잘 무리에 속했지만 사람 사귀는 장날을 놓친 맏둥은 곧장 아싸**로 직행했다. 명단에만 있는 페이퍼 휴먼처럼 은거하던 그는 1학년을 마치자마자 바로 신물 나는 대학 생활을 재시작하려고 자원입대를 했다.

군 생활 역시 맏둥에겐 난관이었다. 군대에서 요구하는 능력은 몇 가지가 있었다. 구보나 사격처럼 군인이라면 기본 능력으로 배양해야 하는 것도 있었고 '주특기'라 하는, 전시 상황에서 군인 저마다의 역할이 있는데 그걸 얼마나 잘하는지도 있었다. 그러나 정작 가장 많이 하는 건, 군 생활에서 통칭 '작업'으로 불리는 일머리, 눈썰미, 센스로 부대 내외에서 하는 각종 잡일 처리였다. 공부도 못했지만 그런 쪽하고도 연관이 없는 그가 군에서 크게 인정받을 만한 건 더기는 없었다.

---

*   인사이더의 약자. 사교성이 좋고 적극적인 성격으로 사람들과 살 어울려 지내는 사람.

**   아웃사이더의 약자. 무리에 속하지 못하거나 속하더라도 어울리지 못하고 혼자 지내는 사람.

특히나 군 생활은 계급이 낮을 때야 고생하다가도 짬을 먹을 대로 먹으면 자기 세상인 양 걸릴 게 없기도 한데 그는 별로 그렇지 못했다. 부대에 상·병장들이 여럿 있어도 그중에서 실권자가 되는 건 밑을 통솔할 만한 포스를 갖춘 자들이었다. 그의 말년은 흡사 이방원 눈치 속에 왕관만 썼던 정종이라거나 현대사로 치면 윤보선이나 최규하 대통령을 생각나게 했다.

제대하고 복학하자 그나마 나아졌다. 과생활을 해갈 수 있게 되자 장래가 어떤지도 조금씩 눈에 들어왔다. 학생들은 인문대학의 특성상 취업난 때문인지 복수 전공이나 교직 이수를 하려는 움직임을 보였다. 아예 자퇴한 동기들도 있었고 자격시험이나 공무원 시험을 준비한다고 휴학했다는 애들도 있었다. 그는 그런 세상 풍조에 함께 요동하기보다 학과 공부를 성실히 하고 취업도 지조 있게 정공법으로 밀어붙일 요량이었다.

해서 그가 4학년이 되었을 때, 전공 불문하고 취업 준비생에겐 표준으로 쓰여 1년간 준비해 얻은 700점대의 토익 말고 딱히 준비된 게 없었다. 한 번 운 좋게 은행에서 인턴을 해보기는 했다. 그런데 인턴을 할 때 현직 행원들을 보니 은행원이 영업직처럼 느껴져 그 길도 고사하게 되었다. 대개 대학에는 취업 관련 정보나 서로서로 시험이나 면접을 봐주면서 모의로 대비해 가는 동아리가 있었다. 그런 취업동아리들도 그냥 가입되는 게 아니라 면접으로 사람을 뽑았는데 맛둥은 그 집단에서도 받아주지 않았다. 그러니까 눈을 낮추지 않고는, 안 그래도 취업이 어려운 문과에서 그가 준비해 오고 갖춘 것으로 백수가 되는 건 목욕하고 나오면 면봉으로 귀 후비는 것처럼 당연한 후속이었음은 더 말할 게 없었다.

처음 졸업 시즌쯤부터 1년 정도는 여러 근사한 곳들에 원서를 넣었다. 그의 스펙과 자기소개는 취업 생태계에서 부유하는 수많은 지원서 속에서 플랑크톤처럼 걸러내졌다. 취업 못 한 졸업생들에게 서류, 시험과 같은 전형을 하지 않는 기업을 알선해 준다는 모교의 연락을 받고도 그는 응하지 않았다. 이제 눈 좀 낮춰 시집가라는 간곡한 부탁에도 선 자리 물리는 노처녀처럼 굴게 된 건 인터넷에서 각종 정보들을 수집하면서였다. 그 세계를 모르면 그냥 하고 보는 건데 들어버리면, 예상할 수 있으면, 그게 그걸 하나 마냐를 선택하는 데 큰 영향을 미쳤다.

그런데 그 시절 좋은 곳에 취업할 수 있는 찬스가 하나 있긴 있었다. 맛둥 아버지가 아는 사장님이 계셨는데 자신이 추천해 주면 쉽게 들어갈 수 있다는 유수의 기업을 소개해 준 것이다. 맛둥에겐 'to more than I can be'가 될 수 있는 좋은 기회였다. 그러나 아버지는 정중하게 그 제안을 거절했다. 공채가 아니라 그런 식으로 옆구리로 들어가면 안에 직원들도 다 알고 소외될 수 있으며 스스로도 떳떳하지 못할 거라는 게 거절한 이유였다. 아버지는 맛둥도 따로 불러 설명했다. 시간이 걸리더라도 네 힘으로 스스로 성취해야 그 후 사회생활에서 자존심과 자신감을 다 챙길 수 있다는 얘기를 했다. 마지막에 "속으로는 네 아들 내가 취업시켜 줬다고 신세 진 것처럼 만들고 싶겠지만"이라고 혼잣말로 중얼거리시는 거야말로 맛둥에겐 고명이 아닌 메인디시로 느껴졌다.

어쨌든 대학 졸업한 지도 1년이 넘어가자 초조해지기 시작했다.

제때 팔리지 못한 이월상품들은 헐값에 팔리는 게 다반사 아닌가. 괜히 분수에 안 맞게 살려다가 객기만 부린 게 아닌가 했다.

이때쯤 그는 확실히 알았다. 자신의 너무나 보잘것없는 능력과 이제 자신이 무언가를 선택해서 삶을 사는 게 아니라 사람을 못 구한 삶이 자신을 살 것이라는 걸. 이미 그럴듯한 자리는 그럴듯한 실력자들이 다 낚아채 갔다는 걸. 그러니까, 조금 차이는 있겠지만 사람 나이가 어느 정도 차면 이 사회에서 자신의 위치, 레벨이라 할 수 있는 것들을 부인할 수 없이 자각하게 되었다. 공부라든가 사회성이라든가 힘이라든가 카리스마라든가—왜냐하면 그간 초등학교 때부터 수많은 시험을 치러오고 사람과 사귀어 오고 부딪쳐 보며 타인과 비교한 우열, 즉 '경쟁력'이 얼마간 객관적으로 평가를 받아왔기 때문이었다.

그때서야 공무원에 눈을 돌린 건 스펙 일절 없이 순전히 시험만으로 승부를 볼 수 있다는 걸 새삼 다시 알게 되면서였다. 대학 시절부터 9급 하겠다고 달려드는 숱한 동시대인들을 봐왔고 가끔 합격한 사람들도 만났지만 맏둥에겐 그들이 도전도 해보지 않고 자기 한계를 지어버리고는 현실에 타협하는 것처럼 느꼈었다. 그러나 지금 와서 보니 그들이 소크라테스의 '너 자신을 알라'부터 재빨리 해내고는 취업 세계를 읽어낸 선각자들이었다.

공무원도 다양한 직렬이 분포하지만 그가 해보고 싶었던 건 세무공무원이었다. 행정직 공무원들은 동사무소 공무원만 생각한 것이 아니건만 뭔가 그냥 누구나 다 할 수 있을 거 같은, 별로 전문적이지 않은 느낌이었지만 세무직은 일반인들은 모르는 재무적 지식으로 기업들의 속사정을 감찰하는 전문 직종처럼 느껴졌기 때문이다. 지금 생각하면 그건 공인회계사 정도면 어느 정도 맞춘 상상이지만 그때 세상 돌아가는 거에 막연한 그에겐 업계가 다 그런 인상으로 다가왔다. 은행처럼 세일즈가 아니라 국가로서 강제로 징수한다는 공권력을 힘입을 수 있는 것도 위세 있어 보였다.

세무공무원으로 진로를 정하자 이제 그 안에서도 종류가 있었다. 크게는 내국세와 관세가 있었는데 처음 해보기로 마음먹은 것은 관세직 공무원이었다. 국내의 소득이나 물건만 다루는 내국세와 달리 국내 국외를 오가는 물품들을 감독하며 세금을 물리는 글로벌한 직종이라는 점이 매력적으로 느껴졌다. 게다가 관세직은 관세사라는 전문직이 있었다. 일반직 공무원들과 달리 세금 공무원들은 퇴직하고도 관세사나 세무사로 오히려 정년 후에 더 잘나간다는 걸 어디서 또 주워들었다.

직렬이 정해지자 시험 과목을 택하는 문제가 남았다. 총 5과목 중 보통 공통과목 3과목(국어, 영어, 국사)은 필수였고 선택과목 2과목은 직렬마다의 전공과목들(대체로 관련 법이나 이론)이 되었다. 그런데 그때는 선택과목도 사회, 수학, 과학 등 고교과정 과목으로 9급 공무원시험 응시가 가능했던 시절이었다.[*] 수험가에서 이른바 '프리패스'라고 불리는, 고교과목들만으로 모든 직렬에 지원할 수 있는 전략이 있었다. 고교과목은 이미 학창 시절에 배웠던 것이기도 하고

---

[*] MB정부 때 고졸 인재라는 명목으로 시행했지만 오히려 직무 전문성이 부족하다는 부작용이 생겨 2022년에는 폐지되었다.

문제들도 공무원 시험에서는 쉽게 출제되는 편이라 전략상 유리하다는 평이 많았다. 해서 그는 대학을 졸업하고도 다시 고등학교로 돌아간 생활을 시작하게 되었다.

그렇게 관세직 준비를 3년 했다. 1년 만에 합격한다고 생각하고 독기 품고 해야 하는 게 시험인데, 맞둥은 이미 저 혼자 첫술에 배부를 수 없다고 단정해 버리고는 2년은 해야 한다고 마음먹었으니 1년째는 합의(?)하에 떨어졌고 2년째는 과목당 몇 차례 회독을 돌렸기에 자신감이 없지는 않았다. 시험 당일, 문제도 예상보다 잘 풀리자 되겠다는 생각이었다. 집에 와서 '합격예측'에 점수를 넣어보려 플랫폼을 둘러보니 그보다 높은 점수를 가진 수험생들도 낙방을 뜨게 하는 높은 커트라인과 시험 난이도 조절에 실패했다는 사람들의 평을 보고는 그제야 사태를 알게 되었다. 3년째가 되자 그의 나이도 조절에 실패한 게 아니건만 30살로 접어들었다. 이제는 정말 여유가 없었다. 완전히 수험 분위기에 젖기 위해 서울의 노량진으로 상경한 것도 그쯤이었다. 당시 공무원 수험가에서 유명한 국사 강사였던 전한길의 '쓴소리'가 있었는데 그걸 매일 들으며 각오를 다졌다. 그 소리의 시작은

「나는 의외로 모든 공직자 시험에 합격하기가 쉽다고 생각하거든. 왜냐하면 공직자 시험이 고시라던가 경간부 정도 되면 사고력을 많이 필요로 하거든. 근데 그 밑으론 시험들은 현재 다 암기과목입니다. 암기라는 것은 뭐죠? 반복만 하면 누구나 합격할 수 있는 거거든. 근데 의외로 있잖아. 공부하겠다는 의지가 별로 약하고 하는 둥 마는 둥 하면 어떻겠나? 떨어지지 않

습니까. 우리가 준비하는 시험이 몇십 대 일 아닌가? 그러니까 하루하루를 돌아봤을 때 자신이 몇십 명 중에 가장 공부를 열심히 했다고 자부할 수 있는 날들이 반복되면 여러분들은 합격자 명단에 자기 이름을 볼 수 있겠죠.」

하며 이어졌다. 팽이 돌릴 때 회전이 약해지며 기울면 채찍으로 쳐 일으켜 세우듯 그를 쳐주는 말이었다.

그렇게 열공으로 해가 가고 31살이 되면서 시험을 3달 정도 앞두고 잠시 귀향하여 맞은 설은 가히 인생에서 잊을 수 없는 대목이었다. 모친은 건강 문제로 명절에 불참한 지 오래였고 그해에 부친은 직장 당직에 형도 행사 대행업체에서 일할 때라 맏둥네는 그 혼자만이 참석하게 되었다. 사실 그런 기약 없는 시험 준비를 하면서 제일 싫은 것 중 하나가 명절이었다. 그가 공부 못한 거야 가문이 다 아는 사실이니 합격을 기대하진 않았지만 공무원 시험도 1, 2년 해보고 말아야지 그 이상은 그냥 거기 빌붙은 백수처럼 보였다. 특히나 종형제, 재종형제 등 항렬이 같은 또래 친척들 몇몇은 입신양명하고 있는데 자기만 앞이 뿌연 채 비교당하는 것도 굴욕이었다. 더군다나 맏둥네는 점점 어려워지는데 일할 생각은 안 하고 부모 등골만 빨아먹고 있게 비칠 것 같았다. 그나마 그간에는 대체로 사정을 참작해 줘 친척들이 면전에서는 별로 입을 대지 않았다. 그런데 그해는 달랐다.

설 당일엔 경상도에 위치한 큰집에서 차례를 지내고는 밥상에 열다섯여 명이 앉았다. 처음엔 정치이야기로 그놈이 다 그놈이라며 열을 올렸다. 곧이어 화제는 대학원 간다는 고종사촌이 진짜 대학원에 가고 싶은 건지 취업 안 되어서 우회로로 가는 건지에 대해 갑론을박을 하고는 또 숙모가 자기 딸이 다단계에 속아 물건을 산 게 아닌가 했는데 알고 보니 남한테 물건 권유하고 있더라고 하자 그게 이미 속아 한패 되었다는 애긴데 무슨 소리냐며 숙모를 객쩍게 했다. 그때 큰할머니가 쥐 죽은 듯이 밥상만 끼적거리던 맏둥에게 불쑥 말을 걸었다.

"본웅아. 니는 요새 뭐 하노?"

"네. 저 곧 있으면 시험 봅니다." 일순간 큰집에는 정적이 흘렀다. 그때 잠깐 그를 물끄러미 보던 그녀가 뱉은 말이 걸작이었다.

"야. 너희 집안은 공부 집안이 아니잖아. 너희 아빠도 공부 못하고 너희 엄마도 공부 못하는데 니가 어떻게 공부를 잘하겠노? 대학도 어디 대학 같지도 않은 가라대학 나와가지고."

밥상이 떠나가라 폭소가 터져 나왔다. 몇몇은 너무 적절한 표현이라는 듯 가라대학!*이라고 한 번 더 외치며 손뼉을 쳤고 누군가는 배를 부여잡고 바닥에서 뒹굴었다. 그를 변호해 줄 사람은 아무도 없는 것 같았다. 심지어 집안에서 사람 점잖기로 정평이 난 작은아버지까지 입꼬리가 올라가는 걸 보자 그는 억장이 무너지는 것 같았다. 그가 쩔쩔매자 큰할머니는 아무 일 없었다는 듯 태연하게 화제

---

* 가짜, 허울을 속되게 이르는 '가라'라는 용어를 큰할머니가 아는 것도 의외고 그걸 대학 앞에 붙이니 신선하고 실감 나게 와닿아서 웃는 것. 보통 가라는 군대에서 FM의 반대말로 통한다. 겉보기만 그럴듯하게 일을 처리해 놓는 작태를 속되게 말할 때 많이 쓰인다.

를 돌려 주위와 대화하는 것이었다. 맏둥은 상을 엎진 못하고 눈앞의 찌짐만 사납게 찢어 먹으며 숨을 죽여야 했다. 그렇게 큰집에서 만신창이가 되면서도 맏둥은 우울보다는 독을 품었다. 궁지에 몰린 자신을 높여줄 수 있는 건 오직 합격, 합격밖에는 없었다. 씹어도 씹히는 건지 잘 모르겠는 질긴 문어숙회를 질겅질겅 씹으며 와신상담의 뜻을 새겼다.

그렇게 치렀던 3년째의 시험에서도 그는 고배를 마셨다. 대략 몇 문제 정도 차이로 떨어진 셈이었는데 합격 커트라인에서 1~2문제 차이로 떨어지는, '경계선 불합격자'들만 수두룩해서 아까운 점수도 아니었다. 큰할머니 이하 친척들의 코를 납작하게 할 꿈은 공중분해 되었고 그는 뭔가 공부 방법에 문제가 있다 생각해 당분간 책상 앞에 앉는 건 접고 자기 자신과 시험을 다시 살펴보기로 했다. 노량진의 유명 학원에서 상담도 받고 합격자들 수기도 경전처럼 진지하게 읽었다. 그런데 뜻밖에도 그런 걸 하고 나서 그가 한 선택은 공무원 시험 포기였다.

그때 맏둥이 그런 선택을 하게 만든 것들이 있었는데, 모두가 파이팅을 외칠 때 유튜브 댓글에서 본 "포기하는 것도 용기다"도 있었고 대학 동창이 합격했지만 팍팍한 공무원에 염증을 느껴 그만두고 국비교육 받고 취업해 행복하게 산다는 소식을 들으며 내가 진짜 공무원을 해서 행복할 수 있을까 하는, 교양 관련 외부초빙강사들이 말하는 단골 주제 같은 것도 스스로에게 던져보았다. 그런데 결정적인 것은 바로 이걸 보면서였다.

「암기할 내용이 많아서 공부가 오래 걸리는 게 아니다. 적정 수험 기간을 3~4년으로 보는 7급 시험조차 전 범위 이론을 다 배우는 데 1년이 채 걸리지 않는다. 그러므로 2년 차든, 3년 차든, 4년 차든 내용 숙지 면에서는 서로 비슷하다. 한마디로 공부를 계속한다고 합격 가능성이 점점 높아지는 것이 아니라 4년 차나 6년 차나 그냥 똑같다는 것이다. 1회독 이후로는 복습과 함께 사고력과 논리력을 기르는 과정인데, 그 능력은 좀처럼 빨리 늘지 않는다. 그래서 사고력 면에서도 2년 차든, 3년 차든, 4년 차든 서로 비슷하다. 다시 말해서 수험공부에 있어서는 노력이 모든 것을 뒤집을 만한 성과를 내는 게 아니며, 처음부터 논리력이 뛰어났던 사람이 결국 합격을 가져가게 되어 있다는 것이다.

나무위키, 공무원시험/조언」

원인을 모르겠는 병을 제대로 진찰해 준 명의를 만난 느낌이었다. 학원가에선 장수생이라도 이 바닥에 눌러붙어야 장사에 보탬이 되고 부모들은 9급 그게 뭐라고 머리 탓을 하냐고 하겠지만, 외울 만한 것은 다 외운 그가 계속 떨어지는 이유가 바로 이거라고 확신이 들었다. 9급 공무원 시험은 분명 많은 것이 단순 암기 수준이었긴 했다. 국사 같은 과목은 암기만으로도 거의 되긴 했다. 그러나 한낱 9급이라 해도 개념만 묻는 게 아니라 그걸 어떻게 빠른 시간 안에 이해하고 응용할 수 있는가를 시험할 수 있는 문제를 낼 수 있는 과목들이 있었고 결국 그걸 맞춰야 합격하는 것이었다. 남도 알 만한 문제는 남도 다 같이 맞추니 상대평가에서 유의미한 점수가 되어주지 못했고 흔히 "이번에 킬러문항은 이거다"라고 하는 변별력을 가진 문제들이 합격의 당락을 결정했다. 그러니 1문제 차라 해도 높은 점수대에서의 1문제들은 품는 세기가 달랐고 고작 1, 2문제 차이라고 해서 공부를 더 한다고 넘긴다는 보장이 없었다. 그가 때늦어 한 그 '자기객관화'는 이 시점에서도 요구되었다. 맞등의 실력은 지난 인생 동안 측량되어 왔고 스스로도 그걸 추인했기에 겸허히 포기를 결정한 것이었다.

그렇게 낙향한 그는 부질없게도 포기한 지 1달 만에 다시 결정을 철회하고 정말 마지막이라며 시험을 다시 준비하게 된다. 바로 다음 해에 세무직 공무원 대량공채가 대대적으로 보도된 것이다. 예년보다 2배는 더 증원하겠다는 인사혁신처의 보도 자료가 나오면서 역대급 꿀채용이라는 소식이 수험가에 파다하게 퍼졌다. 지난 3년 동안 공부한 게 아깝기도 했고 세무직도 원래 자신이 하려던 직렬이었으니 하늘이 준 기회라 보고 마지막 도전을 해보기로 한 것이다. 게다가 세무직은 국가직만 있는 게 아니라 지방직도 있어 1년에 시험 기회가 두 번 있었다. 다시 상경할까도 생각했지만 인터넷, 플랫폼, 동영상 강의 덕에 몸이 어디에 있는가보다 마음이 어디에 있는가가 더 진짜 있는 곳이 될 수 있는 시대였다.

그렇게 또 1년이 지나 번외 같은 수험생활도 끝이 났고, 그리고 그는, 마침내 합격했다. 그런데 합격한 곳은 대규모 채용을 한 국세 공무원이 아니라 지방세 공무원이었다. '프리패스' 과목으로 어느 직렬이든 눈치 보며 지원할 수 있는 수험생들이 에라 그래도 합격부터 하자는 생각에 많이 뽑는 직렬에 너도나도 넣었고, 그러다 보니 국가직은 많은 TO에도 합격 컷은 예년과 비슷했다. 해서 그는 국가직은 떨어지고 그로부터 2개월 뒤에 친 지방직에 합격한 것이다. 수험가에서 말하는 '관운'이 있었던 걸까?

지방직이라고 국가직보다 합격이 더 쉬운 것은 아니고 그해에 뽑는 인원과 사정에 따라 달랐는데 그해에는 지방직도 전년도보다 훨씬 많이 뽑아서 운이 좋았던 것이다. 비록 당초 원했던 관세직도, 그렇다고 국가직 세무도 아니었지만 '이 산이 아닌가벼'처럼 엉뚱한 데 등정한 건 아니고 그래도 세무공무원이긴 했다. 다만 세법을 모르고 세무공무원이 된, 수학을 모르고 수학선생님이 된 격이었다.

그리하여 까마득한 날에 하늘이 처음 열리고 어데 닭 우는 소리가 들렸을 이래로 철밥통으로 칭송받는 공무원을 거머쥔 그가 다시 맞은 명절은 또다시 대목이었다. 심지어 취업 못 해 간 게 아니냐는 의혹을 받으며 대학원 과정을 밟는 중 여친이 덜컥 임신이 되어 취업 전에 결혼부터 하게 된 사촌보다도 그의 합격이 더 집안에서 미처 예상치 못한 일이었다. 그날의 영광은 어디 지면을 빌려 빼곡하게 채워도 다 옮길 수 없었다. 상다리가 휘어지게 차려진 제수 음식을 앞에 놓고도 친척들 몇몇은 똥 씹은 표정이었고 누군가는 용서를 구하듯 기름진 갈비 한 점을 그의 쌀밥 위에 살포시 얹었고 촌수가 어떻게 되는지도 모르는 어떤 이는 니 되게 해달라고 삼신할미한테 빌었다며 어쭙잖은 생색을 냈지만 일단은 그는 개의치 않고 누구에게나 너그러워질 수 있었다. 9급 공무원 시험을 4년이나 붙잡고 있다는 게 도중엔 창피하기 짝이 없었지만 통과하고 나니 오랜 세월을 참고 기다려서 결실했다는 낭만으로 변질되어 다가왔다.

합격하더라도 임용은 명령이 떠야 했다. 대체로 성적순대로 발령을 받았기에 그에게는 백수로서의 시간이 생기게 되었다. 쇠뿔도 단김에 빼야 하는데 좀 김빠진 격 아닐까 할 수 있겠으나 의외로 그 붕 뜬 시간이 또 별미였다. 소일삼아 아르바이트들을 하러 다녔는데 32살이 알바를 하니 사업장의 정규사원들은 대체로 취업 낙오자이겠거니 생각했었다. 그런 걸 묻는 게 실례니 속으로만 그렇겠거니 했는데 누구 한 명쯤은 요새 취업 힘들죠 하고 얘기를 꺼냈다. 그때 아 저 발령대기 중입니다라며 자기 정체를 드러내는 순간 그 아연실색하는 표정들이 볼만했던 것이다. 왕들이 평민 복장을 하고 민가를 시찰했다는 미행(微行)이 이런 기분이었겠구나 싶었다. 기분도 기분이었지만 알바의 대우나 시급이 어떻고가 상관없이 자기 힘으로 성취한 어엿한 직장 하나가 이미 기다리고 있다는 실리도 그리 든든할 수 없었다.

어스름한 저녁이 되어 티몬광역시로 다시 들어온 차는 맛둥을 집 가까운 데 내려주었다. 추석 때 보자는 말로 작별하고 그가 세든 주택 1층 대문을 열자 고양이 한 마리가 화들짝 놀라며 벽을 훌쩍 점프해 넘어 이웃하는 주택으로 달아났다. 여기선 아파트 살면서는 보이긴 해도 동선이 겹칠 게 없는 길고양이들과 툭하면 마주쳤다. 1층 대문을 닫으면 역시나 2층에 닥스훈트가 짖어댔다. 그 집에서 키우는 고양이도 있었는데 그 녀석은 세상 온순한 데 반해 개는 견주도 말릴 수 없이 천방지축이었다. 2층 세입자가 문을 열어주면 짧은 다리로도 아래위로 온 주택을 헤집고 다녔다.

그러나 오늘만큼은 오만데를 돌아다녀도 고향 갈 일은 없는 닥스훈트보다 맏둥이 이동량이 많았던 하루였다. 집에 들어와 지친 몸을 누였다. 내일은 일요일인데 그 교회에 다시 가고 싶었다. 하나님이 보고 싶어서는 아니었고 그 어이없는 남자와 교회의 대결이 어떻게 끝날 건지가 궁금했기 때문이었다. 한편으로 내 알 바도 아니고 누가 이기든 간에 세계는커녕 자기 인생에 따끔할 뭐도 없는데 뭐 한다고 관심 가지고 있는 자신이 한심하기도 했다. 맏둥에게 있어 오늘 하루 의식의 흐름의 끝은—

그렇게 그는 9급 공무원이 되었답니다로 마무리 지어야 예뻤다. 사실 말단 공무원은 일반 회사에 취업한 것과 비슷한 수준이고 요새는 공무원에 대한 인기도 한풀 꺾였지만 신분 보장과 사회적 인지도 등 '공식성'은 여타 업종에 밀리지 않다 보니 지난날 맏둥이 처해 있던 열세를 일거에 뒤집어 버린, 고마운 것이었다.

추석이었다. 큰집의 명절 아침상은 언제나 소담했다. 오랜 야인 생활을 끝내고 집권 여당이 된 뒤부터는 언제나 넉넉한 마음으로 가는 게 명절이었지만 갓 합격 후 따끈따끈했던 '급제(及第)의 감성'은 식어 이제는 직장 생활 괜찮냐고 한마디 물어보는 데 그쳤다. 그래도 제아무리 명절 밥상이 주지육림이어도 눈칫밥 먹던 때에 비하면 거리낌 없이 수저를 놀리는 건 아직 남은 합격의 여흥이었다. 그러나 마냥 편한 건 아니었다. 취업이라는 큰 산을 넘었건만, 먹고사는 게 해결되면 흔히들 생각하는 다음 단계가 있었기 때문이다.

친척들은 밥숟갈을 뜨며 이런저런 이야기들을 했다. 누군가가 요새 젊은 애들이 결혼은커녕 연애도 잘 안 하는 게 지금은 세상에 놀고 볼거리 천지라 심심하거나 외로울 게 없어서인 것 같다고 했다. 집안의 위즐리 형제가 이 주제에 말숟갈을 뜨지 않기도 어려워 자신의 일가견들을 늘어놓았다. 그들의 미혼관은 집안사람들이 대강 아는 바지만 "너희는 아가씨들 잘 만나고 다니는 것 같던데 장가는 안 가려고 그러나?" 하고 다시 떠보듯 질문이 들어왔다. 그들이 상기된 얼굴로 답하는 중에 불쑥 큰아버지가 "쟤들은 결혼을 안 하는 게 아니라 못 하는 거지"라고 한마디 던졌다. 형들의 얼굴이 굳어졌다. 얼마 전 선묘에 같이 갔던 아재가 무마시키려는 듯 말했다.

"뭐 그래요. 다 애인도 있는 애들인데."

"사귀는 거랑 결혼은 레벨이 다르지. 여자들이 바보도 아니고 결혼은 남자 직장은 안정적인지, 가장 노릇 제대로 할지 보고 하지. 품행 없어도 총각 못 떼는 거고."

맞둥은 자신이 당했던 시절이 다른 모양으로 들어온 느낌을 받았다. 연명이 형은 빈정대듯 "그 대단한 결혼 해서 사는 수준들 보면 참" 하여 신경전이 벌어졌다. 아재가 잠깐 나갔다 오자며 인상을 쓰는 형들을 데리고 나갔다. 맞둥도 눈치를 보다가 그들을 뒤따라 나갔다. 욕이라도 쏟아낼 것 같았는데 연명이 형은 외려 빙긋 웃으며 아재에게 이렇게 말했다.

"그러니까 아마 자존심으로 건드리려는 게 아닌가. 그런 생각이

퍼뜩 들더라고요. 다른 것으로는 우리한테 먹히지 않으니까. 차라리 작전 수정해서 저래 말하는 거 아닌가 하고."

형이 말하는 건 큰아버지도 인륜으로 말해봤자 설득도 되지 않고 타격감도 없으니 일부러 독신으로서의 삶이 선택이 아니라 능력이 없음으로 긍지를 상하게 해서 자극받게 하려 함이 의도가 아닐까라고 짚어낸 것이다.

"그럴듯하네." 맞둥이 말했다.

"본웅아. 니는 왜 피겨선수들보다 피겨 스케이팅을 못하냐고 하면 자존심이 상하냐? 그건 그쪽 관계자들끼리 문제지. 결혼이 아니라 결혼 할아버지가 와도 우리한테 상관될 게 없는 영역인데." 옆에 있던 동락이 형도 담배를 물며 가소롭다는 어투로 말했다.

"너희 운동해서 그런가. 힘 뺄 줄 아네." 아재가 말했다.

"힘 자체가 안 들어가는 부위인데요 뭘. 여자랑 결혼은 별개인데, 하긴 가수한테 왜 판소리는 못 하냐고 하면 성낼 사람도 있을지 모르겠네."

그렇게 한동안 둘은 교대로 창과 아니리와 추임새를 맞춰가며 판을 펼쳤다. 한쪽은 남자들이 여자가 좋아서 결혼을 하는 건데 오히려 여자를 좋아하는데 결혼은 걸림돌이라 했고 한쪽은 공사*치는 '제비'나 '선수'도 아니건만 여친이랑 동거하며 그 경제력으로 호사를 누리는 자기 친구를 예로 들며 섹스만이 아니라 상대의 다른 것

---

* 이성관계를 빙자하여 상대로부터 경제적인 이득을 취하는 걸 뜻하는 은어.

들도 결혼을 하지 않아도 충분히 얻을 수 있다는 말을 했다. 사회 공부를 할 때 우리 민법은 부부별산제를 채택하여 결혼했다고 상대의 재산이 내 것이 되는 게 아니라고 배웠던 기억이 났다. 그래서 연인인지 부부인지보다 상대가 나를 이뻐하고 신뢰하는가가 더 실질이라는 얘기였다. 해봤자 남녀 관련된 프로그램은 무단 복제로 다 체험할 수 있는 셈인데 뭐 하러 정품을 구입하냐는 것이었다.

명절의 마지막 날은 오랜만에 외사촌 동생과 이모부와 만나기로 된 날이었다. 외가 쪽 사촌들은 명절에는 보지 않았지만 연배도 비슷하고 잘 맞아 친척들 중 가장 가깝게 지내며 따로 만나는 사이였다. 친척에도 명과 실이 있는 셈이었다. 20살 이후로는 각자의 일정으로 인해 자주 보지 못했지만 사촌동생도 경찰 시험을 응시하고 합격하여 맏둥과 비슷한 시기에 공무원이 되었다. 오늘은 이모부와 동생이 오랜만에 얼굴도 보고 세금 관련해서 물어볼 게 있다 하여 잡힌 약속이었다.

식당에서 조우해 이런저런 안부들을 주고받다가 꺼낸 본론은 증여세 문제였다. 결혼을 앞둔 동생에게 이모부가 결혼자금을 보태주는 문제에 있어 실무에서 어떻게 처리하느냐는 거였다. 조금 예상은 했었지만 아… 하는 생각이 들었다. 지방세 공무원인 그에게 국세청 세목인 상속세나 증여세는 다룰 일이 없었다. "에펠탑을 보려면 파리로 가야 하는데 여러분들은 파리바게트로 온 것이다"고 말하며 실망하는 기색인 그들에게 세금도 기관마다 종류가 다르다는 걸 설명했다.

세금이 예선 탈락 하자 그들은 사는 이야기들을 했다. 사촌동생이 얼마 전에 경위로 승진을 했다고 했다. 오 불과 1, 2년 전인가 그때 승진했다고 들었는데 또? 하자 경찰은 시험승진 제도가 있다는 것이었다. 관료제 사회라고 다 같은 건 아니겠지만 여기서는 없는 제도였다. 좋을지 어떨지 모르겠지만 계급의 역전 같은 게 벌어질 걸 상상하니 좀 더 조직에 긴장감을 불어넣긴 하겠다는 생각이 들었다. 다만 듣자 하니 예전에는 경감이라는 계급에 오르면 중간 관리자가 되었는데 지금은 인플레가 되어서 경감이어도 실무자가 많다고 했다. 그곳 역시 명실분리는 피할 수 없었던 모양이었다.

이모부는 "본웅이 너도 결혼해야지. 공무원은 결혼 정보 회사만 가도 선 잘 잡힐 건데?" 했다. 그러면서 예전에 아들 소개 한창 들어올 때 직업도 안 밝히겠다고 했다는 중매 일화를 얘기했다. 여자 직업이 뭔지 물어봐 달라 했더니 여자 측에서 직업 보고 만날지 정할 사람이라면 안 만나고 싶다는 거였다. "그럼 서류도 안 보고 면접 보러 갈까 형편없으니 당당해지지 못하는 거 아니냐 무슨 일을 하고 사는지 봐야 그 사람을 알지" 하며 맏둥에게 "그 직장 절대 그만두지 마라 넌 그런 데 못 들어간다"고 덧붙였다. 맏둥은 공무원 월급이 일단 입에 풀칠이야 할 수 있는데, 초가집이라도 분양하면 모를까 집이 장벽이라 했더니 은행이 있고 너의 번듯한 직장이 신용으로 있지 않냐며 빚 권하는 그들이었다. 식사를 마친 후 결혼식 때 보기로 하고 맏둥은 그들과 헤어졌다.

집으로 가는 맏둥의 발걸음은 가볍지 않았다. 그에겐 동생의 승진과 결혼에다 증여세를 물어볼 수 있는 넉넉함이 부럽기도 하고 그에 비해 자신의 신세는 좀 처량하게 느껴지기도 했다. 세무공무원인데 세금 문제에 답을 해주지 못한 것도 좀 얼굴이 서지 않았다. 그러나 매사에 성실한 동생이었기에 그의 성취를 축하해 주고 싶은 마음이 먼저였고 지금 세상은 어느 분야라도 세부전공이 워낙에 많으니 다 섭렵하는 마스터는 없지 싶었다.

그를 생각하게 한 건 이모부가 얘기해 준, 직업 블라인드 하면서 거절했다는 일화와 너는 그런 데 못 들어간다는 말이었다. 중매 건은 이모부는 초라한 직장이라 그랬을 거라지만 맞둥 생각엔 아마도 인성이나 성격이 아니라 스펙부터 보겠다는 게 속물처럼 느껴졌거나 나를 좋아한다기보다 내 직업을 좋아한다는 느낌이 들어서 그랬을 거 같다는 생각이었다.

그런데 맞둥을 고찰하게 한 건 일단 원론적으로 직업이라는 게 기어코 '나'는 될 수 없기 때문이었다.

이모부는 "직업이 곧 그 사람이다"는 거였지만 평생 그게 나랑 붙어먹는다면 몰라도 실직하면 더 이상 그건 내가 아니었다. 이빨 빠진 호랑이라고 호랑이가 아닌 건 아니지만 산중호걸이라 하는 호랑 님의 생신날에 대접받기 어려운 호랑이가 된 것처럼 그 사람 자체는 아니고 그 사람에게서 분리 가능하고 잃을 수도 있는 조건이 직업이나 재력이었다. 문전작라(門田雀羅)라는 성어가 있듯 인맥이나 권세도 그런 탈착 가능한 것들이었다. 그러니 가령 여객선에서 승객들의 안전을 위해 구명 튜브보다 구명조끼를 비치한 것도 튜브는 파도가 몰아치거나 하면 놓칠 수 있지만 조끼는 웬만해선 벗겨지지 않는 점에서 맥주병들에게 보다 안전했기 때문이었다. 그것 자체의 부양력이나 내구력과 별개로 얼마나 대상과 그것이 일체가 될 수 있는가, 즉 동화력은 그것의 성능은 아니지만 어찌 보면 성능보다 중요한 힘이었다.

그렇다면 직업을 입고 있는 동안에는 그게 나라고 할 수 있을까? 오늘 이모부가 넌지시 던진 "넌 그런 데 못 들어간다"는 말이 맛둥을 뒤흔들었다. 요행으로 공무원 된 거라고 말하려는 건 아니겠지만 그 직장에 들어간 건 네 능력보다 잘된 일이니, 네가 너보다 높은 너를 입고 있는 것이다는, 말 속에 말이 함축되어 있었다.

나 자신은 아니라 해도 제3자인 사람들로부터 나로서 판별되고 있는 것이 직업인 것은 자명했다. 직업보다 그 사람 능력이 더 뛰어나면 나보다 더 못난 나를 살고 있는 꼴이긴 했다. 그게 내가 아닌데 나로서 취급받게 되니까. 반대로 맛둥은 자기 능력보다 좋은 직장을 가졌으니 좋은 거 아닌가 할 수 있겠지만, "너 그거밖에 안 됐어?"보다 "너 그거나 됐어?"가 더 모욕이 되는, 좀처럼 보기 힘든 역진세* 가 여기 있는 느낌이었다. 보통 모르는 사람들이 맛둥을 보면 한 명의 공무원으로 뭉뚱그려 보겠지만 맛둥의 인생사를 대강 아는 이모부는 그를 직업의 껍질을 벗긴, 내가 보기에 '실제 너'를 맛둥에게 내비친 것이다. 여기서 이모부의 관점으로의 그 사람 자체라 할 수 있는 건 물론 '실력, 능력'이지 싶었다.

* 과세 물건의 수량 또는 금액이 증가함에 따라 세율이 낮아지는 조세. 누진세의 반대 원리.

많은 사람들이 그렇듯 맞둥 역시 직장을 구하기 위해 선택과 고민을 거쳐 공부했고 취업까지 해냈지만, 또 그런 분투와 성취가 건전하고 바른 것이지만, 직업으로는 결국 나 자신에 대한 성취가 되지 않는 까닭이 여기 있었다. 그가 9급이 아니라 조상님의 은덕으로 병조 판서에 제수되었다 해도 마음에 진짜 자존심이 충족되진 않을 것이었다. 맞둥은 직업을 얻고 싶은 게 아니라 능력, 아니 '나'를 얻고 싶었다. 그것이 무장해제 될 수 있는 구성물이 아니라 나와 완전히 분리될 수 없게 자기화, 체화(體化)되는 것에 더해 그것 자체가 나라고 할 수 있는 것 말이다.

김유정의 〈봄봄〉에서 고의를 우연으로 가장하여 장인과 데릴사위가 서로를 치고받듯이 이모부가 무심한 척 노리고 던진 말은 아니겠지만, 정타를 맞은 듯 숨이 탁 막혔다. 반격할 수가 없었다. 명예훼손이라기보다 실명예 적발이라고 하는 편이 맞았다. 그런데 이모부가 기본으로 깔고 들어간 전제가 때려버린 '급소'가 하나 더 있었다. 한 번씩 주위 사람들도 획획 던지는 말이기도 했다―공무원이면 중매 잘 들어올 텐데라거나 결혼은 따놓은 당상이겠네가 오히려 모욕이 되는, 능력 못지않게 그에게 또 다른 열등감을 안겨주는 것이 있었다.

성(性), 그 실력의 세계

"아침에 물건이 서지 않는 남자한테는 돈을 빌려주지 말라"는 속담이 있다. 스티븐도 요사이 슬슬 신경이 쓰이기 시작했다. 돈 빌릴 염려는 조금도 없었지만 이제 '고개 숙인 남자'가 될지도 모를 나이가 다가오니 조금씩 초조한 것이었다. 자신이 더 이상 '남성'이 아니게 된다면 견딜 수 없을 것 같았다. 이 실력을 잃는다면 자신이 일군 여타 실력들이 무용지물이 될지도 몰랐다. 올해로 나이 49살이 되는 자산가인 스티븐에게 성은 그만큼 어떤 자산보다 더 막대한 자산이었다.

스마트폰을 켜고 인터넷 뉴스를 읽었다. 뉴스 위에 광고로 '몇백만이 선택한 시술 앱'이라는 문구가 있어 클릭하니 여자들의 성형수술이나 피부시술에 관한 정보를 공유하는 플랫폼이었다. 스티븐이 걱정하는 성적인 운동과는 다르지만, 이렇게 여자들의 외모 튜닝이 만연해졌다는 것도 크게 보면 성적인 운동이라 할 수 있었다.

폰 만지며 뭉그적대다 오늘 스케줄을 봤다. 오전엔 헬스장 갔다 와서 언론사 칼럼을 보고 오후엔 회원제 애견숍에 들르기로 했었구나. 저녁엔 비디오 게임사 임원과 비즈니스를 나누기로 되어 있었다. 일어나 부엌에 가서 〈라이온 킹〉 오프닝을 틀었다. 원시적이면서도 쫀득한 발음으로 "아즈뱅야~ 발바리 치와와"하면서 시작하는 그 소리가 스티븐에게는 하루를 시작하는 경건한 의식이었다. 만물이 약동할 수 있는 빛을 주러 해가 떠오르는 첫 장면은 장엄한 자연의 선봉장으로서 부족함이 없었고 저마다 자기 습성을 가지고 새끼를 낳아 함께 군락을 이루며 다양한 지형과 환경에 따라 살아가는 각 동물들과 최후에 그 모든 것에 군림하는 왕에 이르기까지, 생태계의 짜임새가 생생하게 다가왔다.

커피를 한잔 다리며 어제 housekeeper가 해놓고 간 샌드위치를 입에 넣었다. 언제나처럼 유유히 베란다 밖을 내려다봤다. 부촌(富村)의 정경이 물씬했다. 빼곡한 빌딩들 밑에는 부산스럽게 움직이는 차와 사람들로 가득했다. 인간 세계 역시 각축도 하고 상부상조도 하며 거부할 수 없는 'circle of life'의 굴레 아래서 굴러갔다. 스티븐은 저 밑에서 꼼지락대고 있는 무리에 속하지 않고 pride rock에 사는 자들의 대열에 있는 게 보통과 달랐다.

생활형 호텔인 이곳은 그 소유의 건물 중 즐겨 찾는 별장이었다. 스티븐이 좋아하는 미국 정치인 일가 소유의 기업이 한국에 짓는 법을 알려준 하이엔드 부동산 중 하나였다. 호텔은 보통 어쩌다 한 번씩 묵는 공간이지만 럭셔리하다 보니 '호텔에서 살고 싶다'라는, 비일상의 일상화라는 로망을 저격하여 나온 상품인 느낌이 없지 않았다. 사실 그가 가진 부동산 중 한국만 봤을 때도 주택이 아니라 저택으로 불리는 곳들이 더 비쌌지만 스티븐은 마천루만이 줄 수 있는 view로 내려다볼 수 있는 이곳에서 자주 묵곤 했다.

그만큼 스티븐에겐 많은 자산이 있었다. 현금을 넘어 모든 재산 가액을 다 합하면 얼마인지도 가늠하기 어려웠다. 이 별장이 외국자본의 힘을 빌렸듯 그를 지원 사격 해준 돈 역시 원화가 아닌 달러였고 그것을 전부 부풀게 한 발효제는 다름 아닌 성(性)이었다. 스티븐은 미국에서 자라 24살이 되는 해 한국으로 건너왔으니 이젠 미국보다 한국에서 산 게 더 오래되었다. 단순히 시간이 더 오래된 정도가 아니라 그동안 습득하고 배워온 한국 문화와 유행, 사고방식에 의해 어떤 한국 사람보다도 한국이 더 몸에 밸 대로 밴 그였다.

그렇다면 그가 미국인이었냐면 국적은 그랬었지만 혈통은 한국인이었다. 그는 한국에서 태어났지만 고아로서 미국으로 입양되었다. 어떤 미국인 부부가 입양 기관을 통해 그를 입양했고 본인만이 아니라 다른 나라에서도 그렇게 고아로서 입양되었던 애들만 네 명이었다. 모두 자신처럼 아기 때 입양되어 비행기 타고 건너온 그들은 형제로 만나게 되었다.

그때는 잘 몰랐는데 그렇게 아이를 함께 입양한 것도 스티븐과 그의 형제들 입장에선 좋은 일이었다. 그들이 10대 초반 정도가 되었을 때, 결국은 대면해야 할 진실이었기에 양부모가 작정하고 그들 모두에게 우리가 너희의 친부 친모가 아니라는 사실을 밝혔을 때, 예민한 시기에 삐뚤어질 만한 정체성 쇼크임에도 같은 처지인 형제들이 많아 그런지 충격이 훨씬 덜했기 때문이었다. 아니 충격은 컸지만 그걸 같이 안고 갈 형제들이 존재만으로 위로가 되었다 해야 할 것이다.

그들을 거둬주고 길러준, 유대교인이었던 양부모는 유능하면서도 부지런한 사람들이었다. pharmacy를 전공한 양부는 직접 제약회사를 차리고 경영에 성공하여 많은 돈을 벌었다. 하지만 안타깝게도 이들 부부는 불임이었고, 약을 만드는 기술을 통해 부유해졌음에도 그 자신들의 불임 문제는 많은 돈, 스스로의 기술로 치료할 수 없었다. 그러나 그렇기에 스티븐과 형제들은 그들의 자녀가 될 수 있었다. 그가 언뜻언뜻 기억하는 유년기는 〈톰과 제리〉를 다 같이 둘러앉아 본 거나 양모가 성우 못지않은 딕션과 나긋나긋한 톤으로 구연동화 읽듯 매일 밤 성경을 읽어준 것이나 또 그가 좋아하게 된 이웃집 여자애가 있었는데 하루는 여자애의 엄마를 보고는 그만 그 애의 엄마를 더 흠모하게 된 것 정도였다.

본격적으로 학교생활이 시작되며 양부모가 스티븐과 그의 형제들에게 쏟은 교육열은 꽤나 질겼다. 그들은 게으르거나 무분별한 생활을 하는 것을 인간에게 삶을 주신 하나님을 거스르는 것이라고 아이들에게 가르쳤다. 항상 아침에 일찍 일어나 바깥 공기부터 쐬면서 몸을 부팅시켰고 가볍게 체조를 하고는 학교를 갔다 오면 양모는 꼭 오늘 학교에서 무얼 배워왔니 하고 묻곤 했다. 독서가 사람을 훌륭하게 한다는, 흔하지만 진리인 교육철학을 가진 양부모들은 아이들이 책을 읽으면 사람들 앞에서 느낀 점을 말하는 시간을 가지게도 했다. 집안 자체적으로 학예회를 열기도 하고 각자 맡은 집안일이 있어 식물에 물 주기, 식탁에 보와 수저를 세팅하는 당번, 긴급구급대원 당번 등 역할을 맡기고 책임감을 가질 수 있게 했다.

여하간 근면 성실하게, 주어진 삶에 감사하고 그것에 충실히 임하라는 게 스티븐과 형제들이 성장할 때 양부모의 교육기조였다. 돌이켜 보면 양부모들이 꼭 좋았기만 했냐면 그건 아니었지만 스티븐 본인과 그의 입양된 형제들에게는 둘도 없는 은인이긴 했다. 사후세계가 어떻게 생겼을지는 가봐야 알겠지만 두 분 다 진심으로 좋은 곳으로 가셨길 바라는 게 스티븐의 마음이었다. 스티븐이 대학에 진학할 때 복지학으로 전공을 택한 것도 그들이 그에게 해준 것처럼 자신도 선한 영향력을 끼치는 사람이 되고 싶다는 소신이 생겨서일 정도였으니.

어쨌건 스티븐과 그의 형제들은 자신들이 부모가 자신들을 실수로 잃어버렸거나 부모가 죽었거나 부모가 자신들을 키울 수 없는 처지였든가 부모에게 버림당하였던 거라든가 하는 경우 중 하나에 해당하는 건 분명해 보였다. 덕분에 부국(富國)의 유복한 가정에서 양육받고 미래를 꿀 수 있게 되었긴 하지만, 스티븐에겐 자신의 출생에 대한 정확한 사실과 한국이라는 나라가 어떤지 궁금했다.

해서 대학을 졸업하는, 즉 한 사람의 사회인으로서의 역할을 하도록 준비하는 교육과정을 모두 다 마쳤을 때쯤에 꼭 조국에 가서 생활해 보는 걸 가족 모두에게 미리 말했었다. 양부모는 그의 뜻을 존중한다며 대신 연락을 유지하며 언제든 다시 돌아오고 싶을 땐 주저하지 말고 돌아오라고 따뜻한 말을 해주었다. 한국에 거할지 다시 올 지에 대해서는 어떠한 계획도 예감도 없었고 일단 부딪혀 보자는 마음으로 스티븐은 양부모와 형제들의 배웅을 받으며 한국행 비행기를 탔다.

출근하니 아침 정례 조회가 열렸다. 맛둥은 각 부서에서 몇 명씩 차출된 사람들에 끼어 대강당으로 갔다. 조회 시간에는 구청장이 직원들에게 구정(區政)의 현안을 말하거나 훈시를 하고는 했다. 오늘은 언젠가부터 종종 유통되는 단어가 된 '성인지 감수성' 이야기를 했다. 사람마다 성에 대해 느끼는 종류나 정도가 다 다르니 항상 상대를 배려하고 조심하라는 당부를 했다.

성(性)이라—참 어려운 주제였다. 보통 어느 정도의 상식이 있다면 성인지(性認知)는 그렇게 어렵지 않았다. 그보다 성이 힘든 주제인 첫 번째 이유는 성욕구(性慾求) 때문이었다. 여자들과 달리 남자에게 성욕은 육체에 있어 어떤 욕구보다도 드센 욕구가 될 수 있었다.

그 첫 기원을 거슬러 올라가면, 맛둥이 성에 처음 눈을 뜬 기억은 지금은 사라진 동네 비디오 가게에서였다. 그가 꼬마일 때 〈드래곤볼〉을 빌리러 자주 가곤 했던 비디오 가게에는 빨간색 라인으로 구획된 성인 비디오 코너도 있었다. 미지이고 금단의 구역이어서 해봤자 선반만 곁눈질하는 데 그쳤으나 〈드래곤볼〉의 꼬마 손오공이 보름달을 보고 사이어인의 본능이 반응하듯 남자라면 만나게 되는 본능이 시작되고 있었다. 집에서 〈드래곤볼〉 비디오를 틀면 시작과 동시에 폭력성·선정성을 암시하는 장면들이 나오며 "옛날 어린이들은 호환, 마마, 전쟁 등이 가장 무서운 재앙이었으나, 현대의 어린이들은 무분별한 불량/불법 비디오를 시청함으로써, 비행 청소년이 되는 무서운 결과를 초래하게 됩니다"**는 멘트가 나왔다. 아직 성이 뭔지 모르는 어린이들에게 인간을 타락하게 하는 섹스의 존재를 미리 경고하는 건 좋았지만 섹스라고 다 같은 섹스는 아닐진대 인간을 위대하게 할 수 있는 섹스에 대한 소개 같은 건 나오지 않았다. 세상에 그런 건 없어서겠지만.

맞둥에게 은은하고 애타는 성적 감수성으로 기억되는 건 당시 공영방송에서 방영했던 만화 〈천사소녀 네티〉였다. 여주인공 네티가 밤에 괴도로 움직일 때 매혹적인 모습과 활기찬 활약들이 너무나 설렜고 여성스럽게 다가왔다. 내용도 보통 땐 순진한 여자애가 밤이 오면 정체를 숨긴 채 남자주인공과 숨바꼭질을 하며 알 듯 말 듯 신비하게 빠져들게 하는 매력이 일품이었다. 그녀에게 푹 빠진 맞둥은 어떨 때는 네티의 정체를 알게 되어 그녀와 입 맞추고 그 이상 뭔가를 하고 싶은데 무엇이 있는지 몰라서 슬퍼하는 꿈을 꾸곤 했다. 지금 보면 귀여운 만화지만 그 시절 그에게는 성적 로망에 다름 아니었고 그래도 건전한 영역에 있는 성적 감성이라 할 수 있었다.

그렇게 성에 본격적으로 눈을 떠가는 10대가 되었다. 성적인 것을 인지하고 반응하는 건 누가 가르쳐 주지 않아도 본능으로 시작되

*   1990년대 초중반 VHS 비디오테이프에 삽입되었던 내레이션.

었지만 정확히 성관계가 어떤 건지는 아직 알 수 없었다. 당시 남자들 대부분은 음란물을 통해서 생애 최초 성교를 보게 되었다. 맛둥 역시 순정물이 아니라 음란물을 통해 꿈에도 보이지 않던 성관계를 마침내 목격하게 되었다. 헌데 처음으로 두 눈 뜨고 똑똑히 본 성관계는 흥분된다기보다 징그럽고 무섭다는 느낌으로 다가왔다. 그러나 차츰 그런 성에 적응되어 갔다.

많은 남자들은 10대로 들어서면 본격적인 사춘기를 맞아 살아 꿈틀대는 성적 욕구에 휩싸였다. 그때쯤에는 한국은 인터넷이 상용화되어 더 이상 〈옆집 누나의 몽고반점〉 같은 걸 빌리려 비디오방에서 쭈뼛대지 않아도 익명으로 섹스를 볼 수 있게 되었다. 인터넷에 범람하는 야한 동영상, 소위 '야동'으로 섹스를 공급받을 수 있는 시대가 된 것이다. 디지털이 우리네 생활상을 다 바꾸어 놓았고 성도 그중 하나였다.

당연하지만 학교에서는 음란물의 폐해를 가르쳤고 가정에서도 혼이 나고 망신을 당했다. 그러나 잘못된 것이라 여긴다 해서 유혹이 유혹으로서 힘을 잃는 건 아니었다. 때문에 맛둥의 정신 안에서 성을 두고 벌어지는 대립과 갈등은 첨예했다.

그때에도 보통의 남학생들이 야동을 보는 데 그치는 데 반해 여자친구를 사귀어 성관계를 하거나 성매매를 해보는 이들도 있었다. '걸레'라는 멸칭으로 성관계를 한 여자애들을 욕보이고 건드리려는 악랄한 행태들도 있었다. 또 그들은 같은 동년배 남학생들에게는 너희가 자위나 할 때 나는 진짜 섹스해 봤다라는 걸 으스대고는 했다. 미성년자까지는 성관계를 하는 게 일탈이니 그걸 보기 좋게 무시하거나 뛰어넘어 진짜 성교를 한 것을 자랑하고 싶은 거였다. 반대로 성인이 되어서는 얼마나 우수한 여자와 잤는가는 뽐낼 수 있을지 몰라도 섹스 자체가 더 이상 자랑이 되지는 못했다. 구하기 어려운 물건을 밀수할 때는 희귀할 수 있어도 FTA 발효되어 공식수입품으로 편입되면 남들은 못 하는 특권이 될 수 없으니까.

이런 성으로 인한 정욕과 별개로 어릴 때부터 이성에 설레고 호감을 가지게 되는 것도 누구나 겪는 감정이었다. 맞둥도 청소년기에 많은 작품 안의 여러 로맨스들을 보며 설레고 가슴앓이를 했고 자연히 여자친구를 사귀고 싶었다. 숫기도 없었지만 제일 문제는 여자를 만날 데가 마땅치가 않다는 거였다. 학원처럼 반쯤 공적인 기관을 제외하고는 남녀가 마주칠 만한 장으로서 사적인 모임 같은 건 맞둥의 인맥이나 활동 반경으로는 알 수 없었다. 정 안 돼서 랜선여친* 같은 걸 구하는 건 참 구차했고 상대가 알고 보면 로맨스 스캠처럼 사기꾼이거나 남자일지도 모를 꺼림칙함이 싫었다.

능력은 학창 시절 수많은 시험과 주위 친구들과 비교해 가며 평가를 받아왔지만 성적 매력은 대학에 가기까지 이성을 만날 장(場)이 없었다면 테스트되지 못하는 환경설정이었다. 그러나 마침내 대학에 진학할 때쯤 미성년자에서 성년자가 되며 대학이라는 시장에서 남녀 다 같이 만나게 되니 그동안의 규제가 몽땅 해제되는 격이

---

*   SNS, 메신저 등으로 채팅을 하여 온라인상에서만 연애하는 것.

었다. 이런 시퀀스하에서 선생들도 너희 지금은 재미없겠지만 좋은 대학 가면 딸내미 줄 선다고 성을 당근으로 썼다. 해서 대학이 일류든 삼류든 간에 상아탑보다 성적상장시장(?)으로 기능한다는 걸 더 주시한 이들은 드디어 여자를 만난다는 기대에 부풀기도 했다.

맞둥은 1학년 때는 가엾게도 오리엔테이션에 불참하는 바람에 시장에서 아웃되어 버렸다. 컴퓨터 잘 안되면 꼭 한 번 껐다 켜보는 것처럼 군대를 전원버튼으로 대학 생활을 재부팅하자 여자들은 더 어여뻐져 있었다. 중고등학생 때는 남자와 크게 분간 안 가던 여자애들도 꾸미고 다이어트를 하며 고와지는 애들이 많았다. 처음 복학할 땐 캠퍼스에서 여학생들한테 둘러싸인 인싸가 되는 상상의 나래도 펼쳤지만 그렇게 경기가 호황일 경우는 자기 생에 없을 거라는 걸 빨리 인정하고 발품부터 부지런히 팔아야 했다.

그래서 건축학개론 수업까지 청강하진 않았지만 과생활도 하고 동아리도 들고 처음엔 공부나 취업 준비로 모이지만 나중엔 곧잘 남녀 썸* 타는 장소로 변질되는 스터디도 하며 서식지를 넓혀갔다. 할 수 있는 모든 채널을 가동하여 소개를 받았고 그 미팅 때마다 좋은 거 판매하려 성의를 다하는 영업사원처럼 온 사력을 다했다.

그러나 연애를 목적으로 만나는 소개들이 번번이 실패하자 만남의 포맷이 문제라는 생각이 들었다. '자만추'***는 맞둥 대학 당시는

---

* 아직 정식으로 사귀는 것은 아니나 남녀 간의 이성적 호감이 싹트면서 설레고 간 보고 하는 시기를 일컫는 조어.
** '자연스러운 만남 추구'의 줄임말.

있지도 않은 용어였지만, 대략 그렇게 주위 여자애들과 먼저 친해져 놓고 때가 되면 마음을 발설할 것을 기획했지만 친해지는 것부터 어려웠고 어쩌다 가까워진 여자애들도 "오빠 저는 그런 감정은 아니었어요" 하거나 없던 남자친구도 생겼다면서 기각 내지 각하하기 일쑤였다.

만사에는 다 때가 있는 법이다. 바다에는 밀물이 있고 썰물이 있고 도로 위의 차들은 달려야 할 때가 있고 서야 할 때가 있고 아는 게 힘일 때가 있고 모르는 게 약일 때가 있었다. 학교생활까지는 기획사에서 연습생들 연애 금지시키듯 학업을 위해 성을 삼가야 했지만 이후로는 연애가 장려되기도 했고 나아가 취업을 하고 난 뒤면 결혼을 위해서는 꼭 성(性)이 필요했다. 오히려 이때부터는 성적 능력이 없으면 문제가 되었다.

세상에 보통 남의 도움을 빌리지만 어떻게든 스스로 혼자 할 수 있는 것들이 있었다. 공부야 학교, 학원 없이 독학도 가능하고 사진도 셀카로 찍을 수 있고 1961년 남극탐험 중 맹장염이 터져 자기 배를 갈라 직접 수술했다는 의사도 있었다.

또 반대로 스스로 해버리면 효과나 의도가 죽는 것도 있었다. 개그맨이 개그를 선보일 때 자기도 그만 킥킥 웃어버리면 능청스러움이 죽었다. 연예인과 매니저가 협력관계이지 쌍방 눈이 맞아 호감이 생기면 비즈니스에 지장이 있을 수 있듯 말이다. 또 국가나 지자체 소유의 재산에 대해서 비과세를 하는 건 과세해 봤자 돈이 제자리걸음이었기 때문이었고 엄격한 감사는 독립된 기관, 외부인사로 할 수밖에 없는 게 셀프 검사는 투수가 공 던져놓고 스트라이크 볼도 자기가 부르는 거나 마찬가지였기 때문이었다.

그런데 인간이 혼자서는 절대 할 수 없는 것이 있었으니 바로 연애였고 성관계였다. 밸런타인데이 날 초콜릿 줄 여자가 도무지 없으면 저 혼자 사 먹을 수는 있지만, 애정은 이성이 없으면 성립 자체가 불가능했다. 그러나 머잖아 AI와 연애를 할 거라거나 성관계도 섹스인형이나 섹스로봇이 만들어질 것이라는 예측이 나오니 상대 이성이 없어도 될까? 허나 성이라는 범주 안의 주제에서 가장 포괄적인 의미로 남녀 둘이 생활공동체가 되어야 하는 '결혼'은 셀프결혼이라는 게 내면에 인격이 2개면 모를까 불능인 것 같았다. 아니 기술이 더 고도화되면 배우자도 뚝딱 만들어, 시장에서 반찬거리가 아니라 일회용 아내를 사 오고 월간 아내 구독신청 하는 게 생길 줄 어째 안다고.

어쨌건 그렇게, 그가 살아가며 자신의 능력을 객관적으로 체크해 버린 것처럼, 학교생활이 다 끝나고 사회생활도 5년 차로 접어든 지금은 그가 여자들에게 남자로서의 매력, 호감도를 어느 정도 다 평가받은 것이었다. 사실 중간중간 그런 자신의 낮은 '성적 계급'을 낌새로 눈치챌 수는 있었다. 또래들로부터 인기 있었던 적이 없었기 때문이었다. 그래서 어쩌다 가끔 방문하는 엄마 친구가 "아들 인물 좋네" 한 걸 가슴속에 꽁꽁 싸매어 두었다가 자존감 떨어질 때마다 꺼내서 한입 먹어보고는 했다. 소개팅이 잡히면 주선자가 이 애 어떠냐며 사진을 보여주는데 예쁘다고 할 수 있을 만한 여자는 없었다. 중매쟁이들이 양측의 급을 보고 얼추 이 정도면 비슷하겠다 하는 사람들을 연결해 주고는 하니, 주선자들이 맛둥을 어떻게 보고 있는지를 읽어낼 수 있는 거였다. 아직도 때때로 그의 머릿속에서는 그 시절 들었던 말들이 재생되었다. "형은 치정보다는 몽정이 어울리시는데요.", "자기야 키스는 애인이랑만 하는 거야", "오빠 여자랑 영화관 가본 적 없어요?", "본웅아 패션고자처럼 하지 말고 그냥 정장 입고 가라"와 같은 말들은 지금도 그를 할퀴며 그가 처한 형세를 심사하는 듯이 느껴졌다.

사실 맛둥이 심하게 어렸을 때는 귀티 나게 잘생긴 얼굴이었다. 10대로 진입하기 전에는 주위로부터 미남이라는 소리도 곧잘 들으며 예쁨받았지만 도중에 뭐가 잘못되었는지 얼굴이 시시각각으로 변했다. 사춘기쯤부터 확연히 주가가 떨어지자 주위 사람들이 점차 냉담해지는 게 '반기시는 낯빛이 옛날과 어찌 다르신고?'가 되어버린, 왕자가 폐서인(廢庶人) 당하는 것처럼 쓰라렸다. 그 많던 수라는 누가 다 먹었는지 인사차 해주는 립서비스 정도가 그가 쥘 수 있는 지푸라기 칭찬이었다. 지금의 맛둥은 못생긴 데다 체구까지 왜소해서 남성성도 없었다. 그렇다고 외향적이거나 언변이 있는 것도 아니고 별다른 매력이나 특기가 있지도 않으니 하는 수 없었다.

성적 매력은, 교육 제도와 같은 한 사람이 보통 밟게 되는 정식적인 사회적 커리큘럼에서는 평가하지도 조망하지도 않았지만, 세간에서는 그 사람의 능력으로 보는 건 맞았다. 맛둥을 생각하게 한 건 무도한 성적 언행이 끼치는 성적 수치심은 사회가 주목하고 피해와 대책, 처벌을 얘기하지만 이성으로부터의 외면에 의해 입는 성적 수

치심(?)은 아무도 그것도 피해라고 인정해 주지 않는다는 거였다. 사실 그건 성적 열등감을 수치심으로 조작하여 호소하는 거긴 했다. 그러니까 남자 여자가 처음 선악과를 먹고 성(性)을 보는 눈이 뜨여 버려 부끄러움을 느끼고는 무화과나무 잎사귀로 하체를 가렸다는 것과는 질감이 또 다른 부끄러움이 있다면 성적 무능력이었다. 그 무능력이 성기능 장애 같은 게 아니라 성적 매력이 없는 것 말이다.

그래서 공무원이면 결혼은 무난하게 하겠네 하는 주위의 평가들은 그에게 전혀 호평으로 느껴지지 않았다. 가령 재무상태표로 치면, 자산을 조달함에 쓰이는 재원은 자기 자본과 부채라는 두 가지 채널을 통했다. 직업은 자기 자신이 입고 있는 것일 뿐이라면, 공무원 타이틀 덕에 호감을 얻는 것은 부채로 애정사업을 하는 거나 다름없었다. 멀리서 보면 자산이지만 가까이서 보면 자기 자본은 아니었다. 그러니까 참 웃겼다. 큰아버지가 형들에게는 결혼을 안 하는 게 아니라 못 한다고 했는데 만약 맏둥에게는 직장 안정성이니 착실함이니 하며 결혼은 문제없다고 칭찬을 했다 해도, 그들 각자가 가진 내면의 성적 자존심을 잡아 끄집어내는 건 전혀 아니었다.

그렇게 서민들이 평생 내 집 하나 없이 셋방을 전전하는 걸 통탄해하는 것보다 맏둥에겐 '내 여자' 하나 없는 인생이 더 침울했다.

스티븐은 유튜브를 켰다. 지금은 저명한 가수가 무명시절 〈엄마

용돈 좀 보내주세요〉라는 제목의 노래를 지어 부른 영상을 지나쳐 최근 핫한 영상으로 어느 남자가 황색언론과 가진 인터뷰가 떴다. 영상을 틀자 딱 봐도 고지식해 보이는 남자가 에리히 프롬의 《사랑의 기술》을 언급하며 현대인은 물론이고 그게 사명인 교회에서도 사랑다운 사랑을 못 한다는 걸 설득하려고 하는 것이었다. 시니컬하게 보던 스티븐이 댓글을 보니 녀석을 비웃는 댓글도 많았지만 감명받았다는 댓글도 생각보다 많았다. 이런 거에 동조하는 애송이들은 수준을 참 알 만했다. 여기가 어디 아프리카도 아니고 이런 데서 영양실조에 걸리는 건 밥 사 먹을 돈이 없는 무능력한 개인의 문제이듯 사랑 줄 사람이 없어 애정실조가 되는 건 애정을 받을 실력이 없는 그 사람 문제였다.

　녀석이 주장하는, 현재 사람은 사랑하는 게 아니라 육적 본능으로 사랑이 되고 있으며 그게 문제라는 건 흡사 태양에 불났다고 119에다 신고하는 것과 같았다. 인간이 위나 장에 음식물을 소화하라고 명령을 내리는 게 아니지만 기관들이 알아서 소화 효소를 분비하고 활동하는 건 그 장기 고유의 동작이자 역할이었다. 인간 몸의 각 근골이 자라나는 게 자기의 원이나 지시가 아니라 DNA의 설계도대로인 것처럼, 심적인 애정의 생성과 자극이 인간 본성에 부여되어 있는 본능적인 미의식, 매력에 대한 감수성에 기인하는 건 지극히 자연스러웠다. 그게 틀렸다는 건 달콤한 걸 달콤하게 느끼지 말고 고소한 걸 느끼면 혀에 회초리를 대라는 것과 같았다. 본능, 감각대로 대상을 수용해 느끼는 건 그냥 그렇게 되어라고 만들어진 이치 그 자체였다.

스테디셀러인《사랑의 기술》은 오래전 스티븐도 읽었었다. 사랑의 상품화를 비판하고 설렘이나 흥분은 한낱 오락인데 그걸 사랑으로 착각한다는 거나 마음 가는 대로가 아니라 마음먹은 대로 하는 애정을 참된 사랑으로 포장하는 내용도 기억했다. 스티븐에게 그 책은 경(經)하나 잡고 염불 읊듯이 애정을 속삭이자는 주장이었다. 남녀 애정은 팽팽한 긴장과 정열로 운영되는 사업체와 같았다. 소비자가 그 재화, 서비스의 질을 보고 구매하고 회사에서 채용을 할 때 그 사람이 얼마나 도움이 될지를 따지지 않는가? 물론 일상재나 3D산업은 이런 걸 요하지 않는데 그 말은 문턱이 낮을수록 그만큼 그 일이나 집단도 낮다는 거였다. 대출도 금융권보다 사채로 갈수록 누구에게나 열리지만 누구에게나 위험해지는 것처럼, 조건 없이 사랑하자는 건 사랑의 격을 떨어트리자는 거였다. 하다못해 친구 하나를 사귀어도 그 사람의 매력이나 나와의 호환성을 보고 어울리는 법인데, 하물며 성적 즐거움을 주는 이성은 '엄선'하는 게 당연했다.

스티븐은 인터뷰를 끄고 웹서핑을 했다. 오랜 시간 사귀었던 연예인 커플 중 남자가 헤어진 지 얼마 되지 않아 다른 여자 연예인을 사귀었다고 대중들의 질타를 받고 있다는 기사가 나왔다. 오래 사귀면 결혼해야 한다거나 헤어져도 다른 사람을 금방 만나면 안 된다는 신의칙이라도 있나? 남녀 간의 애정은 법이나 교리, 기타 어떠한 인륜으로 간섭할 바가 아니었다. 그건 美적 영역이니까. love는 lovely해야 나오는 거지 정으로 애정하는 게 아니었다. 본능의 연료는 다 떨어졌는데 의리나 도리라는 것으로 걸리지도 않는 시동 걸려 하는 건 의지가 아니라 억지였다. 끝판 다 깬 게임은 더 이상 재미없듯이 세상에 놀이든 개그든 사람이든 다 익숙해지고 더 이상 신선하게 안 다가오면 별 볼 일 없었다. 애정도 인간의 마음의 한 감수성인 이상 똑같은 원리가 적용되는 건 당연했다. 자신에게 유통기한이 넘은 건 넘기고 새로운 대상으로 신선한 감정을 느끼는 게 건강한 애순환이라고 할 수 있었다. 이런 생태에서 자존심이 상하기 싫다면 계속해서 자신을 탱탱하게 해서 타인들로부터의 호감이 떨어지지 않게 해야 했고 그것이 남녀 연애가 끝없이 품질과 시장에서 낙오하지 않으려고 곤두서 있는 산업 생태계와 같은, 실력과 승부의 세계라는 게 되었다.

애정 같은 것보다 스티븐의 인생에 있어 역시 제일은 여자였다. 여자에 대한 그의 욕심은 꺼질 줄 몰랐다. 호색을 긍정하는 그였지만 〈드래곤볼〉의 무천도사처럼 여자라면 사족을 못 쓰는 작자들은 외려 스티븐이 멸시하는 남자들이었다. 왜냐하면 스티븐에겐 남자라고 해서 다 남자가 아니고 여자라고 해서 다 여자가 아니었다. 성은 세상 모든 남자 여자가 다 가지고 있는 것이나 미색(美色)은 그만한 몸과 기질을 가진 이들만이 가지는 자산이라고 생각했다. 성이라는 큰 단락 안에서도 성적 매력이 특출한 것만이 그에겐 값어치 있는 성이었다.

성적 매력이 인간 사회에 미치는 영향은 엄청났다. 미적 능력으로 먹고사는 연예계라는 업계는 인간이 출중한 미인들을 보고 싶어 하고 성적 매력을 즐기는 특성이 응집되어 생겼고 존립할 수 있는 세계였다. 얼굴이 사업장인 연예인들은 두말할 것도 없고 일반인에게도 미(美)는 인생에 큰 자존심이 된 게 현세대였다. 역시나 성으로부터 나왔지만 미에 비하면 남자 한정이라고 할 수 있는 색(色) 역시 현대 사회에서의 위상이나 위력은 가공할 만했다. 섹스어필은 세상 곳곳에서 쓰이고 있었다. 모터쇼에 레이싱 모델 쓰는 거야 말할 것도 없고 각종 게임 광고에 야한 의상을 입고는 잔뜩 풍만한 몸매를 한 여자 캐릭터들로 시선을 환기시키는 것도 모두 그걸 이용하는 거였다. 선정적인 차림으로 인기를 끄려는 방송인들과 그걸 전략으로 채널 고정을 노리는 방송관계자들, 세계에 울려 퍼진 〈강남스타일〉의 "가렸지만 웬만한 노출보다 야한 여자"를 흥을 돋우는 가사로 쓰는 거도 섹스어필들을 찬양하는 거였다.

스티븐은 여자가 주는 미모와 성적 쾌락 모두를 추구했다. 스티븐의 눈에 뷰티와 섹스는 포지션만 달랐지 같은 경기장 위에서 함께 뛰는 인류사의 영구결번이었다. 그것들은 비단 엔터테인먼트에 머무는 게 아니라 "성적 매력이 없는 인간은 사회에서 성공할 수 없다."는 경구처럼 사회적 대우와 경쟁력을 결정짓는 component라고 생각했다.

유튜브를 끄고 그가 좋아하는 영화 〈달콤한 인생〉을 잠시 틀었다. 두목이 주인공의 어깨를 툭 치며 "너 애인 있어? 사랑해 본 적 있어? 없어. 넌 없어. 그래서 내가 널 좋아하는 거야 인마." 하는 게 그가 다시 듣기 좋아하는 대사였다. 엔터사업에 손을 뻗쳐 동남아 연예기획사와 거래한 업자가 주인공 조직이 운영하는 호텔 나이트클럽에 러시아 여자들을 밀어내고 필리핀 연예인들을 공급하려는 도입부도 흥미가 갔다. 한 여자에 얽혀 이전투구를 치르는 시나리오도 진지했다. 보통은 영화적 과장이라 여기겠지만 그 유명한 트로이 전쟁도 미인 한 명을 사이에 두고 일어난 신들의 전쟁 아니었는가. 여자란 남자의 인생에 그만큼 막대한 존재였다. 과거부터 현대까지 세계 각지의 왕과 권세가들이 얼마나 훌륭한 여자들을 즐겼는가. 여자 안 좋아하는 남자가 없다면 여자를 즐기는 걸 문제 삼을 게 아니라 얼마나 우월한 여자를 즐길 수 있는가가 본론이라고 그는 생각했다.

외국 여자를 쓰는 업장에 다른 국적 여자들을 욱여넣으려 하며 갈등이 시작되는 영화처럼 허가된 유흥이든 불법 성매매든 성을 중개하는 작자들에게 있어서는 여자를 어떻게 조달할 것인가가 승부처일 것이었다. '여기 물 좋다/안 좋다'는 여자의 급에 의해 결정되는 거였고 얼마나 양질의 여자들을 조달받아 공급할 수 있느냐가 업체의 경쟁력이었다. 그래서 남자의 성적인 실력이라는 건 정력이나 성적 매력만이 아니라 얼마나 고급 여자를 건드릴 수 있는가가 정점이 된다는 게 그의 관점이었다.

그렇다면 이제 핵심은 여자는 어떻게 조달할 수 있는가―는 주제라고 그는 생각했다. 드라마에서는 커피를 바지에 쏟는다든가 하면서 인연이 시작되지만 보통은 어떤 만날 수 있는 배경이나 플랫폼이나 어떠한 조달 방식이 있어야 했다. 남자 스스로 아는 여자가 많다면 자체 인맥망으로만 끝낼 수 있겠지만 그렇지 않다면 일반적으로는 직장이나 주변 여자부터 시작해 지인들의 소개, 중매쟁이나 중매회사, 또는 데이팅앱과 같은 구질구질한 중개를 통해 여자를 introduce받을 거였다. 여의치 않으면 온라인이든 오프라인이든 여자가 있는 모든 집회, 모임, 사업장으로 고개를 빠끔히 내밀고는 눈

알을 굴릴 것이었다. 또는 명분이 있는 회사나 프로그램을 차려서 여자를 모집하는 경우도 있었다. 아니 아예 어디든 직접 호기롭게 헌팅하며 닥치는 대로 여자를 물색할 수도 있긴 했다. 그러나 길바닥에서 빗자루질해 봤자 동전이나 쓸어 담지 진주나 다이아몬드를 구할 수 있는 게 아니었다. 그건 바다를 가거나 광산을 가야 되고 또 채집할 기술, 즉 능력도 요구되었다.

요새 보면 미팅 방식으로서 자만추니 운만추*니 하는 시답잖은 말들이 있었지만 그 말은 자연이 아니라 우연에, 운명이 아니라 운에 맡기겠다는 거나 똑같았다. 세상에 어느 분야든 얼마나 훌륭한 기술, 요령, 네트워크를 부릴 수 있는가가 거기서의 성취를 거머쥘 수 있는 더 고급한 자연이고 운명이었다.

남자가 여자를 가지려면 물론 미팅에 앞서 능력부터 갖춰야 한다고 스티븐은 생각했다. 그리스 신화의 제우스가 호색을 부릴 수 있었던 건 천리안도 있지만 그만큼 강한 신이기 때문이었다. 여친이랑 팔짱 끼고 걷는 중 악당들이 희롱을 한다 할 때 내 여자를 지키려면 힘이 있어야 하듯 일차적으로는 물리력이었다. 역으로 악당들은 길가는 여자를 납치하거나 집에 있는 부녀자들까지 끌어내기도 했다. 한국사만 쳐도 원 간섭기 때 공녀, 병자호란 후 환향녀라던가 일제의 위안부와 같이 국가 간의 힘에 의해 여자들을 빼앗기고 치욕을 당한 역사가 있었다. 그런 짓들이 악랄하다는 건 분명하나 여자

*   '운명적인 만남 추구'의 줄임말.

를 조달하는 하나의 방법으로서 쓰인 것도 사실이었다. 반대로 보면 무력은 여자를 보호하는 데 있어 기초이자 필수적인 힘이었다. 무력 다음으로는 하는 일부터 시작해 외모, 재력, 입담, 남자다움, 매너, 센스 등 멋진 남자로 평가될 만한 것들로 자신의 값어치를 높여야 한다는 건 스티븐에게 두말할 게 없었다.

능력이 갖추어지고 나면 이제 얼마나 높은 수준에서의 중개, 알선을 자기 것으로 할 수 있느냐가 여자를 조달하는 핵심이 되었다. 남원에서 제일가는 규수를 섭외하려 한 것은 사또라는 지위가 있어서 가능했다. 양반들이 기생집이나 쏘다닐 때 조선조 연산군의 채홍사라던가 구약전서의 페르시아 황제가 전국 팔도에서 아리따운 처녀들을 모집하는 건 과연 왕이라는 신분에 걸맞은 중계수준이라고 그는 생각했다. 현대에도 공개된 호화 레저들에 겉으로 보이는 권리 같은 것만 알지 많은 것이 암암리에 통용되고 있었고 그중에 여자도 빠트릴 수 없었다.

스티븐은 미국을 떠나 한국에 와서 다만 홀로 침전하는 인생을 살다가 어떤 사건, 이 세상 모두가 겪는 보편적인 일 하나로 큰돈을 얻게 되었고 그걸 종잣돈으로 어떤 영역에 투자해 지금의 엄청난 부를 이루었다. 실력이 생기면 자연히 문전성시를 이루게 되는 게 세상사다. 밑에 있을 때는 만날 수 없던 많은 이들이 스티븐에게 손도 내밀고 윙크도 하고 속여 먹으려고도 하면서 그는, 마치 공교육만 알고 학원가 1타 강사가 최고의 선생인 줄 아는 평범한 학부모가, 높은 학군의 엄마들에게나 얘기되는 비밀스러운 사교육의 세계가 있다는 걸 알게 된 것처럼 마음이 들떴다.

구인게시판에 자주 올라오는 기업은 그만큼 사람들이 빨리 나가는 좋지 않은 회사라는 것처럼 진짜 돈 되는 정보나 일자리는 공개된 시장에서 거래되는 게 아니라 다 알음알음 관련자들 사이에서만 돌고 있는 거였다. 공모펀드보다 사모펀드가 가입이 제한적이고 까다롭지만 더 자본시장을 쥐락펴락하는 것처럼 세상은 얼마나 私를 할 수 있냐가 실력이었다.

스티븐도 올라오기 전에는 상류 계층들이 여자를 만나는 방식이 어디 고시 패스하면 "여기 참한 처자가 있는데" 하며 알아서 연락이 온다는 거나 최고급 주점에서 여배우급 작부들이 술을 따라주거나 아니면 진짜 여배우들과 만나는 걸 예상했다. 그런데 올라와서 보니, 참부자들은 고급 음식점에 가는 게 아니라 자신의 주방에서만 일하는 전용 셰프들을 두듯이, 진짜 여자를 볼 줄 아는 호색가들은 남들도 알 만한 여자들로부터 여자를 조달하지 않았다. 고수들은 그 존재가 쉽게 드러나지 않고 자신과의 관계에만 집중할 여자들을 만나고 있었던 것이다. 출신은 다양했지만, 대부분 재색을 겸비한 최고의 여자들이었다. 그녀들과의 관계는 더러는 애인, 더러는 그저 친구가 되었고 스티븐이 구비해 놓을 건 여자들의 환심을 살 만한 남자로서의 실력들이었다. 그렇게 그가 일반인이 출입할 수 없는 고지대로 올라가고 난 후 그쪽만의 마담뚜들과 사교계들을 통해 일종의 '비상장미인'들과 교제하는 특권과 즐거움은 말로 다할 수 없었다.

미와 색을 신이 인간에게 부여한 性으로 인한 능력이자 쾌락이라 보는 스티븐이기에 그것의 옳고 그름은 그에겐 관심 주제가 아니었다. 물론 그의 성관념에도 선과 악은 엄격히 존재했다. 성범죄들,

추행이나 성폭행은 단단히 범죄로 규정하여 엄히 처벌해야 했다. 그 점에 있어 그는 지금 한국의 법은 너무 물렀다고 생각했다. 동의나 허락 없이 강제적이거나 성적인 부끄러움을 줄 수 있는 뭔가를 일방적으로 당했다면 중하게 벌줘야 했다. 문제는 합의된 성이라도 성을 거래하는 자체를 죄로 여기는 거였다. 강제가 아니라 서로 간에 이해관계가 일치하여 계약하여 거래되는 성을 처벌하는 건 그에겐 과잉윤리였다. 진짜 부자가 되고 난 후 매춘 같은 건 거들떠도 보지 않게 된 스티븐이었지만 그 자신의 사교도 일말의 책잡힐 가능성을 없애려면 거래성, 대가성은 죄가 되어서는 안 되었다. 게다가 그에겐 남녀는 물론 세상 모든 인간관계가 실은 거래라는 관념이 배후에 있어 이런 관점들을 더 합리화했다.

태양에 불났다고 신고하는 남자를 비웃는 남자들이 천지였지만 스티븐의 눈엔 여자를 구할 데가 뻔하고 궁색한 수준인 건 거의 모든 남자들이 마찬가지였다. 럭셔리한 여자들을 그들이 닿을 수 없는 시장에서 조달받아 안을 수 있는 성적 우위야말로 의식주나 어떠한 레저, 오락에서의 우위와 비교할 수 없는 스티븐의 자랑이었다. TV를 끄고 침대에 누운 스티븐은 "너희 사랑이 뭔지 알아? 너흰 몰라. 그래서 내가 너흴 좋아하는 거야"라고 중얼거렸다. 흡족했다.

맘마미 교회는 탐라 오빠가 이슈가 된 이후 내부적으로 많은 토

론이 오고 갔다. 사리에 맞지 않는 수작이라고 생각하는 게 보통이었지만 탐라의 말도 일리가 있다며 우리를 되돌아보아야 할 때라는 자성의 목소리가 비집고 나오기 시작했다. 프롬 이전에도 박애주의(博愛主義)라는 건 쭉 있었던 정신이고 그걸 이성애까지 확장시키는 것도 사랑의 지평을 넓히는 게 아니냐는 거였다. 한편으론 우리가 이성을 볼 때 매력을 느끼는 게 이생의 조건과 자랑들이 대부분이 아니냐 하며 그게 과연 이성 간의 숭고한 사랑이라 할 수 있느냐, 탐라 말대로 애정이라는 이름의 욕망이 아닌가라는 걸 검토해야 한다는 얘기도 나왔다. 그가 《사랑의 기술》을 제대로 해석한 건 맞냐는 건 뒤로하고 서서히 의견이 양분되는 시점에 이르자 탐라를 반대하는 이들은 그럴 거면 아무나 가서 진짜 연애해 주는 거로 마무리하자고 했다.

그렇게 되자 교내 모든 젊은 여자들은 묵묵부답이 되었다. 루디아도 속으로 슬쩍 탐라 오빠와 연애를 하고 스킨십을 하는 상상을 해보았지만 도저히 설레는 느낌이 나지 않았다. 최소한 뭔가 남자로는 느껴져야 했다. 이성교제(異性交際)는 이성 간의 교제가 아니라 이성이 교제되는 거였다. 〈여신강림〉에서 서준이가 주경이한테 "나 너 여자로 보여" 해서 둘이 시작된 것처럼 일단 性이 인지는 되어야 성애의 발판이 마련될 터였다. 오빠가 키도 크고 몸가짐도 발랐지만, 뭐랄까―된장찌개보다 청국장을, 태권도보다는 택견을 떠올리게 하는 오빠에게서 풍기는 선비풍이 도저히 여자들에게 '남자'로서 호감이 갈 인상은 아니었다. 아니 설령 아무리 멋지다 해도 나 좋아하는 게 맞다고 주장하는 남자에게는 정이 안 갈 것 같았다.

자원애정자가 없자 맘마미에서는 어떻게 답변할 것인지만 논의되었다. 어느 여자가 설득되어서 연애해 준다 해도 그건 이론에 의한 인위적인 관계일 뿐이라고 얘기해 주자는 방안이 탐라의 논리를 안 다치게 하면서도 중화시킬 수 있는 유력한 안으로 나왔다. 그러나 결국은 좋은 말로 누그러뜨리는 것보다 따끔하게 꾸중하고 혼을 내서 잘못된 걸 바로 잡아주는 게 바른길이라는 것에 대세는 기울었다.

그런데 탐라 오빠 사건에 이어, 오빠의 기백이 전이된 듯이 남녀노소를 불문하고 평소에 마음에만 담아두었던 애정이나 그와 연관된 질문을 목장모임이나 교역자들에게 말한 사람들이 나왔다. 그것들은 대체로 즉각 대답해 주기 어려운 질문들이 많았다. 이를테면 "남자친구가 있는데 제 마음에 들어와 버린 선배가 있어서 고민이에요", "철학에서 인간이 절대 뛰어넘을 수 없다는 한계상황 중 하나로 고독을 드는 게 참 와닿았어요. 그걸 없애기 위해 사람을 사귀고 가족을 만들지만 그럼에도 왜 사람은 외로울까요?", "남자 여자는 친구로 지낼 수 있나요?"와 같은 질문들이었다. 이렇게 되자 중진들은 현시점에서는 애정에 대한 감정들이 일반진료실에서 수술대로 옮겨야 할 중환자라는 것에 의견이 모아진 것 같았다.

그렇게 이참에 맘마미만의 아카데미를 만들어 보기로 하자는 의견이 제시되었다. 애정과 연관된 일련의 것들에 대한 포괄적인 고민들을 수집해 해결을 도모하는 토론회를 시도해 보자는 거였다. 질문도 다 같이 하고 답변도 다 같이 모색해 보는, '집단지성'으로 문제를 해결해 가자는 거였다. 결국 탐라 오빠 사태는 사라예보 총탄 하나가 1차 대전을 만들고 1차 대전은 국제연맹을 만들어 낸 것처럼 하나의 애정전담기구를 꾸리는 도화선이 되었다.

교내 분위기가 심상치 않게 흘러가자 루디아는 이제는 여론의 뭇매를 맞을 오빠를 위해 따로 자신이 하나 기별해 줘야겠다는 생각이 들었다.

스티븐은 장갑을 벗고 골프공을 만지작거려 보았다. 일부러 작은 크레이터들을 낸 표면에다 드러나지 않는 내부는 사실 몇 개의 층으로 되어 있다는 구조가 참 앙증맞고 정교한 녀석이었다. 이 공이 훨훨 날고 구를 수 있게 정돈한 골프장도 썩 마음에 들었다. 가끔 평일에 한가롭게 필드를 누비며 만끽하는 이 여유—스티븐은 절로 "景긔엇더ᄒ니잇고"*가 중얼거려졌다.

흔히들 있는 놈에게나 없는 놈에게나 시간은 공평하다고 했다. 제 암만 부자라도 돈은 축적할 수 있어도 가는 시간은 붙잡을 수 없으며 때가 되면 다 늙고 병들면서 쾌락도 명예도 세월 앞에서는 덧없는, 돈으로 어찌할 수 없는 게 시간이라는 거였다. 음식의 시간을 멈추기 위해 냉장고가 발명되었듯 몸의 시간을 멈추거나 돌리기 위해 안티에이징도 하고 회춘에 좋은 것도 먹지만 시간 자체를 멈추

---

* 고려 시대 문인들이 자신들의 향락적인 생활이나 자부심, 기상 등을 드러내기 위해 창작한 귀족계층 문학인 경기체가에서 되풀이되는 후렴구.

게 할 순 없는 건 맞았다. 그러나 스티븐에겐 한 치 앞만 보는 생각이었다. 사람들이 시간을 쓰는 대부분은 돈을 벌기 위해 일을 하는 것이었고 돈이 있으면 그 시간에 다른 걸 얼마든지 할 수 있어 돈이 곧 시간이었다. 시간 역시 가진 자들이 더 할당받는 자본주의적 재화에 다름 아니었다.

그렇다면 남아도는 시간으로 방탕하게 사느냐 하면 그거야말로 스티븐이 경계하는 거였다. 비만이 부자병인 거처럼 많은 부가 오히려 독이 되는 '부영양화' 현상은 물에만 있는 게 아니었다. 스티븐은 그런 함정에 빠지지 않으려 매우 규칙적으로 생활했다. 활력 있고 녹슬지 않는 삶을 유지하기 위해서는 바른 식습관, 숙면, 운동, 교양 함량과 두뇌 회전에 좋은 모든 지적 활동이 있어야 했다. 그런 자기 관리, 개발에 덧붙여 수준 높은 이들과의 교제도 있어야 했기에 스티븐의 달력은 항상 빽빽했고 몇 년 뒤의 약속이 벌써부터 잡히기도 했다.

오늘 스케줄을 다시 보았다. 오늘도 근사한 약속이 잡혀 있었다. 약속 상대방은 지금은 퇴직했지만 前 국가기관의 고위간부였던, 스티븐이 보물성이라 부르는 남자였다. 지금도 어딘가에 고문으로 이름으로 올려 융숭한 대접을 받는 그는 어찌나 마당발인지 그로부터 소개받은 각계각층의 인사들도 많았고 어디서 정보는 그렇게 입수하는지 곳곳의 뒷이야기를 속속들이 꿰고 있어 매스컴에 새어나가지 않는 고급 정보들을 찌라시보다도 앞질러 꿰차고 다녔다. 시장점유율이 낮은 카드사가 가맹점이 다 구축된 카드사의 결제망을 빌려 쓰듯 스티븐은 보물성 양반의 사교망을 통해 자신의 사교를 만발하게 할 수 있었다. 그런데 보물성이라는 애칭을 단 이유는 그를 통해 인맥도 얻었지만 그와 함께 동업자로서 꾸린 회사가 있었기 때문이었다. 오늘 약속이 잡힌 건 그가 스티븐에게 꼭 보여주고 싶은 어떤 대정부 문서가 있다는 거였다.

카트에 앉은 스티븐은 꿀 탄 우유를 먹으며 과학 잡지를 펼쳐 들었다. 과학을 전공할 것도 아닌 그에게 과학지식은 순전히 취미일 뿐이었지만 학문이라는 게 시험이 걸리지 않고 교양만 쌓는 건 한적한 산보 같았다. 지금 펼쳐 든 건 물리학이었다. 골프공 하나를 치는 데도 많은 힘이 관여하듯이 사물에 대한 힘은 기본적으로 물리학이 다루었다. 그러나 사물에만 힘의 작용으로 인한 운동이 있을까? 아니었다. 그래서 사회과학이 있는 거였다. 물리학에서 다루지 않는, 국가와 국가라든가, 국가와 사람이라든가 나아가 한 사람 내면에서도 서로 충돌하는 힘은 끊임없이 있어왔고 지금도 세상의 고삐를 잡고 있었다. 경제학, 외교학, 심리학 등도 하나같이 '힘'을 탐구하고 있었다.

그러나 세상 학문에 아직도 없는 게 있었다. 바로 성을 측정하고 계량해 내야 할 힘으로서 바라보고 있지 않는 것이었다. 스티븐이 보았을 땐 여기야말로 씨름판이었다. 성은 어떤 것보다 힘의 세계였다.

그 힘은 보이지 않는 정신에서 벌어졌지만 그 작용점은 대체로 비슷하다고 스티븐은 생각했다. 그렇기에 그게 비밀이라 해도 많은 사람이 함께 느끼고 있는 공공연한 비밀이었다. 톨스토이의 《안나 까레니나》처럼 건전한 가장이나 양처라 해도 원체 매력적인 이성이 있으면 남몰래 설레는 건 어떤 통계나 빅데이터에도 잡히지 않는 데

이터지만 목욕탕이나 붐비는 워터파크에 들어가면서 그 물에 누구 한 명쯤은 싸놓은 오줌이 섞여 있을 거라 생각들 하듯 누구나 알 만한 비밀이었다.

《노트르담 드 파리》의 프롤로가 여자에 동하는 애욕에 눈이 뒤집히는 건 놈이 악인이라서 그렇다고 생각하기 쉬웠다. 허나 피츠제럴드의《위대한 개츠비》나 괴테의《젊은 베르테르의 슬픔》은 어떤가? 사랑스러운 여자들을 잊어야 한다는 처지인 걸 알면서도 계속되는 애정에 고뇌한 건 같았다. 상사병에 걸리면 약도 없듯이 스티븐이 보기에 감정은 물리보다 더 물리적인 파급이 컸다.

이 세상 모든 것이 힘에 접하고 지배받고 있었고 성은 어떤 것 못지않게 인간에게 힘을 행사하고 있었다. 물질에 있어선 그 많은 영역들에 '역학'이라는 이름을 붙여 눈에 보이지 않는 입자 알갱이까지도 그 힘을 관측하려 하고 하다못해 음식도 옛날엔 그냥 입에 넣고 말던 걸 지금은 열량을 칼로리로 수치화해서 표기하지 않는가. 이런 모든 성에서 파생된 '마음의 운동'들을 감정으로만 보지 구체적인 'F'로 정량화해서 측정하고 분석하지 않는 건 세상의 허점이라고 생각했다.

"아직도 사업 재미는 여전한가?" 보물성 양반이 말했다.
"그럼요. 이게 어디 경기 타는 장사도 아니고. 신화는 계속될 겁니다."
도시가 한눈에 보일 만큼 높은 야경을 가진 마천루에서 보물성 양반과 스티븐은 정답게 수다를 떨었다.

"지금도 멤버들은 그대로인가? 근래에 신작은 따로 들어본 적이 없는 것 같은데?"

"그래서 형님이 다시 오셨으면 하는 이들이 많습니다. 지금은 손을 떼다시피 하셨지만 원조의 힘을 재연하시면 멋질 것 같은데요."

"다 선수들 솜씨였지 뭐. 그때도 다 같이 얼마나 고생했는가. 에로야말로 창작의 고통이 시끌벅적하다니까."

둘은 같이 시끌벅적 웃었다. 지금 화제로 올린 건 보물성 양반과 더불어 그가 다리를 놓아줘 알게 된 아티스트들과 그래픽 기술자들의 이야기였다. 뛰어난 실력을 가졌지만 제대로 된 프로듀싱을 받지 못한 그들에게 양반은 프로듀서가 되어주었고 스티븐은 투자자가 되어주었다.

"자네한테 꼭 보여주고 싶은 게 있었는데 바로 이거일세."라며 양반은 외투에서 뭔가를 주섬주섬 꺼냈다.

"이게 얼마 전에 중앙정부에 배달 된 편지의 사본일세. 대외공개 해라는 편지가 아니라서 국민들에게는 공개되지 않았지. 읽어보니 기가 차. 당국에서도 장난 전화처럼만 생각하지는 않는 모양이야. 내 생각엔 이게 자네하고도 좀 관계가 있어서… 한번 보게."

양반이 사본이라며 건넨 편지에는 발신인이 누구라는 건 적혀 있지 않았다. 스티븐은 편지를 차근차근 읽어보았다.

『대한민국 정부 관계자 여러분께

제목: 대한민국 저출산의 원인은 성이 거세졌기 때문입니다.

이번엔 유쾌하지 않겠지만 알려드립니다. 우리가 편지를 보내는 건 현재 한국이 직면한 상황을 어떻게 통찰하고 해결책을 내야 하는가에 관해 말하고 싶은 게 있기 때문입니다. 이번에는 일반에게 공개할 것 없이 정부 관계자 여러분들만 듣고 느끼시면 됩니다.

아시겠지만 현재 한국은 전 세계에서 출산율이 가장 낮은 나라입니다. 어떤 국정 과제보다도 이걸 선두로 두고 해결해 가려고 정부에서 많은 제도를 고안하고 시행해 가고 있지만 아시다시피 별로 신통치 않습니다. 전에 보니 대통령 선거를 앞두고 후보자 토론회에서 저출산 문제를 논제로 두고 역시나 집값, 양육에 대한 복지, 안정적인 일자리 등을 주범으로 꼽고 그걸 어떤 식으로 해결하겠다는 공약을 걸고는 하더군요. 물론 물질적인 요인이 무시하지 못하게 크기도 하고 또 일반적으로 정치로서 건드릴 수 있는 건 법적·경제적 영역이니 그걸 탓할 것은 아닙니다. 그러나 유감스러운 건 아무도 정신적인 영역을 진단하고 있지 않는다는 점입니다.

부동산이나 취업 문제 같은 건 수요·공급으로 봤을 때 공급에 대한 것이라 할 수 있습니다. 집 마련을 하고 직장을 얻어야 가정을 이룰 만하다 보니 결혼이나 출산이 너무 비싸다는 것이지요. 그래서 국가가 나서서 재화나 자리들을 늘리거나 가격이나 조건을 낮춰주자는 것입니다.

그렇지만 수요는 정신적인 요인이 담당합니다. 결혼을 하고 싶어 하는가. 이게 약하면 집과 직장이 있어봤자 결혼이 당기는 재화도 서비스도 아니어서 역시 결혼을 하지 않습니다. 결혼의 효용이 욕심이 나야 결혼이 목표가 되어 자기발전을 꾀하고 결혼 준비를 하는데 이게 없으면 준비할 수 있는 사람들도 애당초 시간과 에너지를 준비에 투자하지 않습니다. 그렇게 되면 오히려 물질은 핑계로 대기 좋은 구실이고 국가 역시 공급 가격만 핵심적 이유로 귀속시킵니다.

그렇다면 정신적인 요인은 무엇이 있을까요? 과거보다 훨씬 활발해진 정보의 획득, 즉 '알게 되어버렸다'가 있겠군요. 그러니까 옛날에는 영화관에 일단 들어가고 봤다면 현재는 예고편도 보고 사람들이 매긴 평점, 심지어 스포일러, 반전까지 다 봐버린 것입니다. 그것이 불러오는 고생이나 손해를 미리보기 할 수 있게 된 것은 그것을 볼지 말지 자체를 결정하는 데 크게 영향을 끼치겠죠. 또 무엇이 있을까요? 일반의 시선이나 타인과의 비교도 정신적인 요인이라 볼 수 있겠습니다. 청년들의 취업난이 일자리가 없어서가 아니라 직업에 대한 사회적 평판에 의해 빚어지는 게 없지 않죠. 연애는 둘의 감정이지만 둘만의 감정에 올인하여 세상한테 지는 게 아니라 세상 같은 건 더러워 버리는 거라며 산골로 가진 않듯이 아무리 강한 애정도 인간이 사회적 동물이라는 걸 초월시켜 줄 수는 없다 할까요.

현재 세계의 다른 여러 나라들은 결혼을 하지 않고도 아이를 낳는 비혼 출산이 제법 많지만 대한민국은 대다수가 결혼을 해서 아이를 낳습니다. 문화상 그런 거긴 하지만 한국인들 스스로 결혼과 출산을 꼭 한데 묶어 처리하려는 건 보기 좋습니다. 그렇게 한국의 경우 결혼과 출산이 같이 가다 보니 출산을 하기 위해서는 먼저 결혼을 해야 합니다. 그래서 현재의 낮은 결혼율, 비혼주의를 타파하는 것이 저출산 문제를 해결하기 위한 선행과제라고 할 수 있습니다.

결혼보다 혼인이라 불리던 시절에는 종족보전이나 분가 등 당사자들의 정서보다는 새로 가족을 만들고 부모 슬하를 나오기 위해 으레 하는 것으로 받아들여졌습니다. 지금도 많은 저개발국가들은 가족 공동체의 생성을 위한 혼인이 이루어집니다. 허나 충분히 먹고살 만큼 경제력이 생기고 무엇보다 미디어가 한껏 발달한 한국에서는 결혼이 가족을 꾸리는 것보다 성에 대한 낭만, 욕구를 실현시켜야 한다는 효과가 기대되고 있습니다.

저희가 낮은 결혼율에 정신적인 요인으로 지적하고 싶은 건 현재 사회에 유통되는 섹스가 과거보다 훨씬 거세졌다는 것입니다. 저희가 여기서 말하는 섹스는, 영어로 sex가 성관계이면서도 성 그 자체를 의미하는 것처럼, 협의의 의미로서는 성관계 자체만을 말한다 할 것이나 광의의 의미에서는 남녀의 성으로 인해 일어나는 모든 욕구와 현상들을 통칭해서 말하는 것입니다. 개개인의 성적 매력, 성에 대한 욕심이나 자존심은 과거와 비교가 될 수 없을 정도로 현대인들의 삶에 큰 영역이 되었습니다. 이렇게 비대해진 섹스는 당장 생활은 물론 삶의 목표나 관점에도 큰 영향을 주었고, 결혼은 여기에 대항할 수 없는 피고로서 소환당해 심판을 당하게 되었습니다.

이 모든 것을 불러일으킨 발판은 매체(媒體)의 발달 때문입니다. 현대 사회에서는 매체가 대중들의 의식을 선도하거나 욕구의 생성과 해소에 큰 영향력을 행사합니다.

성적 욕구는 남자와 여자가 현격히 다르지만 미디어들은 남녀의 보는 눈을 높이고 성적 매력에 대한 취향에 영향을 줄 수 있습니다. 여러 컨텐츠들을 통해 워낙 매력적인 미남 미녀들이 선보여지기 때문에 외모를 보는 눈이 상향되고 일상적인 갑남을녀는 무미건조하게 느껴질 수 있죠. 매체가 보이고 느끼게 하는 많은 것들은 사람의 여러 감정이나 감수성도 before/after가 달라지게 할 만큼 영향력이 있을 수 있습니다. 허영심을 넣거나 물질만능주의를 부추기거나 하는 것처럼요.

남자의 경우 성적 욕구에 있어 매체의 발달이 끼친 정도는 과거와 비교가 안 됩니다. 구석기-신석기-청동기-철기, 시대가 도구의 발달사로 나뉘듯 섹스도 매체의 발전으로 지형이 변해왔습니다. 과거에 춘화(春畫)라는 외설적인 그림 같은 게 상류계층에나 비밀스럽게 돌던 시절부터 점차 발전하여 사진술이 발명되자 사진이 그림을 대체하게 되었고 비디오 기술이 나오자 정적인 도색 잡지들보다 동적인 포르노 영상들이 종래의 음란물들을 시시하게 만든 매체가 되었습니다. 제과 산업이 생긴 이후 애들이 과일보다 아이스크림을 더 좋아하고 전자오락이 들어오자 몸으로 하는 놀이들은 뒷전으로 밀려버린 것처럼 성에 있어 자극적이고 말초적인 가공물들은 현실의 성을 밀어낼 수 있는 힘을 갖게 되죠.

이런 섹스 가공물들은 특정 집단만의 전유물이 아니라 누구에게나 접근이 가능하게 되면서 성적 쾌락은 결혼이나 연애와 상관없이 얼마든지 공급받을 수 있게 되었고 개인 간 진지한 관계를 맺어 하는 성관계는 기술 문명에 도태되어 은퇴만 남겨둔 사양 산업처럼 되었습니다. 자연히 결혼에 대한 수요가 없어지게 됩니다. 결혼을 해도 부부관계보다 음란물이 주는 쾌락을 더 구할 수도 있겠고요. 앞으로도 어른은 물론 자라나는 애들까지 가공화된 섹스와 그의 측근들에게 노출되거나 접하는 빈도는 늘어만 가고 그 정도도 거세지겠죠.

요약하자면 이렇게 해서 협의적으로는 성적 욕구, 광의적으로는 남녀에 얽힌 모든 감수성을 포괄하는 성이 세진 것이 현재의 결혼을 시시해지게 한 핵심 원인이 된다는 것입니다.

그렇다면 이 국면을 어떻게 타개할 수 있을까요? 정책으로 해결할까요? 전국에 척화비*를 세운 후 엔터산업을 축소하고 인터넷을 폐쇄하면 매체가 동하게 하는 감성과 욕망을 틀어막을 수 있을까요? 그런 해결은 현시대 환경에서는 쉽지 않으며 틀어막아봤자 또 틈이 벌어지고 음지가 생기는 걸 막기 힘듭니다. 발본색원을 위해서는 성 자체에 대한 해결이 필요한 것입니다.

먼저 국민 스스로 매체를 분별해서 수용하고 저항할 수 있어야 할 것입니다. "TV가 애들 다 배렸다"고들 하듯이 부정적인 언행이나 스토리도 미디어로 방영되면 하나의 문화적 소비로서 정당하게 받아들이기 쉬워요. 겉도 겉이지만 보다 속을 가꾸고 가치 있게 여기는 사회가 되어야 하겠고요. 또한 백성이 성적으로 음란하고 방종하면 나라가 망한다는 건 지난 세계 역사를 통해 정부 관계자 여러분들도 잘 아실 겁니다. 그게 본능이라거나 힘을 행사하니 그 지배에 따라도 된다는 건 식민지가 되었으니 독립운동은 순리에 맞지 않다는 주장입니다. 반발하지 않고 싸우지 않으면 승리도 없겠죠. 무엇보다도 우리는 각 사람의 모든 것을 아는 만큼 상벌에 있어 세상이 판단하고 내리는 것과 우리의 것은 다르겠고요.

---

* 조선 후기 흥선대원군이 외국과의 수교 거부, 제국주의 침략을 경계하기 위해 세운 비석.

이렇게 성에 있어 개개인의 책임이 뚜렷하지만 국가가 해야 하는 것도 있습니다. 세상의 깊은 문제들이 실은 현재 잘못된 성이 통치하는 것에서 연유한다는 걸 깨닫는 것입니다. 그렇다면 국가는 성욕을 새로 재편하고 패권을 잡을 강한 섹스를 제조해 내야 합니다. 모두가 희망할 수 있는 성적 비전을 제시하고 그것이 실제가 될 수 있게 해야 합니다. 나라에서 친히 능력이 부족한 이들도 아름다운 남성, 여성으로 만들어줄 성을 보급해야 합니다. 현재의 성에 딸린 효용에 비할 수 없는 과실을 지닌 성을 국민들에게 약속하고 그 신의에 어긋나지 않도록 진·선·미를 이룰 수 있는 성관계를 특수 제작해야 합니다.

그러나 이런 답안을 제시하는 건 정부 여러분들에게 아무런 해법이 되어주지 못할 것입니다. 항간에 거래되는 아편에 속수무책이었던 청나라보다 더 시중에 도는 성에 무기력한 게 여러분들입니다. 왜냐하면 허무맹랑한 느낌도 들고 뭣보다 저렇게 할 실력이 없으니까요. 세상의 과학 기술자들이나 미술 전문가들을 불러서 될까요? 그들은 해봤자 현재의 성과 비길 수준 이상을 내기 어렵습니다. 왜냐하면 아름다움을 비약적으로 높이는 것이나 강한 성관계를 만드는 것에 대한 기술력은 우리가 쥐고 있으며 우리가 해주지 않으면 누구도 그걸 할 수가 없으니까요. 때문에 오늘 이 편지는 이유가 뭔지를 알고 있으라는 거지 여러분들이 이런 해결책을 실행할 수 있다는 건 아닙니다. 이만 줄입니다.』

스티븐은 한번 코웃음을 치고는 내려다보이는 도시의 현란한 네

온사인들을 응시했다. 야밤의 이런 불야성은 밤이면 칠흑같이 어두웠다는 과거의 인류와는 사뭇 다른 세계를 만들어 놓은 거긴 했다.

"어떤가? 자네 생각엔?"

"놀리려고 일부러 한 것 같은데요. 설마 이걸 진지하게 받아들이는 건 아니죠?"

"정부에서는 판단을 유보하고 있다 하네. 이게 진짜 혼파라치인지 그런 척하는 작자들인지를 몰라서 말이지. 그런데 기이한 건 갑자기 편지가 스스로 발화를 해서 난리가 났는데 편지지는 전혀 타지 않았다는 거야. 혹시 위장 폭탄 같은 것일 수도 있어 원본은 지금 국과수에 맡겼다고 하네."

"그래요? 이건 사본이니까 그건 못 느껴보겠네요."

"게다가 최근 감지되는 게 원조가 불특정한 사람들에게 비밀리에 어떤 메시지를 전달한다는 정보도 있다 하네."

"아마 전처럼 협박이나 하려는 거겠죠. 우리가 여태 보여준 것처럼 모든 사람의 성적 정보를 들고 있으니 잠자코 복종해라 같은 거? 일반인들에게 접근한다면 분명 자기네들 잇속 챙기려는 걸 겁니다."

"대중들을 겁줘서 조종하려 하면 큰일이지 않은가."

"스캠이나 피싱 수준 그 이상, 그 이하도 아니라고 봅니다 전. 애초에 한국의 정보원이라는 것도 그래요. 이런 짓이 한국이 아니라 미국에서 터졌다면 벌써 잡히고 남았을 겁니다."

편지는 나름대로 근거를 들지만 스티븐에게는 자기 보고 싶은 대로 보는, 편향된 관점이었다. 일단 편지를 쓴 자는 출산율과 결혼율을 같이 보았는데 지금 저출산 문제의 급선무는 결혼을 했는데 자식을 낳지 않는 것이었다. 비혼도 문제지만 신혼부부들이 왜 자식을 안 낳는지를 꿰뚫어야 하는데 이건 그 얘기가 일절 없으니 첫 단추부터 건너뛴 거였다.

또 세계 다른 나라라고 해서 성적 로망이 없는가? 엔터테인먼트가 없는가? 포르노가 없는가? 그렇다고 그곳들은 출산율이 이토록 낮은가? 수많은 나라들이 그 영토는 지구상에서 다 따로 위치해도 방송통신기술이 발달한 이상 미와 색에 있어 지정학적 위치는 매한가지이거늘 한국이 유독 더하다면 한국에는 더 큰 원인이 있다는 거였다.

대개 저개발국가들이 성장하며 미디어의 발달과 보급으로 문화예술이 발달하듯 미색이 상업화되고 자본과 기술이 투여되는 자연스러운 일이었다. 먹고살기 힘들 때는 먹기만 해도 감지덕지라며 음식 맛을 따지는 게 죄스럽지만, 풍족해지면 생존에서 나아가 맛있고 배부르게 먹고 싶은 게 본성이니까. 그렇다고 매체를 치명적인 이유로 꼽는 건 아이돌 때문에 여고생들이 눈이 높아졌다거나 요새 게임이 너무 재밌게 나와서 애들이 공부 안 한다는 논리처럼 침소봉대에 다름 아니었다.

국가가 친히 성을 보급해야 한다는 것도 쓸데없었다. 세종대왕이 농사를 백성들이 알아서 하라고 놓아둔 게 아니라 《농사직설》을 간행하여 농민들을 도와주려 했다지만 성적 매력은 미용실도 있고 에스테틱도 있고 성호르몬 주사도 있고 몇백만이 선택한 시술 앱도 있어 이미 민간에 업종들이 싱싱한데 뭐 국가기간전략산업이라도 삼으란 말인가?

사실 편지에서 얘기하는 정신적인 문제들을 결혼을 방해하는 요소로 본 시각은 흔해빠진지라 독창적인 생각도 아니었다. 매체가 섹스 대체재로 기능해서 결혼 안 해도 아쉬울 게 없다는 것도 좁아터진 시각이었다. 연애와 달리 결혼은 내조부터 시작해 가족을 만듦으로써 생기는 결속력, 2세 출산, 감성적인 충족 등 거기 주렁주렁 달린 것들로 지금도 수요가 버젓한데 그런 요소는 일절 보지 않았다.

결론적으로 이 글은 참신한 이유를 꺼낸 것도 아니요, 그렇다고 그게 결정적인 이유라고 설득될 만한 무게 있는 논지를 갖추지도 못한 확대 해석에 불과했다. 그런데 보물성 양반이 그에게 이걸 보여주는 이유이기도 한, 이 글이 스티븐을 언짢게 만든 게 딱 하나 있었다. 더 강한 섹스를 만들어야 하는데 그걸 만드는 기술이 자신들에게 있다는 거였다. 이게 그를 건드리고 불쾌하게 하는 거였다.

루디아는 교회 차원에서 답변서가 발표되기 전에 탐라 오빠에게 보낼 글을 다 적었다. 돌직구 맞을 그가 가엾어 좀 덜 아플 수 있도록 예방주사를 놓아주려는 거였다. 그의 마음을 다치지 않게 하려면서도 바꿀 수 없는 사실은 그대로 썼다.

「오빠. 아마 곧 교회에서 공식적으로 답변을 내겠지만 제가 미리 오빠에게 말해드리고 싶은 게 있어 연락드려요. 지금 돌아가는 사정을 보니 교회에서는 오빠에게 정신 차리라고 한 소리 할 거 같아요. 사실 언론에 제보하신 것 관련해서 교회에서도 많은 이야기가 오갔어요. 그래서 이것과는 상관없지만 애정에 대한 고민을 받고 함께 해결을 모색해 나갈 토론회를 만들기로 했어요. 애정으로 벌어지는 사고들을 최대한 예방하겠다는 의지니까 오빠도 이런 저희의 노력도 봐주셨음 해요.

오빠가 교회는 그래야 한다고 강조했듯이, 이 세상은, 비단 하나님의 사랑과 부모의 사랑뿐 아니라 조건 없이 사랑을 나눠주려고 하는 선한 기관들과 사업들이 있어요. 그렇지만, 저희가 결론을 낸 건 이성애는 세상 그렇게 할 수가 없는 성질이라는 거예요. 여기에 자선, 구제는 없어요. 오빠는 세상은 그렇다 해도 우리는 그렇게 드라이브하면 안 된다고 노여워하시지만 거기는 운전자가 누구든 양보해서는 안 되는 구간이에요. 그 사람 인성이 좋은 거랑 이성으로서 좋은 거랑은 달라요. 오빠가 앵커 앞에서 말하신 대로 사람마다 그 요건이 다 같진 않으니 그게 뭐라고 콕 집어 완결할 순 없지만, 어쨌든—그건—자신의 최고치로 겨루는 국가대항전 같은 거예요. 남녀 간의 애정은 친선 경기가 될 수 없어요.

오빠 저희도 오빠가 좋은 사람인 건 알아요. 하지만 남자로서 좋은 건 아니에요. 착한 오빠가 아니라 남자로서 좋아함을 받고 싶으면 그에 맞는 실력을 갖춰오세요. 이해에 도움이 되셨길 바라고 다시 교회에서 봐요.」

선대로부터의 속임수

「사람이 비밀이 없다는 것은 재산이 없는 것처럼 가난하고 허전한 일이다. (중략) 나는 형해(形骸)다. 나라는 정체(正體)는 누가 잉크 짓는 약으로 지워 버렸다. 나는 오직 내 흔적일 따름이다.

〈失花〉, 이상, 1939년」

맞둥은 공무원증과 미리 보냈던 공문(公文)을 출력한 종이를 펼쳐 위병소의 군인에게 보여주었다. 잠시 행정실과 통화하며 대화를 나누던 군인은 바리케이드를 치워주었다. 페스츄리 산의 군부대 지역 안에 민간인 마을이 있었다는 건 익히 들었지만 이렇게 방문해 보는 건 처음이었다. 그럴 수밖에 없는 게 군사기지로 일반인은 들어갈 수 없었기에 산에 가끔 등산해도 포켓몬스터의 상록시티 체육관처럼 바로 곁에 있으면서도 들어갈 수가 없었던 것이다. 그도 군 복무 시절엔 산골에서 민간인들의 출입을 통제하던 시절이 있었지만 그때는 군인 신분으로서 거닐고 경계근무를 섰던 군부대 지역을 이제는 민간인으로서 허락을 받고 들어가니 기분이 좀 묘했다. 그래도 공무원 신분을 입은 덕택에 일반인인 이상 출입통제구역인 이곳에 들어올 권한을 얻은 셈이었다.

오늘 페스츄리 산의 민간인 마을에 들어가는 이유는 재산세 고지서를 받은 납세자가 여기 농지에 창고를 없앤 지가 오래라며 직접 확인하고 과세를 철회해 달라는 요청 때문이었다. 지금은 농막도 가설건축물 신고를 하지만 옛날에는 신고 의무도 없어 서류로서 남는 게 없으니 한참 전에 지었던 가건물들은 현장 확인을 해봐야 했다.

마을은 청정했다. 이런 데서 오래전부터 정착해 살고 있었다니. 출입통제구역이라서 이렇게 공무라든가 특별한 이유로 허락받아 들어온 사람들이 아니면 구경할 수 없는 마을이었다. 그렇다고 원시인들이 있지는 않을 거 같은, 멀쩡한 가옥들과 수도, 가스, 전기 잘 들어올 것 같은 시설물들이 보였다.

"도로포장이 없어서 올라올 때 불편하지요? 지금 임도 공사하고 있어요. 저기 조금 더 올라가면 정상 나옵니다. 이것 좀 자시고."

농장 주인이 직접 재배했다는 수박을 건넸다. 수박이 당기는 여름도 한풀 꺾인 데다 민원인이 밥 한번 사준다는 것도 경계해야 하는 공무원 신분상 머뭇거렸지만 이거 먹은 걸로 탄핵 얘기가 나온다면 모기한테 헌혈증 받겠다는 수준 같고 이곳이 통제구역이다 보니 치외법권 느낌이 나서 맛둥은 넙죽 받아먹었다. 그러고 보니 여름내 수박주스만 먹어 실물 수박은 오랜만이었다. 금단의 땅에서 낸 수박이라고 맛이 딱히 다르진 않았다.

넓은 들판엔 자연만 펼쳐져 있을 뿐 어떠한 인공구조물도 없었다. 농장 주인은 땅도 경계와 면적이 잘못되어 있다며 측량을 다시 해야 한다고 했다.

불현듯 상당히 날카로운 쇳소리 같은 게 들리고 푸드득하면서 무언가가 재빠르게 날아갔다. 맛둥이 놀라 얼어붙은 채 가만있자 농장 주인이 꿩이라고 했다. 닭이 아니라 꿩이라니―진짜 야생의 한복판으로 들어온 것 같았다. 닭 대신 꿩이 아니라 꿩 대신 닭이라고 속담을 지은 거 보면 꿩이 더 귀했던 걸까? 맛둥은 눈을 들어 저쪽 산봉우리를 보았다. 저기가 페스츄리 산의 진짜 정상이었다. 어렸을 때부터 1년에 한 번 정도는 가족이나 친구와 페스츄리 산을 오르락내리락했었지만 최근에서야 그들이 올랐던 정상은 진짜 정상이 아니었다는 사실을 알게 되었다. 금단의 구역이라 밟을 수 없는 정상을 이런 기회로 들어온 참에 올라가 볼까 했지만 꼭대기라고 금은보화라도 수북이 쌓여 있을 것도 아니고 해봤자 약간 더 높은 위치가 주는 전망만 펼쳐질 게 뻔하니 궁금하지도 않았다.

물고기들은 언어를 모르는 데다 배운 물고기라 해도 물 안에 잠겨 있으니 대화가 어려울 것이다. 거북이들은 마구 뒹굴거리고 싶어도 뒤집어지면 복구 작업이 어려우니 자중할 것이다. 무엇보다 그들은 '결혼'이라는 걸 하지 않거나 한다 해도 8bit 수준의 결혼일 테니 이런 대화들을 할 수 없지만―맛둥과 대기업 출신 신규 직원과 또 다른 동료직원까지 세 명이서 점심을 먹고는 거북과 물고기들이 있는 구청 수족관 앞에서 결혼 생활을 화제로 대화를 뒹굴뒹굴했다.

맞둥을 빼고 기혼자인 두 명인지라 경험담이라고들 하지만, 세무 조정할 때 익금 손금 치듯이 과장도 하고 삭감도 하며 겪는 에피소드를 풀어내는 게 어느 정도는 웃자고 하는 말들이긴 했다. 아귀가 잘 맞는 둘이 반말 섞어가며 대화에 열을 올리고 맞둥은 그들 사이에 끼어 듣고만 있는데 어느새부턴가 망중한인 맞둥을 의식했는지 결혼을 해야 하는지에 대한 주제로 수렴했다.

"결혼은 이게 해도 문제고 그렇다고 안 해도 문제고. 남자한테 참 좋은 게 아닌데도 뭐라 정할 방법이 없네."

"우리 도본웅 주사님도 결혼 이거는 전공필수라기보다는… 그렇다고 교양이라기에도 좀 그렇고 전공선택 정도? 이거 이수 안 한다고 졸업 못 하는 거 아니거든요."

"대신에 졸혼까지는 할 게 많아."

이러면 자칫 게릴라성으로 치고 빠지는 결혼들이 유행할 것 같았다. 그러는 사이 점점 대화는 결혼과 사랑의 상관관계에 대한 주제로 옮겨갔다.

"연애할 때가 좋을 때다. 결혼하고 나면 평생 친구거든 사실은."

"맞죠? 그런 이야기 하지 않습니까. 첫사랑은 이루어지지 않아야 첫사랑이다. 막상 결혼하면 그게 그게 아니거든. 하늘에 구름이 잡을 수 없는 하늘에 있어야 구름이 구름으로 남는 건데 그게 땅으로 내려오면 그냥 안개가 되어버린다 할까요."

"와 주사님 비유 죽이네요. 〈시네마 천국〉에 그런 거 나오지 않나? 공주와 병사였나? 그게 진짜 나이 들어서야 뭔지 알겠더라고요."

어찌 경험 없는 맞둥도 뭘 말하려는지는 대번에 알 것 같았다. 연애를 못 하면 연애를 글로 배우는 건 더 심해지기에 더더욱 이론에는 능통해지기 마련이었다. 그런데 지금은 첫사랑의 짠함보다 결혼이 첫사랑과 매칭되지 않는다는 게 더 들려왔다. 사실 결혼이란 그랬다. 어떤 천생연분이 있어 그 사람과 맺어질 운명이라 뒤로 넘어져도 앞에서 만나 결혼하는 게 아니라 어떻게 서로 눈이 맞은 수많은 남녀들이 좋아졌다가 마음이 식기도 하며 자신들의 감정과 의지에 따라 하는 거였다. 차라리 옛날에 집안 어른들끼리 점지해 주어 거의 강제로 맺어진 결혼들이 운명이라 할 것이고 현대의 자유연애로 하는 결혼은 마음 가는 대로거나 마음먹기 나름이지만 그게 외려 결혼이 뭔가 느슨해진 느낌이 들었다.

그렇지 않은 경우들도 있지만, 사실 현대의 결혼은 내 인생에 가장 좋아하는 사람과 한다기보다 내가 결혼할 만한 시기가 되고 조건이 갖추어진 그때 내 옆에 있는 사람과 하는 케이스가 많았다. 즉 얼마나 그 사람과 잘 맞는가보다는 여러 현실적 여건이 연애에서 결혼으로 go를 부를지 stop을 부를지를 정하는 거였다. 현재 결혼 나이대가 늦어진 건 학력 인플레로 대부분 대졸자가 되어 취업 연령이 늦춰지며 생긴 자연스러운 파생물이었다. 그것과 맞물려 결혼은 애정의 정도가 아니라 타이밍에 의해서 집행되는 거였다.

그러니까 지금 결혼한 부부들도 10대나 20대 초반 정도의 나이에 서로를 만났더라면 연애로만 끝났을 수도 있었다. 혼파라치는 이런 것에 대한 지적은 하나도 하지 않았으나, 현시대 사람들이 많이들 혼파라치에 걸리게 된 건 경제적 능력을 얻기까지 과거 세대들보다 훨씬 많은 시간과 과정을 거쳐야 하는 사회구조적 배경 때문이라는 말도 틀린 게 아니었다. 과거 사람들이 만약 현시대에 태어나 살았다면 그들이라고 애정에 있어 '한붓그리기'만 하진 않았을 것이다. 그러니까 혼파라치는 현세대가 전 세대 사람들보다 더 성의식이 가볍거나 부도덕해서가 아니라 지금의 사회구조 덕분에 혼파라치를 할 수 있는 거였다.

이런 사정을 떠나 놈들이 사회에 던지는 메시지는 정의롭지 않았다. 헤프다거나 음란한 목적으로 사귀었다거나 하는 게 아니라 성관계를 가벼이 여기지 않고 진지하게 생각하는 이들이 당시엔 상대를 진심으로 사랑했고 그렇기에 자신의 사랑의 무게가 관계를 맺어도 될 만큼 진중하여 행해진 성관계도 많을 터였다. 그냥 혼전 성관계를 싸잡아 벌하려는 건 개개인들 마음속의 선악, 진심을 보지 않는 처사였다. 뭐 진심이든 뭐든 배우자가 아닌 상태의 모든 성관계를 탓하려거나 그러면 책임지고 결혼까지 해야지 못 했잖아를 비난하는 건가? 사람이 사는 건 피치 못할 사정도 있고 각자의 삶을 위한 이별이 있는데 유닛만 보고 맵은 보지 않는 심사였다.

그런데 맛둥은 한편 이런 생각도 들었다. 혼파라치는 성생활만이 아니라 만남과 데이트한 것까지 다 전송했으니 어쩌면 결혼의, 뭐랄까, "지금 네가 네 앞에 신랑 신부와 결혼하는 것에 비추어 보면 네가 옛날에 다른 사람을 좋아하고 관계했던 건 잘못이야"라고 비난하고 싶은 게 아니라 "그때 너의 마음도 참이었고 지금의 마음도 참이지만 그때 그 사람을 더 좋아했을 수도 있는데 이렇게 되는 걸 보니 결혼은 그냥 '공식성'만 입는 거네?" 하는 느낌? 그때 연명이 형이 말한 것처럼 관계가 어떻게 되냐보다 얼마나 좋아하는지가 남녀 사이의 實이라면, 마음에 있어 연애와 결혼이 차이가 없다는 걸 묵시하는 느낌도 없지 않았다.

"근데 그게 뭐 어때서? 오래 시험 준비 한 수험생 중 누구는 합격하고 누구는 떨어지지만 사실 합격자나 불합격자나 실력은 엇비슷한데 합격자만이 했던 공부가 결과물로 실현되지 않냐. 네 말은 합격의 효과는 보지 않고 합격자나 불합격자나 수준은 거기서 거기니 합격이라고 별거 없네 하는 거랑 똑같은 거 아니냐?"라는 되물음도 들렸다. 아니 '결혼은 이러해야 한다'는 것 자체가 괜한 시비 아닐까? 잘 살면 되지. 그러나 마음에 차지 않는 뭔가가 있었다. 헌데 그 뭔가가 정확히 무엇인지는 모르겠고 무엇인지 알았다고 구름이 잡는 걸 넘어 탈 수 있는 근두운이 되어주진 않았다.

오후가 시작되어 온나라를 보자 '차세대 지방세정보시스템 사전 테스트 시행 안내'라는 공문이 와 있었다. 실제로 현대에 이 모든 사무 업무들을 하는 건 전산(電算), 즉 컴퓨터인데 한글이나 엑셀과 같은 소프트웨어는 모든 직장인들이 다 쓰지만 회사마다 자신들의 고유 업무를 위해 제작된 프로그램들이 있을 것이었다. 지방세무직은 '지방세정보시스템'이라는 프로그램을 썼는데 이것을 개발, 운영, 관리, 유지, 보수해 주는, 안에서는 '사업단'이라 일컫는 한국지역정보개발원이 있었다. 세무는 세무공무원들이 했지만 그것을 원활하고 효과적으로 수행할 수 있도록 '기술지원'을 해주는 게 바로 사업단의 개발자들이었다. 듣자 하니 맛둥이 입직하기 전부터도 전산을 바꾼다는 소문은 꾸준했으나 별 진전은 없었는데 이제 개통 전 테스트

한다는 공문이 내려왔다는 건 새 전산으로의 전환이 가시권으로 들어온 거였다.

곧이어 절도 있어 보이는 민원인 한 명이 방문했다. 해당 동 담당자와 얘기하는 걸 들어보니 문중의 제실(祭室) 밑에 땅이 소유자가 등기부상으로도 자신의 친척어른 여러 명이 등재되어 있는데 자신의 아버지와 숙부님에게만 재산세가 부과된다고 했다. 문제는 등기부에 소유자들의 이름만 있지 주민 번호가 표기되어 있지 않다는 사실이었다.

담당자는 옛날에 만들어진 등기부들은 주민 번호가 기재되어 있지 않고 찾을 수가 없어 확보된 주민 번호로 과세를 할 수밖에 없었다고 설명했다. 민원인은 행정력에 불만을 표하면서 그 명부의 어른 중에는 분단이 될 때 월남하지 못해 산 지 죽은 지도 모르는 이도 있다고 했다.

생각해 보니 만약 납세자가 남한에 없다면 어떻게 되는 걸까? 설령 납세자번호를 임의로 넣어 과세했다 한들 당사자가 이 나라에 없으면 징수할 수가 없지 않은가. 그 사람이 등록된 주소에 없는 게 확인되면 행정상 거주불명등록자로 처리되기도 하는데 북한 사람은 뭐로 보는 걸까? 실종이나 국적상실로 처리되었을까? 외국에 거주하는 납세자들은 자기 대신 고지서를 받아 납세할 납세관리인을 둘 수 있지만 북한은 그럴 수도 없을 테고. 반대로 남한 사람이 이북에 놓아두고 온 땅들은… 어차피 공산화되어 전부 국유지가 되었을 테니 거긴 행정상 어려울 건 없지 싶었다. 아니 거기는 물질만이 아니라 마음까지, 어렸을 때부터 수령님을 찬양하고 숭배하는 것이 주입

되니 정말로 애정이 조작되어지는 곳이었다.

"그때 학회에 제출하셨던 〈기피산업 인력 양성을 위한 산업용 인간 개발방안〉은 어떻게 되었나요?"

"섣부르다는 의견이 대부분이었죠. 아직 인력난은 시장과 제도로 충원할 수 있고 지원한다 해도 로봇 정도면 되니까요. 사측과 노동계와 정부 다들 생각도 엇갈리고요. 연구는 계속 진척될 겁니다."

"그렇습니까. 그래도 얼마 전에 큰 상도 타셨더라고요."

"기뻤죠. 그 상이 학계에서는 권위가 있거든요."

"그 수상 인터뷰를 보다가 이렇게 상 타는 것 보다 얼마 전에 딸이 임용되고 출산까지 했다는 소식이 더욱 기쁘다는 소감에 좌중들이 웃었다는 대목에서 저도 웃었습니다."

"노년의 인생은 젊을 때와 달리 한계가 있어서 특별한 전망이나 의욕을 내기 어렵죠. 내 성과가 빛을 발해도 나 자신은 이울 일만 남았고. 자연스레 자식이 어떠냐가 내 삶의 가치를 재게 되는 게 아닐까요? 자식은 당장 눈에 보이는 실물이니까."

"네. 수상 소감에서도 인간개발기술이 출산계의 대체에너지처럼 될 순 없다고 하셨더군요."

"사람으로 하여금 후손을 낳게 하여 계속 삶을 이어나가게 한 게 신의 창조질서니까요. 자식은 그런 신의 뜻에 의해 주어진, 그러니까 정통(正統)이라고 할까요? 사후에도 자신의 존재나 자산이 계속 이어지길 바라는 본능 역시 후계자가 '자신'이라고 할 수 있어야 충족이 되는 거기도 하고요."

"그렇다면 자식 복이 신이 내린 가장 큰 복이라고 할 수 있겠네요."

"그렇기도 하지만 부모라면 무자식이 상팔자라는 생각도 하게 됩니다. 한 자식이 장성하기까지 부모는 굉장히 마음고생을 하게 되거든요. 최고의 복이자 최고의 짐이죠. 그건 다음에 신에게 가서 따져보기로 하고요."

스티븐과 마주 앉은 사람은 같이 웃었다. 이들이 나누는 대화는 외국어였고 여기는 외국의 고급 레스토랑이었다. 지금 대화하는 상대는 스티븐이 구상 중인 프로젝트에 참여할 수 있는 과학자였다. 그가 연구하는 분야는 다름 아닌 인조인간이었는데, 과거에는 공상과학으로나 상상되던 것이 현실화가 다가오는 분야였고 이 분야의 선두로 나가는 과학자가 그였다. 그런 그도 인조인간은 특수한 쓸모에 맞춰 제작해야 할 제품이지 사회 전체에 있어 인간을 대신하게 상용화되는 데에는 회의적이었다.

스티븐은 조금 관점이 달랐지만 그의 말대로 일단 부모 자식이 '유전자로서의 자아'를 이어받는 건 명백해 보였다. 그러나 그는 그 남들은 다 아는 자아조차도 알 수 없었고 그 베일을 걷어보려 노력했던 시간이 있었다.

자신을 닮은 사람들이 가득한 고향 나라에 입국해 스티븐이 처음 한 일은 자신의 출생의 진실을 알아보는 것이었다. 양부모가 주었던 자신의 입양에 대한 정보를 토대로 입양 기관을 찾아가 자신에 대한 기록을 확인했다. 첫 기록은 처음 그를 발견한 경찰관이 썼다는 서류였다. 발견 날짜와 함께 짧은 기록엔 '00시장 맞은 편 공터에서 울고 있는 아이를 행상인 XX가 발견해 파출소로 인도'라고 적혀 있었다. 입양 기관에서 보관하던 스티븐에 대한 서류에는 그를 2살 정도로 추정했다. 양부모도 입양하면서 한국에서 추정해 놓은 생일대로 등록했으니 진짜 그가 태어난 날과는 다를 것이었다.

그는 당시 자신이 발견되었던 곳 주변을 탐색했지만 공터는 대형마트로 바뀌어 있었고 당시 경찰관이나 행상인, 기관 담당자 등을 찾아보려 했지만 허사였다. 벽에 봉착하자 그는 잠시 아이덴티티 찾기를 관두고 자신을 낳은 나라를 둘러보며 정착부터 해봐야겠다고 생각했다. 양부모로부터 받은 여비가 꽤 있었기에 당장 일이 급한 것은 아니었지만 미국에서 틈틈이 준비해 온 한국어도 영어에 비해 훨씬 어렵게 느껴졌고 말도 너무 어눌하게 하는 자기 스스로가 답답했다. 어떻게 셋방을 하나 구해 방에 드러누운 그는 앞이 캄캄했다. 한국 생활도 그렇고 자신의 과거를 알 수 있는 길이 도무지 보이지 않았다. 그나마 이런 생각이 들었다. 지금 나 자신의 뿌리에 대한 건 한 치 앞도 알 수 없지만, 한국이라는 이 나라의 역사는 알 수 있지 않은가? 국가라는 건 소속 집단일 뿐이지만 거기서 난 사람들의 공통된 재질이기도 했기에 당장 '나'라는 옷이 어느 옷감에서 잘려 나온 건지는 몰라도 그 옷감을 직조한 공장이 쓰는 원단과 옷본들은 쭉 볼 수 있지 않을까 하는 생각이었다.

미국에 비하면 한국사는 유구했다. 한국은 동양 국가들 사이에서 오랫동안 대체로 약소국으로 살아왔고 그래서 미국과의 관계가 생기는 지점이 그에겐 꽤 반가웠다. 근대에는 일본에게 식민 지배를 당했는데 자력으로 해방된 것이 아니라 미국이 일본을 무너뜨리면서 타력 해방 되었다는 점, 그리고 해방 직후 다시 돌아온 나라의 정치를 어떤 체제로 할 것인지에 대해 좌익 진영과 우익 진영의 대립으로 혼란한 정국이 있었고 몇 년 못 가서 그 '한국전쟁'이 터지며 한반도 전역이 적화되기 직전에 미국과 유엔의 도움으로 땅의 반이나마 수복하여 현재에 이르게 되었다는 사실을 알게 되었다.

그렇게 위쪽 한국은 사회주의 체제로 가고 아래쪽 한국은 미국과 같은 자유민주주의를 체제로 하는 시스템을 받아들이기로 해 지금까지 이어졌다는 거였다. 남쪽 한국이 그가 성장한 미국과 이런 사연으로 결연했다는 게 예삿일은 아니었지만 그것들이 자신의 뿌리에 힌트를 줄 것도 없었고 현재의 한국살이에도 도움이 되지 않았다. 뉴스도 세상을 배우는 데 도움이 되었지만 취업을 해서 사람들과 부딪치며 사회를 겪어봐야겠다는 생각이 들자 그는 이력서를 넣기 시작했다.

그는 배운 전공과 무관한 몇 가지 직장을 다녀보았다. 일도 그렇지만 그가 한국 사회에 융화되기 어려웠던 건 언어의 어색함이었다. 한국말이 늘어감에도 한국인들이 영어를 쓸 때도 으레 그렇듯이 스티븐의 한국어 발음은 여느 외국인 노동자들의 그것과 비슷했다. 겉은 한국 사람인데 외국인 같아서 더 답답해하는 이들도 있었다. 거기다 설령 말이 유창해진다 해도 이미 다 자란 성인은 발음에 있어서는 본토인들과 똑같아질 수 없다는 걸 알게 되자 토종 한국인이 되기에는 이미 늦은 것 같았다. 한국 사람들과의 사귐도 사람 나름이었고, 한국에서는 외국에서 우연히 한국 사람 만나면 반갑다 하지만 스티븐처럼 작정하고 본토에서 한국인들을 만났다고 전에는 느낄 수 없던 친근감이 휘몰아치진 않았다.

그렇게 해서 신토불이의 원리가 작동해 자신의 모국에서는 신체적, 정신적 안정감을 느끼고 뭔가 제 몸에 맞는 옷을 입은 것 같은 기분이 될 거라는 기대는 보기 좋게 빗나갔다. 한국에서 크고 자란 사람들끼리도 사회에서는 다 남이고 경쟁자인 통에 자신은 동화되는 것부터 일인 나그네로서 여기에 와 있다는 느낌이었다. 일부는 한국과 자신의 문제가 아니라 사회초년생으로서 세상이 만만치 않다는 걸 느끼는 흔한 과정이었지만 그에게는 서러웠고 신뢰가 깨진 기분이었다. 일도 자신이 없어지며 실업자일 때가 많아지자 생활 자금도 부족해져 갔다. 가끔 국제전화를 하면서 가족의 목소리를 들으면 당장이라도 미국으로 돌아가면 있을 아늑한 가정이 선명했지만 떠나올 때의 다짐도 있었고 자신의 근원이 있는 이 나라에서, 납득할 어떤 삶의 조각이나 확신 같은 거 하나쯤 챙겨야 미련 없이 떠날 수 있을 거 같았다.

그렇게 조국에서 갈팡질팡하던 그에게, 사실상 신분상승을 하게 해준 사건이 발생하였다.

「미가야가 이르되 그런즉 왕은 여호와의 말씀을 들으소서 내가 보니 여

호와께서 그의 보좌에 앉으셨고 하늘의 만군이 그의 좌우편에 모시고 섰는데 여호와께서 말씀하시기를 누가 이스라엘 왕 아합을 꾀어 그에게 길르앗 라못에 올라가서 죽게 할까 하시니 하나는 이렇게 하겠다 하고 하나는 저렇게 하겠다 하였는데 한 영이 나와서 여호와 앞에 서서 말하되 내가 그를 꾀겠나이다 하니 여호와께서 그에게 이르시되 어떻게 하겠느냐 하시니 그가 이르되 내가 나가서 거짓말하는 영이 되어 그의 모든 선지자들의 입에 있겠나이다 하니 여호와께서 이르시되 너는 꾀겠고 또 이루리라 나가서 그리하라 하셨은즉

〈역대하〉 18장 18절~21절」

말씀 봉독이 끝나고 설교가 시작되었다. 루디아는 고개를 갸우뚱했다. 구약에 이런 부분이 있었나? 천상에도 회의가 있는 데다가 하나님이 직접 거짓말을 허락하고 누군가를 속이려는 게 아주 생소하게 다가왔다. 물론 못난 왕을 벌주기 위한 계략이었지만. 그것보다 설교 도중 성도들의 귀를 쫑긋하게 한 건 최근 불미스러운 사건을 기하여 애정토론회가 출범하게 되었다는 소식이었다. 애정이나 그에 관계되는 것들과 관련하여 궁금한 것이나 고민이나 응어리들을 묻고 답할 수 있다는 것이었다.

예배를 마치고 점심을 먹으러 루디아와 영심이와 벽계수는 교회 식당으로 이동했다.

"그게 누가 당회에서 유대인들이 뛰어난 사람이 많은 이유가 토론을 중시하는 교육방법 때문이라며 우리도 토론식 집회를 만들어

야 한다고 주장했대요. 그런데 유대인들을 벤치마킹하는 게 맞냐고 논쟁도 있었다 하더라고요." 벽계수는 의아해했다.

"그렇겠지. 기독교와 유대교는 관계가 좀 미묘하잖아. 그런데 익명이고 교인만 참여할 수 있다는 건 왜 그런 거야?" 루디아가 말했다.

"그러니까 또 사고로 번질 수 있으니 미리 수를 쓴 거죠. 사랑이라는 게 원체 추상적이고 불확실한 주제기도 하니까. 그래서 자칫 탐라 오빠처럼 될 수 있으니 함께 고민하고 답을 찾을 질문을 익명으로 올리자는 거죠."

"하긴 질문이라 해도 경우에 따라선 그 질문한 사람에 대한 편견이 생길 수도 있긴 해."

"다른 사랑은 몰라도 남녀 감정 같은 건 프라이버시적인 면이 있어서 더 그렇기도 하고요. 교인으로만 제한한 것도 외부인들이 섞이면 여느 세상적인 상담소처럼 될까 봐 그런 게 아닐까요?"

탐라 오빠가 발화점이 되어 지펴진 애정토론회는 질문을 익명으로 제시할 수 있고 교회에 등록한 지 2년 이상 된 교인만 참여할 수 있게 비공개식으로 운영하도록 얘기가 되었다. 운영진도 청년부 교역자와 임원들이었다. 문제풀이 할 선생이 아니라 사회자 역할이긴 하겠지만, 굵직한 지도자가 있다면 참 힘이 될 텐데. 교인으로만 한다는 건 일반 공개에서 회원 공개로 전환한다는 의미라 할 수 있었다.

영심이가 밥을 먹다 말고 횡설수설했다. 영심이는 주일이면 청년부 임원들이 전담마크를 맡은 편집증 환자였다. 작년까지만 해도 그녀는 취업에 성공해 들뜬 열정을 안고서 일을 배우려 한 사회초년생이었다. 그러나 일반인보다 배움의 속도가 느린 지진아, 요새는 에둘러 경계선 지능인이라고 할 수 있는 그녀에게 일은 벅찼다. 그녀의 고집과 끈기는 계속되었지만 열심히만 한다고 될 게 아니었고, 주위로부터 야멸친 말들을 들어야 했다. 그렇게 받은 좌절감과 상처들은 점점 과대망상으로 확대되어 갔다. 부담스러운 일이었지만 루디아와 친구들이 그녀를 달래고 돌보면서 지금은 그나마 영심이의 상태도 나아진 편이었다.

반면 벽계수는 교회에 다닌 것도 오래되지 않았는데 참 열심이고 든든한 친구였다. 루디아가 건강 문제로 회장직이 힘에 부칠 때면 자원해서 실무자(?)가 되어 도와주고 있었다. 벽계수는 털털하고 붙임성 좋은 성격으로 많은 단짝친구들을 두었다. 그녀는 평소에도 남녀 간의 정박자 때로는 엇박자인 행각과 감정들에 대한 얘기들을 하곤 하니 토론회에서도 강세를 보일 것 같았다.

그것보다 탐라 오빠가 미리 일러준 그녀의 문자에도 아무런 답장이 없는 게 씁쓸했다. 그 사건 이후로 교회에 코빼기도 보이지 않는 그에게 곧 공식적인 답변이 회신되면 혹여 심하게 낙담하는 거 아닐까. 아니면 설마 여기서 다시 반격할 논술을 준비하는 건 아니길 바랐다.

한국에서 맥을 못 추고 있던 스티븐에게 온 건 다름 아닌 양부의 사망 소식이었다. 버티고 있던 그는 미국으로 복귀하게 되었다. 오랜만에 만난 가족들도 반가웠고 양부가 해온 선행으로 수많은 조문객들이 안타까워하는 것도 보기 좋았다. 그리고 그의 재산에 대한 상속 작업이 진행되었다. 재단법인에 귀속된 것이 큰 몫을 차지했지만 가족들을 위해 남긴 것도 모두의 예상보다 컸다. 스티븐에게 할당된 상속분은 일부였음에도 상당한 액수였다.

상속 절차가 다 끝이 나자 스티븐은 고민에 빠졌다. 한국에 가도 더 이상 의미 있을 만한 뭔가를 건질 수는 없을 터였다. 여유를 누릴 만한 충분한 목돈도 생겼겠다, 함께했던 가족들도 있겠다, 일원화된 민족국가의 분위기에 대한 기대는 깨졌고 많은 인종이 편만하여 다원화된 여기가 더 좋았다.

그런데 그는 이 돈을 가지고 다시 한국을 방문하면 어떨까를 생각해 봤다. 환율, 즉 돈에도 세기가 있지 않은가. 사실 그가 상속받은 돈만 가지고 미국에서 부자가 되기에는 부족했지만 한국과 미국의 물가 차이를 고려하면 한국시장에서는 훨씬 큰돈이 될 것 같았다. 전교 1등들도 명문대에서는 갑남을녀가 되고 자국의 스타플레이어들도 메이저 리그로 가면 평범해지는 사례의 반대로 최고 선수들이 흥행을 위해 자신들을 천문학적인 계약금에 영입하려는 제3세계 리그에 가기도 했다. 같은 실력에도 어떤 세상에 가냐에 따라 그 효과는 달라졌다.

그렇게 이번에는 마음이 아니라 물질을 가지고 스티븐은 한국으로 돌아왔다. 레디메이드 의류매장이 아니라 몸 치수를 재어주는 재봉사에게 맞춤 정장을 하나 주문하는 것을 시작으로 그는 많은 것들을 사들였다. 처음엔 집을 사고 차를 사고 가정부를 사고 장식용으로만 둘 고급 양주를 샀다. 졸부였기 때문에 당장 보이는 건 물질적인 것들이었으니까. 적응하며 점차 여유가 생기고 돈이 많은 사람이 아니라 부자가 되려면 고급 물건보다 자신을 고급으로 만들어 줄 수 있는 걸 사야 한다는 걸 깨닫기 시작했다. 그때쯤부터 주치의, 퍼스널 트레이너, 가정교사 같은 것을 샀다. 놀 때는 수능 끝난 고3보다 자유롭게 놀았지만 올라온 계층에 걸맞은 사람이 되려고 공부도 하고 사람들도 만나면서 견문을 쌓아갔다.

궁핍할 때는 돈은 당장의 살고 죽는 문제로만 보였는데, 생기자 자본주의 사회에서 돈이 신분이라는 것을 만끽할 수 있었다. 놀고먹는 사람이 있으면 잡아다 일하라고 강제하는 법이 없는 이 생태계에서 '일하기 싫은 자 먹지도 말라'는 방망이 없는 포졸이었다. 더불어 돈은 일터와 사회에서 잔뜩 웅크려야 했던 그의 지난날의 눈물을 닦아주었다. 어딜 가도 사람들이 자신을 대하는 태도부터가 달랐다.

물론 자본주의라고 돈으로 다 되는 건 아니었다. 부자지만 자신의 직계를 낳을 수 없었던 스티븐의 양부모처럼 현재 과학기술상 되지 않는 것들도 그렇고 인가를 받아야 하거나 능력이 필요한 많은 것들은 스티븐도 누릴 수 없었다. 고위 관료가 된다든지 세상에 영향을 끼치는 entrepreneur가 되는 건 돈만 가지고는 역부족이었다. 그러나, 그럼에도, 돈으로 할 수 있는 것 중에서 제외되지 않는 게 여자였다. 뭔가 돈으로 다른 건 다 되어도 여자는 안 되어야 역시 돈 많다고 행복이 완성되는 건 아니라고 느꼈을 터인데 더 아쉬울 게 없는 느낌이었다. 그렇게 부자가 되고 나서 그의 삶의 동선은 사뭇 달라졌다.

　그런 와중에도 그가 소기의 목적을 망각한 건 아니었다. 출생에 있어서는 찾아보기 지쳤기도 하거니와, 입양아가 운 좋게 친부모에 대한 기록이 있다는 걸 알게 되어 정보공개청구를 해도 개인정보를 위해 친부모의 동의가 있어야 청구자에게 알려줄 수 있다는 걸 알게 되었다. 그리고 많은 부모들은 자기 허물이 드러나거나 자식을 볼 면목이 없어 자식과 대면하길 거부한다는 것이다. 간혹 실제 부모와 해후해도 기대한 것과 다르다는 것도 아름답지 못한 결말이었다. 거기다 나중에서야 알게 된 것은 입양 서류의 기록들이 진짜인지 가짜인지도 모른다는 것이었다. 당시 한국의 입양 기관에서 아이들을 해외 입양을 보내기 위해서는 천애고아가 되는 게 좋았고, 때문에 허위로 조작하여 서류상 고아로 만들었다는 의혹이었다. 여기까지가 한계라는 생각에 스티븐은 출생에 대한 정보는 단념했고 사실 이제는 궁금하지도 않았다.

　그러나 이런 현실상의 어려움 말고, 스티븐이 출생 찾기를 포기한 관념적인 이유는 혈육의 부모보다 그를 거둬주고 길러준 양부모들이야말로 진정한 부모라는 생각 때문이었다. 유전자를 나누는 것보다 생각과 감정을 나누었다는 게 더 인격적인, 사람과 사람이 하나가 되는 본연의 것이 아닐까? 최후에는 그에게 풍족한 재산을 남겨준 그들이야말로 스티븐을 길러준, 아니 '낳아준' 고마운 부모들이었다.

　한국은 스티븐에게 출생의 진실이나 동족으로서의 일체감에 대해서는 실망감만 주었으나, 그것이 섭섭지 않을 정도로 큰 인연을 이어준 나라기도 했다. 보이는 세계만 알고 살아갔을 그를 더 크고 멀리 볼 수 있는 세계로 올려준 자들을 한국에서 만나게 된 것이다. 그들은 성의 세계에서 수요자로서만 있던 스티븐에게 공급자의 지위를 안겨주었다.

사무실에 앉아 있는 맛둥의 모바일 메신저로 부고장이 왔다. 연명이 형이 보내온 것이었는데 망자 이름을 보며 누구지? 하며 고개를 갸웃거리던 맛둥은 흠칫했다. 아 그 사람이 죽었구나. 사망자는 어릴 때 사고로 중증 지적장애인이 되었던 이웃 형이었다. 이렇게 부고장이 온 건 그 집안에 정건이라는 남동생이 있었는데 연명이 형과 갑장에 친해서 어릴 때 맛둥과도 같이 놀고는 했기 때문이다. 부고장을 보고 있는데 전화가 울렸다. 받아보니 전임자가 인수인계할 때 여기 조금 까다롭다고 했던 그 건물이었다.

정비사업이 좀처럼 없는 하쿠나동에도 재건축을 준비하는 집합건물인 '똑또구리'라 불리는 상가건물이 있었다. 똑또구리의 구분소유주들 중 재건축한다고 시행사에서 가져갔는데 왜 재산세 나왔냐고 하는 사람들이 간간이 있었다. 어떤 집합건물이 재건축, 그러니까 기존 건물을 아예 허물고 새로운 건물을 올린다 할 때 기존 부동산의 소유권을 가진 많은 구분소유자들 중 시행사 측에 권리를 맡기고 새로 지을 부동산의 소유주가 되길 기다리는 '조합원'이 되는 이들과 중도에 기존 권리를 시행사에 팔고 떠나는 현금청산자들이 나왔다. 전자는 자신의 부동산에 대한 권리를 시행사에 신탁하는 거라면 후자는 이전하는 거였다. 그러면 재산세 담당자는 어떤 종류인지 알아내서 신탁이라면 2021년도부터는 법이 바뀌어 재산세는 수탁자가 아니라 위탁자가 납세의무자가 된다고 설명해 줘야 했다. 양도가 소유권이 이전되는 거라면 신탁은 소유권은 자신이 가지고 있으면서 수탁자에게 그 부동산의 운용을 맡기는 거였다.

그런데 지금 맞둥과 전화하는 민원인은 개인 간 거래를 했다고 했다. 조합원이라 해도 부동산을 매매하여 제3자에게 조합원 지위를 넘길 수 있었고 관리처분계획인가* 후라면 입주권을 사고팔 수도 있었다. 문제는 부동산 등기는 시행사로 수탁되어 있는 채 소유권을 거래하는 건 공부에 찍히지 않는다는 거였다. 양수인이 취득세 신고를 했다면 이전이 파악되었겠지만 어떤 착오나 누락이 있을지도 모르니 맞둥은 확인할 수 있는 계약서나 명부를 보여 달라고 했다.

사실 똑또구리는 괴로운 사정이 있었다. 처음에 이 건물 전체의 분양률이 예상보다 저조하여 상권이 예상만큼 크게 형성되지 못했다. 그래도 입점한 점주들은 열심히 일하면서 생활을 꾸려나갔다. 문제는 건축관계자들 사이에 분쟁이 일어났고 상가건물은 전기료가 체납되어 한국전력에서 단전을 하게 되면서였다. 건물에 전기가 사

---

* 사업시행 전 조합원들의 권리를 정비사업 시행 후 새로 발생할 신축건물과 토지에 대한 권리로 변환하여 조합원 등에게 분배할 계획안을 관할 행정청에서 인가하는 것.

라져 당장 불도 하나 못 켜게 되니 상인들이 영업을 할 수가 없는 폐건물이 되어 오랜 시간 방치된 것이다. 헌데 재산세는, 장사하지 않는다고 건물에 과세를 하지 않는 게 아니라서 영업이 중단된 처음 몇 해 동안은 고지서가 나가면 소유주들의 민원이 끊이지 않았다고 했다. 쓰지도 못하는데 재산세는 꼬박꼬박 나오는 데다 살 사람도 없고 허물지도 못하니 미칠 지경이었다. 그래도 몇 년 전부터 재건축 계획이 진행되자 거래가 그나마 물꼬를 터서 소유주들이 간간이 바뀌게 되었다. 저만치 떨어진 다른 팀에서 민원인이 불평하는 소리가 들려왔다.

"매매계약서 가지고 오셨어요?"

"아니 참 늦게 낸다고 가산세까지 내야 하네. 회사 차 그대로 승계해서 바꾸는 건데도 세금 내야 합니까? 등록사업소 갈 필요 없다고 해서 세금 안 내도 된다고 생각했는데."

"네 등록을 수반하지 않아도 소유자가 바뀌면 취득세가 발생해요."

화물차 관련해서 뭔지 잘은 모르겠지만 등록을 하지 않는다는 말은 또렷하게 들렸다. 위수탁 계약서라는 단어도 나온 거로 봐서 역시나 신탁에 의해 명의와 실소유주가 달라진 케이스가 아닐까 싶었다. 잠시 인터넷에 화물차 계약을 쳐보니 '지입'이라는 게 있어 그쪽 업계만의 계약 방식이 있는 것 같았다. 이렇게 세상엔 서로 뜻을 맞춰 하는 계약도 각양각색이겠지만 '사회계약설'처럼 내가 알지도, 하지도 않았는데 했다는 계약도 있으니—세상은 사실만으로 설명할 수 없으니 설(說)이 나왔다.

퇴근하고 지하철로 1시간 가까이 걸려 장례식장에 도착했다. 빈소에 가서 상주와 인사를 하고 영정 사진을 보았다. 정식으로 찍은 증명사진이 아니라 일상 사진을 합성한 티가 나는 조잡한 사진이었지만 꽤 최근의 그를 담은 사진을 합성했는지 나이 든 모습이었다. 어떻게 사람의 정신이 어떤 상태이든지 육신은 다 자란 성인을 넘어 중년까지 성장하고 늙고 하며 따로 진행되는 걸까? 진행될 수 있게 되어 있는 걸까? 전기가 끊겨 형해가 되었다 해도 건물의 외형이 실체로서 있다면 세금은 부과되는 게 상가소유주들에게 너무 불합리하지만 감당해야 했던 현실이었다. 맞둥에게는 타인일 뿐이었지만, 죽었지만 죽지 못한 삶은 그의 가족이나 그 자신에게도 오랜 시간 비통한 현실이었을 것이다.

그래도 확실히 장례식장 분위기는 요 몇 년간 맞둥이 들렀던 모든 식장을 통틀어 떠들썩한 분위기였다. 자식 대소변 다 받아내며 평생을 돌본 부모를 위로한 집안사람들은 화기애애했다. 맞둥은 이미 도착해 상기된 얼굴로 대화하고 있는 연명이 형과 고인의 동생이 앉아 있는 테이블에 착석했다.

"만약 그 교회에서 안 받아주면 이제는 헌법상 기본권 같은 거 명분으로 해서 국가에다가 복지로 여자 공급해 달라고 구할지도 모르지." 연명이 형이 말했다.

무슨 이야기인가 했더니 최근에 터진 맘마미 교회 사건이었다. 그 애정결핍남 사건이 매스컴을 타며 전국적으로 화제가 된 탓이었다. 정건이 형은 다음엔 정치권에서 무상급식 대신 무상애정을 공약으로 걸 판이라며 맞장구를 쳤다.

"아빠. 이거 봐. 피카츄가 진화한 포켓몬이 이거야! 드디어 나왔다!"

한 꼬마가 다가와서 포켓몬 스티커를 내밀며 자랑했다. 어린 시절 이래로 맞둥까지 세 사람이서 만난 건 10년 전 정건이 형이 결혼할 때 하객으로 간 이후 처음이었다. 맞둥의 세대에서 못다 한 꿈인 포켓몬 마스터를 향해 전진할 수 있는 아들을 보자 형이 부럽게 느껴졌다.

"그러고 보니 제수씨는 어디?" 연명이 형이 이제야 생각났다는 듯 물었다.

"학회 때문에 해외 나가 있다. 이번에 발표한다고 준비하더라고."

"그래 요새 결혼 생활은 안녕한가. 전에 힘들다고 나한테 전화하고 그랬잖아."

그러고 보니 정건이 형의 결혼식 때 신부가 연구원이어서 화제가 되었던 기억이 났다. 들은 이야기로는 두 사람이 만난 과정이 꽤 희소했다. 공업고등학교를 나온 정건이 형은 일찌감치 한국의 유명한 기업에 생산직 사원으로 취업을 했다. 그런데 같은 회사라 해도 어떻게 접점이 생긴 건지 현장 직원이었던 형이 사내 연구소 직원과 연애를 하다 결혼까지 이르게 된 것이다. 신부가 재원인 데다 처가도 유복하다고 들어서 전보다 삶의 질이 높아졌을 거 같은데 뭐가 잘 안 맞는 걸까? 그러나 정건이 형이 미혼 남자 둘을 앞에 두고 푸는 결혼의 고충은 예상 밖이었다.

그의 말인즉 결혼을 통해 인생에 취할 수 있게 된 실익은 괜찮았다. 그러나 실익과 별개로 거슬리는 것들도 많았다. 주위에서 와이프가 아깝다, 업고 다니라는 것도 한두 번이지 계속 들으니 좋지 않앐다. 결혼 전부터도 탐탁지 않아 하던 처가에서는 결혼 후에도 자신을 괄시하는 게 느껴졌다. 와이프도 그랬다. 가끔 자신이 미처 생각하지 못하거나 잘못 생각한 게 나오면 그걸 고쳐주면서도 그리 머리가 없냐면서 핀잔을 주는 게 말일 뿐이어도 매우 듣기 싫었다. 그럴 때마다 자신은 주눅이 들고 감정이 상한다는 거였다.

그의 말은 결혼을, 결혼이라는 걸 하면 분명 그 사람과 내가 하나가 되는 거라고 생각했다고 했다. 그 사람의 장점이 다 내 것이 되고 나의 단점은 그 사람이 가진 능력으로 보완이 되어 단일한 개체가 되는 게 결혼의 효과라고 생각했다고 한다. 그러나 그 뭔가 미묘한 갑을관계라거나, 상대적 열등감과 같은 게—결혼 상대자라 해도 보통의 사람들과 맺는 일반적인 인간관계에서 맞닥뜨리는 문제들과 다를 바 없다는 거였다.

그의 말에 맞둥은 속에서 주춤했다. 흔히 결혼 생활의 애로사항으로 꼽는 살아온 환경이 다르고 배경이 달라 습관이나 방식이 부딪친다 같은 게 아니었다. 이건 재벌가에 시집간 미인들이 밖에서는 빈(嬪)으로 간택된 걸로 보이지만 안에서는 냉대받고 불화하면서 쇼윈도부부가 된다는 가담항설들과 비슷한 부류인가? 아니, 일반적인 시가나 처가들도 상대적인 힘의 관계에 따라 보이지 않는 보상 심리 또는 부채의식을 느낀다고 들었다. 아니 당장 당사자들끼리도, 부부싸움 중에 평소 상대에 대해 불만스럽게 생각하던 못난 점들이 토해지며 격앙되는 경우도 있다고 들었었다. 결혼해도 그 이후 쭉 평가 대상이 되는 건 사람은 그 성과나 쓸모가 항상 더 앞서고 결혼도 그걸 뛰어넘게 해줄 뭔가가 될 순 없다는 거였다.

이러면 결혼으로서 상대와 상대의 소유들이 내 것이 되었다 해도 함정이 도사렸다. 재산세를 내지 않는다고 프롤레타리아라고 할 수는 없듯이 재산세를 낸다고 재산이 있는 게 아니라는 얘기였다. 똑또구리 소유주들이 그랬고 페스츄리 소유주들도 비근한 예였다.

아니 설령 재산을 내가 자유롭게 쓴다 해도, 이를테면 임대차 계약이야 남의 집을 빌리고 있다는 거야 자타가 다 알지만 수많은 '주담대'들은 분명 자기 명의로 집의 법적 소유자가 된 것이고 내가 직접 들어와 살고 있음에도, 그 뜻이 '그 뜻'을 충족하지 못했다. 그때 연명이 형이 말했다.

"배부른 소리지. 기대치에 못 미쳐서 답답해하는 건 봤어도 반대 경우는 엄살 아니야? 왜 보통 여우 같은 마누라랑은 살아도 곰 같은 마누라랑은 못 산다 하잖아."

"그렇긴 한데 대외적인 거랑 대내적인 거랑 다르다."

"결혼도 내수용과 수출용으로 나뉜다는 건 처음 알았네. 자고로 남자를 만들어 줄 수 있는 게 여자다. 내 친구들 와이프가 내조 잘해 줘서 성공하는 애들도 있고 부부끼리 같이 사업도 하는데."

내용을 제쳐두고 뜻밖인 건 발화자가 연명이 형이어서였다. 이때다 하면서 내가 그래서 결혼 안 하는 거다라고 신바람을 낼 줄 알았는데 그의 생각들을 채점하고 정정하려는 게 추석 때 결혼 없이도 다 얻을 수 있는데 뭐 하러 하냐고 했던 것과 이율배반인 것 같으면서도 모범적이었다. 정건이 형도 웃으며 그런 넌 왜 그 좋은 걸 안 하냐고 묻자 내 결혼은 한참 냉동실에 넣어두었더니 하도 꽁꽁 얼어 녹지를 않아 관상용처럼 되었다며 회포 푸는 걸 이어갔다.

형들과 작별하고 집으로 오는 지하철을 다시 타면서 맞둥은 골똘히 생각에 잠겼다. 부부간에 운전 연수 해주면 복장 터진다는 말처럼 배우자가 못난 모습들이 보여 자기가 생각한 결혼 생활이 되지 않으면 인생이 실망스러워지는 건 쉽게 생각할 수 있었다. 2인 1조 달리기에서 한 명이 널브러졌을 때처럼 배우자가 병이 들거나 우환이 있으면 다른 한쪽까지 발이 묶여버리는 것도 바로 인접한 일이었지만 정건이 형 같은 고민은 복병이긴 했다. 너무 잘나거나 너랑 격차가 많이 나는 사람이랑은 결혼하지 마라?는 말들이 있을 수 있겠지만 보통은 끼리끼리 결혼하다 보니 그건 행복한 고민(?)으로 보고 관련 격언은 없는 것일 수도.

사회 과목에서 그런 걸 배운 적이 있었다. 리카르도의 비교우위론이었는데 각 나라들이 필요한 재화들을 모두 생산할 설비를 갖추고 노동력이 있다 해도 그걸 각개 생산 하지 말고 나라별로 잘하는 영역에만 집중 투자 하여 산물을 내고 그걸 무역을 통해 교환을 하면 각자도생하는 것보다 전체 후생을 더 크게 할 수 있다는 내용이었다. 허나 식량 같은 경우 효율 문제로 자급하지 않고 전부 외국에 의존한다면 얼마나 위험한 시나리오들이 생길 수 있는지 예상해 봐야 했다. 현재 커피공화국처럼 된 한국에 만약 원두 수입이 끊어졌다 생각하면 그것만으로 애걸복걸할 수 있을 건데 하물며 생사가 걸린 재화들은 경제적 이윤, 효율과는 별개로 자신이 자신의 원산지가 될 능력을 갖춰야 했다. 꼭 재범이 아버지 영역이 아니라도, 이를테면 세종대왕이 한글을 창제한 첫째가는 이유도 자주정신 때문이었고, 간디가 물레를 돌린 이유라든가 전투기 제조 국산화율 100% 같은 것도 다 같은 원리였다.

크게 보면 부부 사이에 생활이나 성격이나 꿈이나 가치관 같은 것들만이 '서로 사맞디' 할쎄/아니할쎄를 정하는 게 아니었다. 정건이 형의 경우 찬물을 끼얹은 건 실물이 아닌 자존심과 뭐라 할 수 없는 '거리'였다. 맛둥 역시 상황은 다르지만 최근에 한 고뇌들 때문에 기시감을 느꼈다. 제휴를 맺는 타 기관으로서 협력자이고 파트너이지 내가 인수 합병 한 게 아니다 할까. 결혼을 통해 더 높아진 삶의 후생도, 자존심이 아니라 '타존심'이었다. 이렇게 보면 결혼의 성격은 양도가 아니라 신탁이 되는 셈이었다. 신탁이라 해도 내 수중으로 들어와 내가 쓸 수 있고 누릴 수 있으면 된 거 아니냐 싶겠지만 자존심에서는 그게 나로부터 기인하냐 누군가로부터 받거나 빌린 거냐는 건 아주 중요했다. 맛둥의 아버지가 취업 추천을 거절한 것도 그 빛이 하나님이 보시기에 좋았더라 못지않게 그 빛이 아버지가 보시기에 좋지 않았기 때문이었다.

그러나 친형이 한 말도 일리가 있었다. 유능한 배우자의 서포트를 받아 해낸 결과물들은, 그 사람 없이 자기 혼자서는 할 수 없는 것일 것이며 그 실력이나 성과는 자기의 소유가 되는 것도 많을 터였다. 그렇다면 뭐가 맞는 건지 유권해석이라도 요청해 봐야 할까? 결혼의 성질은 줄기차게 논의되었을 것 같지만 이건 법적 성질이 궁금한 건 아니라서―아니 뭐 하나로 맞아야 할 것 없이 빛이 파동이지만 입자도 되는 걸 밝혔듯 결혼도 양도이자 신탁이기도 하겠지.

그러나 정건이 형의 을씨년스러운 체험에도 불구하고 그가 자식을 낳았고 자식이 잘되는 건 진짜 결혼을 통해 얻는 자존심이 되지 않을까 하는 생각이 들었다. 부모들이 자식이 성공하는 걸 자기 머리의 면류관처럼 생각하고 밥 안 먹어도 배부르다고 하지 않는가. 결혼을 통해 가족을 일구고 자식을 정식으로 길러 자기의 것으로 삼는 것이니, 물론 꼭 결혼하지 않고도 얻고 기를 수 있지만 결혼이 그 울타리나 권리에 정통성을 부여하고 안정적으로 결속하니까. 자신의 다음 생명이자 나의 모든 걸 물려줄 수 있는 자식이라는 존재가 뒤받치고 있으니 지금의 결혼이 함정이라고 할 수는 없지 않겠냐는 생각이었다.

"나한테 보챌 때는 언제고, 엄마가 먼저 시집가게 생겼네."

언니의 말에 세 모녀가 까르르 웃었다. 루디아의 엄마가 생각보다 그 남자에 대한 마음을 진지하게 얘기했기 때문이었다.

엄마는 오래전부터 쭉 나가던 모임에서 만난 남자와 얼마 전부터 연애를 하고 있었다. 전부터도 서로에 대해 좋은 시선을 가지고 있었지만 그때는 그저 서로 '좋은 사람'으로 거리를 두다가 엄마가 미망인이 되자 정분이 난 것이었다. 루디아 자매도 그를 한번 봤던 적이 있었는데 1년 전 아빠 장례식에서였다. 겉은 협수룩했지만 자상한 기운도 보이는 아저씨였다.

혜주 언니는 황혼 이혼은 이해해도 황혼 결혼은 이해할 수 없어 했다. 그 아저씨가 뭐가 끌릴 만한 게 있었는가 싶었던 거였다. 그래도 언니는 그의 재력은 인정했다. 언니는 경제력도 사람으로서의 능력이면서도 남성만의 성적 매력이 될 수 있다고 분류했다. 언니에게 성적 매력이란 남자면 남자, 여자면 여자만이 가지는 특성에 의한 능력이었다. 여자보다 남자가 가진 우월한 능력(이를테면 이공계 분야나 체육 같은 신체 능력에 있어 남자가 대개 여자보다 우수했다)으로 우월한 것들을 획득하는 건 여자로서는 할 수 없는 남성만의 능력에 의한 거라 그 결과물도 섹시하다는 거였다. 남자의 재력은 굳이 이유를 대지 않아도 본능적으로 멋있게 느껴지는데 굳이 논리로 설명하고 싶은 건 언니의 MBTI 때문이겠지. 그래서 춘향이가 고을 수령의 수청을 거부한 게 닥쳐올 고통에 대한 용기와 인내지 성적 유혹을 이긴 건 아니라는 통념에 대해서도 변 사또의 지위, 권력 역시 여자들에게는 성적 매력이 될 수 있다는 거였다. 어릴 때 만화로 보면 꼭 못생기고 탐욕스러운 얼굴로 나와서 루디아에게는 억만금을 준다 해도 유혹이 될 순 없겠지만.

 루디아 같은 경우는 일단 좀 뜨악하긴 했다. 황혼 결혼이라서가 아니라 만약 새 가족이 생기면 매우 어색할 것 같았기 때문이었다. 이 나이에 독신인 딸로서 새아버지 받기가 모양이 좀 별로였다. 어쩌면 엄마로서는 그러니 너희도 빨리 시집가라는, 딸들을 독촉하는 무언의 시위일지도 몰랐다. 그래도 언니는 엄마가 풍족하게 사는 건 환영하는지 이해하진 못해도 반대하진 않았다. 하지만 루디아는 새아버지 받고 하는 것과 별개로 엄마의 삶이 또 구속되는 게 싫었다. 그리고 약간이었고 속으로만 품는 거지만 엄마에 대한 실망도 있었다.

 "나는 일단 반대. 엄마는 그래 소박맞았는데. 왜 또 인생의 무덤인 결혼으로 들어가겠다고. 정 좋으면 그냥 연애만 하세요."

"그래도 내가 그 사람이랑 살면, 너희도 부담이 덜 거 같고. 루디 너도 남편 잘 둬서 끄떡없으면 너무 든든할 거 같지 않아?" 엄마가 농담하듯이 말했다.

"어지간한 남자로는 택도 없지. 그리고 그렇다 해도 여자도 일해야 주도권을 안 뺏겨. 엄마 살아온 거에서 다 배웠네요."

루디아가 배웠다는 건 엄마가 결혼하고 언니와 루디아를 임신하며 다니던 직장을 그만두고 난 이후로 완전히 말린 인생사였다. 지금은 많은 직장이 일과 가정을 양립할 수 있게 환경을 짜서 경제적, 사회적 능력을 유지할 수 있지만 엄마 때 당시 여자들은 결혼이 곧 퇴직이 되고 그 길로 주부로서의 인생을 쭉 사는 경우가 태반이었다.

학교에서 학업우수상을 놓친 적이 없을 정도로 공부를 잘했던 엄마는 당시로서는 들어가기 어려웠던 외국계 회사에 취업해서 일하다 결혼하고 언니를 임신하게 되면서 그만두었다. 그대로 전업주부로서의 삶이 시작되었지만, 공부 머리를 가진 엄마에게는 '야무진' 일머리나 수완이 있어야 하는 집안일들이 맞지 않았다. 시댁에는 엄마보다 못한 시누이나 동서가 수두룩했음에도 음식 솜씨나 다리미질로 자존심이 부풀었다 납작해졌다 하는 세계에서 엄마 입지는 가련했다. 내조를 못한다고 말이 나오자 친척들도 엄마를 푸대접할 때가 많았다. 루디아 자매는 결혼을 하면서 도리어 신데렐라같이 되어버린 엄마가 어떻게 구출받는 길이 없을까 염원했지만 기혼자의 집 앞에 호박마차가 와줄 것 같지는 않았다.

비단 엄마뿐 아니라 그렇게 결혼으로 삶이 종속되는 과거의 여자들은 얼마나 부당한 대우들을 많이 받았을까. 자식 못 낳거나 딸만 낳으면 박해했다는 전근대 시절엔 여자는 공부도 못 하게 하고 활동도 못 하게 하고 집안일만 강요했던 건 다 아는 악습이었다. 그러나 불과 엄마세대만 해도 알게 모르게 여자들이 자신을 잃게 한 것이 결혼이었다. 남편 잘 만나서 '취집'하거나 통쾌한 '결혼퇴직'을 하며 기쁨의 환호성을 지르는 여자들도 많았지만, 그러다가 유사시 생계를 볼모 잡혀 불행한 결혼 생활을 이어나가지 않으려면 여자는 반드시 세상적인 능력을 유지해야 한다는 게 그녀의 깨달음이었다.

이렇게 다 본 영화 비평하듯이 엄마의 종료된 결혼 생활을 부검하는 건 결혼하기 싫어서가 아니라 그만큼 결혼에 진지했기 때문이었다. 언니가 만족하지 못하는 것이 결혼의 '대상'에 대한 거라면, 루디아는 '제도'로서의 결혼이라고 할 수 있었다. 그러니까 남편 잘 만나서 팔자 펴는 여자들에게 결혼은 천혜의 인생역전 수단이지만, 루디아의 엄마처럼 자신의 직업과 능력을 내려놓고 부창부수가 되는 결혼은 일종의 속임수이기도 하다는 생각이 들었다. 만약 혜주 언니도 조금 빨리 태어나 결혼했으면 이혼도 못 하고 매여 살았을지도 모를 일이었다. 그러나 그녀에게 더 싫은 건 인간의 마음이었다.

어제 곁에 누워 사랑을 속삭인 연인도 오늘은 치졸한 배신자가 될 수도 있었다. 남편은 언제든지 바람이 날 수도, 나에 대한 애정이 떠날 수도 있다는 걸 염두에 두면 남편만 믿고 내 모든 걸 의존하면 안 되었다. 그런 유사시를 떠나 결혼 생활도 여느 인간관계와 마찬가지로 서로 힘이 균등해야 서로가 서로를 존중하고 상대에게 비굴해질 것 없는 당당함이 팽팽하게 유지될 수 있었다. 상대방이 계속 시험에 떨어지거나 직장을 잃거나 하면 미래를 믿고 나가기 어렵다는 현실적 이유와 외따로 사람이 못나 보이는 인간의 심리는 부부 사이라고 다를 바가 없었다. 약자는 얕잡아 보게 되는 본성이 결혼을 했다고 절로 인간을 떠나는 게 아니었다.

"배우자를 '영원한 타인'이라 한다잖아. 사람 너무 믿지 말고."

"루디, 그렇게 못 믿고 못 맡기고 살 거면 각자 살지 왜 부부가 되겠어? 내가 같이 있어보니 진짜 마음 맞는 사람이라서 그런 거야." 엄마가 루디아를 바로잡아 주려는 말을 했다.

"그래 너처럼 생각하면 세상에 마음 놓고 좋아할 수 있는 사람이 없겠다." 언니도 엄마를 거들었다. 그러곤 "하긴 네 말도 맞는 게 캥거루족이 자립심이 없어서 생기기도 하니까"라고 덧붙이며 깔깔거렸다.

엄마 얼굴이 오늘따라 더 그윽해 보였다. 언니와 엄마가 서로 다른 결혼관을 얘기할 때 엄마는 일생의 여러 가지 일을 함께 해나갈 파트너로서의 배우자를 말했지만, 지금 들어보면 엄마에게는 감정적인 교류를 할 사람이야말로 남은 생의 동반자로서 맞이하고 싶은 사람인 것 같았다. 아니 사실 엄마에게는 한창 인생을 꾸려나가야 할 청년, 중년이 다 지나갔고 남은 러닝타임상 실무자(?)로서보다 마음이 잘 통하는 소울메이트가 더한 후생이니 저렇게 말하는 거겠지. 루디아가 걱정하는, 결혼이 가하는 몰개성화도 노년에서는 시간 관계상 생략될 것 같았다. 하여튼 매력이나 비즈니스 파트너로서의 배우자보다 나랑 잘 맞고 마음을 채워줄 수 있는 상대가 성실한 배우자라는 건 유아부 친구들도 고개를 끄덕일 모범 답안이라 뭐라 할 말이 없었다. 그러니까—애정도 결혼도 모두 정답이 어디 있겠는가? 엄마도 그들 자매들도 각자가 바라는 관계를 소중히 생각하되 남의 결혼관을 자기 것으로 침탈하려는 제국주의 같은 짓만 벌이지 않으면 되지 않을까.

　엄마와 언니의 관점들을 조립해 보면 결혼은 마음, 생활, 실력, 매력과 기타 등등이 버무려진 다항식이었다. 인수분해는 여기까지 하기로 하고, 루디아는 언니가 이름 지은 행정결혼에 대해 다들 어떻게 생각하시냐고 이번에 신장개업하는 애정토론회에 한번 화두로 꺼내볼 만하겠다는 생각이 들었다. 생산적이고 건전한 질문과 답들만 나오길 기대하면서 말이다.

그 여자네 성

「건축물 중 조작 설비, 그 밖의 부대설비에 속하는 부분으로서 그 주체구조부와 하나가 되어 건축물로서의 효용가치를 이루고 있는 것에 대하여는 주체구조부 취득자 외의 자가 가설한 경우에도 주체구조부의 취득자가 함께 취득한 것으로 본다.

「지방세법」제7조 제3항」

"자료를 보니까 중앙조절식인 것보다 일체형이냐가 쟁점일 것도 같네요."

"그래? 자료 어떤 것 봤는데?"

"올타*에 보니까 조심** 사례 있는데 보내드려 볼게요."

오전에 동기 형과 쪽지를 주고받았다. 행정소송 들어온 것 중 지방세 건이 있었고 그 내용에 대해서 형이 물어본 거였다. 그는 얼마 전 기획실로 인사가 나서 구청에 걸려 오는 소송 자료들을 담당하는 자리에 앉게 되었다. 명확한 건 걸러지고 애매하거나 복잡해서 판단력을 요구하는 '킬러문항'들만 접하는 게 소송일 것 같았다. 어렵겠지만 행정직은 업무 스펙트럼이 넓다 보니 요직으로 인정받는 자리들은 인사고과는 있지 않을까 하는 게 맞둥의 조심스러운 소견이었다.

아마도 답변은 취득세팀과 공문으로 왔다 갔다 할 것이었고 맞둥은 취득세에 관한 지식이 없어 답해줄 게 없었다. 허나 국세 물어보는 건 문외한이라고 내뺐다 해도 지방세를 물어보는 데도 내 업무가 아니라서… 하며 말끝을 흐리기에는 세무직 동기라는 명색을 살리고 싶어 어떻게든 뭐라도 찾아 입을 대려고 관련 선례를 찾아보고 있는 거였다.

소송 들어온 내용과 비슷한 사례로 에어컨 설치비용이 건축물 취득세 과세표준에 산입되는 게 맞는가를 두고 심판청구를 한 건이 있었다. 이 건처럼 건물을 증축하면서 새로 지은 건물에 에어컨을 설치한 비용을 취득가액에 넣지 않았는데 세무조사로 추징이 되자

---

* 지방세법령정보시스템. 한국지방세연구원에서 운영하는 세정 관련 정보·자료 홈페이지.

** 조세심판을 줄여 이르는 말.

불복했던 사건이었다. 과세관청의 의견인즉 건물 내에 부착된 여러 대의 천장형 에어컨들은 건물 옥상에 실외기들과 건물벽면을 뚫어 배관으로 연결되어 있는 시스템에어컨으로 구조화되어 있어 탈·부착이 용이하지 않고 그 주체구조부와 하나가 되어 건축물로서의 효용가치를 이루고 있으니 과세에 포함되어야 한다는 거였다.

그에 맞서 청구법인은 세법에는 시설물 중 취득세 부과대상이 되는 에어컨에 대하여 '시간당 7560kcal급 이상의 중앙조절식'만 해당된다고 쓰여 있는데 자기네 회사 에어컨들은 사무실마다 독립적으로 on/off 기능이 다 있어 중앙조절식이 아니라는 거였다.

그러나 그건 보통 생각하는 개념에도 부족해 보였다. 구청의 업무용 컴퓨터가 각자가 끄고 켜며 사용을 마음대로 한다 해도 전산실에서 각 직원의 네트워크나 시스템에 대한 접근을 개폐할 수 있어 집의 PC와는 묶인 상태가 달랐다. 그가 자랐던 신도시의 난방설비가 당시 신기술이었던 지역난방*이라 편리함과 효율이 좋다는 기억도 났다. 각 실에서 자율적으로 조절할 수 있냐가 아니라 그 에너지의 공급과 통제를 쥐고 있는 시설이 있느냐가 중앙조절식이냐를 판가름할 것 같았다.

그런데 심판원의 판단을 보니 애초에 행위에 대한 기초적인 분류부터 틀렸다는 걸 지적하고 있었다. 청구법인이 말하는 건 취득세

---

*   건물에 개별 열 생산시설을 설치하지 않고 열병합발전소 등 집단에너지시설에서 경제적으로 생산된 열을 수송관을 통해 대단위 건물단지에 일괄적으로 공급하는 난방시스템.

에서 '개수'로 정의한 행위에 대한 조건이었고 이건 증축이라 '건축'에 대한 거니 세법상 서로 다른 행위라는 거였다. 그럼 다 지어져 있는 기존 건물에 에어컨을 따로 설치한 것이냐 건물을 새로 짓는 시점에서 내장한 에어컨이냐에 따라 다르게 되는 건가? 맞둥에겐 잘 가닥이 잡히지 않았다. 여하튼 해당 사례에서는 중앙집권국가에서 통제하는 에어컨이든 숯불에 구워 먹는 에어컨이든 간에 어떤 에어컨인지가 초점이 아니라 건물과 함께 가치를 이루는 시설이라는 게 기준이라는 거였다.

그나저나 이제 에어컨이 필요 없는 10월이었다. 날씨도 선선해져서 좋지만 재산세 납기가 끝난 것이 맞둥으로서는 계절보다 더 계절이었다. "나 하나쯤 어찌 살아도 세상은 아무렇지 않겠지만, 그래도 내가 하는 일이 지금의 나야"는 〈미생〉의 대사처럼 내가 하는 일에 내 생각도 찍혀 나오고 있었다.

오후에는 오프라인으로 신청했던 적극행정교육이 있어 대강당으로 갔다. 시간 맞춰 딱 가자 이런 교육이 그렇듯 맨 앞자리는 다 비워져 있고 뒷좌석부터 꽉 메워져 있어 앞 열에 앉았다. 저쪽 옆을 보니 조례나 행사가 아니라 강사를 초빙한 교육인데도 구청장님이 앉아 계셨다. 교육이 시작되기 전 청장이 먼저 양해를 구하더니 마이크를 잡고 모두 발언을 했다. 자신이 실무자로 재직하던 당시 기안하고 건의해서 실정을 바꾸었던 몇 가지 사례를 들었다. 실적이 구체적 수치로 나타내어질 수 있는 업무들이 유리할 수 있다고도 했다. 적극행정이란 '불합리한 규제를 개선하는 등 공공의 이익을 위

해 창의성과 전문성을 바탕으로 적극적으로 업무를 처리하는 행위'
로 정의되니 타성에 젖지 말고 끊임없이 체인지하려 노력해야 한다
는 말을 이어갔다.

"변화에 대한 정도랄까, 그걸 보니까 개선-개혁-혁신으로 구분해 얘기하더라고요. 개선보다 더 많은 것을 수반하는 게 개혁이라면 그 개혁보다도 더 광풍을 몰고 오는 게 혁신이 되는 것이고, 그렇다면 혁신보다 더한 변화도 있을까요? 혹시 어떤 걸지 말씀해 보실 분?"

대강당은 잠시 침묵이 흘렀다. 그런데 그때 어떻게, 순간적으로 그 낱말이 떠올랐을까? 맞둥은 손을 들었고 청장이 그를 가리키자 즉각 대답했다.

"혁명이요."

청장은 빙긋 웃더니 여러분 박수하며 갈채를 유도했다. 박수소리가 잦아들자 청장은 "어느 부서죠? 성함이 어떻게 되십니까?"라고 물었다. 맞둥이 우물쭈물하자 청장은 "그렇다고 인사상 혜택이 주어질 건 없으니 별로 기대는 하지 않으셔도 됩니다"라고 하여 직원들이 한번 와하고 웃게 했다.

교육을 마치고 다시 사무실로 복귀하니 웬걸 사나운 고함소리가 들려왔다. 뭔가 큰 민원이 생긴 것 같았다. 사무실엔 휠체어를 타고 있는 남자가 일행 한 명과 함께 욕을 퍼붓고 있었다. 직원들이 제지를 하여도 억지를 쓰려는 게 들어보니 재산세 때문이었다.

휠체어 탄 남자 말인즉 마타타동에 있는 낡은 집은 할아버지 대부터 아버지까지 쭉 소유했던 것이며 아버지까지 사망했으니 상속

되어 이제는 자식 앞으로 소유권이 있다 했다. 지난 것까지 소급해서 재산세를 수정해서 과세하라고 윽박지르는 거였다. 반면 담당자는 아버지 대에서 다른 제3자에게 매매를 했다는 거였다.

지금 그 땅은 재개발 인허가가 진행되고 있었고 해당 건물은 무허가로 지어져 공부(公簿)로 소유권을 확인할 수 없었다. 아마 우리 쪽에서는 관련 부서로부터 전달받은 자료나 취득세 과세자료를 토대로 납세의무자를 지정하고 과세해 왔을 거였다. 재산세가 부과고지 세목이지만 「지방세법」 제120조에서 등기로 확인할 수 없는 사실상 소유주가 있을 시 납세자에게 신고의무를 부여하듯이 과세관청 자료가 틀렸다고 주장하려거든 소명하는 건 납세자의 몫일 때도 있었다.

어떤 지정된 정비구역에서 재개발이 있을 때 대개 해당 구역의 토지나 건물 소유주가 되어야 조합원이 되거나 현금청산을 받거나 하는 권리를 받을 수 있기에 해당 구역의 땅과 건물들에 대한 소유권은 민감하고 이권이 걸린 문제였다. 특히 해당 정비구역의 미등기나 무허가 건물들의 소유자들도 경우에 따라 조합원이 될 수 있는데 그것들은 공적부가 없기 때문에 재산세 과세 사실이 소유주를 증명해 주는 하나의 단서로 쓰일 수 있었다.

1개의 도시를 만드는 사업, 즉 도시개발은 개발대상지의 상태에 따라 신개발 사업이 있었고 광의의 재개발 사업이 있다고 할 수 있었다. 신개발은 아직 도시적 형태나 기능이 없는 땅을 다듬고 건물을 올려 무에서 유를 창조하는 일이었고 재건축, 재개발과 같은 정비사업들은 노후되거나 쇠퇴한 시가지에서 기존 건물들을 철거시키고 새로 집을 짓는, 유에서 무로 갔다가 더 큰 유를 내는 일이었다. 《난장이가 쏘아올린 작은 공》에서 비극의 발단이기도 한 재개발은 기존 주택의 서로 다른 원주민들부터 시작해 시행사, 시공사, 신탁사, 대주단 이하 관련 업체들이 참여해 서로가 맞물려 일이 진행되었다. 자연히 업체 선정이나 수익성이나 보상 문제 등으로 갈등이 생기는 경우가 많았다. 큰 사업이니만큼 행정 절차도 간단치 않은데 세무에서는 사업이 진행되는 각 단계 도중에 이뤄지는 거래나 상태를 그 본질에 맞게 적절히 포착하여 과세하는 게 과제가 되었다.

그런데 휠체어와 그 일행이 사무실을 떠나고 직원들이 수군거리는 걸 듣자 하니 휠체어 본인은 납세자 당사자가 아니었다. 그는 몇 년 전에도 이런 비슷한 건으로 세무과에 들렀던 브로커라는 거였다. 재개발이 돈이 되니 여러 이해관계자들이 생긴다는 건 알았지만 이런 부분에 관련 브로커도 있다는 건 처음 알게 된 사실이었다. 아 그럼 그렇게 막 화를 낸 게 감정 때문이 아니라—일하는 거였구나.

그러고 보면 그 교회 남자가 애정에 대한 의식을 바꾸려고 분연한 건 감정 때문일까 이성 때문일까? 맘마미에서는 어제 공개적으로 그에게 답변을 띄웠고 언론사들도 이 흥미로운 사건에 대한 교회의 대응을 보도했다. 남녀 간의 애정은 자발적이어야 하고 이성으로부터 자발적인 호감을 받으려면 그 자신이 매력, 능력을 키울 일이고 이게 부당하다면 그 역시 못난 여자를 조건 없이 좋아해서 열애하는 것으로 증명해라는 게 요지였다. 맞는 말이었고 그도 보통 같았으면 고소해했겠지만, 성적 열등감을 공유하는 그로서는 남일 같지가 않았다. 그런데 기사는 교회는 그러고서 최근 교인들의 고민들을 감안해 애정토론회를 하나 신설하겠다는 공지를 했다고 적혀 있었다. 단 토론회는 기존에 등록한 교인들만 출입이 가능한, 그러니까 조합원 분양만 하고 일반 분양은 없는 셈이었다.

"여기서 또 걸고넘어지면 스토커나 다름없지."

다시 컴퓨터 앞에 앉으면서 언니가 말했다. 탐라 오빠 사태가 일단락되고 교회에서 답변서가 발표된 것을 두고 하는 말이었다. 언니는 거의 애정결핍 남자가 외로움 한잔 걸치고 유관기관(?)에 내질러버린, 본인만 숙취가 클 해프닝으로 보았다.

그녀는 '객체지향 프로그래밍과 이데아 연구'라는 논문을 펼쳐 놓고는 뭔지도 모를 외계어 같은 글자들을 타이핑하고 있었다. 프로그래밍 언어라고 하는데 저런 걸로 프로그램을 짠다는 게 신기하면서도 보기만 해도 어지러웠다. 루디아가 어렸을 때만 해도 초등학생, 중학생들이 워드프로세서 자격증이나 컴퓨터활용능력 자격증 1~2개씩 따는 게 관행이었던 시절이 있었다. 그런데 지금은 코딩이 정규 교과목으로 편입되었다 하니 나라에서 모두가 알고 배워야 할 분야로 인정해 공식이 되어버린 것이었다.

거기다 언니는 최근에 맞춤형 화장품 조제관리사라는 시험까지 준비하고 있었다. 엄마가 아직도 '동동구리무'라고 일컫는 화장품은 역사와 전통이 있었다. 루디아는 뷰티 잡지와 비슷하겠거니 하며 이론서를 펼치다가 그만 진저리를 치고 말았다. 이건 전부 딱딱하고 고리타분해 보이는 외국어로 된 성분명들부터 생물학적, 화학적 지식들로 즐비했다. 화장품을 직접 만들지 않아도 이런 걸 다 배워서 만들어 주는 업계에 감사한 마음은 들었다.

언니 말로는 문화체육관광부에서 '게임산업 진흥 종합계획'이라 하여 마치 박정희 정권 때 경제개발 5개년처럼 국가 주도로 게임제작을 지원하고 게임업계의 성장을 추진하는 계획을 5년 정도의 주기로 발표한다고 했다. 엄마는 아니 예전에는 게임 좀 그만하고 공부 좀 해라고 닦달하고는 했던 게 흔히 남자애들 키우며 하는 잔소리였는데 세상 참 많이 바뀌었다고 웃음 지었다.

루디아도 자못 이색적인 느낌이 들어 검색해 봐서 뉴스를 보니 과연 맞았다. e스포츠처럼 게임을 직업화하고 또 다른 시장을 만드는 것들은 봤지만 국가 주도로 이렇게 하는 건 게임이 교과목에 편입될 느낌마저 들게 했다. 이렇게 국가 산업에 한 축을 맡고 있는 것으로 인정받고 세계 시장 속에서의 경쟁력까지 국가가 게임에 욕심낸다는 것도 진짜 현실이 되었다는 게 재밌었다.

루디아는 불쑥 어쩌면 앞으론 성적인 매력이 경쟁의 장이라는 걸 공식화하고 지도하는 공교육이 나오는 게 아닐까는 엉뚱한 상상이 들었다. 학교에서 수학 영어 말고도 '성숙 스펙', '매력 도약'과 같은 과목들을 신설하고 시험도 치르고 각 개인의 미적인 수준을 측정한 성적표를 배부하는 장면들이 상상되자 실없이 웃고 말았다. 사실 탐라 오빠에게도 현실 직시도 있어야 하지만 어떻게 매력을 키울지에 대한 구체적인 방안이 곁들여져야 하지 않을까. 오빠가 이런 짓을 벌인 게 심리학적으로 방어기제랄까, 그런 증상인 것 같은데 어디 왕자병 걸린 것보다 낫지 싶었고 그래도 오빠는 여자에 대한 미움, 혐오감에 빠지거나 여자를 성적인 대상처럼만 여기는 못된 남자들보다는 훨씬 나았다. 어찌 보면 사람이 너무 순수하게, 세상 때가 안 타서 그럴지도 몰랐다. 오빠에게 정답을 퍼부었다 해도, 너 자신을 높일 수 있게 도와주겠다는 사람은 없었다. 영심이도 나름 케어는 하고 있지만, 그녀에게 진짜 필요한 건 부족한 사람에 대한 동정과 격려에 마칠 게 아니라 세상살이를 해나갈 수 있을 만한 실력을 갖추게 해주는 거였다. 교회에 잘 적응하고 있는 휠체어 탄 여자애 생각이 났다. 걔를 위해 지어진 건 아니었지만 층간이동이 어려운 그 애가 육체적 제약을 넘을 시설이 되어주는 게 '엘리베이터'였다. 탐라 오빠와 영심이도 지적이나 위로가 아니라 도탄에 빠진 그들을 건져내 올려줄 특화된 시설, 훈련이나 교사는 없을까 하는 생각이었다.

스티븐은 또 뉴스를 읽고 있었다. 연애 관련 앱 개발회사가 이용자에게 고지도 허락도 없이 수집한 대화 데이터들을 AI에게 넘겨서 학습시켰다는 기사였다. 심지어 연인들의 성관계 관련된 대화까지 활용했다며 넘어간 대화가 몇억 건도 넘는다는 것이었다.

그래도 스티븐이 보기엔 진짜 연인 간의 교제 사실을 이용했다는 점에선 혼파라치보다는 나았다. 혼파라치는 자료부터 날조된 것이었고 한국의 보수적인 성도덕을 이용해 혼전 성교를 나무라는 전략을 취한 놈들이었다. 양반이 건네준 대정부 메시지에서도 야한 잡지 뺏는 선도부 같은 컨셉을 해놓고는 정작 섹스를 만드는 기술이 자신들에게 있다고 뽐낸 걸 봐서는 실은 포르노 제작사 같은 업체가 장난치는 것일 수도 있었다. 그게 스티븐의 신경을 건드리긴 했지만, 매춘이나 음란물은 그가 하등하다고 여기는 부류였고 양지바른 곳의 어떤 메이저한 스튜디오라 한들 자신이 설립한 회사에 견줄 수는 없을 것이었다.

스티븐은 걸음을 옮겨 집무실로 들어섰다. "남녀 간의 정욕은 하늘이 준 것이요—"로 시작하는 그의 회사의 사훈이 대문짝만하게 적혀 있었고 주위로는 그의 성공을 견인한 아티스트가 디자인한 미모의 여자 캐릭터들이 그려진 브로마이드들이 펼쳐졌다. 그 여자들을 그림에서 빼내 현실에서 구현할 프로젝트에 이르기까지, 그의 '성각자'로서의 행보는 계속되고 있었다.

상부 리그에서는 두각을 내기 어려울 것 같아 하부 리그에서 활약하는 걸 택한 선수처럼, 한국으로 다시 오며 상속 재산을 원화로 바꿔 큰돈을 만지게 된 스티븐이 자기 계발을 하면서도 초기에 빠졌던 건 주색잡기였다. 룸살롱에서 술과 여자에 빠진 그는 그 바닥의 VIP가 되었다. 업계에서는 이 젊은 졸부에 대한 소문이 퍼졌고 고깃집 계산대에 으레 대리운전 명함이 있듯 업소는 다른 업소들로 중개되었다. 처음엔 이렇게 조달되는 성에 홀딱 빠졌지만 점점 이쪽의 재미도 흡족하지 않기 시작했다. 자기 계발을 하고 사람들을 더 많이 만나면서 스티븐 자신의 식견이 늘어갔기 때문이었다. 가면 갈수록 여자 보는 눈도 높아졌고 나중엔 그의 생각이 바뀌지만 당시엔 여자들이 돈을 대가로 상대해 주는 거라는 사실도 자존심이 차지 않았고 또한 거기서 받는 건 육체적 쾌감이었지 애정은 가식이거나 순간뿐이었고 자신이 아닌 다른 남자들에게도 그녀들의 몸은 만져졌을 것이고 스티븐에게 하듯 똑같이 달콤한 세레나데를 속삭일 거라는 것도 그에게 만족스럽지 않았다.

그렇게 불만이 쌓이던 중 전기(轉機)를 맞이하게 된 계기가 있었으니, 말하자면 포주가 아닌 '창작'을 만나게 되면서였다.

자신이 쾌락만이 아닌 '관계'를 원한다는 사실을 알게 된 스티븐은 아내를 맞고 싶다는 생각을 했다. 아내가 될 여자는 어떻게 수색할지 방법을 모색하다가 어느 날 연애&결혼 컨벤션에 가보게 되었다. 따닥따닥 붙은 부스들에서는 중개업체나 중매쟁이들이 들어앉아 방문자들을 맞고 있었다. 중앙의 큰 홀에서는 〈바야흐로 4차 산업이 가져올 연애와 결혼〉을 주제로 프레젠테이션을 하고 있었다. 곧 있어 중매를 100년 넘게 하고 있다는 가문의 후예가 발표할 '우리가 놓은 다리로 지어진 대한민국'이 이어질 참이었다. 부스들도 저마다의 특화된 영역이 있어 재혼만을 알선한다거나 방문객들끼리 즉석 소개팅을 하게 하거나 매력적인 외국 여자들을 소개해 준다는 국제결혼업체 등 각양각색이었다. 이상하거나 꺼림칙한 부스들도 있어 미인들을 중매하는 대신 듣도 보도 못한 종교에 가입할 걸 조건으로 내거는 곳도 있고 연인 간의 궁합을 과학적으로 분석해 준다는 업체나 운명적인 신랑, 신부인지 점을 봐주겠다는 부스도 있었다.

손에 든 브로슈어가 늘어가는데 어떤 부스 앞에서 스티븐은 걸음을 멈췄다. 〖함께 신화와 전설의 연애를 재연할 파트너를 찾습니다〗는 간판을 단 부스에서는 정장 차림으로 올백 머리를 한 중년 남성이 고양이를 안고 앉아 있었다. 순간 〈대부〉의 첫 장면이 연상되었다. 고양이를 안은 마피아 보스 '꼴레오네'에게 "I believe in America, America made my fortune" 하며 시작하는 첫 대사는 스티븐의 삶을 읊조린 격이라 까먹을 수가 없었다.

그렇다 해도 어설픈 꼴레오네가 왜 여기 있지 싶었다. 간판도 뭔가 싶어 호기심에 인사를 건네자 그는 반색을 하며 앉으시라고 했다. 자신이 구상한 사업이 있는데 투자자가 필요해 부스를 빌렸다고 했다. 자신은 일반인들은 잘 모르는 첩보기관 출신이라 했다. 인증이 없으니 믿을 수도, 관심도 없었고 사업 구상이 뭔지나 들어보기로 했다.

얘기인즉슨 자신이 눈여겨 본 발군의 실력을 가진 아티스트와 기술자들을 거느린 영화 제작사가 있다고 했다. 그런데 마침 현재 회사가 힘든 상황이라서 능력자들이 속한 사업부를 뚝 떼어 인수할 수 있는 기회라고 했다. 꼴레오네 씨는 그 인재들의 능력이 특출하지만 회사에서 시장을 읽어내지도 못하고 영감과 creativity가 부족한 시나리오만 던져줘서 흥하지 못한 거라고 진단했다.

그래서 자신이 그들을 데리고 독립된 애니메이션 프로덕션을 하나 차리고 싶다는 거였다. 그들의 재능과 자신의 사업 아이템을 합쳐 산물을 낼 포맷으로는 애니메이션이 제격이라고 했다. 회사 설립과 경영에 필요한 준비는 각계에 퍼져있는 자신의 넓은 인맥으로 동원할 수 있고 스티븐은 자금만 지원해도 한 회사를 거느린 창업주가 될 수 있을 거라 했다.

꼴레오네 씨는 작품에 에로스를 채택할 구상이라 했다. 유능한 인재들로 일종의 '멜로에로물'을 창작할 계획이라는 거였다. 로맨스에다가 성을 적절히 조합하면 밥솥을 압력밥솥으로 바꾸듯 더 찰기 있는 애정이 지어질 거라 했다. 에로라 해도 영상물등급위원회의 정식 심의를 통과할 수준으로 짜면 합법적인 사업이 되고 스토리텔링은 자신이 생각해 놓은 것들이 있는데 모두 세계에 퍼져 있는 신화와 전설들을 그대로 따오거나 각색하는 것이었다. 즉 신화의 여신이나 전설의 영웅들의 연애와 성생활을 재연하거나 상상해서 표현하면 아주 흥미로울 거라는 게 꼴레오네 씨의 구상이었다.

일단 스티븐 입장에선 선수들이 가진 실력을 확인해야 했고 양반과 함께 회사에 직접 방문하여 그들의 기술과 작품들을 보게 되었다. 그들이 그려내는 여자들을 보자 그는 현실이 아니지만 현실에 그려져는 있는 여자들에 취했다. 그들이 직접 개발한 하드웨어와 소프트웨어를 이용한 컴퓨터 그래픽 기술과 애니메이션 기술 역시 기존 업계에서 쓰는 도구들과 차별되게 대단했다.

자산이 10억일 때는 100억 가진 사람이 보이고 100억 부자가 되면 1,000억 부자가 보이는 법이라 스티븐도 더 큰 돈에 욕심이 없지 않았다. 하지만 멜로와 반죽한다 해도 에로물이라면 배급도 한정적이고 아무리 성공해도 위인전에 오를 순 없을 거라는 게 마음에 걸렸다.

그러나 이미 그의 마음은 동하고 있었다. 비록 가상이지만 현실의 어떤 여자보다도 예쁜 여자들을 표현할 수 있고 갖가지 확장성, 유연함도 실사보다 더 발휘할 수 있는 콘텐츠가 될 수 있겠다는 점이 그가 도장을 꺼내게 했다. 과거 서양화가들이 그린 명화들도 에로틱한 것들이 많지만 인류의 유산으로 인정받고 있었다. 그들의 화려한 기술로 성을 표현하면 훗날 그것들보다 더한 예술품으로 인정될 것 같았다. 그렇게 되면 자신은 그것을 만든 회사의 톱으로서 영광을 받을 것이었다.

그렇게 회사를 설립하는 작업에 착수했다. 일단 사명은 무엇으로 할 것인지를 정해야 했다. 꼴레오네 씨는 '질풍예도'로 하는 게 어떻겠냐고 제안했다. 질풍노도라고, 감정이 한창 예민하고 격정적인 시기인 사춘기를 빗댄 말이 있는데 그 아이와 어른 사이에 끼어 아직 답을 모르는 '노'인 상태를 넘어 사춘기이면서도 '예'로 답은 찾아냈다는 걸 함축하는 이름이라고 했다. 그걸로 하는 대신 회사의 모토는 스티븐이 정해놓은 걸로 하기로 했다. 스티븐이 한국 역사와 문화를 배우면서 평생에 기억할 글귀를 하나 발견했기 때문이었다.

「남녀 간의 정욕은 하늘이 준 것이요, 윤리와 기강을 분별하는 일은 성인의 가르침이다. 하늘은 성인보다 높으니, 성인을 거스를지언정 하늘이 준 본성을 거스를 수는 없다」

그렇게 시작된 질풍예도는 업계를 흔들었다. 꼴레오네 씨의 그 천일야화에 버금갈 풍성한 스토리텔링, 금손 아티스트들의 아트와 테크놀로지가 빚어내는 독보적인 미색, 스티븐의 투자금. 그들의 애니메이션들은 세계로 퍼져나가 명성을 가져다주었다. 그때부터 그는 꼴레오네 씨에게 '보물성'이라는 별명을 붙여주었다. 그야말로 性이 그저 즐길 거리가 아니라 어떤 업계보다도 노다지가 될 수 있는지를 알려준, W*를 넘어 아예 자기가 직접 캐리해서 부와 성공을 떠먹여 준 장본인이었기 때문이었다. 게다가 그와 비즈니스 파트너를 넘어 사적으로 친밀해지자 얼마나 그가 많은 사회 곳곳에 인맥이 포진해 있으며 비하인드 스토리들을 꿀단지처럼 재어놓고 있는지를 알게 되었다. 양반을 통해 종류가 다른 여러 인사와 사교계를 접하게 되며 상장미인들을 뛰어넘는 비상장미인들까지 만날 수 있게 되자 성적인 실력이 영글 대로 영근 느낌이었다.

질풍예도가 크게 성공하자 관련 업계들도 그들을 크게 주목했다. 많은 회사들이 질풍예도의 멤버들을 영입하려 러브콜을 보내왔고 스티븐도 콘텐츠 업계에서는 셀럽에 가깝게 알려져 너도나도 모셔가려고 조건을 제시하기도 했다. 심지어 포르노 업체들까지 제휴를 요청해 왔으나 스티븐에게 포르노 같은 건 시비를 떠나 급 떨어지는 삼류였다. 그에게 야동은 골프장 갈 처지가 안 되어 스크린골프만 친다거나 굴비 하나 천장에 매달고 보는 걸 먹는 거로 쳤다는 자린고비처럼 열등한 방식이었다. 스티븐에겐 그렇게 섹스를 소비

---

* 《시골의사의 아름다운 동행》의 저자인 박경철의 2008년 아주대학교 강연에서 일화로 소개된 인물. W(가칭)라는 사람이 인터넷이 비약적인 발전을 하게 되고 여러 분야에서 활용될 거라는 강연을 했고 그걸 들은 박경철의 친구가 그 예측을 신뢰하고 투자함으로써 크게 성공했다는 일화.

하는 남자들은 호구*였고 그 업자들도 사기꾼이나 다름없었기에 고품격 섹스를 만들어 내는 질풍예도가 그런 것들과 손잡는 건 미식가가 불량식품업자들과 한패가 되어 스스로의 격을 떨어뜨리는 일이었다. 그러나 그 자신의 사업도 스크린에만 맺혀 있다는 게 그에겐 불편한 진실이었다.

때문에 그들의 많은 작품이 히트하고 난 뒤 보물성 양반은 일선에서 물러나 자신이 이룬 것들을 관망하는 원로가 되었지만 스티븐은 양반에겐 없는 야망이 있었다. 그만이 추진하는 사업은, 그 자신이 명명하기로는 '피그말리온 프로젝트'였다.

질풍예도가 만들어 낸 여자들은 현실의 여자들보다 뛰어났지만 현실이 되진 못했다. 이미 억만장자도 데이트할 수 없다는 AI 인플루언서들, 연예인보다 더 예쁜 가상 인간들이 출시되고 있었지만 만지고 교제할 수 있는 여자들로 아직 구현되지는 못했다. 그러나 그리스 신화의 피그말리온 일화에서 스티븐은 도전을 받게 되었다. 해서 그가 하고자 한 것은 인조인간을 만들 수 있는 과학기술에 절륜한 미적 감각을 가진 이들이 디자인한 뛰어난 미인의 형상을 그대로 입혀 실제의 사람으로 만드는 것이었다.

《프랑켄슈타인》이 지어지던 시절에 인조인간은 공상과학에 불과했지만 인공 신체들과 AI 기술까지 나온 지금은 인간을 만들어 내는 게 가시권으로 들어온 거였다. 〈드래곤볼〉의 인조인간 18호처럼

---

*　바둑의 호구(虎口)에서 유래한 용어로 어수룩해서 이용하기 좋은 사람, 알아서 이용당하는 사람을 뜻하는 말로 쓰임.

아리땁고 늙지 않는 여자를 만들어 낼 수 있을지도 몰랐다. 자신의 남은 삶에서 이게 될지는 모르겠으나 이거야말로 남자의 로망이라는 생각이 들었다.

우수한 품질의 인간을 생물학적으로 만들기 위해 생명공학이 진행되고 있지만 주어진 유전자 풀 안에서 조합해 내는 거였다. 있는 유전자로 짜깁기하는 것보다, 심미적(審美的)으로 떠오르는 형상을 그려내는 거야말로 자유롭고 창의적이었다. 현재 인류에게 주어진 미인들이 아니라 상상할 수 있는 미를 의인화하는 거야말로 여자 조달의 끝판이라는 확신이 들었다.

이렇게 현실을 넘을 수 있는 창작의 세계를 가르쳐 준 건 보물성 양반이었으나 그 창작을 실현하는 건 양반도 닿지 못한 세계였다. 그들의 앞으로 수많은 선대 남자들이 있었고 그들도 나름대로 극치의 미인들을 구했겠지만 그들은 할 수 없는, 이제 때가 되어 아트와 테크의 조합을 통해 여신들을 지금 이 땅으로 임하게 할 인물은 스티븐이었다. 결국 완성은 실체가 되게 하는 실력이었다. 그는 시행사가 되는 것이었고 세계를 무대로 하여 시공사가 되어줄 공학자와 예술가들을 소집할 만한 자본도 그에겐 충분했다.

바야흐로 이렇게 그의 pride rock은 완성되어 가고 있었다. 그러니까 성으로 수익도 어마어마하게 창출했고 실권도 있으며 최종적으로 환상의 실현까지 기다리고 있는 승자가 될 수 있었던 것이다. 이미 최상층의 실력을 가진 스티븐에게는 성이 힘의 세계인지라 실력을 행사하는, 차지하고 싶은 치명적인 여자도 없다는 평온함이 좋았다. 소유하지 못해 안달 나게 만드는 어떤 강한 성적 실체도 없었고 어떤 갈등도, 부러움도 느낄 게 없었다.

일요일이라 집에서 쉬고 있는데 밖에서 부르는 소리가 들렸다. 나가보니 집주인이 조그만 펜스와 얇은 팩을 들고 서 있었다.
"3층 입구에 이거 좀 치려 하는데 괜찮죠?"
2층에 닥스훈트가 올라와서 옥상에 키우는 화분에 똥오줌을 싸는 걸 탐탁지 않아 하던 주인이 3층 입구에 펜스를 설치하려는 거였다. 울타리 치는 거야 개를 막을 수 있으니 그도 환영이었다.

맛둥이 위에서 아래를 내려다보자 닥스훈트가 1층 마당에서 어떤 강아지의 꽁무니를 졸졸 따라다니고 있었다. 1층 세입자도 개가 있었던 모양이었다. 닥스훈트는 그 개가 그렇게나 좋은지 깡충깡충 뛰기도 하고 녀석 주위를 빙글빙글 돌기도 했다. 좀 유감인 건 개들은 왜 반가움의 표시가 하필 항문 냄새를 맡으러 상대의 똥구멍에 머리를 대고 쿵쿵거리려는 걸까? 집주인이 그의 영토를 좁히는 건 관심도 없이 1층 개에게 추파를 날리기 바빴다. 이렇게 되면 그에게는 3층이 페스츄리 정상처럼 금단의 구역이 되어버리는 거였다.

집주인이 울타리를 치는 동안 맛둥은 올라오는 계단 전등들 좀 고쳐달라는 부탁을 했다. 2층의 세입자도 작업하는 소리를 들었는지 고양이를 안은 채 올라와서 인사를 했다. 좀 겸연쩍어하는 것 같았다.

"죄송해요. 쟤가 하도 칠칠치 못해서."

"괜찮아요. 개 키우면 이렇게 구역 단속을 하기도 하니까. 고양이는 아주 얌전한 것 같네."

"고양이랑 개는 천생 성격이 다르더라고요. 게다가 이 아이는 어릴 때 중성화시켜서 얼마나 좋은지 몰라요."

맛둥은 주인이 마당 테이블에 올려놓은 포장 팩을 보았다. 단돈 천 원이라고 적혀 있는 상품들은 다름 아닌 씨앗이었다. 표지에 꽃이나 열매의 사진이 담긴 팩들은 종류도 참 다양했다. 봉선화, 오이, 시금치, 해바라기, 쑥갓, 열무, 양상추, 비트, 라벤더… 다 각양각색으로 크겠지만 씨앗일 때는 다 비슷비슷하구나. 뒷면에는 키우는 방법, 재배 적기표, 특징들이 알기 쉽게 설명되어 있었다. 심는 것은 사람이 하는 거긴 하지만, 저 씨앗이 저렇게 흙에 묻히면 어떻게 따로 시공사 안 부르고도 식물 각자가 자신의 원형(原形)대로 자랄 수 있는 걸까?

문득 맛둥은 나름 창의력이라 할 수 있는 자신의 동심이 기억났다. 어릴 때 무덤을 보면서 사람을 심었으니 사람이 날까 했던 생각이었다. 만약 사람도 그렇게 심어서 거둘 수 있는 게 자연의 섭리라면 어떨까? '영국의 권위 있는 귀족, 순수한 혈통, 세바스찬 주니어 3세'라는 팻말을 단 씨앗이 마트에 진열되지 않을까? 아니 이미 정자, 난자은행은 그렇게 스펙이 기재되어 팔리고 있을지도 몰랐다. 사람은 사람이 되기 전부터 정해지고 평가되고 있는 셈이었다.

집주인이 작업을 마치고 떠나자 맛둥은 다시 집으로 들어가 벌러덩 누워버렸다. 엊그제는 부서 회식이 있었고 어제는 증여세에 답을 해주지 못한 사촌동생의 결혼식도 있었다. 회식 자리 분위기는 나쁘지 않았다. 레저세팀 팀장이 다음 주에 신규 발령이 있다고 해서 봤더니 신규 공익 보충해 주는 거여서 실망했다는 애기를 하자 누군가 "공익은 여자가 있을 수 없어서 실망한 거 아니냐?"고 농담하여 다들 웃음을 터트렸다. 또 어느 직원은 얼마 전에 메디컬 타워에 들렀는데 작년에 퇴직한 팀장님이 거기 주차관리원을 하고 있으시더라는 애기를 했다. 맛둥도 그분과 한 팀이었던 적이 있었다. 팀장님은 상당한 실력자셨다. 어떨 때는 주무님도 헤매는 난제가 나오는데 그럴 때 팀장님이 적장의 목을 베어주셨다. 재취업은 좋았지만 그의 실력을 생각하니 낙화시절우봉군*이 떠올랐다.

그때 어떤 선배 직원이 잠시 맛둥을 따로 불렀다. 너는 일도 못 하지만 아직 민원 응대도 잘 못한다는 애기가 나온다며 그렇게 신용 불량자처럼 되어가지고 누가 너랑 같은 팀 하려 하겠냐고 타박했다. 그의 진단은 사리에 맞았다. 상사들이 부하 직원으로 선호하는 제일은 신뢰성이라 할 수 있었다. 사고 없이 안전하게 일을 처리해야 믿고 맡길 수 있었다. 특히나 공직 업무는 야구로 치면 화력을 터트려야 하는 타자전보다는 투수전처럼 무실점으로 꽉 틀어막는 게 목표가 되는 자리가 많았다. 머리도 나쁘지만 꼼꼼하지 못하고 실수가 잦은 맛둥은 상사들이 기피하고 싶은 직원으로 부족함이 없었다.

* 당나라의 시인 두보가 당대의 명창이었던 이구년을 오랜 세월 뒤 다시 보고 지은 〈강남봉이구년〉의 마지막 연.

직장에서는 으레 '평판'이라는 게 있었고 자연히 맛둥은 그게 좋을 리가 없었다. 이모부와의 대화로 고찰된 건 직업 고유의 성질로 인한 문제라면 이건 정건이 형이 언급한 대외적인 것과 대내적인 것이 다른 문제였다. 외피는 공무원 가죽을 입고 있었지만 이런 안팎의 어그러짐은 낙화시절이 현직에서 시행된 느낌이었다.

그러나 맛둥의 기분을 더 해친 건 그를 대하는 선배 직원의 태도였다. 자신에게는 어떠한 배려나 조심스러움 없이 아무 부담 없이 대할 수 있는 듯한 그 태도가 싫었다. 상사가 부하 직원을 대할 때도 쉽게 뭐라할 수 있는 직원이 있었고 그러기 어려운 직원이 있었다. 사실 그건 외부인들도 마찬가지여서 민원인들도 내용 자체와 별개로 담당자를 봐가면서 행동했다. 상대가 여직원이거나 만만하다 싶으면 더 언성을 높이고 기세등등해지기도 했다. 사람은 사람에 맞춰서 강해지고 약해지는 것이 먼저 선두로 치고 나갔고 뒤따라 인성이나 여타 조건이 붙어 처신과 태도가 조율되었다.

회식 자리에서 내년에 승진이 맛둥 차례라는 하마평이 나왔다. 그랬다. 맛둥도 조직 내 입지와 평판에도 불구하고 코앞의 승진은 무리 없이 할 수 있었다. 그리고 보면 공직 사회의 평준화된 인사와 보상은 맛둥에겐 참 유리한 시스템이었다. 실력으로 평가했다면 그는 지속 가능한 유급이 되었을지도 몰랐다.

헌데 맛둥 자신은 승진이 좋기는커녕 불안했다. 이런 자신이 훗날 주무가 될 수 있을까 하는 생각이었다. 이곳의 관습상 상급자의 자리에는 앉겠지만 진짜 주무다운 주무가 될 수 있을까 걱정이었다. 처음에는 승진이 빠르면 좋은 줄만 알았는데 겪어보니 급수는 먹어

놓고 실력은 없으면 어떻게 될지 생각만 해도 끔찍했다.

　이런 것들에 더해 어제 사촌동생의 결혼식까지 물컹거렸다. 시리얼이 그것보다 그에 따라오는 우윳값이 더 비싸듯이 결혼이 문제가 아니라 다양한 인재가 많은 외가 식구들이 오랜만에 한자리에 모이는 자리라는 게 고난이었다. 방침에 따라 식장 입장 전 통신기기를 제출했지만 집안 어른들의 결혼에 관한 물음은 단속해 주지 않는 통신이었고 맛둥과 비슷한 연배지만 슬하의 자녀들을 데리고 온 친척들과 부대끼며 고군분투하는 시간이었다. 한국이 결혼율, 출산율이 낮다고 해도 주위를 보면 많이들 결혼했고 귀여운 아기들도 낳아 단란한 가정을 꾸리며 살고 있었다. 그런 걸 볼 때면 맛둥 자신도 여우 같은 마누라와 토끼 같은 자식들 속에 파묻혀 함박웃음을 짓는 상상을 했지만 지금 그의 실력으로는 택도 없었다.

　그래서 오늘은 맛둥도 마음먹고 헬스장에 등록하려고 발걸음을 옮기는 중이었다. 지금—맘마미의 애정호소남이든 맛둥이든 필요한 건 청승맞게 열폭을 하거나 될 대로 되라며 냉소주의 같은 것에 빠질 게 아니라 실력을 키우는 거였다. 일은 일대로 실력을 쌓아야 했고 힘은 운동 같은 거부터 차근차근 시작해야 할 것 같았다. 몸을 만들면 생전 가져본 적이 없는 남성적인 어필도 생길지 몰랐다.
　그런데 인근 꽤 규모 있는 헬스장 입구에 도착하니 잘생기고 몸 좋은 모델이 팬티 한 장만을 걸친 채 직사광선 같은 눈빛을 쏘고 있는 걸 떡하니 걸어놓은 게 아닌가? 옛날엔 그저 울퉁불퉁한 근육질 몸들이었는데 요새는 근육도 적당하고 보기 좋게 날씬한 몸들에 얼굴도 잘생겨서 세면서도 섹시해 보였다.

맛둥은 잠시 헬스장 상가건물의 유리창에 비친 자신을 물끄러미 바라보았다. 오늘따라 자신이 더 꾀죄죄해 보였다. 저렇게 완성된 육체를 올려놓으니 동기 부여보다 갈 길이 까마득함에 지치는 것부터 시작되었다. 차라리 저들에게 요금을 주며 몸을 대여해 달라고 해 저 몸을 입고 얼굴도 어디서 협찬받아 선보러 가는 게 빠르지 않을까? 이건 실없는 망상이지만 부자들에게 재산 좀 빌려달라 하고 여자를 만나는 건 현실로 가능할 법했다. 신탁을 양도로 속여먹는 사기들이 벌어지곤 하니.

그때 장례식장에서 무상애정 얘기도 나왔지만 맛둥 생각에 비영리애정은 차치하고 공정애정시장도 불가했다. "네가 자본으로 여자들로부터 인기를 독차지하니 넌「독점규제 및 공정거래법」에 의하여 처벌대상이다"라거나 "연예산업계가 자사의 미남들이 흩뿌릴 미적 감성을 수거해 갈 뒤처리를 강구하지 않는다면 방영을 엠바고해야 한다"라고 캠페인을 벌이든 해서 국가에서 미남들에게 히잡을 씌운다던가 여자들에게 가난하거나 못생긴 남자들을 좋아할 취향을 주입해 줄 방송 프로그램들을 제작한다든가 하는 일은 있을 수 없을 거기 때문이었다. 생각해 보면 애정의 공산화를 막아낸 건 좋았지만 왜 애정의 자본화는 고발할 생각을 못 한 걸까.

실전을 위해 헬스장보다 격투기를 배워야 할 것 같았다. 몸 만드는 것보다 싸움을 할 줄 알아야 대인 관계에도 자신감이 붙지 않겠는가. 그는 고등학생 때 아버지의 권유로 체육관을 잠깐 다닌 적이 있었다. 자신의 형과 달리 그는 운동하지 않으면 안 되는 약골이었기 때문이었다. 그때 체육관에서 운동하는 이들을 가리키며 우리 애도 남자답게 만들어 달라 하자 관장이 웃으며 "여기 남자가 어딨다고" 했었다. 체육관에 가더라도 그전에 기초 체력부터 기르고 가야 할 것 같았다. 히딩크가 한국 축구에 주문한 것이 개인기나 팀워크에 앞서 체력 아니었던가. 〈드래곤볼〉의 손오공처럼 중력이 몇 배가 되는 공간에서 수련해 보면 어떨까? 일단 생각 좀 더 하고 정하기로 하고 건물 화장실을 들르려 하니 비밀번호가 걸려 있었다. 언제부턴가 상가 화장실들이 외부인들은 쓰지 못하게 잠가놓는 경우가 많았다. 헬스장이나 체육관처럼 그 애정토론회도 배우고 싶다 하면 외부인이라도 들여보내 줄까? 혹시 암표가 돈다면 사고 싶을 만큼 대통령후보자 토론회보다 궁금했다.

다시 집으로 돌아온 맛둥은 좀 허탈했다. 이런저런 핑계만 대다가 아무것도 못 한 기분이었다. 점심이어서 허기졌다. 가스불을 올리고 달걀을 꺼내어 톡 깨서는 프라이팬에 부었다. 잠깐 한눈을 팔던 맛둥은 다시 프라이팬에 고개를 돌리다 말고 그만 소스라치게 놀라고 말았다.

분명 계란의 흰자와 노른자가 프라이되며 모양이 잡혀가는데—지글거리며 액상에서 고체로 윤곽이 잡히는 건 달걀 내용물이 아니었다. 종이 같은 게 점점 선명해지며 드러나고 있었다. 여러 장으로 된 것 같은 종이엔 글씨도 적혀 있었다. 넋 놓고 있던 맛둥은 허겁지겁 일단 가스불을 껐다. 만져보자 그런 걸 만져본 적도 없지만 질감이 자못 오래된 고서적의 재질 같았다. 인터넷으로 이미지를 찾아보자 파피루스 같았다. 계란에도 뼈가 있다는 사자성어가 있고 사색에 골똘히 잠긴 뉴턴이 달걀이 아니라 시계를 삶았다는 일화도 봤고 알에서 사람이 태어났다는 신화도 있다지만 달걀을 구웠더니 글 적힌 파피루스가 되었다는 얘기는 세상에 들어본 적이 없었다. 대체 이게 무슨 일일까? 펼쳐 보자 쓰인 글자들은 이집트어 같은 게 아니라 국산이었다.

『본웅 씨에게

"이 몸 삼기실 제 님을 조차 삼기시니"*

우리가 정철의 글에 이 문장을 넣어두었던 것도 세월이 이만큼이나 흘렀습니다. 어떨 때는 바둑 한 판을 가지고 대대손손에 걸쳐 이어 두는 듯 지루하기도 합니다. 그러나 오래 묵은 포석이 힘을 발휘할 때의 묘미는 이루 말할 수 없습니다.

우리는 지금 성에 대해 이야기를 하고 있습니다. 성과 성이 주는 관계는 참 특별한 것입니다. 성은 사람의 삶에 활력을 주기도 하지만 삶을 송두리째 멸망시키는 위험물이 되기도 합니다. 현재 성이나 성관계라는 단어에도 뜻이 중첩되어 있습니다만 먼저는 성교나 성

---

* 조선 시대 가사 〈사미인곡〉(1588년)에 나오는 한 소절.

애적인 것을 떠올리듯이, 차수 높은 의미는 뒤에 다루기로 하고 지금은 눈앞의 성만을 대상으로 합시다.

저번에 말했듯이 현재 성관계가 가짜라는 것을 증명할 수 있는 것에 대해서는 아직 말해드릴 수 없어요. 이럴 줄 알았으면 다음번엔 성에다가 지폐처럼 홀로그램을 새기든가 NFT로 만들든가 해서 위변조를 막아야겠다고까지는 생각하지 않으셔도 됩니다. 왜냐하면 오리지널 섹스는 그것을 확증할 수 있는 막강한 것이 따로 있거든요.

세상에 뭔가 진짜인지 가짜인지에 대해서 의심을 해볼 게 있고 그럴 필요 없는 게 있을 겁니다. 수학으로 치면 공리(公理)라던가 「민사소송법」의 불요증사실은 그쪽에서는 진짜인지 증명을 요구하지는 않는 것처럼요.

역사 같은 경우에는, 촬영 기술이 들어오기 전에는 옛날 일을 직접 보는 게 아니라 누군가가 적어놓은 기록과 유물로 보는 것이기에 적혀진 역사와 실제 있었던 사실은 다를 수도 있다는 것을 누구나 생각해 볼 수 있습니다. 사실 그대로가 아니라 꾸며내거나 실화라 해도 역사가가 판단하고 해석하는 주관이 의도하든 하지 않든 낄 수 있기에 독자인 우리들도 그것만이 다라고 확신하지 않고 다른 자료를 대조해 보고 여러 개연성을 생각해 내어 객관적인 사실에 다가가려 합니다. 그러나 성은 현재 자연 그대로 우리 눈에 현존하고 있으니 의심이나 추측을 할 필요가 없이 그저 진본이 아닐까?

성이 가짜라는 건 신선할 것도 없이 이미 현실에 많이 있을 수 있습니다. 그녀가 알고 보니 여자가 아니었다거나 중매회사를 통해 만난 상대가 알고 보니 중매사 직원이라거나 꿀벌을 위협하는 장수말벌을 퇴치하려고 가짜 성호르몬을 만들기도 하니까요. 현재는 얼굴과 영상을 합성하여 무고한 사람에게 성관계를 덮어씌우는 딥페이크까지 나왔으니 조작도 기술 덕분에 더 감쪽같이 진화해 갈 수 있겠고요.

그리고 조작이라 한들 효과만 실하다면 되지 않냐고 생각할 수도 있겠죠. GMO*를 조작으로 보든 가공으로 보든 생산성 좋고 맛있으며 건강에도 이상이 없다면 되지 않았냐 할 수 있듯이 원래의 것보다 더 좋게 느껴진다면 가짜라 해도 더 요청될 만하고 외려 진짜를 밀어내고 진짜가 된 것이라는 생각도 들 것 같습니다.

각설하고 증거를 제시하지는 못했으나 일단 현재 성 자체가 가짜라 치기로 하고, 지금의 성은 원래의 진본과 비교해서 어떤 모습으로 되어버린 걸까요? 안에 담긴 내용은 뺀 게 없지만 코덱** 같은 것으로 변환하여 선명함이 손실된 걸까요? 그런 경우는 화질만 올리면 될 것도 같은데 어쩌면 그럴듯하게 비슷하게만 꾸며져 있을 수도 있지 않을까요? 아이스크림 먹으며 야 이거 너무 달콤하다 하는데 옆에서 "그거 다 설탕 덩어리"라 하거나 향만 첨가해 맛만 흉내

---

*   Genetically Modified Organism의 약자. 유전자 재조합 식품.
**   음성 또는 영상의 신호(analog)를 디지털 신호로 부호화하거나 반대로 복호화하는 기법. 멀티미디어 파일을 압축하여 보관과 전송을 용이하게 한다.

내고 과실은 없는 식품들처럼 되어 있는 걸까요? 며느리한테도 전수해 주지 않던 시어머니 국물 맛의 비결이 알고 보니 라면스프 2스푼이었던 것으로 밝혀진 것처럼, 즉흥적이고 짭조름한 맛은 내지만 깊은 뭔가를 우려내지 못하거나 풍부한 영양소는 부족한 게 현재 성일까요?

가짜라고 꼭 악의가 있다거나 불량하다는 건 아닙니다. 의족이나 의수가 진짜 팔다리는 아니지만 필요한 자에게는 큰 도움이 되는 대체재가 되어주고 오 헨리의 《마지막 잎새》도 진짜의 한계를 넘는 감동적인 가짜를 느끼게 해줍니다. 그러나 그것들은 생명력을 공급받는 원본이라고 할 수는 없어요.

성에는 여러 가지 면이 있고 형질이 있습니다. 성이 조작되어 가짜가 되었다고 할 때 그 가짜라는 건 어느 하나로 말할 수 있는 게 아니라 그 면과 함께 선이나 점에서도 다른 성격의 변질을 띤 것일 수 있습니다.

원조를 알 수가 없으니 성에 있어 무엇이 어떻게 바뀌어 버린 건지 알기는 어려워요. 그러나 우리는 현재의 성은 알 수 있습니다. 본웅 씨가 아직 맡아본 업무는 아니지만 지방소득세는 소득세가 생기면 자연히 따라 생겨 그 소득세액의 10%로 크기가 정해지는 세금입니다. 지방소득세는 소득세 자체가 아니며 용량도 훨씬 작음에도 하나 분명한 건 지방소득세가 있다면 그 원본이 되는 소득세가 반드시 존재한다는 말이 됩니다.

어린이들에게 파는—자동차, 비행기, 무기류와 같은 모형 장난감들은 그 구조나 성능에 있어 실제의 그것들과 비할 바가 아니나 진본 실물이 있기에 제작되며 그 생김새는 본떠서 만들어지게 됩니다. 그 옛날 플라톤의 '이데아'처럼, 그림자는 그것은 아니지만 그것의 실루엣은 보여줍니다. 현재 인간이 가진 성과 성관계는 조작되었지만 진짜로서의 성이 가지는 일부 '타이틀'은 우리에게 보여주고 있습니다. 그래서 우선 현재의 성이 지닌 속성들을 탐구해 봐야 합니다. 그것들을 찬찬히 살펴볼까요?

첫 번째로 성에는 쾌락이 있습니다. 두 남녀가 관계를 할 때 애무를 하면 살갗이 쓰라린다거나 그 절정이 오르가슴이 아니라 출산의 고통이 뒤따르게 신체가 설계되어 있었다면 성관계가 사람에게 욕구의 대상이 될 수는 없겠죠. 기분이 좋아야 느끼고 싶고 소유해야 하는 대상이 될 수 있을 겁니다. 성에 쾌감이 있는 건 긍정적이기도 부정적이기도 하겠지만 일단 본연의 성질이긴 합니다. 요컨대 성관계 없이 인공 수정으로도 임신할 수 있으나 신체 자체는 쾌감을 느낄 수 있게 만들어져 있다는 점입니다.

육체와 정신을 아울러 성적인 쾌락은 여느 쾌락들과 같지 않습니다. 콘서트장에서 어우러져 열광하는 걸 보면 사람의 감정을 고무시키는 힘이 음악에 있다는 걸 알 수 있고 그게 남녀 모두 비슷하게 작용한다는 걸 알 수 있으나 현재의 성은 남성에게 훨씬 육체적인 욕구입니다. 그 쾌락이 끼치는 정서도 보통의 쾌락들과는 다릅니다. 만약 우리가 올해 신랑 신부들의 지나간 성생활이 아니라 식생활을 공개했다면, 그것도 미적인 쾌락과 관계되는 생활이지만 세상이 그렇게 동요되지는 않았을 테니까요. 또한 보다 크게, 성을 이성을 통한 미적 쾌감이라는 광의로 넓히면 체감되는 공기가 바뀝니다. 모두가 다른 한쪽 이성의 아름다움을 갈구하고 그로부터 만족을 취하고 싶은 건 인간의 본능이자 이상이라고 생각될 수도 있어요.

성에 이는 욕구의 성격이나 감수성은 사람마다 비슷하면서도 같진 않습니다. 현대와 같이 콘텐츠가 창궐한 환경은 문물이 사람을 안팎으로 주물럭거릴 수 있습니다. 사람의 인생은 욕구가 정한다고 할 수도 있기에 성에 있어 무엇을 욕구하는가, 무엇을 희망하는가는 결정적으로 중요한 일이 될 수 있을 것 같고요.

성에 이는 욕망은 자신이 내지만 자신이 내지 않는다는 역설도 있습니다. 〈반지의 제왕〉에서 골룸이 "my precious"를 연호하며 반지에 죽고 못 살아 하지만 간달프는 그가 그것을 사랑하면서도 미워했다고 합니다. 발정기가 되면 울부짖는 동물들은, 스크루지처럼 탐욕스러운 심성을 가져서가 아니라 육신을 가진 이상 육신이 내는 욕구에 자연스럽게 종속될 수밖에 없는 처지라서 그렇다 할 수 있습니다. 사람은 동물과 달리 성욕이 일지 않아도 욕심낼 수도 있고 욕구가 치고 올라와도 이성으로 자제할 수도 있지만 이에 주인이 될 수는 없어요. 허먼 멜빌의 《모비 딕》의 제목이 문자 그대로 거대한 성기라고 봤을 때, 그걸 잡으려다 결국 파멸하는 등장인물들처럼 섹스는 인간이 장악할 수 없는 거대한 객체와도 같습니다. 즉 쾌락이 있지만 그것의 불안전과 불완전도 함께 있습니다.

성의 진위를 따짐에 있어 흥과 희락을 주는 성적인 일체를 규명하고 판단하는 건 필수적인 파트입니다. 현재의 섹스가 에로스를 성취하고 있긴 한 걸까요? 그러나 지금은 개론적으로 보고 있으니 세부 과목은 때가 되면 보기로 합시다.

  두 번째로 성에는 부끄러움이 있습니다. 동물은 애초에 옷을 입지 않지만, 생식기를 가리고 다니려 한다거나 짝짓기를 누가 볼까 봐 창피해 숨거나 하지 않습니다. 그들에게는 적나라하다는 말을 쓸 필요가 없는 자연일 뿐입니다. 인간에게도 성은 생리적인 욕구지만 동물과 달리 감추고 싶고 숨기고 싶은 치부로서 느껴집니다. 부끄러움이라는 것도 종류가 있겠지만 성에 딸린 부끄러움은 민망하고 수치스러운 감정입니다. 역시 강도는 남녀가 현격하게 다르며 쾌락과 반대로 여자에게 더욱 치명적입니다. 성이 많은 문제를 안고 있어도 이 성질이 설정되어 있기에 처리하기가 힘듭니다.

  성도 세상 여타의 것들과 다를 것 없이 법이나 윤리적으로 온당하게 취급되기도 하고 죄로 여겨지기도 하지요. 그러나 부끄럽다는 건 그것보다 더 근원적입니다. 성범죄를 친고죄로 규정한 건 피해자라 해도 큰 불명예가 되기 때문입니다. 건전한 성관계라 해도 그것이 떠올리게 하는 장면과 불러일으키는 정서는 낯 뜨겁게 느껴질 수밖에 없습니다. 그러면서도 성은 함부로 할 수 없이 소중하고 내적인 영역이기도 합니다. 부정적인 예지만 성폭력은 다른 어떤 폭력보다도 인간의 삶을 짓밟을 수 있다는 건 성이 결코 침범당해서는 안 되는 내밀한 프라이버시라는 말이기도 합니다.

  이런 복합적인 부분은 역으로 흉기로 쓰이기도 합니다. 협박이 될 수 있고 상대의 약점으로 잡거나 인간을 바닥까지 욕보일 수도 있습니다. "애비는 종이었다"보다 "애미는 창기였다"가 심한 도발이 되고 모욕이 되는 건 성이 인간에게 어떤 의미와 감수성으로 닿는지를 단적으로 보여줍니다. 여자를 성을 가지고 협박하여 괴롭히고 극단적 선택까지 하게 만드는 건 악독한 마음 때문이지만 성에 감당하기 어려운 부끄러움이 딸려 있어 벌어지는 참극들이기도 합니다. 성의 쾌락을 유혹으로 쓸 수 있는 만큼 수치는 사람을 해하는 성질로 쓰일 수 있습니다. 현재의 성은 생명을 탄생시키지만 그 생명을 추악하게 하거나 비인간적인 일을 자행하게도 하고 죽음으로 몰아넣을 수도 있는 힘들을 가지고도 있습니다.

세 번째로 성에는 생명이 있습니다. 어릴 적 누구나 한 번쯤 궁금하여 물어보는 "아기는 어떻게 생겨요?"에 부모들이 난감해지는 건 생명의 탄생이 밥을 먹거나 운동을 해서가 아니라 성을 통해서 만들어지게 되어 있기 때문입니다. 길고양이 TNR*처럼 부득이 성을 동여매야 하는 것도 번식이 거기 설정되어 있어서 그렇죠. 많은 나라들이 저출산이 문제라지만 일부 후진국은 출산율이 너무 높아 없는 살림에 더욱 빈익빈이 되는 문제가 있습니다. 피임을 하면 되지만 그전에 근본적으로 이렇게 될 수밖에 없는 것은 성욕이 있고 그 성욕을 해소하는 성관계에 하필 생명이 유착되어 있기 때문입니다.

현재 1차부터 쭉 진보하여 4차 산업시대까지 왔지만 컴퓨터 뜯어먹고 휘발유 들이켜면서 살 건 아닙니다. 인간의 삶이 고도화되어

---

* 길고양이를 포획해 거세·불임 등을 통해 생식능력을 제거하고 다시 방사하는 일.

도 여전히 항상 시급한 먹거리를 담당하는 농사나 어업 같은 1차 산업은 다른 상위 산업들로서 편의나 효율을 증진시킬 순 있어도 그 원천적 생산 원리는 대체 할 수 없는, 인간으로 하여금 겸손하게 하는 영역이기도 합니다.

농업도 꽃이 수정하여 열매가 된 것을 인간이 식량으로 삼는 것이고 축산업도 새끼를 치는 게 재산이라 성으로 하는 사업들이라고 할 수 있습니다. 다른 생물들은 중매를 하면 수술·암술이 만나고 본능으로 짝짓기를 하니 일부러 태업이나 파업을 하진 않겠죠. 만약 곡식이 이삭을 못 맺고 닭이 유정란을 낳지 않겠다면 그건 재난이 될 것입니다.

세상에 수많은 전자제품들을 만들어 내는 인간의 창조력은 대단하지만, 그 제품보다 앞서 그 무대를 만들어 주는 본원적인 힘은 물질의 입자에 음과 양이 설정되어 있으며 그 음양에 의해 '전기'라는 게 발생할 수 있어서입니다. 생물에게도 2개의 서로 다른 성이 설정되어 그 성이 부딪히는 것에서 생명이 탄생하게 원리가 창조되어 있는 건 참으로 신기합니다. 때문에 세상에 많은 농작물은 알아서 맺은 씨를 심으면 그게 나고 공산품들은 제작설비를 갖춰 운영하면 생산이 되지만, 인간을 생산하는 것에 있어서는 성적인 관계를 통과해야만 되게 되어 있기에, 한국의 저출산 문제는 4차 산업기술로도 해결을 볼 수 없는 영역에 있게 됩니다. 〈인터스텔라〉에서 식량난에 부딪힌 인류는 지구에서 답을 찾지 못하자 우주로 떠나 새로운 행성을 찾으려 하지만, 출산난 문제는 우주까지 가도 거기서도 결국 성관계를 해야 해결이 됩니다. 사실 물부족 국가가 저출산 국가보다 훨씬 치명적일 것이나 그 해결은 기우제를 지내든 해수를 담수화하든 문화나 기술로서 해결하려는 시도를 할 테지만, 한국의 경우 현재 당도한 가장 중요한 국가적 화두가 학문이나 산업으로 해결되거나 대체할 수 있는 영역이 아니라 성이 문제이며 답도 성으로 내야 한다는 건 이색적인 국면이라고 할 수 있습니다.

복제인간이나 인조인간 기술로 공장에서 인간을 찍어낼 수 있다면 섹스가 필요 없지 않을까요? 아니 당장 시험관 아기는 성행위로서의 섹스를 거치지 않아도 되지요. 모체 없어도 태반 기능을 하는 인공 자궁이 있다면 출산도 성에서 독립된다고 봐야 할까요? 그러나 정자와 난자가 결합하여 태아가 시작된다는 원리 즉 2개의 서로 다른 성적 실체가 만나야 한다는 관점으로는 결국 인간이 성을 통과하지 않고는 새로운 생명을 만들어 낼 수는 없습니다.

또한 그 생명은 버튼 누르면 쑥 나오는 게 아니라 고통이 있습니다. 임신의 사전 작업인 월경이 있고 그에 의한 생리통이 있듯이 생명은 준비하는 과정에서부터 시련이 있고 임신과 출산의 고통은 두 말할 게 없어요. 이것 역시 마춰가 있으나 생명이 수고와 희생을 거쳐 결과물을 낳도록 되어 있다는 그 의미를 주목하라는 겁니다.

생명에 있어 성은 출생도 담당하지만 사람마다의 건강과도 연관되고 이를 통해 성장과 성징(性徵)도 하게 됩니다. 출생만이 아니라 사람의 몸과 정체성을 실현하는 데 성이 필요하다는 건 아주 의미심장한 면이 있습니다.

이렇게 성과 직접적으로 맞닿아 있는 것들 말고도 다른 것들을 통해 성의 성격들을 생각해 볼 수 있을 겁니다. 성에는 자존심이 있겠고 성이 세력이나 권력에 좌우될 수도 있죠. 궁궐의 환관들을 고자로 만든 건 국소적이지만 그런 예라고 할 수 있고 예부터 왕이 여색에 빠져서 정사(政事)에 소홀해지는 걸 경계 대상으로 꼽은 만큼 성은 시간과 기력을 앗아갈 수 있죠. 또 성으로 장사를 한다면 성이 돈이 된다는 게 어떤 것보다 효과적인 성질로 여길 수도 있습니다. 이런 것들은 성질 자체라기보다 성질이 끼치거나 활용될 수 있는 영역들입니다. 쓰는 자의 마음에 따라 좋게도 나쁘게도 이용될 수 있어요. 또 가령 성병에 걸린 자와 성관계를 하면 병이 옮을 수 있는 것처럼, 보편적이지 않은, 특별한 사람에게만 속하는 성의 성질들은 없을까 하는 상상도 해보게 됩니다.

일단 이렇게 우리는 현존하는 성이 띠고 있는 성질, 속성으로서 성에 내포되어 있는 것들을 대략적으로 둘러보았습니다. 위에서 살펴본 것들이라 해도 사람이나 때에 따라―예컨대 불감증을 앓는다거나, 엄마 따라 여탕에 갔던 시절이라거나, 성불구자라든가 하면 일부 성질은 해당 없음이 되겠으나 보통의 경우 접하고 있는 성질들이긴 합니다. 이러한 성의 속성들은 사실로서 현존하고 있습니다. 사실이 진실인 건 아니지만 진실을 추적함에 있어 주요한 관계자는 됩니다. 원래의 성에는 우리가 위에서 살펴보지 않은 너무나 중요한 타이틀들이 있지만 현재의 성에 그것은 흔적만 남거나 흔적조차 없어져 버렸습니다.

동물과 달리 인간은 조작된 성 역시 있는 성질 그대로 취하는 게 아니라 필요에 따라 조작하여 사용합니다. 피임 도구를 만든 이유는 쾌락은 취하고 생명은 피하려는 것이죠. 그 정도도 붙박여 있는 게 아닙니다. 정력은 감퇴할 수 있고 마약을 통해 쾌락이 증폭된 성관계에 중독되는 경우도 있어요. 성에 섞인 발언은 기준 안일 수도 있고 과할 수도 있습니다. 사람마다 감수성도 다르거니와 질량과 무게의 개념처럼, 같은 물체도 중력에 따라 무게가 달라지듯이 같은 실체라도 사람들의 성관념이 중력장과 같은 역할을 해 무게가 매겨지기도 하죠. 〈사랑 손님과 어머니〉에서 옥희 엄마를 과부로서 남게 만든 건 재혼을 흉보는 세상 때문이었고 현재는 성과 연관되는 것들에 대한 사회적 시선이 가벼워 실생활에 압력이 다르듯 문명이나 문화에 따라 성에 대한 규율, 관념은 다르니까요. 중요한 건 인간이 성에 있어 필요에 의해 몸이나 배경을 건드리지만, 무게가 아니라 질량—즉 자연적 성질 자체를 원천적으로 건드릴 순 없다는 겁니다. 혹시 그건 어떻게 안 될까요?

    옛날부터 전해 내려오는 질문으로 닭이 먼저였는지 달걀이 먼저였는지를 물어보는 게 있었습니다. 양쪽이 서로를 앞선 순서로 하기에 계속 무한 순환이 되어서 풀리지 않는 문제인데, 이것의 답은—바로 이것이 전제하고 있는 원리입니다.

    저 질문은 닭이 닭알을 낳고 병아리로 나와 자라 닭이 된다는 것을 전제로 하기 때문에 순환하는 건데, 그런 원리가 어떻게 있을 수 있느냐는 것에 대해서는 사람들이 궁금해하지 않습니다. 최초에 닭이 있었든 알이 있었든 그것들보다 앞서 생각되어지는 실존은 닭의 출생과 그것이 성장하는 메커니즘입니다. 그러니 닭이 먼저냐 달걀이 먼저냐의 진정한 답은 닭이나 알이 아니라 닭이 닭알을 낳고 거기서 병아리가 나와 닭이 되는 시스템, 즉 성(性)이 먼저라고 할 수 있는 것입니다.

  한 알의 씨 안에 나무 한 그루가 같이 프로그래밍되어 있는 것처럼 어떠한 생명체가 그 자신의 생명을 영위해 나가는 것에는 태동이 있고 출생이 있고 성장이 있고 다시 또 생명을 창조하는 생식 활동이 있습니다. 세상에 어떠한 것이라 해도 생명을 가지고 있는 생물이라면 영속하는 것 없이 낡고 쇠하게 됩니다. 이렇게 모든 존재는 유한한 삶을 부여받았지만 그것이 그 자신의 생명을 간접적으로 이어나갈 수 있는 방법이 또한 주어져 있습니다. 세포라든가 무성생식을 하는 생물들은 복제하듯 자기 자신을 늘리고도 하니까 이게 필요 없지만 하나님이 노아의 방주에 각 동물들 하나씩이 아니라 암수 한 쌍을 태우라고 하신 이유 또한 이것 때문입니다. 방주에 '이것'도 태우라고 하신 적은 없으나, 대부분의 생물은 자신이라는 존재에 대한 탄생을 '이것'으로만 할 수 있기에 이것의 의미는 아주 특별합니다. 이게 바로 성과 그에 따른 성관계가 됩니다. 성을 통해 식물은 식물대로, 동물은 동물대로 자신의 모습을 본뜬 새로운 개체를 만들어낼 수 있게 되었고 탄생한 개체들은 자라 성체가 되어 자신을 실현할 능력을 갖출 수 있게 되었습니다. 신이 있는지, 있다 해도 그 신이 인간을 지은 건지는 모르겠다는 말들이 많겠으나 '태초에 성관계가 있었더라'는 건 맞을 것이며 그 성관계가 인간을 지어왔다는 건 부정하는 사람이 없을 겁니다.

그렇다면 이런 것을 생각해 봐야겠죠. 아기가 부모에게 "엄마 아기는 어떻게 낳아?" 하고 물었을 때 크면 알게 된다고 하지 않고 성으로 낳는다고 했다 쳐요. 애는 어차피 성이라는 게 뭔지 모를 테니까요. 멀뚱멀뚱 그들을 보던 아기가 다시 묻는 게 "엄마 그럼 성은 어떻게 낳아?"

닭과 달걀 이야기를 인간에게 대입하면 현재 인류가 태어나기에 앞서 그 인류를 정의할 성이 먼저 탄생한 것이 되죠. 그렇다면, 혹시 성에도 '제작진'이 있을까요? 제작기술도 있을까요? 진짜냐 가짜냐를 논하고 있는데 갑자기 창조에 대한 이야기를 하니 이게 무슨 상관인가 싶겠지만 진위와 창조는 정적분과 부정적분처럼 긴밀한 사이일지도 모릅니다.

현재의 인류는 가짜로 바꿔치기 된 성의 플레이어입니다. 축구하다가 누가 헛발질을 하면 다들 웃음을 터트리고 야구에서 타자가 헛스윙 삼진을 당하면 면목이 없어지지만 지금의 성이 실체는 줄 수도, 실현할 수도 없다는 것에 모욕감을 느끼는 사람은 없습니다. 그도 그럴 것이 사람에게 이상 없이 男女를 부여하고 생동케 하며 극락 같은 쾌락과 생명을 낳기까지 멀쩡히 잘 기능하고 있으니까요.

이제 우리는 본웅 씨에게 성과 결혼이 힘을 잃었다는 것을 깨닫게 할 하나의 정황을 보여드릴 것입니다. 우선 인간 사회의 계급에 대한 회고부터 시작할 겁니다. 계급이 무슨 상관이 있냐고요? 핵심적인 열쇠가 있답니다. 다음에 봐요.』

"네 대여한다는 계약서하고 해상화물운송사업 등록증, 그리고 별첨으로 운항선박 명세서도 있는 것 같은데 이렇게 다 제출해 주셔야 외항선인지 내항선인지 알 것 같아요."

맞둥은「지방세특례제한법」을 열어 선박 관련된 감면 조항을 보며 말했다. 지금 통화하는 법인은 자신들이 선주로서 직접 운영하는 배가 아니라「해운법」에 따라 선박대여업 등록을 하고 선사들에게 빌려준 배에 대한 세금 감면을 물어보는 거였다. 보니까 용선(傭船)이라 해서 바다를 오가는 업도 소유와 경영의 분리가 흔한 듯했다. 그런데 외국을 오가는 외항선과 국내 항만을 도는 내항선에 대한 감면규정이 미묘하게 달랐기 때문에 배의 용도를 알아야 했다.

그가 법전을 뒤적이는 중에 사무실에서는 아침부터 악성 민원인이 극성스럽게 소란을 피웠다. 똑또구리의 구분소유자 중 한 명인 욕쟁이 할머니였다. 할매는 똑또구리 세금 못 낸다며 몇 년 동안 나몰라라 했는데 또 다른 본인 소유 부동산을 담보로 주택연금을 가입하려니 주택금융공사에서 지방세 납세증명서를 요구했다. 어쩔 수 없이 밀린 체납세를 정리하다 말고 자기 집의 세입자가 알고 보니 술집 여자였다며 술집 여자가 사는 집도 재산세를 걷느냐, 걷으면 왜 그 여자가 아니라 나한테 걷느냐고 욕을 했다. 할매를 진정시키기 위해 담당자가 진땀을 빼고 있는데 건장한 남자 한 명이 문을 열고 들어와 주위를 두리번거렸다. 그때 맞둥 눈에 딱 띈 건 남자의 일그러진 귀였다. '만두귀는 피해라'는 그 귀였다.

퇴근하고서 오랜만에 바닷가로 걸음을 옮겼다. 선박 전화를 받아 바다가 생각나 그런 건 아니었고 어제 받은 메시지 때문에 마음이 들떠서였다. 얕은 파도였지만 갈매기들 여럿이 파도를 타며 노는 게 바다보다 워터파크에서 파도타기 놀이를 하는 느낌이었다. 땅 밑에 먹을 것만 찾아다니면서 비행보다 걷기에 더 익숙해진 비둘기들보다 더 지조 있어 보이는 녀석들을 보니 좋았다. 그러나 행인들이 새우깡을 던지자 와르르 모여들어 주워 먹기 바빠하는 걸 보자 위용이 뚝 떨어졌다.

혹시 갈매기들에게 모형 새우깡을 섞어주면 임오군란*처럼 들고 일어날까 하는 상상이 들었다. 아마 갈매기들도 그게 가짜고 속이는 것이라고는 알지 싶었다. 그러나 새우깡도 새우가 아니라 새우에 밀가루를 섞어 만든 가공품이라는 걸 쟤들이 알 수 있을까 싶었다. 사람이라 해도 그 구체적인 새우 함량(含量)이나 어느 바다, 종류의 새우인지는 맛만 봐서는 알기 어려웠다. 이거 순도가 18K냐, 24K냐 하며 따져 먹을 사람도 없고.

마찬가지로 세상에 그 누구도 성의 진위를 검증하려 했던 사람은 없을 것 같았다. 성욕이 사람의 삶에 제일 큰 동인이라고 했다는 프로이트 같은 학자라도 성이 진짜냐 가짜냐를 의심하진 않았을 것 같았다. 당연히 그냥 진짜 아닌가? 아니 진짜냐 가짜냐가 아닌 사실이냐 아니냐만 물을 수 있는 대상 같았다. 의심의 대상이 된다는 게

---

* 조선 고종 때 구식군인들의 급료로 지급되는 쌀에 모래가 섞인 게 발단이 되어 일어난 군란.

너무 난센스라 만약 그게 사이비, 돌팔이라는 제보가 들어온다면 입증은 주장하는 사람이 다 해야 했다. 물론 '신의 존재를 증명할 수 없으니 신은 존재하지 않는다'는 아니듯 성관계가 가짜인 걸 증명하지 못하니 진짜라고 확증되는 건 아니겠지만, 이상 없이 잘되고 있어 불량품이 아니지 않은가. 이자들의 말이 맞다면 침대 위의 남녀들은 다 바보가 되는 게 아닌가?

 그런데 생각해 보면 사기나 거짓은 아니지만 그런 게 있었다. 예를 들면 건강 기능 식품이 몸에 좋은 성분들을 가지고 있다 해도 그게 모친의 병을 치료할 의약품은 아니듯이, 지금의 섹스가 성적이고 생명적인 구실을 한다 하지만 그게 인간이 성을 통해 뭔가 할 수 있거나 해야 마땅한 것은 해줄 수 없는 게 아닐까?

 사기라는 것도 그랬다. 얼마나 자연스럽고 말이 되게 자리 잡는 것을 선보이는가가 사기꾼의 실력이라고 할 수 있었다. 페이크가 아니라 '딥'페이크가 되는 게 거짓의 실력이었다. 뒤집어 말해 뛰어난 속임수라면, 아무리 그게 온당해 보이고 합리적으로 우리에게 스며 있어도 진짜가 아니라는 말이 되었다. 재산세를 냈는데 왜 또 나왔느냐는 물음도 그렇거니와 상대가 선글라스를 꼈으면 눈이 어떻게 생겼는지 궁금해도 안경을 끼면 눈이 보이니 그걸로 그 사람을 인식하고 굴절된 눈인지는 따지지 않는 것처럼, 뭔가를 은폐하려면 모르게 하는 것보다 이미 그걸 다 알고 있다고 생각하게 하는 게 효과적일 수 있었다. 그렇다면 현재 성이 아무리 감쪽같긴 해도 꼭 속임수가 아니라고 할 수는 없었다.

 인간을 없애는 것은 갖은 방식으로 죽이거나 추방하거나 할 수 있어도 인간을 만드는 것은 성을 통해서만 할 수 있긴 했다. 글로 그림을 표현하려는 이모티콘이라는 것도 있지만 과학을 영어로 풀고 고전시가를 수학으로 풀려면 안 되듯 출산율을 높이려면 정치나 경제를 어떻게 할 게 아니라 성을 새롭게 짜야 할까? 현재의 생식을 〈드래곤볼〉의 나메크 성인들처럼 남녀 성별도 없고 입으로 알을 낳게 바꿀 수 있을까? 그렇다고 그런 성을—삼성전자나 LG화학에 발주 넣는다고 해서 만들어주진 못할 것 같았다.

애당초 이것도 하나의 제품이라고 생각할 수가 없었다. 누군가 이게 뭔가 오류가 있거나 수상쩍다며 문제를 제기해 리콜 사태로 번지는 일은 결코 없을 제품 아닌가. 술집 여자든 음란물 업자든 모두 현존하는 섹스로 장사를 하는 거지만 아예 새로운 형태와 기능과 콘텐츠로 채워진 성관계를 만든다? 어떤 선수가 골을 넣으면 다른 선수들이 공한테 가서 좋아하는 것보다 차서 넣은 사람한테 환호하며 뛰어가듯이 그 결과물보다 그걸 만든 사람이 더 주목을 받았다. 세상에 인간이 만든 우수하고 신기한 제품이 나오면 그걸 제조했고 AS도 해주는 회사가 어디인지, 투자도 할 만한지 보지만, 왜 성관계 그 자체에 대한 제조사나 컨트롤 타워는 생각해 보지 못했을까.

아니 그게 너무 말도 안 되어서 생각할 생각도 안 드니까 그런 거지. 성관계 상대는 만질 수 있어도 성관계 자체를 어떻게 만져? 에어컨이 개별식이냐 중앙조절식이냐는 각기 껐다 켤 수 있는가보다 통제실이 있는가가 요건일 것이었다. 또 수많은 지방세무직 공무원들이 업무에 사용하는 툴과 시스템을 직접 만드는 게 아니라 '사업단'에서 권한과 기술을 가지고 만들어 주지 나머지는 다 만들어 준 도구를 쓰는 것일 뿐이라는 건 지방세정보시스템이 중앙조절식이라고 말하기에 부족함이 없었다.

성도 그 욕구나 실행은 개개인마다 조절할 수 있었지만 그 안의 콘텐츠들을 세팅하는 건 각 사람이 조금도 할 수 없는 것이었다. 과거에 왕의 마음을 쏙 뺄 어여쁜 여자라 해도 애를 낳지 못하면 멸시를 받았듯 흥분은 기능해도 생명을 기능할 수 없으면 섹스가 섹스 되지 못하지만 그건 어쨌건 개개인들의 성기능 문제였지 인간 모두에게 적용되며 공유되고 있는 성의 본질적 성질은 불변해 왔다고 해도 좋았다. 예컨대 성에 쾌감이나 민망함이 따르는 게 아니라 전혀 다른 성질이나 효과를 낼 수 있도록, 이를테면 달리기를 잘하게 된다거나 의협심이 든다거나 절대음감이 생긴다거나 하는 효과들이 나도록 각 사람이 조절하거나 변경시킬 수가 없었다. 그렇다고 그거에 손을 대고 있는 사업단이 있을 것도 아니니 중앙조절식일 리도 없었다. 성을 사용하고 소비하고 관련 제작품을 만드는 것까지도 얼마든지 할 수 있을지 몰라도 그거 자체를 변화시키는 건 어떻게 할 수가 없었다. 세금으로 치면 부가가치세를 물릴 순 있어도 창조가치세는 불가하다고 할까.

그리고 진위라는 게 붙을 수 있는 것인지도 의문이지만 그럴 수 있다 한들 진짜인지를 밝힐 수 있는 뭔가는 있긴 한가?? 남녀 정사의 감도가 기준치 이상일 시 에어백이 터진다면 하자 없는 진품성교로 보면 될까? 구제역이나 조류독감이 돌면 정치인들이 닭과 돼지를 시식하는 걸 보여주는데 성교를 시식한 역사가 없다는 게 성은 늘 정상이고 건강해 왔다는 반증일까? 그러나 정상·비정상과 참·거짓은 다른 문제일 것이다.

　이자들은 답을 아는 것처럼 말하지만 성이 피노키오처럼 코가 길어질 것도 아니었고 뭘 가지고 거짓인 걸 실증할 수 있는가? 뭔가 '아 그래서 우리들의 일그러진 섹스가 되었구나' 할 만한 증거는 주지 않고 변죽만 울리고 있는 게 아직 이 작자들을 신뢰하기에는 일렀다.

　그새 어둑해져 하늘엔 웬만한 외항선으로 가닿을 수 없는 별들이 떴다. 저 멀리 수평선을 보자 낮과 달리 우주와 맞닿아 있는 느낌을 줬다. 그래도 맞둥도 이들이 뭔가 있다는 건 본격적으로 느끼게 되었다. 의심은 가시지 않았지만 어디서도 들을 수 없는 이 특이한 성교육(?)은 또 어떻게 이어질까 가슴이 두근거려지는 것이었다.

겉씨 신분, 속씨 신분

막스 베버가 결혼은 고도의 사회학적 행위라고 했겠다—보통의 사회인들에게는 결혼이 일생일대의 큰 행위가 되지만 그렇다면 사회보다 높이 있는 자들에게는 더욱 고도한 게 있어야겠다. 그들은 보다 지배 계층다운 행위를 선택할 수 있고 그들에게 결혼은 오히려 사회 통치 수단이다. 피지배계층이 '처자식'이라는 걸 만들게 해 부수적으로 따라붙는 애정과 책임을 볼모로 잡아 뒤가 없어 반항할 수 있는 위치를 주지 않을 수 있는 lifestyle인 것이다. 스티븐 본인도 결혼을 해본 적이 있어 직접 느낀 것도 많기에 결혼에 대해 다리미로 잘 다린 관점들은 더 있었고 시장에 내놓으려면 좀 더 생각을 이어가야 하지만 곧 그만두었다. 그것도 그가 아쉬울 건 없었기 때문이다.

어젯밤엔 그의 애인 중 한 명의 생일파티를 최고급 호텔에서 해 줬다. 그녀와 함께 아는 지인들을 초대한 자리에서 생일선물로 시공업자가 그녀 집 화장실 변기에 금박을 입히기로 결제해 놓았다 하여 주위의 박수도 받고 즐거운 시간을 보냈다. 다음 날 아침 상쾌하게 조식을 들고 애인을 배웅해 주고는 다시 룸으로 돌아오자 그새 객실 관리원이 침구류를 갈고 있는 참이었다. 외국인이었다. 스티븐 자신도 한때는 '한국인인 외국인 노동자'였었다. 그가 상속재산을 가지고 한국에 온 이유처럼 외노자들에게는 이곳의 외화가 자국에서 큰돈이 될 것이었다. 그래도 스티븐은 간밤의 분비물들이 묻은 침실을 정리하려 들어가는 그들을 볼 때면 좀 측은했다.

다시 침대에 벌러덩 누운 스티븐은 TV를 켰다. 뉴스를 틀자 어느 공장에서 화재가 발생해 외국인 노동자 다수 사상(死傷)이라는 보도가 나왔다. 등장한 패널들은 '위험의 이주화'라는 헤드라인으로 산업계가 외주화를 넘어 외국인 근로자들로만 가득한 이주화로 가고 있다는 걸 화제로 대화를 이어갔다. 열악한 처우나 현장은 개선해야겠지만 한국도 그만큼 잘사는 나라가 되었다는 거기도 한데, 이래서 인조인간들을 투입할 필요가 있다는 거군. 스티븐은 심드렁해하며 채널을 돌렸다.

유명한 스포츠 선수가, 흔히 연말 시상식 때 배우들이 관계자들을 엔딩 크레딧처럼 줄줄이 읊어대듯, 실업팀 은퇴식에서 감독, 동료, 가족까지 얘기하다 마지막에 구단주인 대기업 회장에게 고마움을 표하며 마무리하고 있었다. 잠시 생각에 잠긴 스티븐은 자신의 클러치 백에 넣어 다니곤 하는, '내가 너희가 되어주었던 나날들'을 꺼냈다. 요새는 실용성보다는 감성이 된, 손 글씨로 정성스럽게 적어온 편지들이었다. 스티븐이 개인적으로 오랜 시간 후원해 왔던, 현재는 각자가 원했던 계열로 나아간 인재들이 어려웠던 시절을 추억하며 그에게 보낸 감사편지였다. 처음에 미디어로 사연을 접하고 만난 이들의 환경은 제각각이었다. "제 꿈은 음악을 하는 거였어요. 어릴 때 피아노를 배웠는데 그 뒤로 집에 돈이 없어서 못 했거든요"라 했던 학생을 위해 스티븐은 레슨비와 후에 유학비까지 대주었고 그의 재정적 도움 속에 그 소년은 음악가의 길을 걷고 있었다. 또 잠재력이 있지만 조실부모하고 실의에 빠진 소녀를 위해 생활비와 학자금을 대주었고 덕분에 그녀는 대학에 진학하고 자신이 목표했던 외교관 후보자 선발시험까지 합격했다. 이 말고도 그의 도움을 받은 젊은 친구들은 많이 있었다.

 그가 독지가로서 매달 기부하는 자선단체들로부터 받은 감사장도 많았으나 가장 보람을 느끼는 건 이렇게 직통으로 돕고 그래서 그들이 보람찬 성과를 이루어 냈을 때였다. 꼭 스티븐이 아니라 해도 누군가의 도움의 손길이 없었다면 이들은 어땠을까? 당장에 먹고살기 바빠 공부에 전념할 여유시간이 나오지 못했을 것이다. 스티븐의 생각에 상대성 이론은 시간을 운동 상태에 따라 배속이 바뀔 수 있는 물리량이라고 인식을 바꿨을 뿐이지만 자신은 시간을 자본 상태에 따라 배정되는 양을 바꿀 수 있는 재화로서 인식함에 더해 keeping까지 해준 거였다. 그들에게는 아인슈타인보다 자신이야말로 시간벌이를 이론에서 실체로 되게 해준 실력자였다. 그만큼 세상엔 실력이 있어도 기회가 없거나 생활전선에 뛰어들어야 하여 자기 역량을 펼치지 못하고 묻어야 했던 사람들이 많았다.

 또한 돈은 사람을 정말 좋아 보이게도 만들고 나쁘게도 만들 수 있다고 생각했다. 선행을 위해 직접 일하기는커녕 손가락 하나 까딱

하지 않아도 기부만 하면 그게 그를 착한 사람으로 만들어 주었다. 굵직한 사건의 판결이 유전무죄, 무전유죄가 되는 건 사회 고발로 알려지지만, 그 전 단계에서 합의금으로 거래하는 것도 문제로 포착해 죄가 돈으로도 갚음이 되는 게 정의에 맞지 않다고 공론화하는 단체는 없었다.

그러니까 스티븐에게 세상은 실력이었다. 선이나 정의도 실력을 따돌릴 수는 없었다. 과실비율이 자기에게 유리하다 해도 부딪칠 차가 외제차라면 견적이 피곤해지니 알아서 최대한 피해 가는 것도 옳고 그름보다 몸값이 더 옳고 그르다는 거였다. 흔히 무조건적이라 칭송받는 부모의 사랑도 엄연히 조건반사적 애정이라고 그는 생각했다. 근면 성실해도 결과가 시원치 않은 자식보다 뺀질뺀질해도 좋은 성적을 받아오는 자식이 속으론 더 좋은 건 속물이거나 엉큼해서가 아니라 솔직한 계산이었다. 부모에게도 착한 게 착한 게 아니라 잘해야 착한 거였다. 못된 것보다 못난 것을 더 싫어하는 게 세상이었다.

은퇴식에서 자기 가족보다도 재벌 회장에 대한 감사를 더 마지막으로 하며 끝마침 한 건 참 상징성이 있다는 생각이 들었다. 세상의 많은 종목이나 비즈니스들이 아무리 날고 기는 전공자들이 묘기를 펼친다 한들 자금 조달 없이는 존속할 수 없었다. 자신이 거느린 사업도 스티븐 본인은 물주였을 뿐이지만 선수나 감독에 밀리지 않는 공헌도가 있다고 자신했다. 그가 보기엔 애당초 인간이 맺는 관계 중 가장 가깝다고 할 수 있는 부모 자식 관계도 선수와 스폰서에 다름 아니었다. 부모가 스스로 자식이 되어 직접 하는 게 아니라 뒤에서 물심양면으로 후원하는 것이 꼭 그랬다. 엄마 용돈 좀 보내주세요라고 할 순 있어도 엄마 재능 좀 보내주세요 하지는 못하니까.

리그를 제패한 세계적 선수지만 커리어에 월드컵 우승은 없다거나 월드스타지만 필모그래피에 불후의 명작이라 할 만한 게 없을 시 포만감이 들지 않듯 돈과 완전히 별개로서의 봉우리나 영향력들이 있었다. 그것들이 있는 자들에게도 헝그리정신을 계속해서 불어넣어 또 무언가를 향해 손을 뻗게 했지만 그는 이를테면 권력 같은 건 탐나지 않았다. 세상사 권불십년인 데다 책임과 리스크도 같이 따라오니 골치 아프거나 잘못하면 망하기도 했다.

또 인텔리 집단에 못 들어간다는 것도 그에게 상대적인 열등감을 주지 않았다. 지금은 정보시대를 넘어 인조지능시대가 왔다. 즉 정보만을 위탁하는 게 아니라 그 정보를 다루는 사고도 위탁을 하면 되는 마당이라 이제는 지적 능력도 유의미한 차이를 못 주는 세계로 가고 있었다. 생각하는 능력으로 만물의 영장이 된 인간이지만 AI가 최고의 바둑기사를 이긴 이래 지능은 더 이상 인간의 배타적 우월함이 아니게 되었고 현실의 웬만한 전문직들은 인조지능들로 대체될 것이라 그런 영역의 지적인 능력들은 스티븐에게 prestige로 느껴지지 않았다.

또 본인 스스로 자기소개를 한다 해도 돈만 있는 부자가 아니라 질풍예도를 설립하여 현실을 넘는 미색을 중개하는 주주인 그는 각종 경기나 대회 중계권을 놓고 아등바등하는 방송사들이 가질 수 없는 중계권을 쥐고 있는 면이 없지 않았다.

프로그램을 돌려 다시 뉴스를 틀자 단골메뉴인 저출산 관련 보도가 나왔다. 텅 빈 요람이라는 헤드라인으로 산부인과가 자료 화면으로 나왔다.

스티븐이 봤을 땐 자연스러운 현상이었다. 취업도 어려운데 취업하고 나면 결혼 언제 하나 결혼하고 나면 애는 안 낳냐 낳고 나면 애 공부는 잘하냐로 이어지는 삶이 넌더리가 날 만했다. 그러나 어쩔 것인가. 우리는 누가 더 강하고 약한지 끊임없이 재야 하는 세계에 있거늘. 젊은이들이 인생을 살아보니 계층이라는 건 피할 수 없는 숙명이라서 자식도 자신처럼 못난이로 살아야 할 바에는 자식을 위해서도 낳지 않는 것이었다. 뉴스멘트는 비어가는 신생아실이 처량하다고 하지만 거기 아무것도 모른 채 가지런히 눕혀진 아기들도 곧 자라면 누군가는 귀해지고 누군가는 천해져야 하는 게 인간의 운명이니까.

그렇다고 그들이 아이들을 낳지 않는 걸 세상에 삐져서 복수하는 거라 보는 건 과장된 해석이라고 생각했다. 정치인들이 단식투쟁을 하듯이 서민들은 '단자식투쟁'을 한다고 생각하는 건 너무 정치적인 생각이었고 어떤 환경에 맞닥뜨려도 나름의 최적의 방식을 강구해 살아남는 인간의 습성에 따른 삶에 대한 대처이자 적응이었다. 저출산도 세계적인 추세인데 한국 정부에서 유독 국가적 재난처럼 부각시키는 것도 어찌 보면 선동이었다. 더군다나 과거에는 양으로서의 인력이 많이 필요했다지만 앞으로의 산업은 머릿수로 하는 게 아니기에 많이 낳으면 일거리 없는 잉여인간만 늘어나기 좋았다. 한국도 애를 많이 낳으라고 할 게 아니라 낳은 애들을 어떻게 빠짐없이 인재로 키워낼 것인지를 고민하고 투자하는 게 맞았다. 양이 아니라 질로 방향을 틀어야 하는데 계속 물량만 논하는 게 그가 보기엔 참 무능했다.

그 대정부 메시지는 저출산이 섹스 때문이라고 빈약한 논증을 펼쳤지만 능력주의 사회인 이유가 가장 컸다. 대통령이 신년담화에서 좋은 정책을 다 모은다고 해서 이것이 저출산 대책이 될 수 없다는 것은 20여 년 이상의 경험을 통해서 국민 모두가 충분히 알고 있다고 지적하며 많은 전문가가 얘기하듯 과도한 경쟁 시스템이 저출산의 직접적 원인이라면, 이를 고치는 데 집중해야 할 것이라고 한 것이 스티븐이 보기에도 정확히 맞춘 것이었다.

그걸 반성하여 이런 사회를 이완하자는 거였지만 그건 불가능하다고 생각했다. 약육강식은 세상의 이치였기 때문이었다. 여자 외모를 품평하면 성적 대상화라고 여성단체에서 지적해도, 쟤는 뭘 잘하고 뭘 못하고를 판단하는 능력 대상화는 세상 그 누구도 거부할 수 없이 모두가 속으로 하고 있는 품평이었고 그게 부도덕하다고 하는 사람은 없다고 해도 좋았다. 피부색깔로 차별하지 마세요는 가능할지 몰라도 실력으로 차별하지 마세요는 있을 수 없었다.

그의 이런 생각들은 한국에서 정치적 성향으로 치면 우파를 떠올리게끔 했다. 스티븐이 우파를 인간 친화적이라고 본 건 자본주의와 공산주의 같은 체제(體制) 때문이 아니었다. 이데올로기에 대한 성적표는 역사가 다 발급해 주어 누군가 철 지난 체제경쟁을 들고 나온다면 성향이 아니라 지능을 의심해 봐야 했고 자본주의 안에서 공과 사가 교감신경과 부교감신경처럼 길항작용을 하며 경제를 이끌어 가야 한다는 게 자명했다. 그걸 어떻게 비율을 정하고 화합을 이끌어 나갈지에 대해 우파는 성장을 중시하고 좌파는 분배를 강조한다거나 우파는 친기업적이고 좌파는 친서민적이라는 등 대체적으로 양자가 띠는 경제적 기치도 다 때와 상황에 맞게 둘 다 채택해 적절히 조화시키는 게 관건이었다. 자본가도 필요하고 노동자도 필요하고 노조도 필요하고 노고지리도 우짖을 수 있었다.

경제 외의 종목들 역시 답이 정해진 게 아니라 때와 상황에 따라 상대적이고 유연하게 대처해야 했다. 경제가 각축전이 있어야 품질이 발전하듯 정치도 서로 다른 세력이 있어 견제와 겨루기를 해야 했고 정반합으로 더 좋은 결과가 나오기도 했다. 스티븐의 관심은 정당, 비전, 국가관 같은 것들에 있지 않았다. 그가 탐색한 건 좌파와 우파가 인간과 사회를 바라보는 가장 기초적인 관점이었다. 말하자면 이랬다.

좌파: 인간은 평등해야 한다.
우파: 인간이 어떻게 평등할 수 있나? 사람마다 능력이 다 다른데. 싫으면 계층을 없애자 하지 말고 네가 상류층으로 올라와라.
좌파: 좋다. 그러면 올라갈 기회는 평등하게 주자.

좌파의 전제가 틀렸음은 두말할 것 없었다. 폐점 재고정리 하는 것도 아니고 품질이 전혀 다른 상품들을 균일가로 치려는 짓이었다. 억지로 서로 다른 숫자를 등호로 이어서 거짓명제를 만들지 말고 세상은 부등식이라는 걸 알아야 했다. 부등식은 부당식이 아니었다. 허나 '공평'도 인물들이 활약할 무대, 배경을 맡은 한 명의 감독이었다. 좌파는 한발 물러나고 우파도 매무시해야 했다.

이렇게 해서 현재의 사회는 균등한 기회, 과정의 공정성과 같은 것이 빼놓을 수 없는 주제가 되었다. 금수저는 유지한다 해도 '기울어진 운동장'은 할 수 있는 한 완만해야 했다. 경기는 같은 출발선상에서, 누구 모래주머니 차거나 똥 마렵거나 하는 사람 없이, 똑같은 길이와 굽이의 트랙을 돌아서 평가를 받아야 하니까. 투명한 채용, 인사라든가 인종이나 성별에 따라 차별받지 않고 그 인물의 객관적 능력에 따라 대우해 주고 활동을 보장해 주는 것과 같은 것들이 모두 이쪽의 주제였으나 가장 근본적으로 선행해야 하는 것은 바로 교육의 평등이었다.

학교에 교복이나 급식을 도입한 거부터 학업 이외에 다른 것으로 기죽지 말라고, 간접적인 평등이지만 현명한 정책이었다. 공교육은 무상으로 하고 사교육 억제책들을 쓰며 국가에서 교육을 온전히 틀어쥐려는 건 못 배운 한을 가진 자가 없게 하고 실력을 키울 수 있는 기회를 똑같이 제공해 주려는 거였다. 배울 수 있느냐 마냐도 그렇지만 시험에 EBS연계율이 거론되는 것도 공적인 학습의 정도만 가지고 평가받고 진학할 수 있도록, 학벌이 더 비싼 배움을 당길 수 있는 계층의 전유물이 되지 않도록 만들기 위해서였다.

교육은 정말 중요했다. 인간 세계의 키를 잡고 있는 게 교육이라는 데는 많은 사람들의 의견이 일치했다. 사람이 계발되는 게 일도 있지만 교육을 통해서가 가장 크기 때문이었다. 한국이 식민지였던 당시 선각자들이 '교육입국'을 그렇게 강조한 이유가 실력 상승은 배움에 있어서니까. 역으로 일제가 식민지 사학만이 아니라 학제부터 안에 내용까지 다 조작하거나 폐지하고 고등교육을 못 받게 막아 우민화한 것도 교육과 계몽이 애 머리 크는 일이라 위협이 될 소지가 다분했기 때문이었다.

물론 일하면서 숙련되는 것들도 있지만 일도 일 나름이라 단순반복 일은 자체로 실력도 오르지 않고 거기에 시간을 다 써서 사람이 더 크지를 못했다. 저개발국가들이 그렇게 일을 많이 하는데도 못사는 이유가 일을 너무 많이 해서였다. 그래서 주경야독이 있는 이유도 밭 가는 것만으로 더 나은 삶을 바라볼 수 없기에 따로 공부를 해야 계속 밭을 갈지 않아도 되는 힘을 키울 수 있기 때문이었다.

그래서 스티븐은 돈이 중요한 이유가 여기 있다고 생각했다. 남자가 호색한 면이 있다면 남녀 모두에겐 놀부 심보가 있어 돈이 있으면 노역을 면제받고 향락을 누리는 것부터 생각하지만, 돈이 있어야 노동 대신 실력을 쌓을 시간을 확보할 수 있었기에 강해지려면 돈이 있어야 했다. 그에게 감사편지를 보내온 청년들도 그의 후원 덕분에 먹고사는 데 시간을 쓰지 않고 온전히 자기 분야에만 매진할 수 있었다. 스티븐 자신도 돈이 풍족해진 이래로 원하는 공부나 운동을 통해 폭넓게 유식해지고 자신을 단련했다. 학교에 육성회비 못 내서 쫓겨나기도 했다는 옛적과는 다르지만 요즘 세상이라고 생계에 치이는 사람들이 없진 않았다. 하마터면 애석하게 될 뻔한 인재들을 찾아내 자신의 가능성에 맞는 삶을 살도록 수렁에서 건져 도와준 건 나라에서 다 해줄 수 없는, 스티븐이 양부모로부터 받은 것과 같은 은혜로운 구조 활동이었다.

몸 관리를 해도 유독 잘 안 빠지는 부위가 있듯이, 청탁, 파벌로 당기는 거야 아직도 사회 군데군데 많이 껴 있긴 했다. 특히 예체능 계열은 도제식이라든가 특성상 객관적인 실력 측정이 어렵기도 하고 그들만의 리그가 형성되다 보니 줄로 밀고 당기고 하는 게 여전히 많았다. 이런 것들은 앞으로도 꾸준히 개선해야 할 적폐였으나 사회 전반적으로 능력에 기반하여 자신의 꿈을 펼칠 수 있는 사회를 구축하는 데 어느 정도 성공했다는 게 우파들의 중론이었다. 그 중추는 누구나 교육을 받을 수 있다는 것이었고 이제는 얼마나 자신에게 맞는 진로를 잘 택하여 그 길에서 노력하느냐가 개개인들의 삶을 결정짓는 기본이 되었다. 아직도 세계엔 카스트나 공산주의 등 낙후된 제도를 고수하는 곳들도 더러 있고 나라가 못살아서 국민들이 재능과 개성을 실현하지 못하고 도매로 묶여 생업에 팔려 가는 환경들도 많은 걸 생각하면 한국과 같은 나라들은 이만하면 자유로운 평등사회의 궤도에 오른 거였다. 스티븐은 질풍예도로 전공자들에게도 그랬고 일반인들 중에서도 재능 있으나 배경이 받쳐주지 않는 자들에게 '올라갈 기회'를 공급하여 사회에 이바지하는 자신의 삶이 흔연했다.

재산세 대장 소유권 연계작업을 하면 취득세 서류철을 뒤적거려야 했다. 양도, 양수인이 일대일대응이 아닌 건들은 전산에서 연계해 주지 못해 수기로 일일이 확인하고 넣어야 했다. 재산은 단독 소유에 버금가게 공동 소유 하는 건들이 많았다. 민법을 보면 공동 소유도 공유, 합유, 총유 등 방식이 있는 것 같았다. 사실 개인사업체라 해도 사람들이 함께 모여 일하는 현대의 직장들은 공동 사업이라고 할 수 있었다.

그런데 얼마 전부터 직원이 아닌데도 이쪽 공동 사업에 참여하게 된 만두귀를 한 남정네가 있었다. 세무과로 배정받은 새로 온 사회복무요원이었다. 잘생기고 훤칠한 체형에 나이 30을 넘긴 그는 듣자 하니 유도선수였었다. 도중에 몸을 다쳐 운동은 그만두고 지금은 장사를 하고 있다고 했다. 그러나 부상을 당해서 선수생명이 끝났다 해도, 처음에 직원들을 놀라게 한 건 사과를 맨손으로 쪼개버리는 악력이었다. 우연인지 운명인지 그가 부임하고 며칠 뒤 사무실에서 행패를 부리는 민원인들이 출몰했는데 그들을 제압하는 건 압권이었다.

온나라로 '대학병원 부속시설에 대한 감면 해석적용방안' 공문이 왔다. 대학병원 본관이 아니어도 의대생과 수련의들이 쓰는 건물은 감면이 들어가는 게 있었는데, 감면의 종류와 정도를 바꿔서 과세하라고 유권해석을 바꾼 공문이었다.

문제는 하쿠나동의 대학병원은 전에 로펌을 끼고는 토지분 재산세 과세에 대해 불복한 전례가 있었다. 다분히 문리적으로 끼워 맞춘 해석을 조세심판원은 기각했지만 쟁송으로 넘어가서는 납세자가 승소를 거두었다. 판례가 법의 의도와 다른 해석을 인용하자 결국 국회에서 법조문 자체를 개정했다. 세파라치는 세법을 준수하지 않은 자들을 적발한다면 이런 건 법 자체의 빈틈이나 결점을 사냥하는, '법파라치' 같은 느낌이었다. 이렇게 행정심판에서는 져도 訴로 뒤집는 건들이 있었기에 유권해석을 근거로 과세하면 또 붙어야 할지도 몰랐다. 논리를 잡는 악력은 어떻게 키울 수 있을까.

아파트에 살 때는 잘 없는 일인데—맏둥이 퇴근하고 주택 대문을 열자 사람들이 모여서 한곳을 바라보며 수군대고 있었다. 2층에 처마처럼 지붕이 조금 튀어나온 부분에 벌집이 발견된 것이다. 저 특유의 육각형은 어떻게 벌들이 각 맞춰서 만들어 낼까? 집주인은 119에 신고해 놓은 상태라며 금방 제거한다고 그들을 안심시켰다. 그의 손에는 꽃이 한 손 쥐어져 있었는데, 잘 보니 진짜 꽃이 아니라 조화였다. 생화와 구별도 쉽지 않을 만큼 오밀조밀했다.

그런데 벌집도 자세히 보니 큰 벌집 옆에 조그만 벌집 하나가 더 붙어있었다. 조금 더 가까이 다가가 본 맏둥은 흠칫 놀랐다. 그 조그만 벌집의 구멍들은 육각형으로 된 게 아니라 이상한 배열이었는데, 순간 겹쳐 보인 건 QR코드였다. 뭔가, 혹시나, 아니 어쩌면, 하면서 맏둥은 휴대폰으로 QR코드를 인식했다. 인식된 링크를 따라 타고 들어간 곳은 글이 적혀있는 웹 공간이었다. 남들은 사진을 찍은 줄 알았을 테지만, 맏둥은 일단 그 자리를 빠져나와 집으로 들어왔다.

역시, 저번에 파피루스 이후 주위에 신경을 쓰고 있었는데, 이렇게 메시지가 왔구나. 그는 천천히 읽어보기 시작했다.

『본웅 씨에게

저번에 말한 것처럼 이제 이야기할 주제는 계급입니다. 시대와 장소를 불문하고 인간에게는 계급이라는 서로 간의 높낮이가 있습니다. 동물들도 으레 서열이 있고 곤충 같은 미물에도 여왕벌부터 일벌까지 있어 계급이 인간만의 특성은 아니지만 인간은 그것에 따라 주인과 종이 결정되고 귀함과 천함, 삶의 고락이 엇갈리다 보니 계급은 참으로 사람의 삶에 핵심이라 할 수 있습니다. 그렇기에 인류는 끊임없이 그것을 놓고 싸워왔습니다. 하다못해 빈둥대는 자식에게 공부하라고 다그치는 부모의 언성도 크게 보면 계급을 위한 투쟁을 종용하는 것이라 할 수 있습니다. 그렇다면 우선 계급이란 정확히 뭘까요?

고대부터 근대의 어느 정도까지는 '신분'이 가장 명료한 계급이었다고 해도 좋을 것입니다. 한국사만 봐도 부여나 고구려와 같은 머나먼 고대국가에서부터 加가 뒤에 붙었던 귀족계층과 하호와 같은 평민층으로 구획하는 신분제가 있었고 그 이후 한반도에 피고 졌던 많은 나라들에도 분화되고 변칙이 들어섰다 해도 신분제는 거듭되어 왔습니다. 세계사 역시 각처마다 인간 사이의 종속 관계를 기반으로 하는 사회를 구축하고 그 질서를 유지해 왔습니다.

이런 계급 사회에서는 타고난 그 사람의 능력이나 갈고닦는 노력이 아니라 태어날 때부터 귀속되는 신분에 따라 당사자의 삶이 정해졌습니다. 각 신분에 따라 맡는 役이 정해져 있었고 생활함에 있어 수많은 것들이 제약되고 억압당하면서 삶이 강제되었습니다. 그것이 설령 표면적인 법으로 강제되지는 않는다 해도, 이를테면 봉건제하에서의 농노가 노예로 분류되지 않는다 해도 자유를 구속받았고 조선 시대에 양인이면 과거를 볼 수는 있었으나 농민이 합격하기란 매우 어려웠던 것처럼, 실질적인 경제적·사회적 처지들 일체가 벗어날 수 없는 계급으로 존재했다고 볼 수 있어요.

조정을 동인과 서인으로 나눌 만큼 사대부들이 탐냈던 벼슬이 바로 천거(薦擧)와 전형(銓衡)의 권한을 지닌 이조의 정랑, 좌랑이었어요. 높은 신분을 가진 인간들도 더 높고 권세 있는 자리를 호시탐탐 노리는데 하물며 원치 않게 계층의 굴다리 밑에서 태어난 이들이 주어진 삶에 만족할 수 있었을 리가 없습니다. 그러니 관건이 되는 건 아예 계급 사회를 없애버리든가 아니면 계급 간 이동이 가능한가가 됩니다.

그것이 되는가, 되면 얼마만큼 가능한가에 대해서는 사회마다의 체제나 국면에 따라 달랐고 진보하면서 변천을 겪기도 했습니다. 신라의 골품제하에서 신분적 한계 때문에 나라를 떠났던 최치원은 그야말로 본인의 실력에도 꼼짝없이 사회 제도에 당한 것이지만 세상도 점차 바뀌어 갔습니다. 음서제를 축소시키고 전시과나 과전법에 손을 대 수조권의 세습을 벗으려 한 토지 개혁들, 관직에 나가기 힘들거나 나가더라도 요직에 앉기 어려운 중인들에 대한 차별을 철폐하려 한 정책 등은 모두 이 뻣뻣한 세상 스트레칭 좀 하자고 한 실례들입니다.

그보다 근본적으로 문벌제도나 과거제도에 대해서 실학자들의 개혁안이 있었지만 그것이 현실 정치로 실현되진 못했습니다. 성리학은 유교로서의 통치 이념만이 아니라 당대의 지배구조를 합리화하는 명분이기도 했어요. 갑오개혁으로 신분제가 공식적으로 폐지

되고 난 뒤에도 관습상 신분은 오래 지속되었습니다. 노비 출신이지만 관직에 오른 장영실, 고려 공녀 출신의 기황후와 같은 극적인 신분상승들은 고사하고 과거의 계급 사회에서는 한 계단을 오르는 신분의 수직이동도 어려웠고 신분 제도를 바꿔야 한다는 제안들도 기득권에 막힐 수밖에 없었습니다.

순산이 안 되면 제왕절개로 가야 합니다. 합법적으로는 계단을 오를 수 없고 협상테이블에 둘러앉지도 못한다면 방법은 살과 살이 부딪치는 싸움으로 강탈하는 길뿐입니다. 한국사로 치면 작게는 왕후장상의 씨가 따로 있냐며 싸우려 했던 만적의 난부터 크게는 정말 싸웠던 동학 농민 운동, 세계사로 보면 근대 시민 혁명들이나 미국의 남북 전쟁과 노예 해방 같은 굵직굵직한 사건들은 모두 계급투쟁들이었습니다. 실패했든 성공했든 그렇게 계급을 두고 벌이는 승부는 인류사에서 가장 큰 주제로 내려왔습니다.

> "지금까지 존재한 모든 사회의 역사는 계급투쟁의 역사다.
> 자유민과 노예, 귀족과 평민, 영주와 농노, 길드 장인과 직인,
> 한 마디로 억압자와 피억압자는 항상 서로 대립하면서
> 때로는 숨겨진, 때로는 공공연한 싸움을 벌였다."[*]

마르크스와 엥겔스는 계급의 요지를 지배와 피지배로 보았습니

---

[*] 《공산당 선언》, 카를 마르크스 & 프리드리히 엥겔스(공동 집필), 1848년.

다. 신분에 의해서 주인과 종이 되고 돈에 의해서 사장과 직원이 되는 등 형식적인 관계는 시대나 환경에 따라 천차만별이어도 그 성격상으로서의 본질은 같다는 거예요.

그들이 본 것처럼 그전에는 쭉 신분만이 계급으로서 역할 하다가 정치적, 경제적 환경이 변화하면서 종래 신분 사회도 균열이 가고 뒤틀렸습니다. 조선조에 몰락하여 길쌈을 하는 양반들이라거나 선무군관포를 내는 부농들이 생긴 건 신분에도 名과 實이 갈라지며 나타난 현상들이었습니다. 후기에는 족보 위조나 매관매직이 횡행했을 만큼 신분이나 벼슬은 돈 주고 살 수도 있는 것이 되기도 했습니다. 즉 계급도 전이되고 실질이 바뀌어 간 것이죠.

그리하여 이후 생산 수단, 경제적인 능력이 계급화되었습니다. 과거 신분제는 현대인들에게는 실감이 잘 되지 않지만 돈이 계급이라는 건 너무나 직설적이고 피부로 와 닿을 것입니다. 돈이면 사람을 부릴 수도 있고 부림당하지 않을 수도 있으니까요. 하지만 세상을 좌지우지할 권력자와 같은 건 돈만 있다고 되진 않겠고 화각을 넓혀 계급을 어떤 외압에도 강제로 당하지 않고 자유로울 수 있는 상태로 보면 필요한 정도가 다릅니다. 그래서 베버의 계층 이론은 마르크스보다 다원적인 계급관을 가지고 지위불일치*도 얘기하며 세상을 복합적으로 읽어내려 했습니다.

현대에 가장 직관적으로 떠오르는 계급은 "그 사람 뭐 하는 사람

---

*   한 개인이 가지고 있는 지위의 경제적 측면, 사회적 측면, 정치적 측면 등의 위상이 일치하지 않는 현상을 의미한다.

이야?"이자 삶을 차지하고 있는 '직업'인 것 같은데요. 직업의 본래 뜻은 계급이 아니지만 계급으로서의 의미와 실질이 붙어 있기에 본유 성격보다 그 효과를 위해 선택되고 인기를 누리는 면이 더 많기도 합니다. 입시, 취업을 위한 공부가 그런 면에선 계급을 향한 준비이고 분투기에 많은 사람들이 어렸을 때부터 계급투쟁의 길로 들어선 것이 되죠. 원하는 사람이 되려고 부단히 애쓰고 마음고생하는 건 미시적인 계급투쟁이겠고 그걸 성취하고 나서 얻은 시선과 자신감도 계급 덕에 벌어지는 효과들이라 해도 무방할 것입니다.

찾아보자면 이 말고도 계급으로서 작용하는 게 더러 있겠지요. 이래서 신분제는 사라졌지만 신분이 사라졌다고 생각하는 사람은 없을 겁니다. 그것이 재산, 지위, 권리, 권력 등으로 양태만 바뀌어 여전히 삶을 재단하고 있으니까요. 다만 과거와 확연히 달라진 것은 현재 사회는 과거처럼 출생부터 귀속되어 삶을 지배받는 게 아니라 자신의 재능과 노력으로 그걸 얻어낼 수 있게, 더 이상 태어난 위치만으로 삶이 결정되는 억울한 시대는 벗어났다는 것일 겁니다.

현재는 계급이동의 문을 어떻게, 얼마나 열고 닫을 것인가가 과제로 있습니다. 문을 미닫이로 하자, 여닫이로 하자, 회전문이 고급스러운데, 문틈에 손 끼었어요와 같은 말들이 오가며 충돌도 하고 타협도 하며 조정은 계속되고 있겠죠. 그래도 인류가 거시적인 투쟁의 결실로서 신분을 귀속에서 성취로 바꾼 것에는 어느 정도 성공해가고 있다고 볼 수 있어요.

그렇다면 지금까지 우리가 설명한 것들이 계급의 다일까요? 아니요. 이제 이런 사회가 도래한 만큼, 보다 속에 있는 계급이 인간의 삶을 결정짓게 되었습니다. 식물도 그 씨가 겉으로 드러나는 겉씨식물이 있고 속 안에 감춰진 속씨식물이 있는 것처럼, 인간에게도 겉씨 신분이 있고 속씨 신분이 있다고 할까요? 겉씨 신분은 앞에서 우리가 본 것들이라면 속씨 신분은 보다 그 사람 자기 자신이라고 할 수 있는 신분입니다.

본웅 씨도 한국의 모병제 특성상 군복무를 했으니 군 생활이 예시로 들기 아주 좋을 거 같습니다. 아시다시피 군대는 사회의 웬만한 조직보다 더 엄격한 계급 사회입니다. 그러나 거기서도 겉계급이 있고 속계급이 있습니다. 사관과 부사관의 관계가 형식적으로는 소위가 상사보다 높은 계급이지만 실제로 군대에서 신임 소위가 계급장을 내세우며 행보관을 하대하는 걸 상상할 수 있는 예비역들은 없을 겁니다. 그렇다고 계급의 명과 실이라는 게 병장이 별들보다 더 높다는 농담이나 대대장급도 주임원사를 존중해 주고 굽히기도 하는, 계급장들의 표리를 말하는 것이 아닙니다. 바로 엄한 계급이 존재하는 군대에서도 남자 대 남자로서의 '힘'이 원시적 계급이라는 것입니다. 만만한 후임들을 못살게 구는 선임이 새로 들어온 이등병이 폭력배라거나 격투기 선수라도 쉽게 대할 수 있을까요? 그런 면에선 "계급장 떼고 싸우자"는 건 더욱 원초적인 계급을 확인하자는 의사로 해석될 수 있겠죠.

군대만이 아니라 남자들의 세계라면 어디서든 실제로 부딪히든지 부딪히지 않든지 본능적으로 느끼는 상대의 힘에 따라 서슴없이 지기도 하고 겁먹고 긴장하기도 합니다. 힘의 법칙은 어디든 기저에 놓여 있습니다. 교권이 떨어졌다고 시위하고 복권을 구하지만 호랑이 선생 앞에서는 자연히 기는 게 학생들입니다. 장유유서와 같은 도덕이나 풍속 역시 마찬가지며 지위나 자리가 아니라 사람 사이의 관계에서는 힘이 원색적인 신분으로 드리워져 있습니다.

명목상 계급과 실질상 계급의 차이는 여러 군데서 발견할 수 있습니다. 조직체에서도 선배, 상사가 아니라 '아는 게 벼슬'일 때가 있을 겁니다. 나이 역시 마찬가지입니다. 나이가 얼마에 미달되는 것으로 지정되는 미성년자는 법적 분류지 운동선수들은 고등학생 때가 성인보다 더 강하기도 하고 아동들이 어른보다 창의력이 높다거나 각 분야의 일류들은 소년 때부터 오랜 시간 실력을 쌓아 올린 기라성들을 능가하기도 합니다. 지식의 총량은 나이가 들수록 많아져도 흔히 '스펀지처럼 빨아들인다'고 하는 흡수력은 학창 시절이 성인 이후보다 더 기민하기도 합니다.

어린이들이 장래희망을 적을 때는 보통 어떤 직업을 적지—잘생긴 사람, 똑똑한 사람, 축지법을 쓰는 사람 같은 건 적지 않지만—네 맞습니다. 귀속이 되든 성취를 하든 세상에서 신분이라고 인식되는 사회적으로 설정되어 있는 실체들이 있는 반면에, 그 사람이 가진 외모·두뇌·힘과 같은 능력들은 보통 신분이라고 얘기하진 않지만 보다 그 사람의 신분이라고 할 수 있는 면이 있습니다. 우리는 이것을 '자연적 신분'이라고 명명하겠습니다.

자연적 신분은 사회적 신분을 따내기 위한 도구이자 바탕이 되어줍니다. 능력자들은 이직을 자유롭게 하며 준수한 가수나 모델들은 배우가 되기도 하고 법조인이었다가 시장이 되었다가 국회의원도 되는 삼권분립을 넘나드는 용도변경들은 자연적 신분이 있으면 사회적 신분은 필요와 상황에 따라 얼마든지 갈아입을 수 있다는 얘기입니다.

자연적 신분이 몸이라면 사회적 신분은 옷과 같습니다. 자연적 신분이동이 변신이라면 사회적 신분이동은 변장과도 같습니다. 산하에 직원이 수두룩한 長들도 임기가 끝나면 길거리의 장삼이사로 전락하듯이 사회적 신분은 그 명예도 권세도 때가 되면 나는 내려오고 다른 사람이 차지하는 명패입니다. 몸은 다치거나 병들거나 하지 않는 이상 기본적으로 몸 그대로지만 옷은 얼마든지 갈아입고 벗김을 당할 수도 있습니다.

털옷은 입는다면 매끈매끈한 사람도 그 털의 효과를 받겠지만 호피무늬 옷을 입었다고 내가 범이 되는 것이 아니듯 사회적 신분은 내가 그것을 취했다고 내가 그게 되는 것이 아닙니다. 자연적 신분이 나에게 밀착한 나가 되지요(현재 자연적 신분의 한계도 명확하기에, 자연적 신분보다도 더 근원적인 신분이 있으나 지금 본옹 씨에게 얘기할 수 있는 단계는 아닙니다).

과거 학력이 낮아도 크게 자수성가한 사람들을 보며 배웠든 못 배웠든 사람이 똑똑하면 된다고 입을 모으는 것도 그 '총명함, 영리함'이 진짜 계급이 된다는 것이에요.

옛날 왕조국가가 근현대까지 이어져 찍힌 사진이 남아 있거나 현대에도 상징적인 국가원수로서 왕이 있는 나라들의 왕자나 공주들이 있지요. 사람들이 그들을 볼 때 보통 생각되어지는 왕자와 공주들의 외모가 아니라서 위화감을 느끼는 것도 사회적 신분보다 자연적 신분을 진짜 신분으로 생각하는 인간의 본성이 투영되어 있습니다. 속되게 "여자는 예쁜 게 고시 3관왕"이라는 말도 관련 예시로 딱이라고 할 수 있습니다.

그러나 사회적 신분이 무효라는 건 아닙니다. 의복보다 몸이 중하다고 아무렇게나 입어도 되는 건 아니니까요. 몸 좋은 사람도 펑퍼짐한 옷을 입으면 핏이 다 묻혀버리듯 자연적 신분이 높아도 그걸 온전히 드러내고 증명해 줄 수 있는 건 사회적 신분입니다. 그 전의 인류의 모든 계급투쟁은 사회적 신분을 향한 거였듯이, 그 성취와 상실이 중요한 건 지금도 비슷해요. 출세하여 바라던 준거집단이 소속집단이 되면 주위로부터 보고 듣는 수준, 삶의 질이 달라집니다. 과거에는 날 때부터 거저 얻었다 해도 지금의 사회적 신분들은 자연적 신분이 된다고 별 노력 없이도 주어지는 게 아니라 대등한 경쟁자들을 꺾어서 쟁취해야 합니다. 자타 공인 노력과 인내의 산물인 사회적 신분은 그 사람을 몰라도 그 사람을 매길 수 있는 시가표준액이 되기도 합니다.

자연적 신분이 다라면 왕이나 양반보다 변강쇠나 산적들이 더 세니 궁궐이나 안방을 엎고 끝났겠습니다. 사단장이 저 산이 보기 싫다 하면 산이 사라진다는 군대식 개그처럼 사회적 신분으로 동원되는 권세는 웬만한 개인으로서의 자연적 신분으로는 안 되는 걸 되게 합니다(하지만 그것들 역시 그 부품은 기본적으로는 자연적 신분입니다). 한시적인 명패라는 것도 종류 나름이라 직위들은 임기가 있다 해도 대대로 세습하는 기업과 재물들은 계속 자신의 것으로 남길 수 있는 사회적 신분들로 받아들여지죠.

축구선수는 구두보다 축구화를 신어야 하고 해녀는 잠수복을 입어야 하듯이 자신의 특성에 맞는 걸 착용해야 몸을 능률적으로 놀릴 수 있어요. 자기 재능에 맞는 직업을 얻어내야 자신이 온전히 실현되는 삶을 살 수 있습니다. 그러나 세상에 두 가지 신분이 미스매칭 되어버려 불행했던 사람들이 많았습니다.

인재지만 불우한 환경으로 인해 못 배우거나 서포트를 받지 못한 사람들, 시대를 잘못 만난 천재들, 그런 시대에 여자로 태어나 재주대로 살지 못한 허난설헌과 같은 이들은 하나같이 실력은 있었지만 기회의 부재로 삶이 억울해진 케이스들이었습니다.

살아보면 실력 못지않게 운도 중요한 것처럼, 능력만큼 기회라는 주제는 무시할 수 없습니다. 같은 종자의 씨라도 어떤 토양에 심느냐에 따라 다르듯이 같은 능력을 가진 사람이라 해도 그걸 가지고 어떤 선택을 하느냐, 어떤 방법을 잡는지에 따라 결과물은 큰 차이를 보입니다. 그러나 여기서의 기회는 자신을 둘러싼 일체의 환경과 스스로 선택하는 진로나 대진운, 정세 등을 얘기하는 것이지 과거처럼 사회 제도에 의한 절대적 구속은 아닙니다. 현대는 속씨가 갖춰져 있어도 과거처럼 속 안에만 잠겨 있다 끝나는 게 아니라 자신을 던져 발현하고 만개시켜 그 수확물을 거둘 수 있게 된 것입니다.

이렇게 우리는 첫 번째로 인간의 계급을 꺼내보았고 좀 더 원론적으로 들어가 사회적 계급과 자연적 계급을 살펴보았습니다. 과거

부당했던 계급 사회가 철폐되었으나 이후로도 계급 사회는 이어지고 있다는 일반적인 관점을 먼저 확인했습니다.

그리고 이런 사회적 재화, 효용, 영향력들은 누구에게 접할 수 있게 되고 무엇으로 기울어지는지입니다. 그려져 있는 함수가 아니라 그것의 접선에 관한 함수를 알아야 합니다. 현재는 과거보다 훨씬 구간이 다양해졌고 그중 많은 구간들이 능력을 가진 사람에게 접해지고 능력차이가 벌어질 수 있는 만큼 기울어질 수 있게 도함수가 바뀌었습니다. 계급의 성취 원인이 사회적 신분에서 자연적 신분으로 치환된 것입니다. 신분 계급제가 타파되어 능력 계급제가 된 것은 참 바람직한 현상일 것입니다. 각 사람이 자신과 딱 맞아떨어지는 자신이 되도록 정위치 해준 것이니까요.

이렇게 되면 이제 현대 사회에서는 사회적 신분에 앞서 자연적 신분이 목표가 됩니다. 그런데 여기서 이제 중대한 문제에 봉착합니다. 다음에 이어서 얘기하겠습니다.』

메시지를 다 읽은 맛둥은 한번 심호흡을 했다. 계급이라―계급에도 액면이 있고 실질이 있다는 건 익히 알고 있던 거지만 거기도 심도가 있는 것이었다.

하위직 공직 사회로 치면 長에 올랐냐 아니냐와 같은 것으로 실질적 계급을 나누겠지만, 사실 맛둥이 가만 보면 한 가지 더 깊은, 진정한 계급이 있었다. 바로 자식이었다. 실력이 좋지만 운이 없는 바람에 지위가 올라가지 못하고 정체되어 버렸어도 자식은 명문대학에 진학하거나 높다란 취업을 하여 밥 안 먹어도 배부른 직원들도 있었다. 장내시장에서는 억울하게 되었지만 장외시장에서는 긍지가 울창했고 퇴직해도 색이 바랠 게 없는 후생을 가진 그들이야말로 가장 높은 계급을 소유했다고 봐야 했다.

평소에 누구나 느끼고 있는, 사람의 어떤 스펙과 능력에 대한 일체를 사회적 신분과 자연적 신분이라는 말로 바로 와닿게 적절히 모양 지어서 표현해 준 것도 좋았다. 2개가 원래는 호응해야 정상이겠지만 빗맞음도 있었다. 블라인드 채용으로 뽑고 봤더니 죄다 명문대였다는 일화는 사회적 신분과 자연적 신분이 그에 맞게 동기화된 사례지만 지금도 소위 빽이나 공명첩으로 사회적 신분을 얻는 업계들도 없지는 않았다. 또 염상섭의 〈삼대〉에서 족보를 얻어 조상을 꿔오는 허 노인은 신분을 바꾸긴 했지만 사회적 신분만을 사들인 것으로 자연적 가계는 맹물 그대로라는 것도 그랬다.

옷과 몸의 비유를 들며 사회적 신분보다 자연적 신분이 그 사람의 진정한 신분이라는 것도 찰떡이었다. 흔히 '옷이 날개다'라 하고 그것도 맞지만 아무리 옷이 호화로워도 몸이 볼품없으면 맵시가 나지 않았고 반대로 허름한 옷도 옷거리가 좋으면 호가호위할 수 있었다. 또 전에 의대 재학생이 성추행으로 제적당한 뒤 다시 입시시험을 쳐 또 의대에 진학했다는 기사가 기억났다. 신분은 제적당해도 실력은 제적당하지 않았고 자연적 신분이 뒤에서 버티고 있으면 사회적 신분은 또 따내기도 했다.

게다가 메시지보다 한술 더 떠서 맞둥 생각에는 사회적 신분을 얻지 못해도 자연적 신분이 높으면 만족할 수도 있을 것 같았다. 결혼식 때 만난 조니처럼 능력이 됨에도 상류층으로 가지 않는 실력자들도 있지 않았던가. 그가 곧 나올 2세에 방긋방긋 웃은 것도 속씨 신분에 대한 자부심이었다. 자존심은 굳이 위 계층으로 가지 않아도 이미 증명해 왔고 소유한 실력만으로 만족할 수도 있을 것 같았다. 은퇴해서 세무과에 공익으로 들어온 유도선수가 그들 중 가장 사회적 약자일지는 몰라도 아득한 자연적 강자이기에 남자 세계에서 얼마나 여유 있고 당당하게 살 수 있는가.

또 바이킹에서 시소로 갈아타듯 난이도도 낮아졌다. 예전에 명문대생이 학교 커뮤니티에 '저녁이 있는 삶'을 위해 9급 공무원으로 입직했다는 글을 올려 화제가 되었던 거나 대기업을 다니다 말단 공무원으로 들어온 직원 등은 모두 실력보다 신분은 낮아졌긴 하나, 그들의 급에 맞는 현업은 그만한 능력을 요하는 만큼 피곤하기도 하고 경쟁자들도 만만찮았다. 수심이 낮은 곳에서의 수압은 그들에겐 땅 짚고 헤엄치기일 수도 있을 것 같았다. 반대로 사회적 신분이 자연적 신분보다 높으면 남 보여주기는 좋지만 자기 능력에 일을 해내기는 벅차기도 했다.

그러나 메시지에서도 얘기하듯 사회적 신분을 성취해야 자연적 신분이 그 역할을 한 거라는 것도 맞았다. 취득해도 등기 치지 않으면 권리에 대한 효(效)를 보장받지 못할 수 있는 것처럼 자연적 신분은 기본적으로 그것으로 돈이나 자리나 메달을 얻어야 비로소 보람이 있는 거지, 좋은 자연적 조건을 가지고도 게으르거나 운이 따라주지 않아 신분만 아깝게 된 사람들도 없지 않았다. 사회적 신분으로 귀결되지 않은 자연적 신분은 끝내 현금이 되지 못한 채권처럼 대손일 수도 있고, 그 자체로만 자랑스러울 수도 있고. 이건 상황이나 사람 성향 나름일 것 같았다.

현재도 계급이동의 문이 과제라는 대목에선 맞둥이 현실에서 봐온 몇 가지 것들이 떠올랐다. 사법고시 폐지라거나 고교 평준화, 의과대학 정원 증원 같은 것들이 표면적인 이유는 다르지만 파생되는 것을 보면 이 문단속에 대한 것이었다. 경찰 공무원은 시험으로도 승진할 수 있게 한 것도 위치한 길목과 너비는 부분적이지만 이 주제에 관한 것이었다. 이 문은 고대부터 지금까지 짜고 고치고 부수기를 해왔을 것이고 지금도 많은 것들과 직간접적으로 연관이 되어 있을 것이었다.

그런 것과 별개로 맞둥의 가려운 데를 긁어준 건 그때 이모부가 던진 말에서 느낀 감정의 정확한 원인을 설명할 수 있는 글이었기 때문이었다. 이모부의 말이 통렬했고 아팠던 이유, 자기 자신이 만족할 수 없었던 이유는 사회적 신분은 얻었으나 자연적 신분이 올라간 것은 아니어서라고 적출해 낼 수 있었다.

역사는 아(我)와 비아(非我)의 투쟁*이라 했다. 사과를 베어 물었는데 안에서 벌레가 몇 마리 나오면 가장 싫을까라는 질문에 '반 마리'라는 개그가 함의하는 건 벌레가 아무리 많아도 내 밖에 하나의 객체일 뿐인 것과 주체로 들어와 버린 것의 극명한 차이였다. 가끔 식품업계에서 범죄가 일어나면 하는 말들이 먹는 것 가지고 장난치는 놈들은 엄벌해라는 것도 다른 감각의 수용 방식과 달리 먹는 건

---

*   《조선상고사》, 신채호, 1931년.

아를 침범하는 면이 세게 느껴져서 그랬다. 그렇게 보면 구역질이라는 건 내가 아닌 것이 내가 되려고 할 때의 그 부조화, 이물감에 반응해 밀어내려는, 비아에 대한 아의 투쟁이라고 할 수도 있었다. 그러나 사람에게 있어 아와 비아를 구획하는 게 그것에 욕지기가 올라오냐로 판정할 순 없었다. 아와 비아 문제는 일체형이냐 아니냐는 쟁점으로도 딱 답이 나오는 게 아닌 것 같은데 무엇을 가지고 판단할 수 있는 걸까?

공무원 신분은 내가 될 수 없었다 해도, 내가 사는 집이 셋방이 아니라 자가였다면 我일까? 이제 개가 똥오줌을 갈기지 못하도록 펜스까지 설치해 주셨으니 더욱 내 것이 된 게 아닐까? 부모나 자식, 배우자는 我일까? 이쪽도 등록증이나 운항 명세서 같은 걸 제출받는다면 內인지 外인지 판가름이 될까? 혈중我포화도라도 있으면 그 모든 게 얼마나 내가 되어 내 안에 흐르고 있느냐를 잴 수 있을지 모르겠지만 그런다고 그게 나라고 확증할 수 있는 것도 아니었다. 그러나 현실에서 한 가지 확실하게 '나'라고 할 수 있는 것—의심할 수 없게 나를 이루고 나를 지탱하고 나의 근거가 되어 나를 무시할 수 없는 강자로도, 천대를 받는 약자로도 만드는 게 자연적 신분이라는 건 모두가 동감할 수밖에 없지 않은가.

이번엔 性과는 무관한 담백한(?) 메시지였지만, 마음이 그렇게 편치는 않았다. 마지막에 여기서 문제에 봉착한다고 한 게, 어떤 것인지 알 것 같아서였다. 그런데 해결책이 있는 걸까? 다음 메시지가 궁금했다.

운명, 그리고 혁, 명(命)

「몇 년 전에 노트르담 성당을 '구경했다'기보다 샅샅이 뒤졌을 때, 한쪽 탑의 캄캄한 구석에서 벽에 손으로 새긴 다음과 같은 낱말을 발견하였다,

ANArKH(숙명)

(중략) 낡은 성당의 정면에 이런 죄악 또는 불행의 자취를 남기지 않은 채로는 이승을 떠나기를 원치 않았던, 고통받은 넋은 어떤 사람이었을까.

《노트르담 드 파리》작가 서문 中, 빅토르 위고, 1831년」

이제 조금씩 쌀쌀해지는 게, 11월이 되었다. 보통의 성인들 같으면 당연히 11월은 11월이거나 자기 스케줄에 따라 읽어지는 게 보통이겠지만, 맏동에게 11월은 대학수학능력시험이 있는 달이기도 했다. 왜냐하면 매우 드물게도, 이 나이에 입시에 도전을 하는 친구에 의해서였다. 37살 나이에 수능을 치는 명현이었다.

연락을 끊고 칩거하며 공부에 몰두하는 그라 받을까 싶었지만

격려차 보낸 문자에 대한 답장이 왔다. 하긴 시험을 일주일 앞둔 지금은 공부보다 컨디션과 감정 조절이 중요하니 마음을 다잡고 있겠지. 명현은 학교 다닐 때 공부를 꽤 잘했었다. 사범대학을 졸업하고 교편을 잡았으나 시국이 뒤바뀌게 된 것이 그에게 영향을 미쳤다. 약대 전형이 PEET에서 수능으로 입학할 수 있게 된 것도 문의 개폐를 손질한 것일까? 수능이나 공무원 시험 모두 나이 상관없이 응시하게 해주는 것부터가 벽을 문으로 만들어 주었다고 할 수도 있을지도 몰랐다. 해서 명현은 과감히 사표를 쓰고 다시 계급투쟁을 했던 그 시절로 돌아간 것이다.

맛둥도 고등학교 3학년 시절들을 회상해 보았다. 그때 도는 말이 3월 모의고사 성적이 수능 성적이라는 말이 있었다. 상식적으로는 말도 안 됐다. 그럼 3월부터 11월까지 고3 기간은 아무 소득도 없다는 것과 같지 않은가? 중위권에서 상위권으로 가는 것보다 상위권에서 최상위권으로 가는 것이 더 어려울 터이니 명현도 보장받을 수 없는 길에 오른 처지였다.

많은 직원들이 창문을 열고는 밖을 내려다보았다. 구청의 구내 주차장에서 민원인들끼리 삿대질을 하며 싸우는 소리가 요란해서였다. 전에 주차 문제로 소란이 난 적은 없었는데 최근에 주차장의 동선과 면적을 조정한 이후 구청에 볼일 보러 온 민원들의 차량이 접촉하는 일이 잦아지며 싸움이 심심찮게 났다. 잠시 머리를 식히려 나와 있던 맛둥은 다시 구청 건물로 들어갔다.

싸움. 싸움이란, 무언가를 두고 싸움이 붙으려면 그것이 인식 가능해야겠고 이권이나 정당성이 걸려 있어야겠고 싸우는 방식이 있어야 할 것이었다.

　세무과 사무실로 들어온 맞둥이 메신저를 켜니 '현년도 체납물건 압류 부탁드립니다'라는 제목으로 체납팀에서 쪽지가 왔다. 원래는 체납정리팀이 따로 있어 징수 업무는 거기서 했으나 당해 연도 부과분에 대한 체납은 각 부과팀에서 압류를 잡고 다음 연도에 체납팀으로 이관해 줬다. 재산세는 10월까지 올해 부과분의 독촉장이 다 나갔기 때문에 11월부터는 압류를 할 수 있는 요건이 되니 쪽지가 온 거였다.

　세금을 내지 않은 납세자들에게는 납세증명서가 발급이 되지 않거나 관허사업을 제한하거나 체납 자료를 제공하는 등 간접적인 제재도 있지만, '체납처분'이라 하여 납세자의 재산을 압류해서 추심하거나 공매로 처분시켜 세금을 징수하기도 했다. 체납에 체납처분이 없다면 범죄에 형벌이 없는 것과 같고 세금 꼬박꼬박 잘 내는 사람들만 바보가 되는 격이었다. 물론 체납자에도 종류가 있어 부지중에 놓친 사람도 있고 생계형도 있지만 고의적으로 피하는 뺀질이들도 있으니. 강제력이 뒷받침되지 않으면 납세가 국민의 4대 의무가 아니라 적십자 회비처럼 협조요청으로 전락했기에 나라가 허수아비가 되지 않으려면 공권력이 있어야 했다. 공권력이라—그가 공무원 시험에 응시하고자 박차를 가해줬던 강제력—압류 작업은 전산만으로 집행할 수 있는 공권력이지만, 실전에서는 세법에서 정의하지도, 챙겨주지도 않는 '공권 제한 토지'들을 느낄 수 있었다.

　옆에서 주무님이 전세사기 피해자들에 대한 세제 혜택에 관련

된 공문을 읽어보라 하셨다. 최근 몇 해 일어난, 명의자만 끼고 실제로는 배후조직이 있다는 것으로 보도된 전세사기 범죄의 경우 등기부, 세금체납 내역을 다 떼서 이상이 없었음을 눈으로 확인했음에도 사기를 당한 것들이 있었다. 경제사범들은 큰 액수가 걸리는 거래지만 허점이 있는 영역을 표적으로 하여 봐도 다 볼 수 없는 걸 이용하기도 했다. 전세사기 피해자들의 절규를 볼 때면 무주택자로서 사는 삶이 퍽 불안하게 느껴졌다.

오늘 퇴근 후 맛둥이 들른 곳은 동네 친구의 집이었다. 친구가 부모님 공동명의로 된 집 하나가 팔렸는데 양도소득세 신고를 어떻게 하느냐고 물어서였다. 국세지만 맛둥이 해주려는 이유는 조금만 알아보면 직접 할 수 있는 걸 세무사에게 맡기라고 일언지하에 끝내는 게 그래도 명색이 세무공무원으로서 그 정도 세무는 해줄 수 있을 것 같아서였다. 수수료는 됐고 밥이나 한번 사주기로 하고 그도 양도세 신고를 좀 알아보고 왕진을 온 거였다. 맛둥은 홈택스*를 켜고는 양도소득세 예정신고를 할 수 있는 화면으로 들어갔다.

원래 그곳은 오래전 재개발이 된다는 소문을 믿고 투자처로서 사두었던 허름한 빌라였다고 했다. 그러나 일이 지지부진하여 언제쯤 사업을 시행할지 기약이 없었다. 해서 키워 잡아먹지 못하고 조합원 지위가 걸린 옛 건물 단계에서 처분하게 된 것이다.

---

*   집이나 사무실에서 인터넷을 이용하여 세금(국세)에 대한 신고·납부 등을 할 수 있는 인터넷 사이트.

취득 당시와 양도할 때로 각각의 매매계약서를 들여다보며 매입금액과 양도금액을 확인했다. 법무사 사무실에서 취득세 및 등기대행 수수료 뗀 비용을 취득가액에 합산하고 공인중개사 중개수수료 영수증을 첨부하여 필요경비에 기입했다. 그리고는 기본 공제, 장기보유 특별공제에 이어 보유기간과 소득 구간에 따른 세율을 체크해보았다. 보니까 부부합산을 하면 2주택이 되었고 일시적 2주택은 비과세될 수 있는 법이 있었지만 조정지역*인 곳에서의 거주기간을 따지자 비과세 요건을 충족하지 못했다. 계산이 완료되자 신고서를 제출하고 납부서를 뽑았다. 또 지방소득세를 신고할 수 있는 위택스 사이트로 넘어갔다. 친구와 부모님은 맞둥이 안에서 이리저리 신고를 진행하는 걸 왕진 가방을 열고 의료 도구들을 꺼내 집도하는 의사선생님처럼 보는 것 같았다. 사실 알아보면 누구나 스스로 할 수 있는 거였다. 부동산 등기의 경우도 제3자의 권리가 얽히지 않은 평이한 매매계약은 셀프 등기 할 수 있도록 안내해주는 책자를 구청 토지과에서 발간하기도 했다.

'법률행위'를 마치고 축하연을 벌이러 나가려 하는데 모바일 메신저로 모르는 곳으로부터 메시지가 와 있었다. 두근거리며 클릭했더니 국세청에서 발송한 전자문서라며 〖종합소득세 환급금이 발생하여 안내드립니다〗라고 적혀 있었다. 맞둥은 어? 하는 느낌이었다. 사실 그는 하루하루 귀를 쫑긋 세우고 어디선가 올지 모를 '그 메시

---

* 부동산 시장의 조절을 위해 국토교통부장관이 「주택법」에 의해 지정하는 지역.

지'에 촉각을 곤두세우고 있었는데 긴장이 풀려버렸다.

헌데 종합소득세는 자신과 관련이 있을 수가 없어 이상했으나 귀속연도가 공무원 합격을 했던 그해로 나와 있는 것을 보자 대략 감을 잡을 수 있었다. 발령 나기 전에 알바하던 때 돈 받은 거 말하는 거구나. 정식으로 취업을 한 게 아니라서 업체에서는 국세청에 사업소득으로 신고한 모양이었다. 그런데 무려 5년이 다 되어가는 지금에 와서 국세청에서 문자가 온 것은 이유가 있었다.

원래 '특수형태근로종사자'라 불리는, 정식 근로계약을 체결하지 않고 도급이나 용역 계약을 맺어 일하고 돈을 받으면 세법상 근로소득이 아니라 사업소득의 수취자가 되고, 그렇게 되면 연말정산이 아니라 5월에 종합소득세 신고로 세금을 정산하게 되었다. 이런 속칭 프리랜서들은 명목상으론 소속이 없으니 본인이 알아서 신고를 해야 하는데 이런 사정을 몰라 기납부세액이 결정세액보다 커서 환급금 받을 게 있어도 본인이 신고를 하지 않아 국고에 고이 모셔져 있는 납세자들이 많았다.

그런데 이런 생태를 포착하여 사업의 아이템으로 삼아 영업을 한 플랫폼 업체들이 있었다. 사람들로부터 개인정보를 받아 미지급된 환급금이 있는지 조회하고 신고를 돕는 서비스를 하는 사업이었다. 광고로 자주 봐서 맛둥도 혹했는데 연말정산을 하는 일반 직장인들은 보통 해당이 없고 전년도에 2개 이상의 직장에서 일했다거나 사업소득을 수취한 적이 있어야 했다.

하지만 대리인 업계에서는 이런 일이 곱게 보이지 않았다. 「개인정보법」 위반과 불법 세무대리 등이 거론되며 세무사회가 나서던 중

국세청도 직접 납세자들에게 환급 안내문도 보내고 셀프신고를 할 수 있도록 유도했다. 그런 세무는 중개나 대리를 통하지 말고 납세자 본인이 직접 확인하고 신고하라는 뜻이었다. 어찌 보면 민간사업자가 사업화한 덕분에 과세 당국도 행정서비스를 높이는 계기가 된 거긴 했다.

중고차 대리인 과소신고 같은 종류는 소소한 거지만 조선조 대동법을 출범시킨 게 바로 방납*의 폐단이었다. 현대는 《국부론》에서 말한 분업과 교환이 활성화된 시장 경제가 주축이 되었기에 대부분 사회가 '대리'로 운영된다고 할 수 있었으나 그게 다 최적은 아니었고 맛둥이 얼마 전 장례식장에서 귀가하며 생각한 것들처럼 함정도 있었다. 또 선거나 시험처럼 대신해서는 안 되는 영역들도 있었다. 그러니 세상엔 직접 할 수 있거나 직접 해야 되는데 대리가 된 것들이 있었고 직접 하라고 계몽하기도 했다.

고양이 똥은 햇볕에 바짝 말라야 주워서 치우기 편했다. 개를 막기 위해 펜스를 쳤으나 고양이들은 점프력으로 그걸 껑충 넘어 놈들은 아직도 제집 들락거리듯 했다. 벽 넘어 맞은편 주택에선 고양이가 자신의 똥을 치우는 맛둥을 바라보았다. 전임자가 잘못한 걸 후임자가 수습하는 걸 두고 '똥 치운다'는 은어가 있는데 우리가 그런 관계였나 싶다. 오늘도 귀가해 환경 정화를 마친 맛둥은 마당 의자

---

* 조선 시대 의무였던 공납(貢納) 시에 납부를 방해하고 대납(代納)을 강요하며 이익을 취한 행위.

에 걸터앉아 멍하니 하늘에 떠다니는 구름들을 바라보았다. 여기서는 높이 지어지고 있는 품바구의 많은 건물들이 한눈에 들어왔다. 저쪽 일대는 주거지역이 아닌데 고급 주택을 짓고자 로비해서 용도지역을 변경했다는 소문도 있었다. 밑에 세계는 이리도 생리와 이해가 날뛰고 있었지만—아아 누구던가, 저렇게 느긋하고 무심한 구름들을 맨 처음 공중에 달 줄을 안 그는.

그때였다. 잘 보니 구름 하나가 모양이 말도 안 되게 특이했다. 어디 솜사탕 틀에 들어갔다 찍혀 나와도 못 낼 거 같은 문양을 내고 있는 게 아닌가? 놀라 바라만 보던 맛둥은 그제야 뭔가 알아차리고는 휴대폰을 꺼내어 QR코드를 인식기를 열었다. 설마 했는데—어떤 인터넷 창으로 접속되었고, 그것을 천천히 읽기 시작했다.

『본웅 씨에게

앞전의 계급에 대한 이야기와 이어집니다. 저번에 말한 것처럼 각각의 사회도 그렇고 그 안의 구간들도 아직 저마다 사정이 있지만 전반적으로 학문과 산업에 가속이 있고 이념적으로는 자유를 지향해 가는 현대 사회에서의 계급투쟁의 핵심은 자연적 신분상승이 됩니다. 지금의 사람을 기준으로 하지만 여기서의 자연적 신분은 당장 발휘할 수 있는 실력만이 아니라 그 사람의 성장력과 잠재능력까지 포괄하는 개념입니다.

그렇다면 자연적 신분인 각 사람의 실력—그것들은 정확히 어떤 걸까요? 예를 들면 어떤 사람의 각 손가락 마디가 5개라고 해서 그 사람이 꼭 실력자라는 건 아닐 거예요. 보통의 손보다 좀 더 세분화되어 움직일지 몰라도 그게 타인보다 더 경쟁력 있는 뭔가가 되어줄지는 해봐야 알 테니까요. 그러니까 곱슬이냐 직모냐, 지성피부냐 건성피부냐와 같은 건 보통의 경우에는 인간 사이의 높낮이를 정하는 요소는 아니며 개개인의 특성일 따름입니다. 시대나 환경에 따라 신분이라고 할 만한 효과를 발휘할 수도, 못 할 수도 있는 특성들도 있어요. 또 보통 능력보다는 성격이나 감성으로 분류하는 것들도 자연적 신분이라고 해도 좋을 정도로 능력적으로 작용할 때도 있겠고요.

그렇게 세상에 탤런트들은 여럿 있으나 일단 여기서는 사람 사이의 우열을 가르는 대표적 요소로 신체적 힘, 육체적 외모, 지적 능력 정도를 들어보겠습니다. 이것들이 신분이 된다는 것에는 대체로 동의할 겁니다. 이 능력들은 수많은 분야마다의 실력의 기본이 되어 관련 전공자가 되거나 그렇지 않더라도 삶을 살아가는 데 큰 이점과 자신감이 됩니다.

그렇다면 힘은 정확히 어떤 게 자연적 신분일까요? 사람끼리 겨룰 때 승패를 어떤 요소가 정하는 가가 요소겠지만 꼭 싸움이 아니라도 무언가를 가능하게 할 수 있는 수많은 테크닉과 요령들도 당장 사람 간의 승부와는 무관해 보이지만 힘이라 할 수 있습니다. 물에 빠졌다면 가장 요긴한 자연적 신분은 수영을 할 수 있냐 마냐가 될 테니 경우에 따라 다르기도 하고요. 싸움이라 해도 총과 포탄을 드는 전쟁이라면 싸움의 방식이 전혀 다르고 어떠한 실전이라도 도구나 무장, 전략과 병법은 모두 힘으로 자리매김할 수 있습니다. 그런데 그것들을 지탱할 기본이자 어떤 상황에 처해도 자신을 보호할 수 있으려면 몸 자체에 힘이 없어선 안 됩니다. 신체적 힘이라는 것도 파워, 스피드, 유연성, 순발력, 지구력과 같은 많은 종류들로 나뉘겠죠. 사람마다의 체격이 있고 신체 부위마다 내는 힘들이 다르니 한데 묶어 말할 순 없지만 전기뱀장어처럼 전류를 내는 신체가 아니라면 지금의 인력은 기본적으로 근골에서 연유한다는 건 맞을 겁니다.

힘으로서의 자연적 신분을 키우는 방법은 운동을 하거나 기술들을 배우면 됩니다. 그런데 운동을 한다고 해서 본옹 씨가 챔피언들처럼 펀치가 세지거나 선수들처럼 민첩해지지는 못할 겁니다. 극복할 수 없는 몸의 짜임새가 있으니까요. 왕후장상의 씨는 없다 해도 천하장사의 씨는 있습니다. 신체에 있어, 건물로 치면 콘크리트와 같은 근육이 있고 그 근육도 단련한다고 다 같은 게 아니라 사람마다 밀도나 탄력이 붙는 정도가 다르지만 보다 중요한 건 그 속의 철근, 철골과 같은 역할을 하는 뼈부터 강골로 만들어져야 합니다. 뼈는 어떻게 갈아 끼우지 않고서야 그 자체가 성장하여 통뼈가 되거나 없던 뿔이 돋아나지는 않습니다. 운동 신경도 타고나는 거야 두말할 것 없고요.

남자와 여자를 비교하면 극복할 수 없는 신분이 있다는 것이 훨씬 명료해집니다. 가령 여자들이 남자에게 반격하는 호신술이 있습니다. '힘이 아니라 요령이다'라며 상대방의 힘을 역이용하거나 적은 힘으로도 큰 효과를 낼 수 있는 동작이 있습니다. 그런 파훼법을 통해 순간의 위기를 벗어난다 해도 보는 이들이 반신반의하는 건 실제로 그 급박한 순간에 재빠른 동작을 취하는 것도 쉽지 않지만 이후에 여자의 힘과 체구로서 상대를 제압할 수 있는가가 불확실하기 때문일 것입니다. 태권도 검은 띠를 두른 초등학생의 품새와 겨루기가 훌륭해도 건장한 성인 남자들에겐 별로 위협이 되지 않을 수 있고 국가대표 여자 축구나 유소년 축구가 성인 남자 축구에 비해 축구에 대한 이해나 컨트롤에서 부족한 것보다 남자 선수들의 파워와 스피드를 넘기 힘든 게 현실일 것입니다. 동작이나 작전은 가진 몸의 힘과 에너지에 따라서 크게도 작게도 실현될 수 있습니다.

남자와 여자가 낼 수 있는 신체의 최대 출력이 너무 큰 차이를 보이는 건 노력 부족이 아니라 여체에서 나오는 힘의 한계 때문입니다. 학업이나 다른 분야는 여자들이 더 잘하는 것들도 있으나 운동은 남녀가 대등한 조건으로는 경쟁할 수 없는 게 선천적인 근골의 차이 때문이라고 할 것입니다.

외모라는 자연적 신분은 어떻게 올릴 수 있을까요? 과거부터 사람은 얼굴과 몸을 가꾸기 위해 수법들을 써왔습니다. 지금은 자기가 어떻게 생겼든 꾸미기 나름인 것 같기도 하고 특히나 나잇살이 붙는 때가 오면 타고난 외모보다 자기 관리를 하냐가 더 외양을 만드는 것 같기도 해요. 발달되어 온 미용 기술에 의한 미적 진보는 확연한 것 같습니다. 우리가 앞서 2개의 신분을 변장과 변신으로 비유한 것처럼, 메이크업이 아니라 성형술까지 나왔으니 美에 있어서 만큼은 자연적 신분을 상승시킬 수 있는 기술력이 들어온 것 같은데요. 그러면 이건 기술과 노력으로 극복될까요?

선을 따는 단계부터 싹 지우고 다시 손을 댈 수 있을까요? '골격부터 다르다'고 경탄케 하는 이들을 따라잡는 건 여전히 어렵습니다. 새해 목표로 '살 빼야지'는 다짐해도 '뼈 빼야지' 하지는 않죠. 동양인들은 서양인들이 가지는 타고난 비율과 체형들을 따라잡을 수 없는 경우가 많기도 합니다. 다이어트도 있고 성형수술도 있고 기장 추가마저 할 수 있을지도 모르지만 〈박씨부인전〉처럼 원판 자체를 뒤엎어 버리고 새로 탄생하는 환골탈태(換骨奪胎)는 이뤄낼 수 없습니다. 성형술이 나온 까닭이 화장만으로 넘을 수 없는 본판이 있다는 사실에서 기인하는 것처럼, 현재의 성형술 역시 넘을 수 없는 본판이 있습니다.

자연적 신분 중 지적 능력은 어떻게 올릴 수 있을까요? 이거야 물어보는 게 이상합니다. 이 실력을 늘리려고 요람에서 무덤까지 '공부'라는 걸 하니까요. 분명 어떤 것을 배우면 거기에 대한 지식들을 습득해 나가면서 더 많은 것을 알고 생각할 수 있게 됩니다. 그렇다면 학습하고 사고하면 머리 좋은 사람이 되어가는 걸까요?

사람의 지적 능력은 한 가지로 말할 수 있는 게 아니라 참 여러 가지가 있습니다. 사고력, 논리력, 창의력, 추리력, 독해력, 연상력, 판단력, 응용력에다 이름 붙이기 나름인 자료해석능력, 문제풀이능력 등 많은 겁니다. 지적 능력도 상대적으로 더 높게 평가하는 게 있고 아예 평가하지 않다시피 하는 것도 있어요. 계산기를 두는 시험인즉슨 시간도 시간이지만 수기로 하는 계산력을 능력으로 산입하진 않겠다가 되고 암기력과 상관이 없는 오픈북 시험은 아는가를 평가하는 게 아니라 그 아는 것으로 문제를 해결할 능력이 있는가를 시험해 보고자 하는 것이 됩니다.

　세상에 많은 직업이 있는데 그 직업의 급이 높아질수록 대체로 더 고등한 지적 능력을 요하게 됩니다. 재밌는 건 어려운 일일수록 지식이 아니라 지혜를 테스트하는 게 많습니다. 지식은 어떤 것에 대한 개념, 명세들을 속속들이 아는 거라면 지혜는 사고력, 응용력으로 기존 지식들을 소화하고 조합해 내거나 새로운 지식들도 창출할 수 있는 능력들이라 할 수 있어요. 얼마간의 공리로서 어떤 정리들을 만들어 내고 또 그것들을 가지고 새로운 정리를 유도하고 도출해 내며 수학이 발전하듯이 지식은 물고기라면 지혜는 물고기 잡는 법으로 비유할 수도 있겠네요. 똑똑한 사람에게 붙여주는 관용어인 "하나를 가르쳐주면 열을 안다"는 말도 그걸 아는가를 넘어 그 아는 것으로 얼마만큼 더 많은 걸 알아내는 능력, 즉 '지혜'를 발휘하는가를 얘기하는 것입니다.

　공부할 때 문제를 풀며 도통 생각해도 답을 모르겠고 답답해서 답지를 보고 싶을 때가 있죠. 그럴 때도 섣불리 답안지를 보지 않고 할 수 있는 데까지 스스로 답을 생각해 내려는 이유 역시 답지를 보면 지식을 늘리고 문제 유형을 외우는 식의 공부밖에 되지 않을 수 있지만 고민하고 이해하려고 애쓰는 과정이 생각하는 힘 자체를 신장하는 길이라 생각되어서 그렇습니다.

　그렇게 머리란 쓰면 쓸수록 좋아질 수 있지 않을까 싶으나 앞에서 본 力과 美와 같이 지(智)도 그것이 어느 정도는 늘지만 사람에 따라 어느 이상부터는 한계에 부닥치게 됩니다.

이상 대표적인 자연적 신분들을 살펴봤습니다. 뭐든지 어떤 분야라면 공통적으로 요구되는 능력들이 있습니다. 운동은 종목을 떠나 '운동 신경'이 있어야 하고 공부는 과목을 떠나 '공부 머리'가 있어야 하며 예술은 '끼, 소질'이 거기서 경쟁력이 되는 기본 소양이라고 할 수 있을 겁니다. 여타 분야들 역시 거기서 특수하게 요하는 재주나 센스들이 있겠고요. 이런 능력들은 후천적인 교육과 훈련으로 얻는 것보다 선천적으로 타고나는 것이 크며 후천으로 얻었다고 여겨지는 것들도 그 뿌리는 선천에 있는 것이 많습니다.

물만 먹어도 살찐다는 체질이 있고 암만 먹어도 비쩍 마른 체질이 있습니다. 같은 음식을 먹으면 들어갈 때는 누구에게나 같은 입력값이지만 사람마다 소화력은 다르고 피와 살이 되는 정도도 다 다릅니다. 그 흡수력과 출력값은 개개인마다의 특성인 것처럼 사람마다 같은 걸 보고 듣고 배우고 힘을 써도 각자의 자연적 신분에 따라 학습과 꾸밈과 운동이 자신을 만들어가 줄 수 있는 정도가 다른 것입니다. 이렇게 인간의 실질적 신분을 만들어 주는 영역들—많은 능력들과 괄목상대하게 만드는 성장력은 선천적인 실력에 의해 결정되는 것입니다.

대학과목을 재수강하면 최대 받을 수 있는 성적이 A0나 B+가 된다는 것과 같은 상한선은 대부분 인정하고 납득합니다. 육두품이나 중인들이 일정 이상 올라가도 오를 수 없었던 관직이나 여성들의 '유리천장'과 같은 것들은 사회가 진화할수록 그것을 인정하지 않고 문제화하여 깨부수어 온 상한선입니다. 이런 상한제들은 인식을 하고 공론화를 하는 데 반해, 자연적 신분에 상한제가 걸려 있다는 것

은 인식하지 못하거나 인식해도 이것이 깨져야 할 규제라고 문제의
식을 가지지 않습니다. "너 사회에 불만 있어?"는 해도 "너 자연에
불만 있어?"라고는 묻지 않습니다.

세상의 지식인들은 이 문제를 어떻게 보고 있을까요? 제도권에
서 사회적 약자에 대한 복지는 얘기해도 자연적 약자에 대한 특별대
책을 세우지 않지만 그렇다고 세상의 학자들이 이 부분을 감지하지
못했을 리는 없습니다. 이를테면 존 롤스*는 각 개인들의 서로 다른
자연적 운과 사회적 운을 말했습니다. 자연이든 사회든 선천적인 것
들은 그 사람의 의지, 노력, 공로로 얻은 게 아니기 때문에 '운'이라
고 본 것이며 사회는 물론 자연적 운의 격차에 의한 결과도 어느 정
도 중화되어야 한다고 봤습니다. 이 비대칭구조하에서 자연적 상류
층들이 부를 나눠야 하는 까닭을 '정의(正義)'와 결부시키며 설명한
것입니다.

배분은 참 중요합니다. 일을 함께 했으면 몫도 알맞게 나누어져야
하는 기본부터 시작해서 당사자들만의 산식을 넘어 사회구성원 전체
가 단위와 합이 되는 관계식을 보게 됩니다. 최대 다수의 최대 행복,
노블레스 오블리주, 기업의 사회적 책임과 같이 개인 간에는 잡히지
않는 것들이 개념화됩니다. 모두가 한배를 탄 운명 공동체로 보아 더
불어 사는 상생·협력, 서로에 대한 기여·책임, 공리와 복지 등을 외면

---

* 미국의 정치철학자. 《정의론》(1971년)을 발표하여 학계의 스타가 되었고 윤
리학에 영향을 미쳤다.

하지 말아야 모든 계층에게 안전한 사회가 될 수 있다는 이론이 나옵니다. 분배가 사회에 자정작용을 하고 보다 많은 자들에게 기회를 부여하며 자원을 선순환시킨다는 공로는 뚜렷해 보입니다.

사상가들이 성장은 놓아두고 분배를 얘기한 건 몰라서가 아니라 성장은 어떻게 할 수 없는 영역이라서 상수로 두고 계산할 수밖에 없기 때문입니다. 자연은 못 건드려도 자연으로 결과가 된 사회적 과실들은 법과 의식을 통해 나눌 수 있으니 분배를 답으로 제시한 거죠.

이렇게만 천년, 만년 아무런 잡음 없이 간다면 또 모르지만, 그 분배를 굴릴 인간의 마음은 온전하지 않습니다. 어떤 개인의 생산이나 성취가 사회의 보이지 않는 도움에 의한 결과물이니 그 몫에 대해 지분이 있다며 정당성, 당위성으로 포섭하려는 것은 강자들의 납득과 양보가 지속되어야 유지될 수 있습니다. 논리란 만들어 내기 나름이고 도리, 인정과 같은 도덕 언어는 유리한 자가 배신하거나 악한 마음을 품으면 언제든지 그 평정은 깨지게 됩니다. 서희의 외교담판은 늘 있는 일이 아니며 지난 인류 역사에서 약소국들이 정통성이나 명분을 부르짖었다고 침략을 피할 수 있었던 게 아닙니다. 대등한 힘 없이 맞추어 놓은 균형은 바람 앞의 등불입니다.

하물며 당장 힘과 지혜가 첨예한 개인 간의 겨루기에 있어 승부는 내주고 밥이나 한번 먹는 게 눈부신 이득이 될 수 없습니다. 그 무엇보다 자존심에 대한 충족이 전연 되어주지 못합니다.

그러니까 성장이 아니라 분배 문제로 해결하려 하는 건, 자연적 약자들에게 있어 뿌리를 뒤흔들어 주는 구제가 될 수 없습니다. 그들에게는 '재능을 나눠주지 못하니 재능을 통해 내가 얻은 은과 금을 나눠줄게'가 아니라 '은과 금은 내게 없지만 내게 있는 이것을 너에게 줄 테니 일어나 걸어'라며 약자를 잡아 일으킬 수 있는 힘이 절실히 필요합니다. 한계를 넘은 성장을 이루어 줄 누군가가 있어야 합니다.

한편으로는 노력이 부족한 걸 자연적 신분을 핑계처럼 내세운다고 여길 수도 있겠습니다. 세상엔 어려운 상황에 놓였음에도 그걸 극복하고 꿈을 이룬 사람들이 있습니다. 그러나 자신에게 맞는 자신을 입은, 자연적 신분에 걸맞은 사회적 신분을 매칭하는 것에 성공한 거지 자연적 신분을 변화시킨 게 아니에요. 생선이 생선비늘을 되찾고 달걀이 흐물거리다 다시 달걀껍질을 입은 것과 같습니다. 가진 속씨를 열정과 끈기로 진흙탕 속에서도 꽃으로 피워내는 데 성공했다는 것이지 없던 종자를 만들어 낸 게 아닙니다. 즉 context에 대한 극복이지 text에 대한 극복이 아니라는 점이 중요합니다. 자신의 환경을 이기고 자신을 실현해 낸 것이지만 자기 자신 자체를 뛰어넘은 승리는 아니라는 것입니다.

노력과 인내는 인간의 삶에 아주 중요한 주제입니다. 신분의 높낮이를 떠나 어떤 사람이 자신의 삶에 변화가 일어나길 바라는데 아무 노력도 하지 않는다면 그 사람은 자기 스스로를 속이고 있는 것이겠죠. 지금은 계급이 주제인 만큼 능력만을 얘기하고 있으나 사람이 사람답게 되는 인격과 성품을 닦는 데도 노력 없이는 되지 않겠고요. 그러나 사람들이 노력을 할 때도 무턱대고 우직하게만 하기보다는 최대한 효율적이고 효과적인 결과를 낼 수 있는 최적의 방법을 모색하여 거기에 시간과 비용을 들이려고 하죠. 단순히 내가 고생하고 있다는 노력이 아니라 합격을 위한 노력을 해야 합니다. 수고와 열정의 열매가 더 실하기 위해서도 신분이 필요한 것입니다.

그래서 이것은 각 사람의 운명이 됩니다. 유사 이래 오랜 시간 동안 계급은 사회적 숙명으로서 있었습니다. 그러나 '사람 위에 사람 없고 사람 아래 사람 없다'는 기치 아래 투쟁하여 계급을 능력의 산물로 바꾸었습니다. 그러나 그 능력을 이루는 근간 역시 사람에게 정해져 있는 신분이라는 것을 확인해 보면, 모태에서부터 인간의 삶을 옥죄고 평생 그것을 벗어나지 못하게 하는 계급이 옴짝달싹할 수 없는 숙명인 건 과거나 현재나 매한가지가 되는 것입니다.

세상에 어떤 큰 변화, 진보가 있을 때 그 정당성을 잣대로 하여 혁명이냐 정변이냐 쿠데타냐와 같은 말들을 붙이지요. 또 급진개화파가 있고 온건파가 있었던 때처럼 변화의 정도가 얼마냐를 기준으로 쓰기도 합니다. 본옹 씨의 적극행정교육 시간에 구청장님이 말씀하신 개선-개혁-혁신과 같은 얘기에 한번 빗대보기로 할까요?

휴대폰이 피처폰에서 스마트폰으로 온 것은 못해도 혁신은 충분하겠지만 같은 제조사에서 만든 스마트폰의 버전이 원, 투, 쓰리, 포로 나가는 건 개선 정도가 많겠죠. 인기 게임 스타크래프트가 오리지널에서 브루드워로 간 것이나 1에서 2로 간 것은 어느 정도일까요? 프로테스탄트는 종교'개혁' 정도로 이름 붙였죠. 고녀왕조에서 조선왕조로 간 건 외려 퇴보한 면도 있지만 개선 정도는 봐줄 수 있을까요? 반면에 인류의 동력과 생활상을 바꾸는 것은 '혁명'이라는 말을 붙여줄 때가 많습니다. 프랑스혁명, 산업혁명이나 정보화혁명이 그렇지요.

허나 재밌는 건 인간 사회가 그토록 혁명을 통해 각계각층이 바뀌어와 오늘에 이르렀지만, 정작 개개인이 스스로의 인생에 대한 혁명은 일으키지 못한다는 겁니다. 사람은 자기 자신에게 혁신을 넘는 변화를 할 수 없습니다. 각자가 떠안은 자연이 인생의 바운드리를 정해버리는 명(命)이 되고 여기에 굴복해야 합니다. 생명(生命)이란 한자 그대로 인간의 생은 '명령'이 됩니다. '생긴 대로 살아'가 준엄한 강령이 되는 인생, 크게 봐서 뛰어봤자 벼룩이요 그 나물에 그 밥인 삶을 살 수밖에 없게 됩니다. 그렇기에 이 한계를 뛰어넘는 것이야말로 가장 강한 변화, 혁명(革命)이 됩니다.

옷 수선이 아니라 길쌈부터 새로 하는 게 필요합니다. 채색이 아니라 스케치부터 다시 그리는 게 필요합니다. 부동산 개발로 치자면 인간이 스스로 하는 자기 계발은 재건축, 재개발이 되지 못하고 리모델링에 그친다고 할 수 있습니다. 뼈대가 되는 골조는 그대로 둔 상태에서 건물을 새로 단장하는 도시재생은 할 수 있지만 아예 근간부터 새로 짓는 정비사업은 할 수 없습니다. 선천적(先天的), 후천적(後天的)이라는 말에 하늘 천(天)이 들어가는 그대로—땅 위의 어떠한 그린벨트보다 더 견고한 개발제한구역으로서 인간이 손댈 수 없는 구역이 바로 자신의 자연적 신분입니다. 그렇게 사람의 태생이자 그

태생도 근거하는 근원, 즉 하늘은 재개발이 되지 않습니다. 만화에서는 한계에 부딪힌 주인공들이 강해지려 전설의 장소에 수련하러 가거나 비장의 기술을 배우거나 하며 자기를 계속 깨부수고 파워업 하는 장치들을 작가가 마련해 놓지요. 그렇다면 여기에는 자신을 뛰어넘을 수 있게 마련되어 있는 뭔가는 없을까요? 굿이나 치성을 드리는 것보다 더 크게 팔자를 고치며 프롤레타리아가 단결하는 것보다 무시무시한 결속 같은 건 없을까요.

키 크고 머리 좋아지는 약이라고 광고하는 것들은 그렇다 치고 현실적으로 가령 인간에게는 의학이 있습니다. 허나 알다시피 의료 기술은 사람을 다시 회복시키고 정상화시키는 작업이지 업그레이드는 의학의 사무가 아닙니다. 후진국에서 빈민들의 병을 고치고 위생을 개선하는 의사들의 선행은 훌륭하지만 빈골을 강골로 고쳐주진 못해요. 차라리 도핑, 약물주사는 불법이고 부작용을 내도 순간의 효과는 내는 계급투쟁이 아닐까요? 생화학 무기는 소름 끼치지만 생호르몬 무기라도 맞으면 혹시 내 안의 미인들이 튀어나올 수 있을까요? 대체 무엇을 해야 'I Got The Power'가 터져 나오고 하늘에 사업시행인가가 떨어지는 걸까요?

이제 우리가 이 지난한 계급 이야기를 꺼낸 이유가 나올 시점이 되었네요. 인간이 도무지 극복할 수 없는 자신을 넘을 수 있도록 신이 마련한 비밀이 바로—'성'이라는 것입니다. 계급투쟁의 종지부로서 세계와 역사를 아우르면서도 뛰어넘게 해주는 그 누군가가 바로 결혼이시라는 것입니다. 이조전량과 비할 수 없는 인간의 진정한 인사권자는 바로 성관계시라는 것입니다. 왜 그럴까요? 한번 생각해 보세요. 앞전에 우리가 성의 속성들을 얘기한 의도를 생각해 보면 그렇게 어렵지 않게 상상할 수 있으니까요. 다음에 다시 봐요.』

닫음을 여는 자

"성이 가짜라는 메시지를 보내고 있다고요?"

스티븐은 눈이 휘둥그레졌다. 허위 자료로 장난치는 피싱 조직 정도라 생각했는데 그런 해괴한 대중 선동을 하고 있다고? 어쩌면 모종의 목적을 지닌 테러 단체나 초국적 기업일 거라는 세간의 속설들이 진짜일지도 몰랐다.

"그렇다 하네. 정보원에선 비밀리에 뭔가를 주고 있다는 것만 눈치챘었는데 근래에 메시지 내용이 구체적으로 확인된 거야. 이번엔 온라인상으로 전송된 게 있어 추적에 성공했지. 이걸 보게." 보물성 양반은 출력물을 품에서 꺼냈다.

전에 아인슈타인이 보낸 미공개편지가 경매로 나왔을 때보다도 호기심이 일었다. 성이 조작된 가짜다? 대체 무슨 내용일지 궁금했다. 이게 진짜면 세상이 발칵 뒤집어질 일이지만 그럴 리는 없었다. 성이라는 게 원체 이목을 끄는 소재로 쓰기 좋으니까. 흔히 사건사고가 있으면 거짓으로 몰아가 사안을 호도하고 음모론을 퍼트리는 중상모략도 너무 많은 시대였다. 코로나바이러스도 어디 연구소에서 기획해 일부러 퍼트린 거라는 허무맹랑한 루머가 있었던 걸 보면 사기일 가능성이 농후했다. 메시지는 맛둥이 QR코드 인식으로 접속했던 2개와 아직 읽지 못한 그 후의 메시지 1개까지 총 3개였다. 스티븐은 구경이라기보다는 샅샅이 뒤지듯이 글을 읽어 내려갔다.

해가 졌다. 옥상 마당에서 단숨에 메시지를 다 읽은 맛둥은 전반적으로 공감할 수 있는 부분이 많았다. 남자, 여자 차이부터가 그랬다. 전에 올림픽에서도 XY염색체를 두른 여자의 펀치에 상대 여자 선수들이 도저히 버텨낼 수 없었다는 뉴스가 남녀의 태생적인 격차를 보여주는 거였다. 세상에 어떤 여성단체도 여자가 범죄에 억울한 희생자가 된 사건이 있으면 그걸 예방하지 못하거나 가해자들에게 적절한 처벌을 하지 않는 것과 같은 사회적 대책을 얘기하지, 여자는 왜 이렇게 약하게 태어나야 되냐고 자연을 따지진 않았다. 피사체 안에는 들어와도 배경이라고 생각되지 원인이라고 초점이 잡히진 않았다. 그건 해도 국가나 사회 일반이 아니라 부모나 유전자나 아니면 신에게 따져야 할 주제니. 여하간 요크셔테리어가 운동한다고 맹견들을 쓰러트릴 순 없듯 사람도 종이 있고 넘을 수 없는 힘의 격차가 있었다.

지능에 대한 이야기도 그랬다. 시험도 지식을 묻는 게 있고 지혜를 묻는 게 있다는 건 운전면허시험으로 치면 기능시험과 도로주행시험의 차이랄까? 맛둥이 정신무장을 위해 귀가 닳도록 들었던 "나는 의외로 모든 공직자 시험에 합격하기가 쉽다고 생각하거든. 왜냐하면 공직자 시험이 고시라던가 경간부 정도 되면 사고력을 많이 필요로 하거든―"은 보다 높은 시험들은 노력, 암기만으로 되지 않는다는 걸 함의했고 그게 꿈적도 안 하는 지적 능력이라고 할 수 있었다 (맛둥이 봤을 땐 암기조차도 머리 좋은 사람들이 빠르고 길게 할 수 있어서 효율에서 달랐다). 학교 다닐 때 공부 잘하는 애들이 학교에서는 하지 않는 척하다 집에서 한다는 음모론도 노력해서가 아니라 머리 자체가 좋다는 것으로 인정받고자 하는 심리가 있었다. 반대로 공부 못하는 애들이 못하는 게 아니라 안 하는 거라고 하는 것도 같은 원리였다. 그런 풍경들은 많은 사람들이 노력과 따로 떼서 염두에 두고 있는, 개개인 고유의 객관적인 '머리'가 있다는 걸 방증한다고 할 수 있었다.

그게 꼭 다른 사람과의 경쟁, 비교를 통해서만 아는 게 아니라 스스로 공부하면서 자신의 못남이 느껴질 때가 있었다. 역기가 아니라 아령 수준인데 이 정도 개념, 논리도 번쩍번쩍 들어 올리지 못하고 책 앞에서 낑낑대는 자신이 너무 한심했다. 명현의 승리를 장담할 수 없는 것도 상위권이 되면 응용된 문제들도 맞추고 있으나 보다 높은 사고력을 요하는 문제를 맞혀야 최상위권으로 가는 거니까 공부를 더 많이 한다고 그 '지혜'가 늘지 확신할 수 없기 때문이었다.

그러니까 상한제는 재산세나 공직 사회만이 아니라 자연적 신분에도 있는 거였다. 자신이 자신에 의해 한품서용을 당하고 있는 격이었다. 사회복지사는 있어도 자연복지사는 없다지만, 자연적 약자에 대한 복지가 분명 시행은 되고 있었다. 예를 들면 장애인에 대한 여러 사회 제도를 두는 거였다. 그렇다고 맛둥 같은 사지 멀쩡한 일반인들까지 국가에서 복지대상으로 삼아줄 수는 없었다. 하지만 경계선 지능인들이 지적장애는 아니나 사는 데 문제가 없다고 말하기에는 부족해서 그들에 대한 관심과 지원을 호소하는 것처럼, 맛둥 역시 국가에 등록되지 않는 자연적 약자인 것은 맞았다. 그러나 설령 전산오류로 맛둥이 복지대상자로 분류되었다 해도, 홍길동이 부자들의 재물을 훔쳐 가난한 자들에게 줄 순 있어도 강자들의 실력을 훔쳐 약자들에게 줄 수 없듯 국가가 그에게 해줄 수 있는 건 분배였다.

사실 그의 직업인 세금 업무도 기본적으로 성장이 아니라 분배였다. 여러 모양의 부(富)를 그때그때 측정하여 국가와 경제 주체들이 어떻게 나눠 먹을 것인지를 정하는 게 바로 세법이 아닌가. 올바르게 나누는 건 정의의 기본이고 성장을 촉진하며 국가와 사회의 신진대사에 필수인지라 분배 업무를 업으로 하는 맛둥이었지만, 그에게 필요한 건 분배가 아니라 성장이었다.

맛둥은 성인 남자였다. 그러나 과연 진짜 남자일까? "여기 남자가 어딨다고"에서 남자는 생물학적 남자를 말하는 게 아니었다. 그렇다면 맛둥은 자신의 잠재력이나 세상이 줄 수 있는 성장으로 남자가 될 수 있을까? 그가 팀장이 되면 불의한 자들을 이길 완력이 생길까? 노벨세무상을 탄 엘리트들도 알아채지 못한 탈루세원을 발견할 만큼 영민해질 수 있을까? 여자들이 한목소리로 "하나님은 서로 사랑하라고 하셨습니다. 그런데 오빠는 왜 우리를 사랑해 주지 않는 건가요?"라고 떼를 쓰게 할 멋진 풍채를 가질 수 있을까? 어디 승진에 승진을 거듭하다 백작이라는 칭호를 받는 데까지 이르면 사회적 신분만으로 웃을 수 있을까?

맛둥은 직장 생활을 하며 승진으로 일어나는 희비들을 보았다. 공직 사회는 완만한 편일 것이고 가파른 조직체들에선 그것을 둘러싼 눈치와 욕심과 열정은 훨씬 치열할 것이었다. 그 모든 승진에 딸린 의미와 실질도 허상이 아니었고 효능이 상당했다. 그러나 이제의 맛둥에게는, 그 모든 승진은 진짜 승진이 아니었다. 모파상의 〈목걸이〉처럼, 그 열심을 쏟아부었던 정체가 가품으로 밝혀진 거나 진배없었다.

마당에서 또 저편에 고층 건물들이 지어지고 있는 일대를 바라보았다. 그 개발의 틈바구니 속에서 실물은 그대로인데 서류상 건물의 종류가 바뀌어 아직도 축하 플래카드를 내리지 않은 W와이드도 보였다. 저걸 보며 재밌다고 생각한 맛둥이었지만 지금 보니 그가 공무원에 합격하고 희희낙락했던 순간들도 용도변경에 축하 현수막을 건 것과 같지 않은가? 에어컨 취득행위에 대한 분류만이 아니라 자신의 변화도 분류를 잘못 지정한 격이었다. 자신은 건축도 개수도 되지 못한 채 실체는 덩그러니 그대로였다.

좁다는 한국 땅에도 저렇게 많은 부동산 개발들이 이어지고 있었고 그렇게 지어진 새집에 들어가려고 청약만 손꼽아 기다리거나 조합원이 되려는 권모술수들이 나뒹굴기도 하고 입주권·분양권이 상당한 P를 웃돈으로 얹어주며 거래되기도 했다. 그러나 하늘의 재개발을 속속들이 아는 브로커가 있어 누군가들을 조합원으로 만들어 주려고 열심을 내고 수를 쓰려고 하진 않을 터였다.

　라식/라섹 수술을 한 친구들이나 모발 이식을 한 집주인을 떠올려 보면 안경이나 가발을 써야 했던 때에는 신체적 실력들을 외주받는 셈이었지만 이제는 '나'로 얻어내는 게 가능해진 시대가 된 것이었다. 그렇게 보면 신체 이식이나 인공 기관들도 그렇고 자연적 신분은 기술의 발달과도 떼어놓을 수 없었다. 어떤 기술이 인간을 전인적으로 바꾸어 줄 수 있을까?

　해가 지자 땅거미도 삽시간에 지나가고 바깥 전등들이 고장 난 이곳은 짙은 어둠에 잠겼다. 달이 떴지만 오늘은 초승달이라 월광마저 약했다. 그러고 보니 달의 위상변화는 실제 모양이 변하는 게 아니라 눈에 보이기만 그랬다. 사회적 신분과 그에 딸린 성장을 위한 노력, 중요했다. 그걸 하지 않았다면 맏둥은 대외적으로 자신의 면을 톡톡히 세워준 공무원은 고사하고 뭐 하나 되지 못한 채 핑곗거리만 찾으려는 소인배가 되었을 것이다. 허나 사회적 신분들은 그의 근본 문제를 해결해 줄 신분이 되어줄 순 없었다. 얼핏 과학시간에 천체의 겉보기운동이라는 단원이 있었던 기억도 났다. 겉씨도 씨이기 때문에 거기 딸린 성장이 있었지만, '유사품에 주의하세요'를 떠올리게 하는 겉보기성장이었다. 껍데기는 가라―이곳에선 아사달 아사녀가 중립의 초례청 앞에 서서 부끄러움 빛내며 맞절할지니. 껍데기는 가라.

홀은 사람들로 바글바글했다. 출입문에서는 청년부 회장인 루디아로부터 교인인 것으로 확인받고 나름의 서약서까지 사인하고 들어온, 족히 300명은 됨 직한 사람들이 자리에 앉았다. 오늘이 애정토론회가 처음 열리는 날이었기 때문이다. 운영진들도 역할을 나누었고 토론이 시작되면 루디아는 답을 하고 싶은 사람들에게 마이크를 전달하는 역할을 하기로 했다.

시간이 되자 사회를 맡은 전도사님은 마이크를 잡고 모두 발언을 했다.

"얘기는 들었지만 이렇게나 많이들 참석하셨군요. 이 토론회를 만든 취지는 다들 아실 겁니다. 종류를 불문하고 모든 애정과 그에 직간접적으로 연관된 모든 질문들을 건전한 상식과 성경적 가치관으로 해결책을 함께 모색하기 위해 달에 한 번 열리는 토론회입니다. 이제 시작하겠습니다. 들어온 질문들을 소개해 주실까요."

"벌써부터 많은 질문들이 들어왔는데요. 우선 이번 달에 나눌 질문은 열 가지만 추렸습니다. 화면을 봐주실까요." 들어온 질문들이 화면에 공개됐다.

「1. 로미오와 줄리엣은 사랑이 이뤄지지 못하자 자살을 하잖아요. 그런 죽음도 죄가 되나요?

2. 결혼이 올림픽 종목이 될 수 있나요?

3. 사람들과 깊은 관계를 맺기에 움츠러드는 게 내가 준 정 때문에 나중

에 내가 아플까 봐 삼가게 됩니다. 그런데 이러다 보니 가장 가까운 사람들에게도 내 모든 마음을 공유할 수 없어 허하고 채울 수 없는 감정이 생깁니다. 어쩌면 좋을까요?

4. 제가 좀 특이하긴 한데… 저는 스킨십까지는 괜찮은데 관계하는 건 싫어서 결혼이 꺼려지더라고요. 혹시 저 같은 언니들 없나요?

5. 사촌누나가 너무 좋아서 "누나 다음에 태어나면 아주아주 못생겨도 좋으니까 우리 누나 하지 마라"고 말은 했지만 미련이 남습니다. 아브라함, 이삭, 야곱도 다 지금으로 치면 친척지간끼리 결혼했던데 저도 그들을 본받을 순 없을까요?

6. 꿈에서 제가 좋아하는 여자애가 자기 이름을 써주었어요. 그런데 써준 이름이 어느 나라 말인지 모를 특이한 문자라서 겁이 났어요. 이럴 때 좋아했던 걸 물려도 비겁한 게 아니죠?

7. 큐피드의 화살이 실제로 있다면 그렇게 말미암은 마음은 아무리 진심이 되었다 해도 진심이라고 할 수 없나요?

8. 남편이 제가 연예인 좋아하는 걸 질투하더라고요. 친구 말로는 질투가 크다는 건 애정이 그만큼 크다는 거라 축하받을 일이라고 하던데 이것도 질툿거리가 되나요? 관련 규범 같은 게 없을까요?

9. 많은 사람들로부터 사랑받기는 쉽지만 한 사람으로부터 사랑받기는 어렵다는 말은 어떤 의미인가요?

10. 저희 집 고양이가 너무 좋아서 저와 연애할 수 있도록 고양이가 사람이 되게 해달라고 기도하고 있는데 이런 기도도 괜찮은가요?」

루디아는 난처했다. 천진하지만 순수하지는 않은 문제들이었다.

이게 시작이라면 앞으로 더한 고난도 문제들을 어떻게 풀지 막막했다. 이제 이 경찰 불러도 수갑 채우기 힘든 질문들, 탐라가 문호를 개방한 이 수많은 탐라들을 어떻게 처리할 건지, 차라리 탐라 오빠 질문이 더 낫다는 생각이 들 정도였다. 루디아는 그럼에도 목소리를 가다듬고 진행을 했다.

"각 질문에 대해 자신의 생각이 있으신 분은 차례로 손을 드시면 마이크를 가져다드릴 테니 자신의 의견을 말씀해 주세요."

처음에는 조용하더니 누군가 손을 번쩍 들었다.

"3번 질문에 대한 제 생각인데요. 그런 이유로 인간관계를 꺼리는 건 구더기 무서워서 장 못 담근다는 속담이 딱이지 않는가 싶네요."

그러자 또 누군가 손을 들었다.

"7번 질문의 경우 그런 건 현실이 될 수 없으니 이 질문은 각하해야 한다고 생각합니다."

그게 현실이 될 수 없더라도 그걸 생각해 보는 건 무의미한 게 아니지 않는가? 현실에서 강압이나 가스라이팅도 연동해서 생각될 수 있었다. 루디아는 내심 답변이 마음에 안 들었다. 또 다른 누군가 손을 들었다.

"8번 질문을 보니 관련 규범이 없지만 이참에 만들면 되지 않을까 생각이 듭니다. 여기 모인 꽤 많은 질문들을 포괄적으로 해결할 수도 있을 것 같고요. 바로「애정에 관한 법률」을 제정하고 시행하는 겁니다. 우리의 구체적 일상과 삶에서 애정은 물론 그에서 나오는 많은 감정들을 어떻게 규율할지를 법으로 정하고 어기면 단속을 하는 거죠. 정계에 건의해 봅시다."

장내가 술렁이기 시작했다. 사람마다 생각이 다를 수 있고 현실성도 떨어지는 대안이었기 때문이었다. 그때 누군가 손이 아니라 자리에서 벌떡 일어났다. 그리곤 루디아가 누군지 확인하기도 전에 뚜벅뚜벅 단상 앞으로 걸어 나갔다. 모두의 시선이 쏠렸다.

"엄마 저것 봐. 거북이들이 꽃을 먹네."
어린 꼬마가 꽃송이 몇 개를 구청 수족관에 넣자 과연 거북들이 막 와서 허겁지겁 주워 먹었다. 재밌는 건 수족관 육지 위에 떨어진 꽃송이를 입으로 집더니 바로 먹지를 못하고 문 채 물에 들어가서야 꿀꺽 삼키는 거였다. 사람이 알약 먹을 때 물을 머금고 함께 넘기는 거랑 똑같았다. 그러고 보니 유흥업을 화류계(花柳界)라고도 했다. 그렇게 치면 맞둥은 겨울이 시작되는 12월, 피지도 않은 꽃에 과세를 알려야 했다. 기존 일반과세했던 유흥주점 중 중과세(重課稅)를 해야 된 건이 나온 것이다.
엊그제 세무조사 담당자가 넘겨온 조사보고서 때문이었다. 조사팀에서 유흥주점 불시조사를 나갔는데 숨겨놓던 룸이 나오질 않나 단란주점으로 허가받은 곳을 연결해서 실질적으로는 하나의 업장으로 쓰고 있었던 업소들이 나온 거였다.
관내 유흥주점들에 대한 자료들을 조회해 봐야 했다. 식품접객업 영업허가(신고) 관리대장을 훑었다. 행정처분사항에 호객행위로

과징금이 부과된 게 있고 '건강진단 미필종사자 고용(2명)'으로 과태료도 받은 내역이 기재되어 있었다. 재산세 중과세를 위해 확인할 부분은 영업장 면적이었다. 유흥이라고 해서 무조건 중과세하는 게 아니라 세법상 '고급오락장'이라고 규정한 시설에 해당되면 세금을 무겁게 매겼다. 중과세 세액은 일반과세에 비해 몇 배 이상이었기에 건물주와 업주들에게 중대한 사항이었고 전체 면적이 $100m^2$ 이상인 상태에서 무도장을 갖춘 시설이라거나 룸이 5개 이상이라거나 객실 면적이 영업장 전용면적의 절반을 넘는다거나 하는 기준들이 있었다. 또 유흥접객원을 고용하는가, 즉 아가씨 쓰는가가 과세의 조건에 들어갔다. 사실 여자를 합법적으로 쓰려고 단란주점을 넘어 유흥주점 영업허가를 받는 게 대부분이라 보통 그건 당락을 결정짓는 킬러문항이 되지 않았다.

　고급오락장 중 유흥업에 대한 중과세는, 이게 일반 사업이 아니라 성으로 하는 사업이니 고율의 세금으로 부담을 지우겠다는 뜻처럼 느껴지기도 했다. 얼마 전에 농업이나 축산업이 성으로 하는 사업이라고 했던 것도 연상되지만 갈래가 달랐다. 클레오파트라, 어우동, 양귀비 등 역사적 팜프파탈들로 이름 지어진 룸살롱들이었지만 사실 하쿠나동의 업소들 규모는 참 영세했다. 유흥주점이라 해도 수도권에는 회원제로 운영한다는 고급 주점들도 있다는데, 물론 회원권을 과세하는 지방세정이라도 유흥업소 회원권을 편입시켜 과세하긴 어려울 것 같지만, 노래방 수준의 업소에 세금을 세게 매기려니 별로 마음이 내키지 않았다. 성으로 하는 사업이라도 그 양상은 다 다르니, 거물급이라도 보이는 시설이 없으면 재산세는 무력했다.

이렇게 세무조사를 통해 적발된 사실을 토대로 추징하게 되면 세법에서는 과세를 하기 앞서 '과세예고'를 하게 되어 있었다. 이렇게 과세할 테니 미리 알고 준비하고 이의가 있으면 과세전적부심사를 넣으란 수속이었다.

　과세예고통지서를 봉투에 넣으며 벌써부터 꺼림칙했다. 조사팀 담당자가 자료를 넘겨주며 여기 폭력배들이 운영한다고 말해서였다. 까딱하면 〈쿵푸 허슬〉의 도끼파 같은 일당들이 들이닥치는 거 아닐까? 원칙만 읊거나 양해를 구해서 되면 다행이지만 유비무환을 하려면 본웅 자신도 빨리 헬스장이든 체육관이든 등록해서 힘을 길러야 할 텐데―그러나 그자들이 함수보다 도함수를 보라 했듯 본웅보다 도본웅으로 보면 "너희 집안은 전투민족이 아니잖아"가 전투력에 가장 밀접하는 게 아닐까? 아니 그의 집안을 보면 사냥견 유전자는 있으나 맏둥은 정통후계가 되지 못하고 '자연적 서얼'이 되어버린 게 문제 아닐까? 그가 운동한다 해봤자 강자들에게는 생김새가 아니라 표정만 짓는, 효빈(效顰)*과 같은 수준이지 싶었다. 사무용품 카탈로그에 혹시 비파형 동검 같은 거라도 없는지 봐야 할 것 같았다.

　이제 해가 빨리 져서 퇴근길은 깜깜했다. 어두운 계단을 조심스

---

*　'눈살 찌푸리는 것을 본뜬다'는 뜻으로 장자(莊子)에 나오는 말. 월나라의 미녀 서시가 속병이 있어 눈을 찡그리자 이를 본 못난 여자가 눈을 찡그리면 자신도 아름답게 보일 줄 알고 따라서 눈을 찡그리고 다녔다는 데서 유래.

레 올라 3층 마당 입구의 펜스 앞에 당도한 맛둥은 그만 결례를 당하고 말았다. 길고양이 두 놈이 마당에서 짝짓기를 하고 있는 것이었다. 남의 집 마당을 안방 드나들 듯하더니 기어이 예고통지서 하나 보내지 않고 이런 거사를 치르다니. 그가 입장하는데도 고양이들은 눈길도 주지 않고 있었다.

그때 불현듯 주위가 약간 환해졌다. 보니까 계단 난간의 전등들 중 하나에 불이 들어왔다. 집주인이 고쳤나? 하는데 어디선가 불빛들이 허공을 가로질러 휙휙 날아드는 게 아닌가?! 불빛들은 각자 다른 전등들 안으로도 들어가더니 그 안에서 빛을 냈다! 훨씬 환해지자 고양이들도 하던 일을 멈추고 그때서야 맛둥을 확인했다. 얼마나 재빠른지 펜스 입구를 살짝 열고 있던 맛둥을 쏜살같이 지나쳐 달아나는 것도 순식간이었다. 그런데 마당에 들어와 보니 아까는 어두워서 보이지 않았는지 고양이 한 마리가 더 있다는 걸 알았다. 사람이 들어왔는데도 무슨 배짱으로 꼼짝도 하지 않지 하며 다가가던 맛둥은 펄쩍 뛰게 놀랐다.

아니 저건 새끼호랑이 아닌가? 한국에 범이 멸종된 진가 언젠데 어떻게 그 후예가 21세기 도시 주택가에 있는 거지? 그런데 이상한 건 녀석이 너무 가만있는 것이었다. 미동도 안 하는 게 이상해 조심스레 가까이 다가가서야 그게 호랑이 인형이라는 걸 알았다. 호랑이를 만져본 적은 없지만 만져보니 가죽도 진짜 호랑이 가죽을 입힌 것 같은 감촉이었다. 이런 걸 '박제'라고 하던가? 대체 이게 왜 있는지 의아해하며 인형을 살피던 맛둥은 몸통의 무늬에 자연스럽게 수놓인 색다른 문양 하나를 발견했다. 아, 하며 또 QR코드를 인식시켜 보았다.

『본웅 씨에게

그곳 날씨는 이제 한겨울로 접어들었으나 우리는 진짜 봄바람을 저편에서 조금씩 불어넣고 있습니다. 저번에 계급투쟁의 해답이 성이라고 했었는데요. 이제 답안지를 펼쳐 풀이과정을 볼 때가 왔네요.

앞에서 얘기한 것처럼, 세계사적으로 인종차별에 대해 항거하고 평등을 주장해 왔던 건 그것 자체가 나빠서도 맞지만 인종은 인간 마음대로 바꿀 수가 없어서인 것도 맞습니다. 그래서 인종에 대한 사람들의 인식이나 대우를 바꾸는 것만을 해결책으로 할 수밖에 없었습니다.

그러니까 자연적 신분을 넘는다는 것은 결국 자신이 아닌 다른 무언가로 탈바꿈되어야 하기 때문에, 보리로 맥주를 만드는 건 되어도 물을 술로 만들 순 없으며 재주를 넘는 곰은 가능할지 몰라도 사람이 된 곰은 없으니까요. 이건 존재론적인 문제기에 도저히 할 수가 없는 것이에요.

그런데 성은, 성에 설정되어 있는 생명의 능력은 바로 인간이 자기 자신의 존재 자체에 대한 접근을 하는 유일한 통로가 됩니다. 성을 통해 인간은 '자녀'를 낳을 수 있습니다. 새로운 자기 자신을 탄생시킬 수 있는 것입니다. 자신이 못난 자라 하더라도 잘난 상대와 성관계하면 자신보다 더 나은 2세를 낳을 수 있겠어요. 이렇게 해서 인간은 성을 통한 존재적 변혁을 할 수 있을까요?

현재의 성을 통한 생명에는 문제가 있습니다. 필연이 아닌 우연을 띠게 되었고 자신이 아니라 대리가 되어 있는 거죠.

콩 심은 데 콩 나고 팥 심은 데 팥이 나지만 인간은 콩이나 팥이 아닙니다. 같은 아빠 엄마 밑에서 태어난 형제들도 제각각일 때가 많아요. 부모야 자식에게 장점만을 퍼주고 싶으나, 주문만 넣지 이후 과정은 당사자들이 정할 수가 없습니다. 물론 임의로도, 이를테면 임산부가 몸에 해로운 걸 잔뜩 해서 유산하거나 태아를 망치는 거야 할 수 있지만 태교에 공들인다고 해서 단점은 다 여과된 자식이 태어나진 않으니까요. 옛날에 아들을 못 낳고 딸만 놓은 여자들이 냉대를 당했으나 성염색체라는 걸 알게 된 지금은 여자 탓으로 돌린 것이 부당하다고 생각할 수 있게 되었고 섭리로 받아들이던 전제주의 아래서 계몽이 일어나자 독재를 타도하고 국민이 직접 주권을 가져야 정당하다는 부르짖음이 시작되기도 했지요. 그러나 본원적으로 존재에 대한 결정권을 쥔 성을 뒤집어엎겠다거나 그에 연결되어 있는 주권을 되찾겠다는 생각을 하진 않습니다.

신은 주사위 놀이를 하지 않는지 몰라도 성은 주사위 놀이를 하고 있습니다. 현재의 성으로서는 2세를 통한 자연적 신분은 얻어낼 수도 있고 못 얻어낼 수도 있습니다. 지금 이 대목에서는 유전을 얘기하고 있지만 핵심은 현재의 성은 필연적이거나 의지적인 성격을 갖지 않게 되었다는 것입니다.

대리가 문제인 건 쉬워 보이지만 깊이가 있는 차원입니다. 성을 통해 당사자인 내가 바뀌는 게 아니라 나의 2세에서 형질 변화가 일어납니다. 잘난 배우자를 만나 자연적 신분이 현격히 높은 새로운 존재가 되었다 해도 내가 그 존재가 되는 게 아니라 자식이 됩니다. 자식이면 나의 분신인데 나지 남이냐고 할 수 있겠냐는 생각이 듭니다. 나 자신은 아니라 해도 자식이라는 대리자를 통해 내가 영광 받을 수 있고 욕을 당할 수도 있어요. 형식만 대리지 실제는 직영이나 다름없는 것 같은데요.

부모 자식이라는 관계는 일반적인 사람 간의 관계는 아닙니다. 거의 모든 사람이 각자 그렇듯 몸과 정신이 각각 성립되어 있는 별개의 존재이나, 유전자가 전달되며 '닮았다'는 게 실현되어 있는 서로가 됩니다. 정신은 물질과 별개가 아니라서 DNA는 육체만 짓는 게 아닌데다 보통 낳아 기르는 자도 같은 부모인 이상 몸만이 유전의 객체도 아니에요. 그 외 여러 사회적, 제도적으로 자신으로 인식되어 효과를 내게 하고 한 주체처럼 될 수 있도록 하는 건 부모 자식이 서로 육체적인 몸만 분리되어 있지 '너는 또 다른 나'라고 하기에 부족함이 없지 않는가 싶습니다.

그런데—이렇게 부모와 자식 관계가 순탄하기만 할까요? 한 사람이 저 혼자서도 내적 갈등이 없지 않은데 저마다의 생각과 감정이 있는 '다른 인격체'가 부모 자식으로 묶여 손발이 척척 맞아 일사불란하게만 움직일 수 있을까요. 무열왕과 문무왕처럼 대를 이어 대업을 달성할 수도 있고 〈수난이대〉처럼 서로의 부족한 부분을 보완하는 콤비가 될 수도 있지만 "자식이 한 명만 더 있었어도…"*라며 상처를 주고받는 게 부모 자식 사이이기도 합니다. 성을 통해 나 자신이 직접 변화했다면 없었을 갈등과 실패가 부작용처럼 일어나기도 합니다.

이렇게 생명이 직접(直接)이 아니라 간접(間接)의 방식으로 이어지게 되어 있는 시스템은 비단 당사자들만이 아니라 다른 이들에게도 큰 피해와 실망을 끼칩니다. 사는 곳과 입는 것과 먹는 것에 있어 왕실이 누리는 호사는 백성들과 비교 불가였으나 하는 성교는 같았죠. 왕조시대에는 왕위를 투표해서 앉히는 게 아니라 직계든 방계든 다 혈연으로 이어받았습니다. 선대에서 잘해도 후대 왕에서 나라를 망치는 건 여러 역사들에서 나타났어요. 그 아버지에 그 아들이 아니어서 배신이 되고 공익을 해쳤던 역사, 성군의 지속 가능한 통치 안에 들어올 수 없는 백성들의 처지는 실은 성이 왜곡된 것에서 기인한다는 걸 상상할 수 있는 사람은 없었을 거예요. 때문에 순리를 거슬러 "내 아들이 부족하면 승상께서 이 나라의 주인이 되어주십시오"라 한 유비의 유언이나, 내의원이 된 아들이 아니라 허준에게 자기 몸을 유산으로 내준 유의태는 현재 성으로 빚을 수 있는 '자신'을 부인한 예들이라고도 할 수 있어요.

서로 참 다른 부모 자녀라도 도탑다면 바람직한 가정일 것이며

---

*   영화 〈사도〉(2015년)에서 영조가 자식인 사도 세자를 꾸짖으며 하는 대사.

서로 둘도 없이 환상의 조합이라고 할 수 있다면 더 바랄 것도 없을 수 있겠습니다. 그러나 서로 다른 사람이 만나게 되어 있는 현재의 성으로는 인간의 존재적 문제를 해결할 귀한 어떤 것과 만날 수 없습니다.

위의 본질들은 세상의 여러 실존들을 파생하겠죠. 가령 2세를 통한 자연적 신분의 획득은 세속적 시간, 비용, 위험이 붙으며 삶의 구구절절한 모습들을 낳게 되어요. 또 너무나 중요한 건 부모 자신의 능력이 계속해서 요구된다는 점입니다. 누군가 대신 해주거나 도와주는 것은 참 고맙고 나중에 우리가 할 이야기의 처음이자 끝이기도 하겠으나 여기서는 짚는 맥점이 달라요. 생명에 관해서는 이런 본질적인 문제로 꼽은 것들에 더해 성의 다른 면과 함께 설명해야 할 근원적인 오류가 있고 후에는 더 총괄적인 면들을 보기로 합시다.

하지만 부모가 자식에게 가지는 마음은 그야말로 천부감정이랄까요. 어떤 시대적, 문화적 규율과 관행보다도 그게 있는 덕에 인류가 가족을 꾸리고 유지할 수 있죠. 성이 나빠졌다 해도 이건 진실로서 남게 되었고 그래서 다행이지만 한편으론 현재 성의 비극을 한층 더하게 합니다.

현재 인간의 삶에 자녀가 필요하며 자녀를 낳기 전과 후로 나뉠 정도로 큰 의미와 실질을 가지지만, 현재 성의 결과물로서의 자녀는 진짜 성이 주는 생명의 정체가 아닙니다.

이제 여기서 동전의 양면처럼 함께 생각되는 면이 있겠죠. 현재 성으로 낳은 자식이 나의 진정한 후생이 아니라면 현재의 부모는 어떻게 되는 걸까요? 여유 있는 부모는 자식 생일선물은 무엇이든 사줄 수 있어도, 정작 '생일기념일'이 아닌 진짜 '생일'이었던 출생 시점에서 좋은 형질만 골라 준다든가 하는 생일선물은 줄 수 없죠. 그럼 성이 구겨져 버려 인간이 자기 자신을 온전히 전달할 수 없게 되었으니 부모로서의 실력을 잃었다 봐야 할까요? 세상에 많은 직책들이 그 사람이 그럴 만한 자격이 되는지 가려서 임명함에도 막상 한 인간을 맡아 키운다는 부모라는 중책을 낳기만 하면 되게 해놓았으니 현재 부모는 무허가인 게 문제일까요? 이 주제도 궁금해지네요.

과거부터 현재까지 인간은 현재의 성을 통해 생육하고 번성하여 왔습니다. 이것이 인류사를 만들어 왔고 충실히 그 역할을 하며 인간에게 때론 기쁨과 희망을 때론 아픔과 좌절을 선사해 왔습니다. 이 생산을 통해 사회와 역사를 만들어 왔기에 이것의 공로는 확실하며 그렇기에 온당하게 이것을 의심할 바 없는 진리로 받아들이지만, 현재의 성은 인간에게 그 나름의 한 방식으로서 생명을 허락해 주고 일부 속성을 머금고 있어 추리할 단서는 주지만 진본은 아닙니다. 때문에 과거 왕들이 자식을 수십 명씩 낳았다고 자신의 후생을 돈독히 한 게 아니며 현대의 경우 자신의 정자를 기증해 세계에 백 명이 넘는 생물학적인 자식들을 뒀다는 이도 있지만 진짜로서의 생명은 조금도 성취하지 못한 것입니다.

현재의 성이라도 잘 작동하면 된 거 아니냐, 이것만으로 충분하다는 생각도 들기 쉽습니다. 안일하게 생각하면 세상엔 많은 대체재들이 있는 것도 떠올려집니다. 정실부인이 아기를 못 낳자 씨받이를 통해 후손을 보려 한 사례들이나 못살 때는 벼 대신 보리라도 잘 먹으면 다행이었고 위를 목표했지만 그 아래로 취업을 하는 인재들은 부지기수이고 사상가가 성장이 아니라 배분을 내세우거나 애정은 이뤄지지 않는 것이 낭만이 있는 실패일지도 모르겠으나, 이 선택들은 이루고자 했던 바가 좌절되거나 취지를 건너뛰고 선택한 '차선책'들입니다. 이 모든 차선책, 대체재들은 헛되거나 무가치한 게 아닙니다. 안전장치나 구제가 되기도 하며 사람이 계속 삶을 살아가게 해주는 길들로서 있어야 하는 고마운 것들입니다. 허나 이것들은 소기의 목적을 달성하는, '이상의 실현'은 아닙니다. 춘향이가 이몽룡이 아니라 다른 서방님을 만날 수 있을지도 모르나 그렇게 되면 원래의 시나리오를 따라가 영광에 이르지는 못하듯이, 작가가 의도하여 만들어 놓은 꿈의 주인공이 되려면 진짜 성을 되찾아야만 하는 것입니다. 성이 왜곡된 건 이런 차선책, 대체재가 되었다 정도로 말해질 수 없는 중차대한 형국이라 이 비유는 더없이 순화한 것이라 볼 수 있습니다.

그렇다면 이제 여기서 아주 중요한 진실이 발견됩니다. 성이 조작되며 결혼도 본래의 형형색색은 다 떠나가고 남겨진 잔해만이 원래의 결혼인 양 행세하게 된 것입니다.

현재 인간과 인간이 하는 이 결혼이라는 것은, 쉽게 말해 '사회'입니다. 결혼을 하게 되면, 본웅 씨 업무에 부부는 주택수 합산해서 치는 그런 것들이 생기듯이, 법적, 경제적, 사회적 그 외에도 있을 수 있겠습니다만 그런 사회과학적인 효과들이 발생하게 됩니다.

덕분에 그쪽 영역에서는 결혼을 통한 효과는 분명 있습니다. 법적으로 부부가 되면 가사대리권이나 상속 같은 법적 효과들을 얻을 수 있고 나라에 따라선 경제적으로 부부공동재산을 누릴 수도 있겠죠. 연인이냐 부부냐는 사회적 인식도 다르고 자식들도 출생의 혼인 안팎 여부와 혼인관계 정도에 따라서 자신의 귀천, 실리, 의미가 결정되기도 해왔어요. 결혼을 해야만 합법적으로 취할 수 있는 권리들이 있습니다.

실물만이 아니라 사람에 따라선 심리적·정서적인 위상도 크게 달라질 수 있습니다. 합법적으로 인정받는 관계가 주는 당당함, "결혼하니 더 이뻐 보이네"가 되어 이제 더 소중하고 둘도 없는 관계로서 느껴질 수도 있겠죠. 세상에 많은 것들이 자신들이 업계표준이 되려고 경합하고 이차돈은 불교를 공인하려 목숨까지 내놓은 만큼 '정식, 공식'이라는 의미만으로도 가치가 있겠습니다.

그러나 본웅 씨가 들었었던 표현을 빌려 현재의 결혼이 '가라결혼'이 된 큰 이유 중 하나는 바로 결혼만이 고유하게 지녔던 자연적 능력을 상실했기 때문입니다.

앞서 말했다시피 존재에 대한 접근은 오직 성으로서만 가능한데, '자연'에 대한 관리자 권한이 부여되었던 당초의 성이 강등되며 결혼도 이공계를 잃게 되었습니다. 현재의 결혼은 남녀의 연합에 있어 법적·사회적 지위를 줄 뿐 자연적 지위를 주는 연합은 없습니다. 현재의 성관계를 통해 낳는 자식이라는 결합 형태로 자연적 역할을 하는 것 같지만 원래는 이게 아니었던 것입니다.

옛날 옛적부터 '결혼을 통한 사회적 신분상승'이라는 주제는 동서고금을 막론하고 있었고 지금도 건재합니다. 현실에서 많은 이에게 결혼이 목표가 될 수 있는 이유이며 애정보다 이걸 노려, 아니 이게 없던 애정도 생기게 해 결혼하려 하기도 하고, 많은 스토리들이 비천한 자가 왕자, 공주와 이뤄지는 걸 중심소재로 삼는 것도 이 과실 때문입니다. 그러나 진짜 결혼의 효과는 자연적 신분상승이었습니다. 남자 여자의 자연적 결합과 이를 통한 강력한 자연적 신분의 획득이 결혼에서 빼놓을 수 없는 의미이자 효력이었습니다. 성이 조작됨으로써 결혼은 자연과학적 권능을 잃고 사회과학적인 형태로 낙하했습니다. 옷은 입혀두고 몸을 홀라당 벗겨버린 겁니다.

이 작업을 해버린 업자들은 남은 가죽에 솜 같은 것을 채워 형태를 갖추게 하였고 세계는 그렇게 정체를 잃은 결혼을 결혼이라 정의하게 되었습니다. 겉넓이를 재고 부피를 구했다고 여기게 된 것이죠. 원래의 결혼은, '어린이 손에 닿지 않게 할 것'이라 적힌 화학제품을 애들 손이 닿지 않는 곳에 두듯이 높이 옮겨져 있습니다. 때문에 진짜 결혼만이 줄 수 있는 영화로운 자녀는 현재 인류의 실력으로서는 낳고 싶어도 낳을 수가 없습니다.

그런데 가만 보면, 우리가 말하는 것 중 뭔가 헐거운 지점이 있다는 게 보이실 겁니다. 현재는 결혼 여부가 남녀가 성관계를 맺을 수 있는가와는 상관이 없습니다. 연인 간에 관계를 하는 데 제약이 없고 그것이 행해지기도 하는 시대입니다. 즉, 과거 고유의 의미를 가졌다고 할 수 있는 '결혼 첫날밤'이라는 로망이 사라졌습니다.

현재 임신, 출산도 꼭 결혼을 필요로 하지 않듯이 현재 성관계를 통한 생명은 결혼을 전치사로 둬야 하지는 않습니다. 때문에, 우리가 준 청첩장에서는 성이 빠지니까 결혼이 껍데기만 남았다고 말씀드렸습니다만 그렇다고 진짜를 되찾았다 해봤자 결혼이 어마어마한 위력을 가지는 건 아닐 겁니다. 왜냐하면 만약 자연적 신분을 상승시키는 진짜 성관계가 있다 해도, 굳이 결혼하지 않고 연애든 사실혼이든 강간이든 성매매든 하여간 진짜만 하면 효과를 볼 수 있을 테니까요. 한국에서는 총기가 군대에 가야 쥘 수 있지만 만약 시중에 무기매매가 활발해 너도나도 총을 들 수 있다면 군인 신분이라는 게 특별할 게 없다 할까요.

성이 결혼의 전유물이나 고유의 과실이 아닌 이상 결혼은 결혼이고 섹스는 섹스입니다. 그러니까 성이 본색을 잃은 바람에가 아니라 천연기념물로서 보존되어 왔다 한들 결혼은 금세 무장해제당하고 약골이 될 거 같은데요. 그런데—과연 그럴까요?

우선 이까지 해서 성이 조작됨으로써 현실이 되어버린 정황 하나를 설명했습니다. 인간이 성을 잃어버려 '하늘'이 맹지가 되어버렸다는 건 아주 크나큰 주제입니다. 지금으로선 장님이 더듬거리다 코끼리 뿔을 만져본 것에 이를 뿐 아직 갈 길이 멉니다.

안타깝지만 우리가 당신에게 보낸 메시지들이 감시당하고 있다는 걸 우리도 알게 되었습니다. 어쩌면 이 메시지들도 본옹 씨가 보기도 전에 다른 누군가들이 봤을지도 모르겠네요. 그러나 우리가 원하지 않으면 누구도 진정 우리를 만날 수는 없습니다. 그러니 누구든지 우리를 만난다는 건 정말 기적이에요. 얼마간 우리는 침묵할 겁니다. 그사이 광음에 약속이 희미해져도, 빛의 속도로도 광년이라는 세월을 걸리게 하는 드넓은 우주 공간 때문이지 빛이 오고 있지 않은 건 아닙니다. 무엇보다 우리를 사칭한 어떤 유인에도 걸려들지 마시기 바랍니다. 다음에 만나요.』

메시지를 다 읽은 맛둥은 마음이 들썩였다. 유하게 비유한 거라고는 했지만 오로치마루가 우치하 일가의 장남은 자기보다 세니 만만한 차남을 노린 게 〈나루토〉의 큰 줄기라고 할 수 있듯이 그렇게 차선책으로서의 생명을 취하고 있는 게 현재 세계인 건가? 그가 관세직이 아니라 지방세무직이 된 건 차선에 또 차선을 거듭한 결과지만 이건 그런 것과 비할 수 없이 굉장히 근원적인 차원에서의 하향이었다.

성이 확률, 그러니까 양자역학처럼 되었다는 것도 선험적일 게 없이 맛둥이 살아온 경험으로 바로 느껴졌다. 납기 때 전화가 폭주하여 담당자들이 무작위로 튕겨온 다른 동의 전화들을 엇갈려 받는 게 '불확정성의 원리'는 아니겠지만 좋은 유전 인자가 자연보존지구에서 튕기고 반갑지 않은 인자와 함께 살게 된 도두만 형이 그랬다. 맛둥 역시 강인한 아버지를 두었음에도 친형과는 달리 '불초(不肖) 소생'이 되어 느낀 소외감, 열등감의 시세는 과거완료가 아니었다. 아버지를 아버지라 부르지 못하고 형을 형이라 부르지 못함이 홍길동에겐 사회적 신분이었지만 맛둥에겐 자연적 신분이었던 이유도 어쩌면 성이 표시의무를 위반했다 한들 제재할 수 없는 확률형 아이템처럼 되어버려서 벌어진 일 아닐까.

그렇다 해도 그걸 문제로 삼는 건 매우 낯설었다. 산업체에서 6시그마*를 걸고 희박한 불량까지 제하려는 제품 생산과는 참 대조적인 게 인간 생산이긴 하지만 그냥 당연하다고 생각했는데—아니 생각해 보니 그도 무작위에 만족하지 못해 표적영치를 할 아이디어를 냈던 적이 있었다. 번호판이야 랜덤으로 찾으면 된다지만 만약 당장 세금이 무작위로 계산되어 아무에게나 랜덤으로 과세되면 어떻게 될까 상상해 보면 공포스러웠다. 하물며 한 인간을 만들어 내는 작업이 그렇게 되어 있다는 건—

그리고 성이 기전체, 편년체 같은 것보다 더 근본적으로 역사의 형식을 정한다는 것도 깊이가 있었다. 과거에는 통치자가 되려면 왕가의 씨로 태어났느냐가 조건이었으나 근대로 오면서 선거나 인사 검증으로 리더들을 세우는 방식으로 바꾸었다. 이것은 인간의 성은 통치를 정할 시스템이 못 된다는 것을 인간 스스로가 반성했다는 의미라고도 보여졌다. 나아가 능력만이 아니라 이방원의 아들이 세종이고 세종의 아들이 수양대군이었듯 심성도 따로인 것도 성이 비틀어져서일까? 그런데 그건 부모 자식이라도 사람은 다 다를 수밖에 없어서 그렇지 않을까? MBTI도 유전의 객체가 아닐 테고.

그런데 그 '다른 사람'이라는 걸 문제로 꼽는 게 또 이 메시지였다. 맞둥도 전부터 자식이 부모가 못다 한 꿈의 대리인이란 건 익히

---

* 제품의 품질 산포를 최소화해 규격 한계가 목표로 정한 품질 중심으로부터 6시그마 거리에 있도록 하려는 품질 경영 기법.

생각하고 있었던 바지만 이 메시지에서 말하는 '대리'에 대한 논조는 다른 면들이 있었다. 마치 팬들이 인터넷으로 연예인과 메시지를 주고받은 게 알고 보니 연예인 당사자가 아니라 기획사나 매니저가 답글 달아준 걸 알아 속은 느낌이었다는 일화처럼 다 같은 편이라 해도 '그 사람'이 아니라면 내가 원한 감성을 받을 순 없다는 면이 있는 것 같았다.

그렇다 해도 이걸 문제화시킨 건 난센스 같았다. 다른 사람인 건 당연한 거고 뜻과 영향력에서 하나이면 된 거 아닐까. 얼마 전 리츠 건도 찾아보니 별개 법인이라도 주식 100%를 가진 모회사라면 세법에서 동일하게 봐주었던 것처럼 말이다. 그런데 의사결정에 관한 기업의 관계를 부모 자식에 빗대어 모회사, 자회사라는 용어들을 만든 게 현실과도 꽤 들어맞아 재밌는 작명이라는 생각이 들었다. 자식들이 각자가 자기 인생을 사는 것 같아도 실은 그 자식의 삶의 의사결정권을 부모가 쥐고 흔드는 인생들도 많으니까. 부모의 지도로 자식이 더 좋게 될 수도 있고 욕심이나 실책으로 불행해지기도 했다. 그러나 그런 건 당사자들의 역량이었지 그 관계성의 원시적 오류나 한계를 응결시켜 보이게 하는 대기압은 아니었다.

일단 부모 자식보다 더 서로에게 자기 자신인 사람은 세상에 없었다. 말 안 듣고 못난 자식 둔 부모들이 마음 다스리려 할 때 '자식은 나에게 온 손님이다'는 주문을 건다는 노하우들을 들었지만 분명 유전적으로 부모 자식보다 더 가까운 아(我)는 없는데… 아니 생물적 닮음으로 치면 부모 자식보다 쌍둥이야말로 가장 근접한 나 자신인 것 같기도 하고? 아니 것보다, 자식을 자신처럼 생각하고 아끼고 사랑하는 그 마음은 세상에 그 누구도 줄 수 없는 독보적인 마음이었다. 허나 마음 역시 친부모라 해도 학대하거나 방임하는 부모도 있고, 자식을 통해 사욕을 채우려는 부모들도 없지는 않았다. 반대로 생물학적인 관계가 없어도,《나의 라임오렌지 나무》의 포르투가처럼 부성애를 준 사람이라거나 '입양' 역시 취지가 그렇다는 걸 생각해 보면 혈연으로 부모냐가 아니라 마음이 부모냐가 我냐 非我냐를 가르는 걸까?

그러나 이런 고찰은 실존을 휘어잡기에는 역부족이었다. 사람의 인생에 있어 자신의 부모로 누구를 만나느냐, 자식으로 어떤 이가 태어나느냐에 따라 행복할 수도, 불행할 수도 있는 현실을 해결할 수 없기 때문이었다. 게다가 아예 무게추가 한참 깊은 곳에 있어 여기선 요지부동인, 인간인 이상 출입통제구역이 있다는 게 맞둥에게 느껴졌다. 흔히 시어머니는 엄마가 될 수 없고 며느리도 딸이 될 수 없다고들 하는 것과는 좀 다르게, 부모 자식 간에도 부모가 나 자신이 되어줄 수도, 내가 부모가 되어줄 수도 없는 영역들이 있다는 것을.

무엇보다 이번 메시지에 있어 맞둥으로 하여금 탕에서 뛰쳐나오며 "유레카"를 외친 아르키메데스와 같은 기분을 느끼게 한 주제는 결혼이었다. 그냥 말을 건네는 것부터 손을 잡든 돈을 주든 몸을 주든 그 모든 건 상대의 위상이 여친이든 내연녀든 술집 여자든 아내든 간에 모두 다 가능했다. 연명이 형이 결혼을 비호하면서 든 협력이나 도움들도 꼭 배우자가 아니라도 받을 수도 있지 싶었다. 그러니 결혼을 해야만 발생할 수 있는 무언가가 결혼만의 힘이 될 터였다. 그런데 그 결혼이 말하자면, 팀장은 있는데 그 팀장도 의지하는 속팀장인 주무는 없는, 문과만 앉아 있고 이과는 출근하지 않는 팀이 되어버렸다는 건가? 그런데 그게 현실이 될 수 있나? 여긴 주무 없으면 일이 안 되는데—아니 세법을 본 적도 없이 세무직이 된 게 가능했으니 되지 못하란 법도 없지 않을까? 어쨌건 '무늬만 결혼'들이 문제가 아니라 '결혼은 무늬'가 된 것이고 그 핵심 이유가 성이 유실되어서 그렇다니.

이 대목에서, 맛둥이 감각할 순 없었지만 생각할 수 있는 건 있었다. 결혼이 사회가 아니라 자연이라면, 수학으로 치면 '세계는 결혼의 연산에 대해 닫혀 있다'도 참이 아닐 수 있다는 것을.

"어머 여기 불 들어왔네요?"

2층 세입자가 고양이를 안고 계단을 올라오며 말했다. 최근 1년도 넘게 난간에 불 들어온 적이 없을 테니 무슨 일인가 싶었을 것이다. 길고양이들은 생존부터 일인데 '집사' 품에 안겨 세상 걱정 없이 사는 년 계급투쟁도 없이 무혈입성한 거 아니니. 소문을 들으니 개와 늑대는 동종인데 야생을 고집한 개체들은 늑대가 되고 인간에게 굽히고 들어간 무리들은 개가 되었다 한다. 그 결과 개는 인간의 친구로서 호의호식하는데 늑대는 멸종위기종이 되었으니 자존심을 좀 내려놓고 길들여진다는 게 더 현명했던 일이었다.

그때 또다시 저편 허공에서 빛이 왝 스치고 지나가진 않았으나, 이 생각이 맛둥의 뇌리를 스쳤다. 저 고양이는 자신이 중성화되었다는 사실을 알고 있을까? 거세도, 폐경도 아니건만 어쩌면 인간도 자각할 수 없이 저렇게 되어버린 게 아닐까? 이게 자연발생적인 것도 아니요 그렇다고 '보이지 않는 손'님이 한 것도 아니라면 조작을 행한 '생명사범'이 있는 걸까?

　춥고 어두운 밤이었지만 아직도 빛을 내는 어디선가 날아온 빛들이 참으로 신기했다. 이자들이 사람들의 사적정보를 많이 가지고 있다 해도 상식적으로 이해 가지 않는 것들도 있었고 어떤 목적으로 이런 메시지를 보내는지도 모르지만 그에게 이 모든 것은 너무나 특별한 게 되어버렸다. 메시지 말미에 당분간 연락 안 한다고 하는 걸 들으니 평생 연애 한번 안 해봤지만 떨어져 있는 섭섭함을 알 것 같았다. 곧 밝아올 새해라든가 승진이라든가 차세대시스템보다 그로 더 목욕재계하고 기다리게 할 그것. 다시 볼 수 있을까? 아직 기다림은 시작도 안 했건만 벌써부터 맞둥은 "지는 닙 부는 바람에 행여 긘가하노라"** 하는 심정이었다.

　돌발적으로 등장한 인물은 바로 탐라 오빠였다. 루디아가 분명한 사람 한 사람 다 확인 후 입장시켰는데 무슨 개구멍으로 들어온 건지 모르겠는 오빠는 성큼성큼 걸어가 모두를 마주 보는 중앙에 딱 서더니 루디아에게 마이크를 달라고 손짓했다. 사람들이 그인 걸 확인하고 웅성대기 시작했다. 루디아는 잠시 망설였다. 윗선(?)에서 긍

---

*　조선 중기의 학자 화담 서경덕(1489~1546년)의 "마음이 어린 후니"로 시작하는 시조의 행.

정하는 사인을 줘 마이크를 건네주자 그는 이 순간을 기다렸다는 듯, 비단결처럼 매끄러운 어조로 말을 해나갔다.

"저번에 교회에서 주신 답변은 잘 받았습니다. 저에게 만족스러운 대답은 아니었지만 일단은 넘어갔습니다. 못난 자들의 어리석음을 봐주는 것도 양선을 베푸는 한 방법이니까요. 토론회를 개최한다기에 어떤 고민과 해법들이 나오는지를 지켜보며 우리 공동체가 더 성숙하고 주님의 뜻을 받들 수 있는 곳이 되길 소망하고 있었습니다.

그러나 오늘 질문과 여러분들의 대안을 보니 땅 위만 보고 땅 밑을 보지 않고 있습니다. 여기 보시면 다른 것보다 이성 간의 애정이 매우 골칫덩어리인 것을 알 수 있습니다. 이걸 해결할 대안으로 법률을 만들자는 건 당장 날씨만 대비하고 계절을 보지 못하는 안목입니다. 이런 남녀 사이의 애정이 생기는 이유가 뭘까요? 세상에 성이 있어서 사람이 남성과 여성이 되는 바람에 그렇습니다. 지금 애정의 잎이나 줄기를 쥐어뜯어도 그 아래 뿌리에 농약을 치지 않으면 또 무법자들이 생기고 우리의 밭은 옥토가 되지 못할 것입니다. 저에게 하나의 수가 있습니다. 오늘은 바로 얘기하지 않겠지만 이 모든 것들을 일망타진할 논리는 이미 있습니다. 다음에 다시 뵙겠습니다."

말을 다 한 오빠는 루디아에게 마이크를 돌려주고는 뒤도 돌아보지 않고 출입구로 나가버렸다. 여행은 공항에서부터의 설렘이 여행의 시작이듯 오늘은 예고만 하고 떠났지만 벌써 '감정'은 시작된 격이라 토론회도 침잠해졌다. 전에는 애정에 조여져 있는 나사를 느슨하게 풀려더니 이번에는 엔지니어도 아니면서 안에 회로 자체를 손댈 생각인 건가? 저번엔《사랑의 기술》을 아전인수로 끌어다 쓴 오빠가 이번엔 또 무슨 텍스트를 들고 나올까? 어디 금서로 지정된 불법서적을 들고 올까? 여러 이론들을 짬뽕시킨 혼종을 데리고 올까? 아니 아예 자기가 새로운 이론을 만들어 모두의 면전에 들이대는 게 아닐까? 설혹 이곳은 장렬히 전사하더라도 맘마미와 지구촌 곳곳은 무사하길 바랐다. 오빠, 설마 옛날 옛적에 남자 여자라는 게 있었다고 전래동화로만 전해지게 하려는 건 아니죠?

스티븐이 글을 다 읽기까지 기다리는 동안 보물성 양반은 두 손을 연신 비볐다. 막상 정독한 스티븐이 의기양양한 미소를 짓자 그도 초조함이 좀 가시는 것 같았다.

"어떤가? 글쎄 나는 보고 놀랐다니까."

"대충 보면 그런대로 솔깃할 만하긴 하네요."

"아니 보통 성교는 사람 힘 빠지게 하는 법인데 이놈들이 말하는 건 호랑이 기운이 솟아난다는 게 아닌가? 사람들을 현혹시킬 만한 요소를 안에 넣어놓은 게야."

"천재 되고 싶으면 번개 맞으면 된다는 속설 같은 거 있지 않습니까? 그런 거랑 비슷한 격이죠. 그런데 이것 전에도 메시지가 있는 것 같은데요?"

"그런가 보더라고. 그것까진 손에 못 넣었다 하네. 이 메시지들은 수신인도 사람마다 다르고 내용도 사람에 맞춰서 조정되어 있다고 하더라고. 군중들 바람 넣는 게 진짜로 확인된 거네."

"뭐 어디 국가 전복이라도 할까 봐서요? 하긴 보이스피싱 같은 것보다는 진화한 것 같긴 하니까."

"당국은 그게 걱정인 거야. 사기꾼이면 괜찮은데 사상범이면 문제지 않은가."

홀릴 것 같은 글만 쭉 따라가다 보면 그럴 수도 있겠지만, 이래서 비판적 사고를 하는 습관이 중요했다. 스티븐의 눈에는 그 대정부 메시지처럼 오류가 뻔히 보였다.

가장 뻔한 누락이라면 정작 과학에 대한 얘기가 없다는 거였다. 놈들이 말하는 자연적 신분에 손을 댈 수 있는 실존하는 명쾌한 방법은 바로 생명공학을 통해 유전자를 건드리는 거였다. 현재 biotechnology로 동식물들은 실제로 인간을 위해 개량된 종들을 만들고 있으며 유전자조작기술만 계속 진척되면 오래지 않아 맞춤형 인간도 나올 거였다. 또 DNA에 납땜하고 트랜지스터 안 깔아도 미용업계나 성형외과의 힘으로 사람은 확확 자신을 개조할 수 있었다. 의느님이라는 말이 괜히 나온 게 아니었다.

또한 노력으로도 충분히 훌륭해지고 극기할 수 있는 게 많았다. 근육보다 뼈가 중요하다? 운동을 하긴 해봤나? 스티븐 본인만 해도 타고난 강골이 아니지만 매일 하는 운동으로 다져진 몸으로 지금은 어디 나가서 웬만하면 시비 붙을 일이 없는 figure를 지니게 되었다. 공부도 하면 할수록 어제보다 똘똘한 나를 만들어 가는 건데 이놈들은 돌대가리들만 표본으로 잡았는지 해도 늘지는 않는다는 식이었다.

또 올라가면 올라갈수록 노력이 더 중요해졌다. 놈들은 태릉선

수촌에서 악에 받칠 정도로 힘겹게 운동하는 엘리트 체육인들이나 풀리지 않는 난제 앞에서 자기 머리를 자책하는 지성들을 한번 봐야 했다. 무슨 잘하는 사람들은 다 공짜로 슈퍼맨이 되고 어려운 것도 척척 이해되고 기억된다고 생각하나? 세상에 자연적 신분을 어느 정도 갖춘 자들도 자기 세계에서 일류가 되기 위해 얼마나 피땀 흘리며 노력하는지는 조망하지 않고 그냥 선천적인 게 다예요 하고 있었다. "천재는 1%의 영감과 99%의 노력"이라고 한 발명가, "노력을 이기는 재능은 없고 노력을 외면하는 결과도 없다"고 한 바둑기사, "나보다 땀을 더 흘린 자는 이 메달을 가져가도 좋다"는 레슬러의 말처럼 공부든 운동이든 거기에 미친 자만이 성공할 수 있었다. 환경을 넘은 거지 스스로를 뛰어넘은 승리는 아니다? 그 사람들도 보통 사람들처럼 승부에서 여러 번 패배하면서도 절망하지 않고 실력을 더욱 쌓아 이룬 것이었고 보통 사람들은 먹고 싶을 때 먹고 자고 싶을 때 잔 거 다 인내하고 절제한 게 자신과의 싸움에서 이긴 승리들이었다.

 재능이 중요한 건 당연히 맞았다. 세상에 숱한 것들이 결괏값=노력+재능이라는 공식으로 지어지는 것일 테며 노력/재능 논쟁이야 쭉 있어왔지만 지금 이 메시지의 최대 오류는 약자들만 한계가 있는 것처럼 얘기하는 거였다. 천재들도 자기 한계에 부닥쳐 좌절하면서도 끝까지 물고 늘어지면서 한계를 깨 인류의 지평을 넓혀왔던 건데 강자들은 일사천리고 약자들만 상한제를 당하는 것처럼 틀을 잡는 건 일종의 패자들의 자기연민이었다. 한계는 누구나 부닥치는 것이었고 강자든 약자든 그걸 넘으면서 나가야 하는 거였다.

그럴 거면 뭐 하러 '남과 같이 해서는 남을 앞설 수 없다'를 걸어두고 쇠 빠지게 자기 관리를 하겠는가? 교육체계나 시스템도 손볼 게 없고 세상에 비싼 돈 주고 좋은 학원, 선생을 찾을 이유도 없었다. 당사자의 자질에서 끝이라는 건데. 시중에만 해도 기억력 높이는 법이라거나 사고력 증진시키는 법 등 공부 자체보다 머리 좋아지게 하는 많은 도구나 기법들이 소개되고 있는 마당에 그게 고정된 운명이라는 것도 어불성설이었다. 재능 기부도 얼마든지 되는데 뭘 실력은 나눌 수 없는 것처럼 말하는가?

그리고 현대 사회라고 자연적 신분이 성공하는 데 필수가 아니었다. 오히려 옛날과 달리 분야가 세분화되고 수익모델도 다양화되었기 때문에 정석적인 길이 아니고라도 성공할 수 있는 길들이 많아졌다.

더 나아가 자연적 신분도 계속해서 도구로 갈아 끼워지는 시대로 가고 있었다. 전에는 총기처럼 비대칭무기 같은 것만이 자연적 신분을 평준화시킬 도구였다지만 이제 AI가 들어왔고 신체도 아이언맨처럼 완전무장을 할 수 있는 장착형 로봇 같은 게 나온다면 여자들도 남자들을 격파하며 살 수 있을지도 몰랐다.

그러나 스티븐은 이 대목에서는 그런 생각도 들었다. 그렇다고 인간 간에 우열이 없어지진 않을 거라는 걸. 세계가 지속되는 한 employee와 employer는 언제까지고 존재할 수밖에 없을 것 같았다. 물론 그때가 되면 지금과 다른 능력이 인간을 가름하는 기준이 될 테지만, 자석의 N극과 S극을 분리해 보자며 반으로 갈라도 쪼개진 그것 각각에 새로 N극과 S극이 생겨버려 아무리 작은 자석파편이라도 거기엔 N극과 S극이 같이 공존하듯, 어떤 이유나 형태로든 인간이 사는 세계라면 잘남과 못남이 나눠지는 차등은 없을 수가 없을 것 같았다.

하여튼 신분에 대한 내용도 두루뭉술하게만 맞지 뜯어보면 틀린 내용들이었고 또 이 메시지는 결혼을 효과의 관점에서만 보고 '생활'을 보지 않았다. 두 사람이 같이 사는 거부터가 본인들의 삶에 전기(轉機)고 '가족'이 생긴다는 게 얼마나 뜻깊은 일인가. 사회 측에서도 분가, 인구생산 등 결혼이 있으므로 인해 그 양상과 움직임에 큰 영향을 끼쳤다.

그리고 자식도 부모의 야망이나 면을 세워주는 도구처럼 보았다. 꼭 출세해야 자식 역할을 하는가? 태어나 키우면서 느끼게 해주는 애정이 다 기쁨이고 효도였다. 자식을 낳아 기르는 수고와 희생도 언급되지 않았다. 잘났든 못났든 자식만이 결국 타인일 뿐인 여타 모든 인간관계를 넘어 '자신'이라는 존재가 될 수 있는 유일한 존재일 터였다.

또 한다는 말이 대리, 위탁관계인 것을 문제 삼는 건데 그것도 유치했다. 커피는 남이 타준 게 맛있는 법이며 부자는 좋은 차를 모는 사람이 아니라 운전기사가 모는 차 뒷좌석에 앉는 자였다. 또 컴퓨터와 저장장치가 등장하며 계산과 기억을 다 위탁할 수 있게 된 것이 왜 인류 삶의 방식을 바꾼 것으로 꼽히는지 생각해 보면 간단했다. 굳이 자신이 외울 필요 없이 필요하면 그때그때 꺼내보면 되면서 암기나 계산에 시간을 투자하지 않고 그 시간에 고등 지식들을 습득할 수 있었다. 즉 한정된 자원과 시간의 특성상 직접 다 하는 게 아니라 얼마나 아웃소싱 줄 수 있는가가 능력이었다. 다들 대기업을 선망하는 것도 하청이 아니라 원청의 지위에 설 수 있어서이듯 얼마나 많은 것을 자기가 하지 않고 남에게 맡길 수 있는가가 힘이었다.

담배는 남편이 폈는데 옆의 아내가 간접흡연으로 더 몸이 상하기도 하듯 간접이 직접보다 더 강렬하기도 했다. 자식의 성공에 대해 자기 자신이 잘되는 것보다 더 기뻐하는 대리만족은 신이 느끼게 한 본능이었다. 대리인 게 문제가 아니라 대리라서 더 멋진 거였다. 남과 달리 자식의 잘남에는 단 1그램의 질투도 섞이지 않는다는 게 자식이 곧 자신이라는 유력한 증거로 채택될 수 있었다. 반대로 자식이 죄를 지으면 정치인들은 낙마하기도 했고 일반인들도 "내가 미쳤다고 저걸 낳고 미역국을 먹었지" 하며 고개를 못 들기도 했다. 그럴 때 "쟤는 나랑 딴 사람인데 나랑 무슨 상관이냐"고 할까? 자식이 나 자신이 아닌 게 문제라는 건 말 같지도 않은 소리였다. 자식과 내가 같다면 실상 몸만 낳는 자기복제였다. 그럼 세상에 '나'는 그대로 하나에 깃드는 몸이 2개가 되어 번갈아 가면서 조종한다든가 멀티태스킹으로 함께 운용하는 건가? 내가 아닌 또 다른 사람으로 자식이 태어나 두 명이 된 덕분에 '교제'라는 게 생길 수 있는 거기도 했다. 게다가 자식을 위해서 목숨도 아깝지 않은 건 자식은 자신인 정도가 아니라 자신보다 더 소중한 자신이라는 얘기가 되었다.

이 세상 모든 동식물이 자기와 같은 종인 2세를 낳는 것으로 생식을 하듯 인간이 또 다른 인간을 낳는 건 자연의 한 구성원으로서의 지극히 합당한 2세 출산방식이었다. 지는 해일 수밖에 없는 모든 인간이 자식이라는 떠오르는 해로서 젊음을 이어가고 자신의 것을 물려주어 삶의 유한함을 이겨내는 것, 이 순환은 자연의 섭리 그 자체였다. 성과 결혼이 거짓이라는 건 이 세상 모든 기혼자들에 대한 모독이며 circle of life는 물론이고 우리 인간의 존재가치를 부정하는 거나 다름없었다.

사실 이런 논박은 자신이 겪거나 선호하는 관점들이 아니라서 자기 휘하의 군사들을 쓰는 맛은 없었지만 지금은 놈들의 허점을 찌르고 논파를 해야 하기에 사람들이 가지는 일반적인 관점들을 적극 써야 했다.

제일 결정적인 건 어떠한 실체적 증거를 보인 게 없었다. 자연적 효과가 있어야 하는데 그게 없으니 현재 성과 결혼이 허위가 된다? 그럼 그 자연적 효과는 뭔데? 뭐 수영 잘하는 여자랑 하면 그 여자의 수영솜씨가 컴퓨터 파일 옮기듯 내 걸로 복사되어 내가 헤엄을 잘하게 되나? 아니면 어디 만화처럼 둘이서 합체전사 같은 거라도 된다는 말인가? 그리고 진짜를 한다 해도 잘난 사람이랑 해야지 못난 자와 하면 더 못난 자기 자신이 되어버릴 거 아냐?

결괏값을 구체적으로 정한 게 없으니 가설조차도 못 되었고 정황증거로서도 실격인, 뇌피셜*일 뿐이었다. 이런 논리대로라면 그냥 세상 모든 게 가짜고 다 진본은 따로 있다고 말할 수 있었다.

---

*   '뇌(腦)'와 '오피셜(Official, 공식 입장)'의 혼성어로, 개인의 생각이나 상상을 공신력 있는 사실인 것처럼 주장하는 것.

그렇다면 이런 일을 벌이는 놈들의 정체는 무엇일까? 스티븐은 여러 방면으로 생각해 보았다.

그냥 약팔이일 수 있었다. 나중에 하는 말이 뭐 우리가 개발한 신약이 있는데 이거 먹으면 진짜 성교를 할 수 있다고 유도하면서 카드결제 없이 현금만 받는다는 거 아닐까? 이 경우는 단순히 이윤을 위한 장사치였다.

어쩌면 세간의 추측대로 한국을 망치려는 모종의 세력일 수도 있었다. 사람들의 의식 속에 낙오의 원인은 자연적 신분이 낮아서 그런 거라는 명제를 스카우트 해가게 하는 작전이었다. 그렇게 공부하랄 땐 안 하더니 취업 안 되면 가정이나 사회로 책임을 돌리는 놈들에겐 이제 자연까지 안티테제로 써먹기 딱 좋았다. 결국 이 메시지는 사람들에게 한계의식을 입혀서 염세주의를 창궐하게 만드는 사상들의 한 부류일 뿐이었다. 계급투쟁이라는 용어를 쓰는 걸 봐서는 공산당이 배후일 수 있었다. 이래서 경제활동인구만 줄여도 적지 않은 타격을 줄 수 있고 나중에 보면 약한 이들도 뭉치면 각자만으론 이길 수 없던 자연적 신분을 넘을 수 있다며 결사, 시위를 통한 사회변혁이 바로 진짜 성의 정체라고 할지도 몰랐다. 지금은 군중들을 때가 되면 끌어들일 수 있는, 정치적 potential을 위한 물밑작업 중인지도 몰랐다.

또 지금 보니 정말 종교집단일 가능성도 다분했다. 처음부터 혼파라치가 종교나 신비주의를 배후로 하는 비밀결사라는 소문이 있었는데 벌이는 일이 기상천외하게 보여서 그런 거라 생각했는데 메시지를 보니 그쪽 업계와의 연관성은 충분해 보였다. 과학에 대해선 함구하는 게 그랬고 내용도 납을 금으로 바꿀 수 있는 비법이 있다 같은, 딱 종교 때문에 과학이 핍박받던 중세시대의 연금술 수준이었다. 또 도중에 보면 자연적 신분보다 더 근원적인 신분이 있다는 미끼도 살짝 흘리는데 이건 필시 영혼 같은 거 말고는 될 게 없지 싶었다. 나중에 보면 예배나 제사를 위해서 성관계 의식을 가져야 한다면서 교주랑 관계하는 게 바로 진짜 성교라며 세뇌하여 겁탈하는 놈들일 수도 있었다.

하여간 차라리 불로초가 있다는 걸 믿고 말지 여기에 홀딱 넘어갈 루저들에게는 팥으로 메주를 쑨다고 해도 믿는다는 속담이 제격이었다. 애당초 philosopher's stone 같은 그런 결혼이 진짜 있다면 자기들끼리 다 해쳐먹고 치우지 누구 좋으라고 연고도 없는 제3자들에게 그걸 알려주겠는가? 당국 입장에서는 정체가 뭐든 간에 혹 세무민하여 세를 불릴라 근심인지 몰라도 깨어 있는 시민이 많다면 금방 제풀에 죽을 협잡이었다.

이런 메시지에 대한 비평을 쭉 보물성 양반과 나누었다. 양반도 청산유수 같은 그의 반론에 체증이 쑥 내려갔는지 점점 안정을 되찾더니 말했다.

"그런데 마지막에 자신들이 추적되고 있다는 걸 알고 다른 방식으로 연락하겠다 하는 걸 보아 첩보가 더 어려워지지 않겠나."

"이러다 잡힐 것 같으니 꽁무니 빼는 거지 않습니까. 이대로 은퇴할 것 같은데요."

그날 밤, 애용하는 별장으로 돌아와 침대에 누운 스티븐은 기초로 돌아가 보았다. 숱한 인류가 피를 쏟은 끝에 일궈낸 현재의 사회는 신분제를 타파하고 각 사람에 맞는 삶을 살 수 있도록 한 결과물이었다. 그런데 놈들은 자연으로 바뀐 것도 여전히 신분제인 건 똑같기 때문에 엎어야 한다는 식이었다.

스티븐의 경우 종교는 믿지 않지만 신은 있을 거라 여기고 있었다. 허나 신이 있다면 그건 신의 뜻에 맞지 않다고 생각했다. 왜냐하면 각 사람에게 자연적 신분을 준 것은 신일 것이었고 그렇게 누구는 잘나게, 누구는 못나게를 한 것도 자기 눈에 예뻐 보였든 밉상이었든 간에 신의 뜻일 것이기 때문이었다. 신분이동이 막혀 있다거나 여건이나 기회가 공평하지 않거나 실력보다 각종 꼼수가 기승을 부린다면 그런 환경을 고쳐 각 사람에게 할당된 복을 누릴 수 있게 하는 게 신이 인간 사회에 맡긴 역할이자 책임으로 봐야 했다. 개인들도 여하간 근면 성실하게, 주어진 삶에 감사하고 그것에 충실히 임하는 게 본분이라 봐야 했다. 환경설정이 아니라 인간설정을 건드리려는 건 신의 뜻을 거스르거나 신의 권한까지 침범하는 월권이 틀림없었다.

하지만 이 원론적인 생각 역시 재반박당할 만한 것들이 떠오르자 스티븐은 머릿속에서 삭선을 그었다. 한낱 이론놀음을 상대해 주는 자신이 한심하기도 했다. 핵심은 실체가 되게 할 수 있는 실력이었다. 그러나 고니를 몽땅 백조로 정리해 백과사전에 올렸건만 흑고니가 있다는 풍문이 들려온 것처럼 뭔가가 그를 개운치 못하게 했다.

하늘도 재개발이 되나요

초판 1쇄 발행 2025. 9. 12.

지은이 예언자일보
펴낸이 김병호
펴낸곳 주식회사 바른북스

편집진행 김재영
디자인 김민지
마케팅 송송이 박수진 박하연

등록 2019년 4월 3일 제2019-000040호
주소 서울시 성동구 연무장5길 9-16, 301호 (성수동2가, 블루스톤타워)
대표전화 070-7857-9719 | **경영지원** 02-3409-9719 | **팩스** 070-7610-9820

•바른북스는 여러분의 다양한 아이디어와 원고 투고를 설레는 마음으로 기다리고 있습니다.

이메일 barunbooks21@naver.com | **원고투고** barunbooks21@naver.com
홈페이지 www.barunbooks.com | **공식 블로그** blog.naver.com/barunbooks7
공식 포스트 post.naver.com/barunbooks7 | **페이스북** facebook.com/barunbooks7

ⓒ 예언자일보, 2025
ISBN 979-11-7263-571-8 03810

•파본이나 잘못된 책은 구입하신 곳에서 교환해드립니다.
•이 책은 저작권법에 따라 보호를 받는 저작물이므로 무단전재 및 복제를 금지하며,
이 책 내용의 전부 및 일부를 이용하려면 반드시 저작권자와 도서출판 바른북스의 서면동의를 받아야 합니다.